2018
中篇小说
年选

孟繁华 编

江苏凤凰文艺出版社

序

中篇小说的变化

孟繁华

　　第七届鲁迅文学奖中篇小说奖获奖作品有阿来的《蘑菇圈》。这是一部具有表征意义的小说：一段时间里，我们看到的小说多有"戾气"，一种怨恨、愤懑、不平之气弥漫四方。如果是个别的篇什倒也没什么，生活中确实有——甚至大量存在那些我们不愿看到的人与事。小说对这些事物的批评、批判是作家的义务或责任。但是，如果小说都是这种情感、情绪甚至是气质乃至潮流，那就是问题了。生活本来已经千疮百孔，如果小说再雪上加霜，在生活的伤口上不断撒盐，那么，这样的小说对读者有什么意义呢？是加剧我们的失望感还是让我们弃生活而去。那种没有情义、没有暖意、没有爱和诚恳的生活，是我们要在小说中看到的生活吗？这种情感在生活中比比皆是，为什么我们还要在小说中一再读到？这是我对这种创作倾向不满的直接原因。因此，当我读到阿来的《蘑菇圈》之后，我深感欣喜和欣慰。

　　《蘑菇圈》容量极大，内容充沛又丰富。小说讲叙了主人公机村的阿妈斯炯的一生：她是个不知道自己父亲的单亲女儿，被阿妈艰辛养大，她曾被招进工作组"工作"，被刘组长诱骗未婚生子，她同样艰辛地养育了自己的儿子胆巴，熬过自然灾害以及四清运动和"文革"。接着是商品经济时代对机村的冲击，世道人心的改变。如果这样描述，《蘑菇圈》应该是一部历史小说，阿妈斯炯经历了五十年代至今的所有大事件。半个多世纪的时间，足以让阿妈斯炯阅尽沧海桑田。阿妈斯炯重复的是她阿妈的道路，不同的是斯炯看到了"现代"。但"现代"给她带来的是她的不适应甚至是苦难。如果没有工作组，她就不会见到刘元萱组长，就不会失身成为单身母亲；如果没有工作组，她也不会见到那个女工作组组长，整天喊她"不觉悟的姐妹"。这里"觉悟"这个词由女工作组组长说出来真是意味深长，她和阿妈斯炯在同一个时空里，但她们面对的世界是如此的不同,他们对觉悟的理解更是南辕北辙。这个女组长后来咯血再回不到机村了;胆巴的亲生父亲刘元萱临死终于承认了是胆巴父亲的事实。儿子胆巴进入了父亲生活的权力序列,他前程无量,只是离他母亲越来越远了。机村变了,孩子变了,曾经帮助阿妈斯炯度过饥荒,为她积攒了财富的蘑菇圈,也被胆巴的妹妹、刘元萱的女儿拍成蘑菇养殖基地的广告——那是阿妈斯炯一生的秘密,但现代社会没有秘密,一切都在商业利益谋划之中。只是世风代变,阿妈斯炯没有变。阿妈斯炯对现代之变显然是有异议的,面对丹雅例举的种种新事物,她说:"我只想问你,变魔法一样变出这么多新东西,谁能把人变好了?"阿妈斯炯说,说能把人变好,那才是时代真的变了。阿妈斯炯有自己的价值观,人变好了才是尺度,才是时代变好了。

蘑菇圈是一个自然的意象,它生生不息地为人类提供着美味甚至生存条件。它的存在或安好,就是人与自然的和谐或相安无事。人生的况味,是对人生的一种体悟,它看不见摸不到,但又真实地存在于每个人的命运中。一言难尽,欲说还休,晴空朗月,踌躇满志,怀才不遇,等等,都是一种人生况味。小说写了阿妈斯炯和小说中所有人的况味,应该说都是一言难尽。阿妈斯炯受尽了人间困难,但她没有怨恨、没有仇恨;她对人和事永远是充满了善意,永远是那么善良。她随遇而安。只要有蘑菇圈,有和松茸的关系,有她自己守护的秘密,她就心满意足,但是她的蘑菇圈最终还是没有了。生活与阿妈斯炯来说可有可无了。她最后和儿子胆巴说"我的蘑菇圈没有了",她说出了她的绝望。刘元萱和女工作组组长会怎样体会他们人生的况味呢?胆巴、丹雅进入了现代并习以为常,他们人生的况味将会怎样体会呢?人生的况味与人的境遇有关,人的境遇与社会历史变革有关。阿来小说中人的命运与况味,都密切地联系着社会历史的变迁。况味只可意会、体会,它不是虚构的产物,不是想象的产物,它是一种真实的存在。因此,阿来的小说是在一个严密的逻辑中展开的。

如果是这样的话,那么,小说的上半部应该是《金刚经》,下半部好似《地藏经》。上半部我们看到的是"所有卵生、胎生,一切有想、非有想的生命都在谛听",人与自然的和谐似乎有神祇在主宰安排。阿妈斯炯的生活虽然有不快,有挫折,但她有蘑菇圈,她和万事万物没有争执没有怨恨;但是,下半部中商业行为如凶神恶煞进入了机村,一切

序

凝固的东西都烟消云散了。是什么改变了人性,是什么让人变得如此贪得无厌和冷硬荒寒,是什么让人如魔鬼恣意横行。前现代的乡村不是文化流通的场所,它的个人性却产生了无边的大美。通过阿来的小说我们发现,美,在前现代,美学在现代;美学重构了前现代的美。美学与现代是一个悖谬的关系。如何理解现代,如何保有前现代的人性之美,是现代难以回答的。因此,阿妈斯炯遇到的难题显然不是她个人的。阿妈斯炯的困惑,就是我们共同的困惑;阿妈斯炯人生的况味,我们也曾经或正在经历。

陈世旭是文坛宿将。1979年发表在《十月》创刊号上的《小镇上的将军》,让陈世旭名满天下。正气凛然的将军和小镇上多情重义的人们,至今仍在我们的记忆中。这是只有那个时代和那个时代的作家才会出现的小说。将近四十年过去之后,陈世旭写了这部《老玉戒指》。主人公危天亮不是那位落难的将军,将军落难仍有余威,他身躯矮小瘦弱但军人的风范仍一览无余。这个危天亮不同了。危天亮生性呆板木讷,不善交际不解风情,认死理。在作家讲习班里,他是一个被取笑被轻视的对象。大家都在比情人多少、轻浮地谈论男女关系的时候,他是一个不知发生了什么的局外人。和他唯一发生关系的,是一个热爱自己作品的读者沁沁。这个远在太行山乡年轻的乡村女教师,对他表达了那么多美好的情感,让风流作家陈志羡慕不已。而危天亮不为所动甚至逃之夭夭。危天亮正当地处理男女关系反而遭到嘲笑甚至人身攻击。陈世旭用一种极端化的方式状写了当下的世风和人心。

逃出讲习班的危天亮从一个困境进入了另一个困境:他们的编辑部正在选聘编辑室主任。知识分子成堆的地方,甚至表面的斯文都荡然无存,为了这个职位大家各显神通暗通款曲。只有危天亮不为所动一如既往。但这还不是小说要说的。小说主要关系还是集中在陈志和危天亮之间。按说危天亮有恩于陈志,是危天亮对陈志作品的精打细磨,让陈志一夜之间暴得大名,而陈志平日间又是最能打趣和消遣危天亮的。近则不逊远则怨说的就是陈志这种人。而危天亮并不计较。在陈志嫖娼交不出罚款时,还是危天亮遭夫人解了陈志的难堪。危天亮性格最光彩的,一是被社里利用,找父亲在香港的老关系包氏公司大公子捐赠巨额款项盖房子,社里达到了目的,并允诺他可以先选最称心的房间,危天亮果断拒绝了;二是与"老玉戒指"有关。当陈志认为"谍战片"抢手,有利可图的时候,他又想到了危天亮。危天亮的父亲做过特工,危天亮本来也想写一篇这个题材的短篇。这时陈志找到了他要写长篇电视剧。经过半年多的创作,剧本完成了。拿到定稿的时候,危天亮已经住院三个多月了。他醒来后——

  示意林慧瑛把剧本凑近他,他一点一点地把手指移到编剧名单三个名字中排在第一位的他的名字上,弓起一个指头,想划拉却控制不了。林慧瑛猛然醒悟,赶紧从包里摸出笔,把"危天亮"三个字划掉,只留下陈志和导演的名字。之前危天亮再三说过,《老玉戒指》只要能开拍播出就行了,他决不署名,他不想让人觉得是儿子给老爸老妈树碑立传。另外,如果有稿费,不管多少,都捐给沁沁那儿的学校。
  《老玉戒指》的开拍和播出都很顺利。
  编剧只署了加黑框的危天亮的名字。

  我感佩的是陈世旭的胆识和艺术功力。在贪腐题材弥漫四方,贪官污吏无处不在的时代,他反其道而行之,塑造了一个家庭视尊严和高洁为生命的两代人。我们知道,塑造正面人物历来是文学创作的难点,这方面的经验我们还相当稀缺。尽管我们有漫长的正面人物甚至英雄人物的创作历史,但成功的经验并不多。陈世旭从《小镇上的将军》到《老玉戒指》,都是写正面人物或英雄人物的。他的人物真实可爱,有血有肉。他们是英雄也是普通人,他们不是神;另一方面,陈世旭能够用同情的方式处理在价值观或道德方面有严重缺欠的人物。比如陈志,他有那么多的问题。但最后当危天亮去世之后,剧本的署名只有加了黑框的危天亮。陈志显然已经洗心革面重新做人了。如果是这样的话,那么陈世旭的经验显然是值得我们重视的。
  老藤的中篇小说《手械》(《长江文艺》2018年第4期),是一篇奇崛的作品。小说故事情节的缘起未必惊人:侦察连长出身的狱警司马正被彻底毁了。死缓犯人024外出"打蚊绳"时越狱,而且就在他眼皮底下。这个重大事件让司马正"一切都碎成满地瓦砾",他被双开了。小说开篇未必石破天惊。越狱当然是大事件,但无论小说还是其他资讯我们早已屡见不鲜耳熟能详,越狱手段不同,但结果都大同小异——警察继续追捕逃犯,最后凯旋而归。但《手械》不同。司马正被双开之后,面临的第一个问题是今后怎么办。他需要寻找新的出路,或重新就业,或设法谋生,但司马正没有。024是在他手里逃跑的,倍感耻辱的他对大胡子监狱长发誓:我要给自己一个说法,我要逮住024!大胡子监狱长给了他一副紫铜材质的手铐,名曰"手械"。司马正已经不是警察,他没有资格抓捕犯人,不能用手铐。监狱长给他的"手械"号称是自己的"小制作"。于是,司马正带着这副"手械"上路了。

司马正寻找024——也就是死缓犯人沙亮,应该是为了荣誉而战。沙亮的逃跑,是他作为一个狱警的耻辱。犯人逃跑越狱司空见惯,但沙亮不同,沙亮是在自己手里逃跑的。司马正挽回这一耻辱的唯一办法,就是把沙亮追捕回来,让他重新入狱。这是一个正常的逻辑:作为一个狱警和曾经的军人,他的这一选择完全合乎正常的逻辑;另一方面,促使司马正追捕024的,还有一种外在的力量,这就是老监狱长的期待。监狱长即便退休了,但还经常光顾司马正的小石屋,了解追捕情况。退休以后,他那抓不住逃犯不剃的胡须由红变黄由黄变白。苍老的监狱长和他迅速变化的胡须也成为一种无形的压力。这是司马正一定缉拿024的内部和外部两种环境。但是,这一理由表面上合乎逻辑,却还没有充分揭示司马正信誓旦旦的全部理由。事实上,司马正内心最深刻的原因,或者说被那些表面理由遮蔽的,是他强烈的"报复"心理。司马正追捕024是要还法律一个公道,同时也要还自己一个公道。因此,那种未被言说的复仇心理,是小说内在的发动性力量。小说中有这样一个情节:"司马正每到阴历十四、十五、十六这三天,会选一个夜晚带着一瓶高粱烧、一包酱鸡头到草屋来,两人月下对酌。时间一久,石谷发现了问题,问他怎么只爱吃酱鸡头,就不能带点别的?司马正摇摇头:吃酱鸡头,是解我心头之恨,你不知道,那个024就像一只瘦鸡崽!"司马正无意中一句话,道出了他内心最真实的想法。

于是,司马正踏上了追捕024的漫漫长途。作为职业的狱警和曾经的侦察连长,司马正虽然有专业的追捕计划,但过程艰难而复杂:他到024沙亮前女友朴红的家乡红山沟乡找朴红,找到朴红后发现,她与沙亮确实没有联系并且很快嫁人。朴红的线索断了。司马正又判断,024有浓重的口音,他不可能到外地打工。于是他扮成打鱼人到逃犯家乡石门、关门两乡排查。放网打鱼时看到了一户人家:男人是个胖子叫石谷,开荒种地兼卖渔具；女人叫苇子，有癫痫病，曾是县剧团演员。远亲不如近邻。司马正常来与石谷喝酒聊天。在与石谷交往过程中，得知这里有一个育婴堂，是中医沙居士沙宝善办的，沙居士乐善好施并许下宏愿重建北山坳里毁弃的慈恩寺。司马正凭直觉认为沙居士与024有瓜葛，并试图通过沙居士了解024沙亮的情况。但沙居士就是避而不见。司马正无计可施的时候，想到024遁水逃跑时也在场的犯人石德成。已经重病的石德成讲了这样一件事情：

居士沙宝善为重建慈恩寺一点点积攒建材，北山坳空地上存放着他辛辛苦苦弄来的木材。这件事村里人都知道，村民有钱出钱，有人出人，这捐献的木材里面有几棵是村民进山偷偷砍伐的杉木，村民是好心却犯了律条，这件事叫村主任石猴子知道了，他起了歹心，想独吞这些木材，便带着公安、木材贩子到山坳里没收木材。沙宝善闻讯赶到时，木材已经装车，石猴子正在数钱，沙宝善怎么解释也不行，石猴子硬是把木材卖给了木材贩子。石德成在场看见了这一切，沙宝善满脸眼泪，就差给石猴子下跪了，公安人员本来要抓人，看沙宝善不是故意犯法，就没有抓。当天晚上，石猴子带着办案人员在食堂吃饭，石德成炖了一锅河豚。他不能伤害包括俩公安在内的其他人，只在石猴子那碗河豚汤里加了一勺河豚籽，就把他放倒了。石德成说现在他也不后悔，总算替沙宝善出了一口恶气。河豚籽是剧毒，是沙宝善用大白菜捣烂成汁给石猴子洗胃，才救了他一命。石猴子只瞎了眼睛。石德成讲完这件事后说：沙亮是个好人。不久石德成就死了。经过司马正深入的调查，石谷就是石德成的侄子。当石谷糖尿病多种并发症发病住进医院，护士为他量血压抬起他胳膊时，一条紫褐色蝎子般的胎记出现了。石谷就是024沙亮，他在水库洗澡逃跑前，司马正曾看得清清楚楚。这时的司马正"触电一样戳在那里，手中的豆腐脑'啪嗒'落在水泥地上，脑浆一样溅了一地。"

司马正追捕024沙亮的过程，也是司马正价值观自我搏斗和人性转化的过程：十二年来，他曾是一个为荣誉而战、为复仇而战的人，一个愤懑焦虑衣寝难安的人，如今他终于放下了。这个过程中，沙居士起到了关键性的作用，他不计仇怨，以善报恶；石谷——这个024沙亮，水遁之后心如止水，安贫乐道助人为乐。当他听到司马正复仇的誓言时说："誓言有时候就像一张大网，只能挂那些大鱼，把自己看成小鱼儿，就不会被挂住。该放下的就放下，你看苇子，过去心里有锣鼓镲，就容易犯病，住进草屋来，让百虫鸣叫取代锣鼓镲，就好多了。"司马正追捕沙亮过程中遇到的沙居士、石德成、石谷等人，都是恪守善的人，是善的价值观彻底改变了司马正的复仇心理。最后，司马正"从腰里解下那副紫铜手械，掂了掂，然后用尽全力将它远远抛入水中"。完成了他从荣誉、复仇到释然、放下的个人性格的自我塑造。当然，这里有前提，就是024沙亮不是一个十恶不赦的重犯，如果沙亮确实是重犯，那么司马正的行为在法律面前没有合法性。在这一前提下，司马正十余年来经历的人与事，比如石谷的积德行善、放下的世界观、沙宝善救恶人于生死的宽容大度、石德成临死时将侄子赔偿金捐赠给沙居士等，深刻地改变了司马正的世界观。于是，通过痛苦的自我搏斗，司马正实现了个人性格的完成。如果是这样的话，那么，《手械》无论在思想还是在艺术上，都不止是一部值得赞许的佳作，重要的是它在人性转化复杂性的表达上，在人物价值观自我搏斗的心理书写上，确实有突破性的想象和贡献。

陈世旭的《老玉戒指》和老藤的《手械》，在众多的中篇小说中，也代表了一种倾向，这就是中篇小说正在发生变化——由戾气向善意的变化。大家当然明白，我们不是说小说一定要这样写，一定都去书写温暖或善意。而是小说在整体上表达了一种不堪的世道人心的时候，这些小说给我们带来了一种新的感受。这种感受我们应该珍惜，是因为这是一种无论在生活中还是在小说中都"稀缺"的感受。2018年年选编的几部中篇小说，有的与我编选的意愿有关，有的当然也未必。但这些都是今年在某些方面有特点的优秀的中篇小说，这是可以肯定的。

目 录

序　中篇小说的变化　　　　　　　孟繁华 / 001

老玉戒指　　　　　　　　　　　　陈世旭 / 001
蓝　衫　　　　　　　　　　　　　林那北 / 033
宝贝女儿　　　　　　　　　　　　杨晓升 / 064
手　械　　　　　　　　　　　　　老　藤 / 086
甜蜜点　　　　　　　　　　　　　须一瓜 / 122
离地三尺三　　　　　　　　　　　吴　君 / 222
婴之未孩　　　　　　　　　　　　计文君 / 255
天　元　　　　　　　　　　　　　蔡　东 / 307

老玉戒指

陈世旭

一

　　大院里的这段小路坏了好几处，林慧瑛小心翼翼地把车子推到自家门前，抓紧把手扶稳，让危天亮从车座前的杠子上滑下，站定，再去卸下后轮挂着的两个液化气罐。她一早到医院给危天亮办了出院手续，完了顺路从气站带回两罐气。危天亮不会骑单车，一旦要用车，都是林慧瑛带着他。

　　一个老阿公，头戴大棉帽，帽子的两个耳朵没系上，像戏台上的官帽那样一跳一跳，苍白的脸上方方的鳄鱼嘴半张着，端端正正坐在自行车的前杠上，被一个矮小的女人推着，车后面还挂着两罐液化气，这个情景很滑稽，陈志到出版社来改稿子遇到过一次，从此老拿这事取笑危天亮。危天亮有先天性心脏病，父母都是行政官员，从小没怎么顾上他，人长得又瘦又小，满脸褶子。

　　危天亮写乡村教师的小说《湖岛小学》差一点得了那一年的全国小说奖，因为那年知青题材的名家名篇太多才没上去，社里觉得挺有面子，推荐他去北京参加一个给编辑办的文学讲习班。临出发，他又感冒了，高烧不退，林慧瑛赶紧送他去了医院。

　　动身的时候，讲习班开班已经一个多星期了。林慧瑛大包小包的像搬家一样，棉衣棉裤新的旧的不管几套全带上，连煤油炉都没落下，好熬药煲汤。之前危天亮给陈志去了信，让他到时候来车站接自己。这边送上车，那边不用愁。

　　陈志写小说在大学就崭露才华，毕业后直接进了省作协当专业作家，眼见许多同行在南方给企业家写发迹史赚了大钱，就以体验生活的名义南下特区，在一个镇文化中心应聘挂职。不料当地老板个个怕露富，根本就不喜欢宣传，懒得理他，让他受足了窝囊气，但他却又意外地得到了许多写作的灵感。危天亮听说有个北方的名作家来了本省，特地去那个乡镇拜访，从此有了联系，短篇中篇陆陆续续发了不少。每次他来出版社送稿，危天亮都去车站接送，留在家里吃住。年前有个长篇社里三审都觉得不错，就是文字拉杂，特地把他请来，跟责编危天亮一块讨论改稿。社里出钱在郊区找了个招待所让他们住下，一人一间房。林慧瑛每天下了班，骑车过来帮他们洗衣服，顺便把煲好的汤给危天亮带来，一早直接去工厂上班。有天快天亮，阳台那边的房门突然被推开，披头散发、光溜溜的温雅抱着一堆衣服一头撞进来，钻进卫生间。接着就听见隔壁陈志的房间有人在问：就你一个？接着是陈志懒洋洋地回答：你们说呢？

　　这是突击扫黄查夜。知道危天亮林慧瑛是夫妻，警察没敲门。他们一时忽略了危天亮和陈志两间房子共着一个阳台，阳台的房门是可以互通的。温雅大学毕业刚进出版社，编辑室让她做危天亮的助理，等于带徒弟。这才几天，却助理到陈志床上了。危天亮事先一点没察觉。查夜的走了，穿好衣服的温雅狼狈地低头站在危天亮两口子面前，请他们一定包涵。

　　危天亮脸色铁青，不看她：

　　放心，为了社里的声誉，我们也不会声张的。倒是请你自重。

　　林慧瑛带温雅走了之后，危天亮去了陈志房间：

　　你怎么好意思！回去怎么见你老婆！

　　这跟我老婆有什么关系？

　　陈志反而有几分惊讶，让危天亮一时语塞。

　　各人有各人的活法，老兄你就别为我操这份闲心啦。

　　那也不管温雅的名誉了？

　　陈志眨了眨眼，涎着脸说：

　　这不有你老兄罩着吗？行了，回头我代她谢你。

　　午饭，陈志买了瓶酒。危天亮是滴酒不沾的，陈志把自己搞得烂醉，抓着危天亮的手不放，反反复复嘟哝："你真不知道这小女子有多么迷人！就拜托你老兄照顾啦。今后你要有事找我帮忙，我要皱一下眉头就是王八蛋。"

　　头天夜晚上车，第二天下午到了北京崇文门站，危天亮同座的几个旅客看他那小样挺困难的，帮他把一大堆行李搬到站台上。他左等右等不见陈志的人影，心里不停地帮陈志找没有及时来的原因：他在信里讲清楚了是让陈志买站台票进到站台来接的,搞不好这家伙忘记了?但以陈志那个火爆性子,他不会在外面瞎等的,一定会把信翻出来看看;要不今天下午有重要的课他不想落下,下了课他一定会赶来;要不他早出发了,路上堵了车,或者出了事故;要不他根本就来不了,请了别的同学来接,那人正在找自己;要不又跟哪个女孩子缠绵上了?按说一个人受了那样的惊吓,再色胆包天也该有所收敛的……这样眼巴巴地等着,不觉到了天黑。车站巡警从他身边来去好几回,终于停下来问他。

那您还傻等什么?要来早跑十个来回啦。

巡警是个痛快人,一口老北京土话:

赶紧的,我给您叫辆面的!您不会打算在站台上过夜吧?

危天亮怔怔地看着巡警,嘴里不停地说我给他写过信的呀,信里讲得很清楚的呀,他不可能不来的呀。巡警不理他,用对讲机呼来几个人,七手八脚帮他把行李搬到车站外面,送上一辆赶来的面的。

到了学校,一件一件搬下行李,付过车钱,面的一溜烟走了。危天亮站定,茫然四顾。一长溜平房,窗子里人影晃动。院子里路灯昏暗,有几个人沿着墙根兜圈子,大声说说笑笑,走近了,危天亮忽然看见陈志,他是那群人的中心,正手舞足蹈,引起一阵一阵的哄笑。

陈志!

危天亮喊。

陈志看到他了,继续比划,没打算停下。那群人没一个认识危天亮的,也懒得提醒陈志,免得打扰了兴致。

陈志!

危天亮提高声音又喊了一声。

怎么啦,你?

陈志站住,很不耐烦。

不是说好了你来接我的吗?

危天亮发现陈志早把接他的事忘到九霄云外了,很委屈。

我接你?还说好了?跟谁说好了?嗯?你们谁听见了?

陈志讪笑着问身边的那群人。

我给你写信了,你没收到?

收到了。那又怎样?我干吗要接你?收到信了就该接你呀?凭什么呀?就凭你这老阿公的样儿?

那群人轰地一下又笑炸了锅。

危天亮局促地垂手站着,像截水泥桩子。一身臃肿的棉衣棉裤,灰不溜秋,棉帽子两个耳朵一如既往地张开着,像戏台上的官帽。

二

危天亮跟陈志同屋。房里的四角各有一张床。靠窗子的两张床,陈志睡了一张,把另一张撤了,放了原先紧挨各人床边的桌子,让自己床前宽敞了。箱子和书都堆到房门这头的一张床上,对面的一张床留了给危天亮。

一进房间,知道同室居然是陈志,危天亮一下把陈志没接站的事忘了,欢叫起来:

我们同室啊!

危天亮责编的陈志的那个长篇出来后反响很大,陈志一时名声大噪。能跟一个当红明星同室自然是天大的荣幸。看看房间里再没有多余的地方,危天亮跪下来,把大包小包塞进自己的床底下。总算忙完了,他拍拍手在床沿坐下,歇口气,口里念念有词:真好真好!沉浸在跟陈志同室的兴奋里。

讲习班租用的房子原先是乡村小学,中间一条通道串起几排房间。每个门口都有一个痰盂、一个垃圾篓。危天亮每天早上洗漱完的第一件事就是清理这些痰盂和垃圾篓。然后就翻出床底下的那些大包小包,点着煤油炉煲汤。

一包一包的树根、杂草、果核、粉末,让人莫名其妙。每次危天亮都耐心地给陈志讲解:这是补脑的,那是补肾的,等等。陈志在一边看着,冷笑:就把你给补成了这么个老阿公?

危天亮低下头,不再讲解,专心致志地煲汤。一会儿味儿就飘散起来。不好闻,也不难闻,就是怪怪的,让人不舒服,又说不出怎么个不舒服。那些味儿关不住,弥漫了整个通道。危天亮觉得很对不住大家,就拿给大家清理痰盂和垃圾篓补偿,每天坚持不懈。勤杂工朱师傅很感动,见面就夸这位老阿公真不错!

"老阿公"他是跟着大家喊的。危天亮看上去也够分儿。

什么老阿公,他才三十出头,比你小一轮呢!

陈志嗤笑。

是——吗？

朱师傅很吃惊。甭管从哪个角度看，自己比"老阿公"可精神多了。

说是同室，但每天能跟陈志单独相处的机会很少。除了上课，陈志总有参加不完的活动，学校里老见不着人影。每天回房间差不多过了半夜，总是醉醺醺的，混杂着淡淡的香水气息，在床上一倒下就鼾声如雷。即便在学校，他也总在各个房间转悠，极少待在自己房里，偶尔在，危天亮几乎都被关在门外。在教室晚自习回房，只要里面灯亮着，门就一定被反闩着。老旧的木门最下面的一整块板子早已没了，在门外就能看见里面两条男腿和两条女腿交叉紧贴着旋转晃动。好不容易敲开了门，陈志不但不道歉，反而说，你回来也真会挑时间，就不能在教室多待一会儿吗？自以为比班上哪个女生都有姿色的酱子扭着屁股出门的时候也会在鼻子里哼一声：真讨厌！一脚撞上了她刚拉了尿的盆子。那个盆子就在危天亮床前，危天亮不得不端出去倒掉。他很沮丧，觉得是自己犯了大错。他每天不吃安定就没法睡觉，睡得晚了就要加量，加了量也老是好半天翻来覆去。又生怕打搅了陈志的好梦，每一动他都小小心心，缩手缩脚。

讲习班的人来自全国各地，多少都有些成就和成就带来的名气。证明这种名气的指数之一，或者说最重要的指数就是有没有情人、情人的多少和成色。男生一坐下来就比较各自情场的战果。有一个让老婆戴了绿帽子的光棍甚至拿了前妻的玉照来充数，被一个知根知底的当场揭穿。

危天亮开始很纳闷：这样的事也可以拿来显摆，自己的家室往哪搁？他根本不能想象林慧瑛之外他还可以有别的女人。

同一个生产队的林慧瑛在家里是老大，下面一堆弟妹。父母忙着做工，都扔给了她，从小苦惯了，不在乎照顾一个危天亮，时常来给他煎药，煲汤，洗衣浆衫，后来就成家了。知青大返城，因为父亲卡着，危天亮一直在乡下中学教书。好在他父亲没有恢复工作前林慧瑛就回省城顶替她父亲进工厂了，分了房子，要不他从乡下回来一家人住哪都是个问题。危天亮一个人在乡下，有空就写小说，连续发了好多篇，被省出版社看中调入，他父亲那时已全退，不好再多说什么。

在讲习班，危天亮始终进不了任何一个圈子。不是人家不让进，是他自己怎么也进不去。人家一帮一伙地说话，忽而神秘兮兮，忽而嘎嘎乱笑。他站在一边怎么也闹不明白其中的奥妙。为什么好笑？甲是花花公子，乙是正人君子。甲把丙的肚子搞大了，孩子生出来，鉴定结果父亲是乙。这怎么可能？别人笑得一塌糊涂，他使劲眨着眼睛，努力深究其故。

当年时有才人出，各领风骚三五天，领异标新二月花，城头日换大王旗。他写的那些十三不靠，没法归类，哪杆旗下也没位子。但班上一开会，他的发言总是慷慨激昂，都是责任感使命感之类套话，听得大家昏昏欲睡，东拉西扯一片乱糟糟。他始终是怒目金刚，唾沫四溅。陈志说他整个就是一没血没肉的机器人，"责任感""使命感"不过是一种事先设定的程序。问题是程序开关掌握在他自己那里，除非你切断电源，否则他就会一直那么亢奋下去。

人活着是要有趣的，没趣还活个什么劲？陈志说，危天亮就是特没趣，所以特没劲。

没趣的危天亮男生的圈子进不去，女生那儿他根本就不会沾边。除了一个李雪梅，基本上没有女生单独跟他说话。

李雪梅是写诗的，诗写得不错，人长得惭愧，出名后离了婚，跑来上讲习班。危天亮到校之前，她边上那个座位一直空着，安排谁谁也不坐。危天亮来了，就成了她的同桌。陈志在背后笑：还真是有缘，虚位以待，就等着老阿公出现。别说，这两个人坐在那儿还真有点夫妻相，天生一对地设一双。

危天亮是南方人，上课的时候听不懂北方老师的话，就请教李雪梅。李雪梅很热心地给他标拼音，标同音字，下课了还反复讲解，生怕他没弄明白。危天亮很感动，就问李雪梅有没有新写的诗稿，他可以转给社里的刊物发表。他对人的审美很麻木，从来不关心谁是不是美女，但当了几年编辑，对稿子有一种狗鼻子的敏感。李雪梅的诗写的都是生活的实感，挺质朴，危天亮帮她在社里的刊物发了好多首。但李雪梅对发表作品好像不是太在意，一有空就祥林嫂似的向危天亮倒苦水。讲习班的课堂也是饭堂。吃饭的时候他们依旧坐一桌，李雪梅的苦水从上课到吃饭到吃完饭到饭堂的人差不多走完了倒个没完没了。

危天亮低着头，嗯嗯啊啊地听着，不知说什么好，等她口说干了喝水的空隙就问一句，这几天有新写的诗吗？有天吃过晚饭，李雪梅又缠着危天亮说话，他们那张桌子别人也不去。说着说着李雪梅忽然歇斯底里咆哮起来:"你什么意思啊?假装什么圣人啊?除了诗诗诗就连个屁也没有,你以为我是写诗机器啊?你以为只要发表诗一个女人就什么事也没有啊?"

危天亮猝不及防,眼睛睁得老大,完全傻了。

当夜李雪梅就收拾行李,第二天一早就拉起行李箱走人。讲习班的老师上班听说后立即赶去车站:

什么原因啊?危天亮骚扰你了?

骚扰?他要真那么男人就好了,我宁可被他强奸!他那副一本正经一成不变的老阿公样能把人折磨疯!

李雪梅回去以后诗风大变,把脐下三寸写得活色生香,领一时风骚。在她后面的下半身写作再豪放,也只能拜她为开山祖奶。

都说愤怒出诗人,其实饥渴也出诗人,尤其是性饥渴。危天亮那点干巴文字一点灵气也没有,跟哪个圈子也不搭调,上文学史是没指望了,但是他用柳下惠的坐怀不乱帮助李雪梅完成了弗洛伊德的被压抑欲望的满足和升华,造就了一个杰出的女权诗人,把李雪梅生生逼进了文学史,功莫大焉。

周六夜晚,一帮人从三里屯泡吧回来,兴奋异常,拥着陈志进了房间,听他夸夸其谈。

说起来也够惨的,什么坐怀不乱啊,就是性无能。

陈志看着危天亮的床,上面只有一床铺得平平的被子,看不到一点起伏。

危天亮就在被子下面,他早早吃了安定蒙头睡了,忽然诈尸一样从被窝里挺起来,目眦欲裂:

谁性无能?说谁性无能?嗯?

大家是第一次看见危天亮发怒,这样的人一旦真火了,什么都干得出来的。陈志很快镇定下来,没说你性无能,我们是佩服你的高尚,说你是柳下惠再世呢。

再世个屁!

危天亮怒气冲冲。

看危天亮缓和下来,陈志嬉皮笑脸:

要不,哪天你也泡个妞给我们见识见识。

不就是胡搞吗?动物都会!

太好了,最后一个堡垒坍塌了!

众人起哄。

危天亮懒得理他们,躺下去,重新蒙头睡觉。

三

一连几天大雪,奇冷。勤杂工朱师傅在收发室看到有危天亮的一封信,很热心地给他带到寝室来,让他少遭趟罪。已经下了课,危天亮还在教室。朱师傅把信交给了陈志。

危天亮老师 收

信封上的字很娟秀,一看就是女孩子写的。这样的信陈志常收到,不奇怪。奇怪的是危天亮也能收到这样的信。陈志抓着那封信,心里有点犯酸,还真不能小看老阿公!危天亮刚进门,他阴阳怪气地说,你的桃花运来了。

危天亮看见自己桌上的那封信,一下愣了。

沁沁!

危天亮颓然地在床上坐下。

不会是惹上麻烦了吧?

陈志斜着眼问。说不清是醋意还是幸灾乐祸。

沁沁居然从报纸上看到了他们讲习班的消息,放了寒假,她正好要来北京出差,有个好心的企业给了他们学校打了井,解决了他们的吃水,学校派她来送锦旗。到时顺便来看老师。

没法躲避了!

危天亮心里七上八下,满脑子一片轰响,一时慌了神。眼前能给他出主意的也就只有这个陈志了。他把拆开的信递给陈志。

这不大好事吗?你愁什么?我是真搞不懂你,你真当自己是柳下惠啊?那有劲吗?

陈志看完信,叫起来。

你严肃点好不好?我是认真的!

我也是认真的!你没有理由伤人家的心,除非那是第二个李雪梅。

看看危天亮没话,陈志同情起来:
我说你老兄运气怎么这么不好呢,尽让丑女人缠上……
你胡说!
危天亮打断陈志。
你这么说对谁都不公平。
看看陈志挺委屈,危天亮补了一句。然后趴到地上,从床下抽出一个牛皮纸卷宗。

　　……
　　我是北方山村的一个小学教师。读了您的小说《湖岛小学》很感动,您小说里的人物有着朴素的美,很真,真得让人心疼。那个小女孩被父亲强行带去县城给他的后妻抱小孩,从此失学,离开湖岛前上了最后一课,老师领着全班同学齐声念着送别的唐诗,送她上船,船荡出湖湾,升起船帆的时候,小女孩抱着桅杆大哭起来,岸上的同学也一起跟着哭喊,老师忽然不顾一切,跳下还没有开春的冰冷的湖水,奋力去追帆船……整个一大段,我跟学生们一块朗读,没等朗读完,全班就哭成一片,朗读不下去了。
　　小说里的我的那位同行,在现实生活中有原型吗?他后来的命运怎样了?我知道,小说是虚构的,不该这样问,可您的小说让人读了怎么也放不下,这样的小说是可以给孩子们读的,您深深地触动了他们的心灵,会影响他们的一生。因为我也有相同的感受。我觉得我最大的幸福,就是有一天孩子们长大后回忆往事,会很欣慰他们的童年曾经有过我的陪伴。我想,写下这些故事的您多么像奔腾的江河,浩浩荡荡畅流不休!这样的小说获不获奖都没有关系,孩子们的感动——还有我的,也是对作家的奖赏!您说是吗?特别想和您谈谈,您怎么对待心里的您?
　　寄上我的一张照片,请别见笑。
　　以后能常向您请教吗?打扰您了。祝安好!

照片上的沁沁站在一群孩子中间,自己也像个大女孩。
我的天,天仙啊!
陈志盯住照片上的沁沁,连声惊呼。

老哥，我这回是真心祝福你啊。我要有这么一位，我那些全都可以送你。

　　陈志还真是由衷的：

　　给人家回信了吗？

　　当然回了。

　　这是危天亮收到的沁沁的第一封信。他是编辑，回信是职业习惯。何况是这么一封充满善意的信。

　　怎么回的？

　　陈志很急切。

　　我说她在想象中把我美化了。我的生活和我的写作其实都很平庸，最多就是一条有一点响动的小溪流。我的作品影响很有限，她肯定看得不多。任何作家的作品写的最终都是自己。自己平庸，作品就只能平庸。我不是故作谦虚，我知道自己的斤两，让人看走了眼最终会很没意思。

　　……

　　老师啊，我不是小女孩了，也从不盲目崇拜谁，我向往的是所见的每一样美好。喜欢您是从您写的那个湖岛小学开始的，不知为什么，一想到您，就看见月光下波光粼粼的湖水，它那么静谧广阔动人。您和您的同龄人曾经付出的青春熠熠闪光！世间有什么比洁净的灵魂更令人敬重的呢！读了您的文字，泪水婆娑。当众人都趋之若鹜成为物欲的奴隶，您却在无边的寂静中痛楚而喜悦地歌唱！很想知道，那些岁月对您有着怎样的意义？谁又住进了您心里？如今的每一天都是怎么过的？我问得太多了，如果惹您烦恼，你就别回答。

　　老师，我跟您一样深切地爱着大自然。喜欢您，是因为在您的小说里我看到一种清澈和深邃。一个那样纯净的人一定是美好的。请允许我在灵魂深处爱您，听您，静心，读书，或许还有写作。我无法阻止自己像一棵植物追随阳光一样向往南方，您就是南方。

　　请允许我拥抱您！为我认识了您。

　　我的天，你太幸福了！什么"我不是故作谦虚"，原来你才是高手啊，欲擒故纵。

陈志读着沁沁的第二封信，嫉妒得手直抖。

但这封信让危天亮不知所措。到目前为止他没有给任何女孩写过情书，沁沁这封信之前，他也没有收到过任何女孩的情书。他跟林慧瑛都没有说过情话，因为语言没法表达他们那种在患难中建立起来的男女关系，那种说不清道不明是母子是兄妹是师生是密友还是情人的关系，纯净得不能再纯净又丰富得不能再丰富。在这之外任何类似的情感对他都是多余的。他工工整整地回了一封公事公办的信，谢谢沁沁的关心。作为文化和教育工作者，大家都负有崇高的社会责任和历史使命，希望在各自的工作岗位上努力向上。愿她一切好。也欢迎她为出版社的刊物写作。

然后把沁沁的信锁进抽屉。

好久没有见到沁沁的回信，危天亮如释重负，心想这还真是一个懂道理的女孩，沁沁的信却来了。

……

敬爱的老师，一切可好？这些天，走到哪儿，哪儿都下着雨。雨水那样湿滞浊重。

老师的写作，是一种恳切的沉淀和提炼。老师笔下的人物总是离自己不远，形象凝重、性格显明，就那么活生生地立在字里行间。无论人生还是创作，升华都是最终的追求。老师在借着写作，尽可能表达自己的人生观，这让我看到一位心怀悲悯的、值得敬重的老师！

多么希望老师更好，想来老师心里宽敞着呢，不会怪我乱说话。安好。

本想早些回信，前些时路上来了大暴雨，跑着淋得不像样儿，今天险些爬不起来了，这会儿吃过一大把退烧药才好些。

危天亮正犹豫着要不要回信问安，第二天又看到了沁沁的信：

……

夜深了，怎么也睡不着，还是写信。老师别烦——我是挺烦人的。昨晚发过信就后悔了，怎么又由着自己性子打扰您呢？生着自己的气。瞧，我成了情绪的奴隶，如此不堪……

下面的内容危天亮没有再读，直接把信锁进了抽屉。决不能再回信了。这种危险的游戏不是他该玩的。但沁沁的信一封接一封：

……
真不愿惹老师烦恼，可是，忍着不想太难了。
老师，这些天，您一回、一瞬、一会儿也没想起过我吗？

……
喜欢老师和老师的文字，跟任何别的都没关系，曾悄悄想，要是老师也喜欢我就好了。哦，喜欢老师让我体味到生命的样样美好，这多么难得！因此，内心里对老师深怀感激。

……
老师，这封信，无论您何时看都没关系。
老师的沉默我早已明白，可我的喜欢这么真切地生长过，怎能一下子割舍呢？来自生命深处的，我都会珍惜铭记。此刻深深感到，被人害怕是多么难过的一件事。请老师不要责怪我，我喜欢藤的自然蔓延，也深厌其惯于缠绕。
如果您愿意，是朋友好了，没有性别差异的，兄弟般的吧。

……
拜托，没空回信像老师那样批个"阅"字吧？我尽量忍着不写。

……
哦，别为难，只愿老师开心。
等喜欢的感觉消失就没这么讨嫌了，对吧？
那一刻，永远别来。
我宁愿清醒而痛苦，也不愿麻木糊涂。
唉，一个人没人喜欢多悲哀啊。
……

沁沁所有的来信，这次来京危天亮都装进了行李箱，他怕万一给林慧瑛看见在心里留下不必要的阴影。他也不能毁了那些信。毕竟，那里有一颗多么纯洁美好的心灵。

我明白了，这么好的一个女孩，你为什么要躲着，因为你害怕了。

陈志放下那些信，心里五味杂生。

我害怕什么？

害怕你自己。害怕自己拒绝不了她。

嘻，笑话，有什么拒绝不了的，我早拒绝过了。现在，当面拒绝，她会受伤害的。

不当面她就没受伤害？

那不一样！当面拒绝太难看了。

那就别给人难看！那就别拒绝！那就接受！我的老兄！

不行，绝不可以！

危天亮愤然说：

这女孩，真不懂事！非看脸色。

说你是柳下惠还真说错了，你压根就失去了爱的能力。

陈志瘪嘴，耸肩，再不搭理，让危天亮一个人在那儿长吁短叹。

四

晚饭后，危天亮照例坐教室自习，一连几天心神不宁。各地中小学应该就在这几天放寒假，沁沁说不定什么时候就跑北京来了。她在信里没说具体日子，显然是当时定不下来。

像是真有心灵感应：

危天亮，电话！

门房的喊声远远传来。

危天亮跌跌撞撞地跑到门房，抓起电话。

老师，我是沁沁。

沁沁的声音兴奋而娇嫩。

危天亮的心咯噔一响，赶紧用巴掌按住听筒，贼似的四下张望。还好，除了重新窝在床上盯住电视看警匪片的门房，附近一个人影也没有。

我现在在途中一个站台的公用电话上给老师打电话，具体什么站我没记住，反正离北京很近了，火车正点到北京崇文门站的时间是今晚九点四十分，我在六号车厢，下了车我就在站台等着。老师能来接我吗？我是一个人，第一次来北京，就想最快最快最快见到老师呢。

沁沁之前只写信，从没有给他打过电话。她显然是怕给他造成不必要的麻烦。现在他在外地，她也就不必太多顾虑了。

危天亮当时不知道，沁沁那个山村小学根本就没有电话。打电话要去几十里外的乡邮电所。乡政府有事都是专门派人传话。

晚上九点前，危天亮就赶到了崇文门站，看清九点四十分到站的那趟车停靠的站台，赶紧买了站台票进站。

一趟一趟车停靠，一趟一趟车开走，一群一群人蜂拥而下，一群一群人蜂拥而上。

就是没有沁沁。

火车晚点了？她在哪个站下车耽误了？

过半夜了。沁沁的影子也没有。

怎么又是您？

居然又是上回那个巡警：

又等人接您？

不，不是……

危天亮忽然遇到了大救星，上下牙叩得咯咯响：

我来接、接人，可是……

危天亮结结巴巴，越急越说不顺畅。

您别急，我给您捋捋，要不您越说我越不明白。一个姑娘，小学老师，从太行山大山沟里头一次来北京出差，在离北京很近的一个站台给您打过电话，应该九点四十分到，到现在没见人，您想知道车是不是出什么事在哪耽搁了？或者是她出什么事了？给人挤出站了？找不着您了？甚至给坏人拐跑了，您很担心，很害怕，对不对？

对对！

危天亮清水鼻涕流得老长也顾不上擦一把。

那么的，第一，我明确告诉您，今天进北京的列车，到目前为止都是正点到达；第二，我现在就能帮您的就是让车站广播找人，只要她没离开咱北京站的范围，你们就有指望见着；第三，您得做好报警的准备,从她家乡那边往这边找。这个公安会有办法的,跟您说了您也不懂;第四,您先去候车室暖和暖和,别一会儿冻死在这儿。

危天亮眼里闪着感激的泪光:

行,那就拜托您了!我不离开站台,就在这等着。

您这是何苦呢?一有动静我就告诉您。

不行。

危天亮摇摇头,再不说话。

真服了您了。

巡警从值班室找来一件军大衣,把冷得浑身筛糠似的危天亮裹上。

没有这件军大衣,危天亮很难说能不能熬过那个夜晚。

早上回到讲习班,正是早餐时间。危天亮昨晚走得急,没带房门钥匙,转身去饭堂找陈志。

危天亮出现在饭堂门口,被人发现,里面原来面朝黑板坐着的人都纷纷转过身子,齐齐看定他。

接到沁沁了?

陈志打破寂静。

没有啊。

失魂落魄、面色青紫的危天亮摊开两只手,张开他那张方方鳄鱼嘴,暗淡的眼睛里满是绝望。他给冻木了,根本就不会想陈志怎么知道他去接沁沁?他昨晚直接就从门房走了,跟谁也没说过话。

那你干吗回来?不在那等着?没准她上午到呢。

我回来看信,找她的地址。报警。

整个饭堂重又陷入寂静。憋了一阵,突然爆发出哄堂大笑。疯狂的拍打、跺脚,桌椅板凳跟着跳起。闹够了,酱子擦着眼泪、强忍着喘息说:

不用报警啦,昨晚那个电话是我打给你的。你不柳下惠嘛,没想到比谁都着急上火啊。我就说嘛,老阿公其实比谁都不缺荷尔蒙……

酱子正说得热火朝天,一直就那样张开手摇摇晃晃站着的危天亮忽然脖子一挺,呕出大口大口白沫,顺着下巴、喉咙白花花地往外冒,之后像块硬板一样"咚"的一声仰面倒在地上。

五

住院的时候朱师傅送来了沁沁的信。

沁沁在信里说：老师，我可能要食言了，原说寒假去北京看您，可前几天一场大雪把好几个学生家的房子压塌了，我要把他们几家人都接到学校来住。等他们的房子修好，也许就春暖花开了。那时去北京，我可以摘很多花给您。如果去不了，那就让它们开在我心里。老师，您一直不回我的信，我明白，您的心早已有人住着，我住不进去。但是，您会永远住在我的心里，我会紧紧地揣好您，不让您去任何别的地方……

危天亮的眼泪成串成串地滴落。

这个傻丫头！

朱师傅看着危天亮递给他的信，跟着抹泪。危天亮跟送他来医院的讲习班领导交代，他不想再回讲习班，他知道自己写作不入流，本来没资格跟作家们做同学的。每天晚上来医院陪危天亮说话的是朱师傅。他跟朱师傅说，身体稍好些，他就回家。他请朱师傅把讲习班那儿他的书稿和主要的几件私人物品带来医院，其他的都留给朱师傅做纪念；他给沁沁写了回信，说他很快就回南方了，让她如果来北京不必找他。他把信交给朱师傅，请他赶紧发出去，又不停地叮嘱：万一她没收到信，来了北京，请一定保护好她，山里女孩没经过世面，是不设防的，千万不能让她受人欺负。另外，千万别给她说自己被骗接站的事，就当之前什么也没有发生过。她心里太干净了，容不下一丝肮脏。

能自己起床走动了，危天亮坚决出了院。讲习班教务处两个干部送他回了家。临别再三说等他完全康复后他们会来接他。他礼貌地笑笑：

谢谢。

教务处两个都看出来，这是谢绝。

危天亮跟出版社说，他身体和水准都跟不上，只好休学回来上班。跟林慧瑛，他说了详情。林慧瑛听完，沉思着说，北方孩子淳朴，真是个好姑娘！有机会我们去太行山看她。

沁沁进京比她预计的要早。遭雪灾的那几户安顿下来之后，学校领导让沁沁还是赶在春节前送锦旗，表明学校的诚意，也给人家一个喜兴。

头天晚上到京，那家企业的办公室主任小潘开车来接。上次小潘也随老总去了太行山，认识沁沁。

第二天上午举行了很正式的赠旗仪式。沁沁代表学校宣读了长长的感谢信，说明校领导因为雪灾要走访学生家庭不能前来，很抱歉，然后座谈。午餐后，沁沁说，下午她去看望在京学习的一位老师，然后就从那儿直接去车站，返程。几位老总都很感动，说，知道你们那遭的灾很大，留你不住的，只好等以后请你们来，争取让学生们一块来看故宫登长城。回头小潘会买好你晚上返程的那趟车票在车站等你，你安心去看望你老师吧。

本来想给她派车，但怕会让她不方便。

昨晚住下后，沁沁的心跳就怎么也按捺不住。她翻出那张登了危天亮上的那个讲习班消息的报纸，找到准确的全称，给114打了个电话。114那个话务员挺负责，估计大晚上的办公室有人的可能性很小，给了沁沁一个值班室的电话，一拨就有人接了。

讲习班吗？

沁沁努力压抑着。

是，您有什么事？

我找个人。

您说，找哪位？

危，天，亮。

危——天——亮。

行，您别急，我给你看看，名单就在这桌上呢。

沁沁想象着对方眯着眼睛，一只粗指头在玻璃板压着的一张名单上滑动的样子——她班上学生的名单也是压在桌上的玻璃板下面的。

在这呢，危，天，亮，一排四号。

谢谢您！

沁沁几乎要跳起来。这一晚上她睡得很沉，临睡前想着危天亮就在不远的地方散步，看书，或是跟人聊天，他们第一次离得这么近这么近，心里说不出得甜蜜。

大街上，面的跟蝗虫似的。沁沁上车就问，师傅这地方您认识吗？师傅说放心，没有出租车司机不认识的地儿。

讲习班大院一片寂静，正是午休时间。连门房也捂在被窝里眯着了。沁沁觉得不该打扰，直接穿过院子走进那排平房。

房门上标着：1—4。

沁沁站住。屏息。举起手。拍门。轻轻地，一下，又一下。

没有等响第三下，门开了。陈志睡眼蒙眬，刹那灯似的一亮，迅速把沁沁拉了进去，又迅速关上了房门。

老师，我好想你！

沁沁嘤嘤地哭。

我也是，我也是……

陈志呼哧呼哧气喘如牛。

开门！

外面一声断喝：

快开！要不我踹了！

陈志无奈地把门拉开。

朱师傅一手拨开他，问：

姑娘您是沁沁吗，太行山来的？

沁沁用棉袄袖子擦干眼泪，拂了拂刚刚被弄乱的头发，惊惶地点点头。

您来看望危天亮老师对不对？

对。

朱师傅转身逼视陈志：

那你告诉她，你是谁！

陈志的眼睛里射出寒光：

朱师傅，这跟你有关系吗？

你说不说？要不我请这一屋子人都出来，你当大伙的面说你是谁。是危天亮吗？一个臭流氓，别把人家名字给弄脏了！

走廊上已经陆陆续续站满了人。

沁沁进大院的时候，朱师傅正在院子里拔枯草。来讲习班串门的男孩女孩大多都挺时髦的，很少有沁沁那样的北方农村装束，一身厚厚的老棉袄，又宽又大。朱师傅忽然想起危天亮给他看过的照片，呼啦一下站起来，追上去，刚好看见沁沁被陈志拉进房门。

姑娘您来晚了。您危老师已经回南方了，不会再来这种地方趟这种臭流氓的浑水了。我给您寄过他的信，您没收到？

沁沁低着头从人丛中挤出去，倒退着，看着一帮名满天下曾经像天上的星星一样让她无比神往的男男女女，满脸恐怖。然后回转身，飞快地跑出去。

危天亮开春后收到沁沁的信。信是年前写的，给他全家拜年。但大雪封山，邮路给堵着了。他这才知道，他在北京托朱师傅寄给沁沁的信，沁沁是从北京回去后才看到。那封信也因为大雪被滞留在县邮局，没有及时送达乡下。在信里他只说单位有要紧的工作必须回去，讲习班只好不上了。

沁沁的信说她没见到老师当然很遗憾，但她回去后也想清楚了一件事，就是她永远只能是老师的学生，不应该有其他非分的念头。老师有紧张忙碌的事业，有幸福圆满的家庭，不应该因为她增添不必要的精神负担。而她，有一茬接一茬喜欢她的学生，他们中间许多人有一天会走出大山，把她的心血变成一种意义。深深的夜里，她可能会想起老师，那她就会去看山里的月亮。在他们的太行山，夜空总是格外的蓝，月亮总是格外的明亮。某一天，她会遇上一个喜欢她的好男人，嫁给他，为他生儿育女。那时，她也许没有了任何浪漫，但春暖花开的时候，她一定还会去山上采花，让她记得她曾经的年轻，曾经的跟所有青春女孩一样的玫瑰色的梦。

沁沁没有提到自己的冲动和陈志的无耻，显然是怕危天亮听了难过。陈志那天中午耍流氓，是朱师傅写信告诉他的。朱师傅也辞了工，另外找了一家单位应聘。

危天亮稍稍安心：沁沁有惊无险，人经历了一些事，会成熟得很快。只是，沁沁的梦醒了，危天亮的噩梦开始了。

六

中午的工作餐是集中逗笑的时间。一段日子，主题词老有"铁树开花""枯木逢春"之类，一旦危天亮走近，大家就对他挤眉弄眼。有人甚至直接恭喜他：完全看不出，老兄原来这么活泛。他好久才闹明白，"铁树"也好、"枯木"也罢，都是指他：他忽然莫名其妙地从北京退学回来，原来是因为一场风花雪月。

危天亮差点没气背过去。他从来不容自己有任何道德瑕疵，也不容别人对自己有任何负面评价。他气急败坏去找社头。社头耐心地听他语无伦次地说了好半天，笑起来：

就这么点事？

这怎么是一点事！换了你你受得了？

岂止是受得了，我会得意。

社头挺油：

泡妞，找情人，不是时髦吗？你跟太行山那小学老师不还有书信来往吗？我听说你在北京，给女作家倒尿盆子，还气跑了一个女诗人，人家说你性无能，你从被窝里诈尸一样挺起来，有这事吗？

危天亮忽然醒悟：这一帮瞎起哄的同事后面是温雅，温雅后面是陈志。编造和散布危天亮的绯闻，目的是取消他的人品优势——编辑室主任退休，空出的位子正在竞聘。最有资历也最有实力的是危天亮，但温雅志在必得：她联系的作者大多是新锐作家，书稿的销路都不错。而危天亮手上，有些书刚出来就打折。有的选题明摆着没有市场，但他认为有文化价值，就坚持要上，常常把社头也搞得头疼。

还有一种更小心眼的说法，危天亮这次回来就是为了坐编辑室主任这把交椅。出去镀金，就为升迁。闹半天回来位子给人抢占了岂不白瞎。

我有这么卑鄙吗？

危天亮厉声喊。编辑室的人大都低着头，尽量回避危天亮的眼睛。只有温雅迎上来：

危老师你别听那些，我们谁不知道你呀，一个小小的编辑室算什么！

危天亮直直地看着温雅：

那些话就是你说的！你有工作能力，有业绩，好好竞聘就好了，干吗贬低别人！你那些话，污辱人格，你懂不懂！社头征求过我的意见，我本来是推荐了你的，现在我撤回我的推荐。

危天亮的愤怒留了余地。即使温雅做得这么过分，他也没有想过拿她跟陈志的洋相说事。那是下作。他一直很同情温雅。她父亲当过中学校长，同校的女教师放弃教职嫁给他，随他下乡，当民办教师。温雅是他们最小的女儿。几个孩子都很争气，在大学都是高材生。

危天亮可笑就可笑在这里，他的反应特别迟钝，除了他孤陋寡闻，社里几乎没有人不明白，竞聘，征求意见，只不过是走一个过场。只有他会当回事。他推荐还是撤回推荐，跟温雅当室主任根本就没有半毛钱关系。他事过好久才知道，提名温雅升职的是可以决定社头能不能当社头的人。

但所有这些,对危天亮来说都不重要。重要的是他不是那种蝇营狗苟的人,他不会跟任何人争任何好处!为了证明自己的光明磊落,他向社头要求调出编辑室,另行分配工作。

社头说:"那我就太感谢你了。本来,无论怎么排队,这个室主任的位子就是你的。什么狗屁的竞聘,就是掩人耳目罢了。我只能硬着头皮让人在背后骂娘。现在你主动告退,我的压力也就没那么大了。你来总编室吧,正差人手呢!"

总社下边的一个个分社先后盖了宿舍楼,相对独立了。文艺社也看中了附近城中村的一块地,但拿不出那么多拆迁费。正愁着找钱,危天亮的出现让社头灵光一闪,忽然想起他在一个文史刊物上看到的资料:危天亮父亲当特工时受到过香港商人包先生的救助,有生死之交。

你回去准备一下,明天跟我去香港一趟。

社头没头没脑地说。

去香港干吗?

危天亮很意外。

看马会。

社头油油的。

危天亮当然知道不会是看马会。但领导不说他不好多问。

香港之行,一切如愿以偿:从包氏公司现在的掌门人包先生大公子那里拿到了一笔巨额赞助,年事已高的包先生本人出席了宴请,席间吃力地问危天亮:"令尊可好?听说他受罪了?"危天亮张口结舌,不知该不该回答,怎样回答。他是头一次到香港,头一次面对资本主义,面对资本家,再说,他一点也不知道这位老先生跟父亲有什么瓜葛。

直到整个行程顺利结束,危天亮才知道自己受了利用。他脸色很难看。社头说,别不开心,你给社里创造了历史,我们都要感谢你大恩大德。房子盖好了,你挑最好的一套住。但是这趟香港出差请你千万不要告诉你老爸,他老人家的脾气,就不用我多说了。

父亲要知道他们打着他的旗号跑去香港找包先生捐钱,非跟他们拼老命不可!如果说父亲的大半生都在为一种令他热血沸腾的理想奋斗,那么他的晚年的唯一事业就是极尽一切可能来证明他的这种奋斗的纯洁性。

危天亮的父亲生前让所有认识的人个个敬畏。不是县里不使用，是危老有交代：你们要动他，事先必须请示我，这是纪律！每次儿子回家，危老就叮嘱：就你那水平，就在基层老实待着，爬得高，摔得重，不是什么好事。危老自己一离休就交出了办公室；搬出了独栋庭院，让办公厅给他在省政府干部大院找了套单元房；请一众秘书、医护、警卫、司机吃了一顿饭，感谢他们多年的辛苦，谅解他对他们的种种过失，告诉他们，我这里没你们什么事了，组织上已经同意他的请求，请他们回各自的主管单位另行分配工作。多年来他从不干政，散步遇到跟他一样退下来的老同志发牢骚，他立刻就拉长脸。他们只好赶紧住口，从此见了他就远远避开。

看父母身体越来越不济，危天亮试探过请父亲给有关部门打个招呼，调回省城，方便照顾他们二老，回答斩钉截铁：我危某一生没向任何人低过头，别指望我打这样的招呼。

训儿子也就罢了，对外有些事也做得太绝，很伤人：老干局组织老干部出访他从不参加，说把出国考察当福利是不正之风。有一次去法国，他破例参加了。到巴黎的第二天，他跟同行的一个人打了声招呼，说巴黎他来过，请转告领队不用找他，就不管不顾地独自去了日程上没有安排的拉雪兹公墓，在欧仁·鲍狄埃的墓碑前坐了差不多一整天，天黑才回到宾馆，当晚就让改签机票，一个人提前回了国。把一个团的人弄得很不自在。

多年后，父亲走了，母亲也跟他一个脾性。离休前她一直在市里工作。为了照顾老领导，市里给每个副省以上的干部在风景区盖了一栋别墅楼，不用花钱买，将来子女也可以继承。她不要。给市委写信说："我和我已故丈夫一生从来没有向组织提过任何与个人利益有关的请求，如果这封信提出的请求算是的话，那这是唯一的一次——我的请求是向领导表明：我不需要新房子，请组织上另作考虑。好心人劝我迁就，都接受了嘛！但人家是人家，我是我。迁就就等于自甘堕落。同时，我郑重声明：也决不许任何亲属打我的旗号，来要这栋房子。我现在住的房子在我死后也交回公家。我们留给后代的遗产是极为丰厚和宝贵的，那就是我已故丈夫的精神品格。此外，我还有一点点存款，全部用于我的后事开销，尽量不给组织增加负担。"

市委书记当即就在信上批示："老一辈革命家的高风亮节给我以深

刻的教育，为她的无私精神深深感动。相信对于我们广大干部，这封信也会是一份思想道德的好教材。"很快用市委红头文件转发到市委市政府以及下面各县区的所有部门和单位。

这封信在官场上反应并不好。这样的高风亮节，很可敬，但不可亲。没有人会仿效这样的别扭和较劲。这叫"玩高尚"，跟玩慈善，玩助人为乐，玩见义勇为一样，是一种时髦，求的是一种更高级的精神享受。

母亲不管那些闲言碎语，又自费出了一本书，是危老生前剪报编辑的一本诗集，扉页上的题记是危老的一首诗：

质本洁来还洁去，
未肯逐流堕泥沟，
此去黄泉归旧部，
昂首挺胸自不羞。

母亲自己写了后记：

诗集即将付梓，我痛彻骨髓。死者长已矣，生者常戚戚。但我永远不会忘记老危弥留时抓着我的手说的话：我俩老骨头，即使顶着崩塌的泰山，也要走到正路的尽头。

市委让办公厅通知市委市政府以及下面各县区的所有部门和单位订购，必须做到人手一册，这样危天亮母亲可以有一笔相当可观的正当收入。没想到母亲不但不接受，还大发了一顿脾气，当面让市委书记下不来台。

父亲临终前给了危天亮一首诗，是他坐牢时咬破指头用血写在一块撕开的衬衫上的，唐朝骆宾王的《在狱咏蝉》：

西陆蝉声唱，南冠客思侵。
那堪玄鬓影，来对白头吟。
露重飞难进，风多响易沉。
无人信高洁，谁为表予心。

危天亮不知道其中一定有的故事，长期处于地下的父亲最终把无数重大的秘密带去了地下。他交给儿子的是一个血的警告：任何时候都要保持绝对的清白，不能给任何诬陷玷污留下口实。保护好做人的起码尊严。

父母死后什么也没有落下，就落下一种精神洁癖。危天亮从他们那什么遗产也没有继承，就继承了这个洁癖。陈志概括说，这个洁癖在他们两代人身上就只有一种症状：僵硬，死板，保守，偏执，不开窍，不通融，一根筋，不近人情。

危天亮在他拉来赞助盖起的那栋楼拔地而起之后，做出了跟他老妈一样的异常决定：不参与分房。

社头说，你这是干吗，让我们不仁不义？

危天亮说，跟你们没关系。我只想表明，我当初跟你们去香港，不是为了捞房子！

没有人感叹危天亮惊世骇俗，比较一致的认识是：

白痴一个！

七

人的才华和潜能真的需要一个平台来展开。温雅在大家的印象中起先只是一个光艳但没脑子的美女。招聘的时候社头一眼就相中了她，说找个靓妹给社里增加点亮色。温雅平时很安静，老是木木地发呆，见谁都赶紧站起来，谁让她做事她都唯唯诺诺，让人怜香惜玉。谁也想象不到她会有后来的如此的干练。关于她靠省委分管领导上位室主任的议论，社里很长一段时间飞短流长，沸沸扬扬。但她打开局面的能力很快就让大家刮目相看。编辑室的双效益眼见得嗖嗖地往上蹿，出的几套大型丛书领导叫好，市场销售量也很可观。那个文学月刊原来半死不活的，社里都准备申报改刊了，温雅举办了一连串全国性作家笔会，对南方近年的繁荣昌盛充满好奇的北地名家纷至沓来。刊物的作者阵容顿时豪华，刊物的发行量渐渐稳住了下滑的趋势。

参加这次笔会的基本上是危天亮退学的那一期讲习班的学员，许多人的作品眼下在文坛炙手可热。之前温雅主编的《中国当代文学百佳》，卖得不错，很快就再版，他们都在其中。给温雅出这选题的是陈志。他自己这两年的写作很旺盛，声誉日隆。

　　同一个航班的应邀作家有好几位，出版社派了辆中巴去机场接他们。车上有人打听危天亮，陈志轻蔑一笑：怎么想起他来了，他早就不在文坛的视野了。一帮人于是记起讲习班走廊那股怪怪的煲汤的气味，记起李雪梅的歇斯底里咆哮，记起危天亮的"诈尸"和被酱子的电话骗到北京站冻了一夜的故事，笑得前仰后合。出版社来接站的听他们这样议论自己的同事，心里很不是滋味，插嘴说，我们危老师虽然不像在座各位大师这么有名，但写作很勤奋的，他正在写一个大部头谍战题材的长篇，素材基本是他老爸的亲身经历，我们社里很看好这部书，会特隆重推出，一旦出来会很火的。

　　陈志听着，忽然睁大了眼睛，脑子飞快转起来。曾经一出来就轰动一时的小说眼看着大势已去了，他和京城的一帮哥们正开始打影视的主意。谍战！这是个绝佳的角度，官方和观众都能讨好。但危天亮那点能耐他清楚，他父亲那些史料搁在他手上只会是一种浪费，吭哧吭哧闹了半天，结果准是废纸一堆，琢不成器不说，还生生把一块好料糟蹋了。必须要让他交到高手手上。这是块天上掉下的馅饼，不吃对不起老天！不管可能怎样难堪，这几天一定要想法拿下危天亮。

　　温雅等在宾馆门口。陈志最后一个下车，大大咧咧地走到温雅面前，握手的时候使了一下暗劲。他以为温雅会有一个回应，但是没有。温雅像跟其他人握手一样，手指没有弯，眼睛也没有接应他的意味深长的注视，他的手一松，她的手马上就礼貌地朝宾馆大门里一摆，一声"请吧"，一样的热情，也一样的例行公事。

　　进到房间，陈志一阵燥热，真希望跟他们第一次一样，温雅进门，他一下就把她按到床上。他征服女人，从来都是一步到位，不讲究过度。他有绝对的自信：英俊、健壮、挺拔，一双又像婴儿又像豹子的眼睛，是绝对的美女杀手。他有句圈子里广为流传的名言：放过美女是一种不人道的罪行！放下行李，立刻抓起电话。温雅那边，手提一直响着，就是没人接，陈志都快毛了，忽然应了：

　　哪位？

　　温雅的声音永远是那么诱人。

　　你说哪位？还有哪位？

　　陈志没好气。

哦,你啊。什么事?
你这不明知故问吗。
温雅那头静默了一会儿:
等等行吗?我这正忙。
等多久?
陈志紧紧咬住。
温雅收了电话。
整整一下午,陈志百无聊赖。又不敢出门,说不定什么时候温雅就溜过来了。自从几年前分手,他们再没有上过床。温雅去北京组稿找过他,但约好的那天晚上,他被酱子缠住了。温雅在宾馆守了一夜空房,很生气,第二天没等他来送,自己打车去了机场。也不知她这次会不会报复,放他的鸽子。正胡思乱想着,门铃响了,陈志从床上一蹦老高,几乎是砸到门上。
门被猛力拉开,外面是两张很谦恭的脸:
请老师去贵宾厅,跟社领导会见座谈,接着是宴请,有省领导参加。
没有温雅。
一股邪火直冲脑门。陈志尽力稳住,冷冷说:
知道了。
碰上门,转身就打温雅的手提。
你怎么跟孩子一样啊。
温雅哧哧笑。
今晚!
陈志的口气不容讨论。
今晚肯定不行。
那你说个时间。
你看我忙成这样,你觉得合适吗?
再忙还能不睡?不愿意了?
没有啊。你真烦人。再说吧。
温雅收了线。
这还差不多。
陈志心一热。眼前一下跳出温雅赤裸扭动的身体。
估计宴会开始了,陈志才晃悠过去。

在走廊上就听见里面闹哄哄的喊声：再来一个，再来一个！

巨大圆桌对面，温雅正在跟一个秃顶男人喝交杯酒。雪亮的水晶灯把温雅照得特别耀眼，她今天略施粉黛，又兼酒色，格外妩媚。

陈志已经听说了温雅傍省级官员的传闻。坐下来，他问旁边的陪座：那位是你们省委的分管领导？得到肯定的回答，陈志往后拗了拗椅腿，看着千娇百媚的温雅，想：行啊，历练出来了。心里毫无醋意。而今的爱情都是标了价的，漂亮就是一种资源，当然应该充分利用。他并不需要她的贞操，只需要她的风骚。又看着那位脸红得关公似的老色鬼，一脸坏笑：你得意什么？你吃的是我啃剩的呢！

一大桌子琳琅满目，陈志举着筷子胡乱扒拉。心想，晚上才是他大肆饕餮的正餐。

一帮文人加官僚又是斗酒又是K歌，宴会闹到很晚才散，中间陈志上去搂起温雅，当那个老色鬼的面跳了一通贴面，下边鼓胀，温雅越让他顶得越紧，一曲完了，很绅士地弯了弯腰，说声谢谢，扬长而去。

回到房间，陈志舒舒服服地冲了个凉，四仰八叉躺在床上，给温雅拨电话。一次，二次，三次，皆是关机。下面宴会厅的音乐声还在响着，这帮王八蛋还不知闹到什么时候，温雅只能陪着，他也只能耐心等着。

抓着遥控器不停换台的陈志忽然一个激灵。整个宾馆不知什么时候已经安静得像口棺材了。赶紧拨温雅的电话，依旧是关机。再拨，还是。陈志疯了，一遍接一遍往死里拨。突然铃声断了，响起宾馆总机委婉的声音：

先生您还有别的联系方式吗？

陈志失神地把话筒放回座机。

温雅消失了。温雅拒绝了。温雅正在那个老色鬼身体下面发贱。

好像听到了陈志的咬牙切齿，床头的座机忽然响了：

先生，需要服务吗？

在哪？

在哪都行。

我是问你在哪？

陈志几乎要爆炸。

先生希望我在哪我就可以在哪。

那你去宾馆大门外，第一个台阶下。

第一个台阶下站着一个戴着耳麦的瘦男人,看见陈志出门,迎了上来:

我是这里桑拿部的。刚才是我们小姐打的电话。请问您有什么要求?

我不要你们桑拿部的小姐。我要社会上兼职的,绝色的,有品位的。你有吗?

……电视主持。行吗?

当然行,不过我要看货。

可以,不过价格不菲哟。

那是我的事。

好吧,您去房间等着。见了面,觉得不行,可以让她走人,您再给我电话。

不能去我的房间。

没问题。您另加房费,一样的五星级。

八

危天亮几天前做了心脏支架,在家卧床。快天亮才迷迷糊糊睡着,电话响的时候他以为是梦里的爆竹声,林慧瑛抓着话筒摇醒他,说:

陈志的。

……天亮兄……

陈志牙疼似的呻吟了一声,就哽咽着出不了声了。

危天亮头一次听陈志这样喊他,惊奇地看着话筒发愣。自从那次离开北京,他们再没有见过面。他选择前几天做心脏支架,就是为了回避这次笔会,其实,除了陈志想要找机会从他那里捞素材,来的人并没有一个打算过来看他。

话筒里重新发出吱吱的响动。陈志似乎是从哽咽里缓过劲来了:

需要钱……现金……五千块……警察罚款……身上的钱全给那女人了……我不是人……是动物……

你不要糟蹋动物了。

危天亮方方的鳄鱼嘴半张着喃喃翕动。

是是,我畜生不如。

那头的陈志居然听到了:

天亮兄，这回又只有你能救我，我不能让任何熟人知道，要不丢人丢大发了。求求你！过了这个坎，我给你做牛做马！

住口！

天亮兄……

告诉地点。

危天亮让林慧瑛记下，嫌恶地丢下话筒。

林慧瑛打了辆车，跑去几十里外陈志说的那个酒店，替他交了罚金，又扔下几张纸币，让陈志自己打车回去。她自己另外叫了车。

第二天晚上，陈志摸到了危天亮家里。

危天亮正仰在破旧的沙发上看电视，林慧瑛听见铃响去开的门，一见是陈志，想关门也来不及了。

陈志低着腰，畏畏缩缩地走到危天亮面前，把一叠钱和一只果篮放到茶几上，脸色惨白：

那、那啥，我就啥也不说了。

果篮拿走。

危天亮眼睛看着电视机。林慧瑛开了门就进里间了。陈志佝偻着站在那里，没有走的意思。

你还有事吗？

危天亮对电视机说。

陈志陪着笑脸：

天亮兄别生气了。我不就好那一口吗，这狗屁德性这辈子是改不了了。你是圣人，打死我我也绝对做不到你那样的，你就别指望了。我们不说那些好不好？

陈志一边说一边移近危天亮。

一直在想有个看起来是偶然的、碰巧的、不经意的机遇跟危天亮恢复交往，没想到会是一个这么窝囊的机遇。

危天亮瞄了他一眼：

我跟你没什么好说的。

像当初那样……说说写作。

写作？就你们那样的裤裆文学？

别把我搭进去。我什么时候写过裤裆文学？

危天亮默然。这些年文坛虽然花样翻新，层出不穷，陈志的写作倒是稳稳当当，出来一个是一个，公认的厚重，也有深度。孔夫子说有德者必有言，其实缺德者未必没有言。至少小说这一行，烂人写名著的多得是。陈志的做人虽然不敢恭维，写作的本事危天亮是绝对服气的。私下他跟林慧瑛说过，中国当代小说，让他打心里认可的就十来位，陈志是其中一个，东西写得硬实。

听说你在写一个谍战长篇？

谁告诉你的？

你们同事啊。

陈志说着顺势在危天亮旁边的单人沙发上坐下来：

我想，也许可以给你出点馊点子。

里间的林慧瑛忽然听危天亮喊：

麻烦你出来一下，泡杯茶。

传闻总是比事实本身夸张得多。危天亮写的其实是一个短篇小说。取材他父母的一个真实故事：危天亮母亲出身大户，出嫁之后丈夫把她从娘家带来的所有细软都变卖做了组织活动的经费，其中一枚据说传了好几代的老玉戒指因为有残缺，卖不出价钱，就留下了。后来被查出来，成为这对夫妻忠诚的一个污点：什么抛头颅洒鲜血，这个保留就暴露出十足的虚伪！他们百口莫辩，只有沉默。在他们用沉默掩埋的无数故事里，这件事很小。但父亲用血书写《在狱咏蝉》时，显然包含有这一声叹息。

一个短篇小说的分量太轻了。你父母一生波澜壮阔，那不过是小小的一滴水。明明是大海，为什么只用一滴水去反射太阳？把那个老玉戒指仅仅做一个引子，拍一部长篇谍战电视连续剧，影响会比你的短篇小说大一千倍一万倍。拍戏的事可以交给我，这些年，京城的影视圈，我门儿清。

陈志完全恢复了元气，又回到先前那个夸夸其谈的陈志：

你们一家两代人好像只为一个信念活着——用毕生证明一个"高洁"的名节，我很钦佩。但……

陈志看一眼危天亮，忽然打住，把下面的"那有劲吗"吞回去，接着说：

但我们生活的这个社会，总有人追逐权力、财富、名气，谁有权有钱有名谁就是大爷。我这么说你别误会，我并不是说这部戏不要讲教育意义。

危天亮说：

我没想教育谁，我只想说，总有另类。

那也是。

陈志点头。

笔会结束前的那几个晚上，陈志都在危天亮家，一坐就坐到凌晨。林慧瑛每次都从床上爬起来，给他们做好夜宵，端上，静静地看他们吃完，然后对危天亮说：你在养病呢。陈志这才不得不说：行行，今天就到这里。危天亮则总要叮嘱一声：明天早点来。

到笔会结束，他们大体搭出了几十集电视连续剧的基本框架。危天亮写初稿，之后由陈志和导演定稿。

陈志回到北京，很快找到了投资方，跌宕起伏、惊心动魄的谍战本身就是收视率保证。一帮人聚了一桌，听陈志摆活《老玉戒指》的构想和主题。陈志说，这个戏关键是选了一个绝对有特点的新角度：表现当代精神世界的一个珍稀物种。

对对对！这个角度选得妙！

一桌人举着满满的酒杯站起来，觥筹交错。

九

危天亮的剧本初稿差不多花了半年时间。中间住了两次院，接受激素治疗，整个人变成了不折不扣的胖子。

初稿的誊写、打印、校对、装订，由林慧瑛一手完成，危天亮不让别人沾边。很多年来，危天亮把父母有关的回忆悄悄做了笔记，积累了厚厚的一叠，他让林慧瑛复印了一份，随初稿一起给陈志寄去，作为修改定稿的依据。

危天亮在信里特地强调，不管剧本最后改成什么样，剧名必须是《老玉戒指》。

陈志回信："放心。定稿我会请你过目。"

拿到定稿的时候，危天亮已经在医院住了三个多月。入院头天晚上看完电视站起来，一头栽倒，在医院抢救室昏迷了半个月才醒。

危天亮眼睛瞪着天花板，半张着方方的鳄鱼嘴，听林慧瑛念剧本。

医生规定,每次不得超过二十分钟。但每次林慧瑛要合上剧本,危天亮摊在被窝上的手都会激烈地乱动。林慧瑛不得不再念一段。好多天后,剧本念完,危天亮闭上眼睛,静静地小睡了一会儿。醒了,示意林慧瑛把剧本凑近他,他一点一点地把手指移到编剧名单三个名字中排在第一位的他的名字上,弓起一个指头,想划拉却控制不了。林慧瑛猛然醒悟,赶紧从包里摸出笔,把"危天亮"三个字划掉,只留下陈志和导演的名字。之前危天亮再三说过,《老玉戒指》只要能开拍播出就行了,他决不署名,他不想让人觉得是儿子给老爸老妈树碑立传。另外,如果有稿费,不管多少,都捐给沁沁那儿的学校。

《老玉戒指》的开拍和播出都很顺利。

编剧只署了加黑框的危天亮的名字。

林慧瑛去了一趟太行山,把编剧稿费全数捐给了沁沁所在的县教育局。沁沁现在是那个局的负责人。北京那个企业一直没有间断对他们的帮助。最早的办公室主任小潘后来升了副总,跟沁沁结了婚。沁沁不愿去京城,小潘两头跑。

每年春天,林慧瑛都会收到一大捧太行山的鲜花。

原载《北京文学》2018年第2期

蓝 衫

林那北

一

她俩都成了老曲的老婆。

老曲有点不好意思，晃着头说："只能这样了，以后老陈和老季肯定能理解，又不是真的。"

文英这时候已经换好老曲刚从老乡家买来的衣服，蓝衫、大档裤、凉笠。她已经好几年没这么穿着了，一下子觉得日子倒回去。穿上红军服后，她以为从此不再需要往日的衣裳，早就把自己那几件冬袄夏衫送给家中姐妹。如果跟着大部队一起走，当然仍不需要，但现在必须换上，否则路上谁知道会遇到什么。

只是蓝衫有点紧，原先的主人大约偏瘦吧。文英也不胖，她胖的只是胸，这一点像她母亲，几个姐妹都像，满满的两大坨肉挂在那里，走起路荡来荡去。母亲说过："你们可别嫌它麻烦，以后都跟我学着点，把孩子一个个喂得肥肥壮壮。"说这话时，母亲笑得嘴咧得很大，眉眼上闪出光来。文英也跟着笑，脸马上就红了。女孩子家嘛，总有一天得替人生儿育女，生了育了，当然得喂得肥肥壮壮。

老曲也换了黑色对襟衫和大档裤。作为客家人，文英知道大档裤的好，舒适、自在、凉爽，但老曲显然第一次穿，不时低头往下看，他说："这么奇怪的裤子。"他太瘦了，衫与裤明显大一圈，看上去就不像往日那个老曲。

文英把换下的粗布米灰色红军服卷成一团捏在手里，有点舍不得。真的必须藏起来吗？老曲说当然，不过只是暂时的。文英又把衣服凑到鼻子下嗅了嗅，几天没空换洗，上面已有股酸腐味，但新换上的蓝衫味道更不好，是死鼠与老蟑螂混合在一起的味道，闻起来呛鼻。文英吐口气，往门外望一眼。整个村子差不多都空了，之前的嘈杂热闹，有那么多人马往来，眨眼说走就都走光了。肯定得走，留下来命不一定能保，连牛羊牲口以及仅剩的那点粮食也得带上,很难说啥时能回来。

太阳偏西了,马上就会起风。山里的风那么烈,吹几下,衣服上的气味很快就会淡下去。现在的麻烦是菊芬。菊芬仍是一身军装坐在关帝庙的门槛边,身子靠着门框,眼闭着。老曲跺了跺脚说:"快点,真的不能耽误了。"

文英也知道不能耽误。大部队已经走了快一个时辰了,天黑前,他们必须翻过村子后面的那座猴头山,然后蹚过一条二十多米宽的溪流,再走八九里路,在黎明时赶到小坪村的祠堂前,收容队有个联络员在那里等。这是之前约好的,之前没几个人相信自己会掉队,可是老曲、文英还有菊芬还是掉下了。

文英拿起另一套蓝衫、大档裤走到菊芬跟前,俯下身,轻声说:"换上吧,换上我们就走。"

菊芬还是一动不动。

文英就蹲下,径自动手解菊芬的衣扣。她的动作很轻柔,却是坚决的,也简洁,速度极快,带着股不容置疑的劲头。扣子在腹部那里被拉紧了,衣襟已经往两旁扯开去。这是曾经让文英非常羡慕的腹部,里头是已经七个多月的胎儿。文英说:"你动动,这么坐着我不好解扣子,别伤了孩子呀。"

菊芬微微提了提身子,马上又重重靠到门上。她把手一挥,大声说:"你们走吧,你们自己走!我就留这里了,哪儿也不去!"

老曲走过来,抬脚往菊芬靠的那扇门踢去,菊芬就整个人猛地往上一跳。

老曲说:"快点!"

老曲又说:"这是命令!"

菊芬嘴一扁,突然哭了——其实也不突然,之前她肯定一直在酝酿这一刻,如同怀孕是为了分娩这一刻的到来。总之都在那里憋着,终于憋不住了,就爆发了。她蜷起身子,抱紧自己,头埋到两膝间,拖腔拖调地号啕,嗓音尖利悠长,整座庙似乎都在摇晃。文英扭头看着老曲,正不知怎么办才好,菊芬却一下子站起,从文英手里夺过衣服,一扭身,走到角落。仍然抽泣,身子一下一下向上拔,这使她换衣服的动作很像木偶戏,有点滑稽感。

文英走过去,眼也微微红了。从小到大,她一直眼泪极多,装了一肚水似的，动不动就漫出来。老陈最讨厌她这样，她自己也讨厌，可改不了，此时见菊芬比她更能哭，心里倒宽了一些。菊芬正在套裤子，她伸出手，想帮一下，却被挡开，动作有点大，仿佛是被文英得罪了。文英皱起眉，她在原地无措地站了片刻，转身走到庙外，站在老曲的边上，四下漫无目地看着。

天阴着，雨似乎马上就到了。

老曲手往山上指了指，唇动了，却没出声。

文英点点头，她刚才也注意到了，虽说硝烟味还在，但已经持续几天几夜的枪炮声一下子没了，飞机更没有，天上地上都非常安静，没想到安静也会这么骇人。

老曲说："再催下，真不能等了，必须快点！"

三个人现在走在猴头山上。

到处是毛竹，这里的土质浅却滋润，毛竹非常茂密，窸窸响动。路不是刻意修凿出来的，无非是浅草被踩后裸露着铁红色的土，踩实了，也有石头般的结实，参差错落，像一条蜿蜒的巨蛇，在暮色里往山上悠哉游动。老曲走在前头，他怕真的有蛇。中秋刚过几天，晚间虽开始有点凉意，白天太阳却仍是烈的，精亮得耀眼，自有一种锐利的狠劲，晒得浑身燥热，大小虫们怎么甘心完全缩起身子好好去过冬。这一带山高林密，蛇多得不逊蚊子，老曲怕的就是这个，所以提着一根细竹竿，走两步拨一下，不时又重重戳戳两旁的草丛。文英喊："老曲，慢一点。"老曲停下来，半转过身子，用眼角往下看。不是文英跟不上，是菊芬。菊芬脚肿了，腆起的腹部往前撅起，腰弓出一条清晰的弧线，整个人微微往后仰去，随时要翻倒的样子。老曲这时突然指着文英说："你是大老婆。"又指菊芬说："你是小老婆。"

想了想他又说："记着，以后就说我是民间郎中，专治跌打损伤。"

统一口径，这个差点被忽略掉的细节后来其实根本没用上。

文英返身拉住菊芬的胳膊，想搀一下她，当然也打算借机把她往前拖，步子迈大点、快点。这么磨叽，天亮前是走不到小坪村的。当然这时候并没人想到不能按时在小坪村与联络员接上头会有多大麻烦，老曲也许隐约意识到了，文英则脑子没转过来。至于菊芬，唉，菊芬脑子里装的只有自己的肚子。

老曲俯身折下一根竹子，掏出匕首，砍头去尾，就成了一根拐杖，递给菊芬。菊芬不太想接，文英就先接过，然后塞到菊芬手里。

文英说："快点吧。"

文英又说："万一摔倒就伤着孩子了。"

菊芬大约认可了后面这句话，她接过竹杆，一手撑着，一手按住后腰，喘着气。她说："要不你们走吧，我怕是不行了。"

文英看了老曲一眼，然后把手按到菊芬肩头说："那不行，反正不能丢下你。"

菊芬嘴撅起，恰好路边有块石头，她索性坐下了。

老曲气冲冲地快步走来，把手中的竹竿往地上重重一戳，吼起："你到底要干什么！"

菊芬嘴巴扁了扁，眼泪又涌出来，她说："你不知道我的苦，你肚子没装过这么重的东西，哪里能懂？你们都不懂！"

文英往旁走几步，这一瞬她有点后悔，她觉得自己今天可能犯下难以饶恕的大错。

她解开领口的扣子，把凉笠取下，握在手里扇着，笠沿那一圈已被日晒褪色的蓝粗布便蝴蝶般上下飘动。刚才走得急，这会儿被风一吹，才发觉后背已糊着一层汗。从站着的地方往前看，仍看得到远处那座叫松树岭的山又高又宽，像个大屏风戳在那里，四周没有哪座山高过它，它就有一股居高临下的威风。这些天，仗就是在上面打的，文英的丈夫老陈和菊芬的丈夫老季全上去了。完全没有想到除了大炮，白军居然还来了十几架飞机，炮弹与炸弹稀里哗啦地响，快把耳朵震聋。

老季已经没了，这是从上面抬下来的伤员告诉文英的。文英不知道老陈究竟怎么样了，没人告诉她，她也不敢想，不想仿佛就什么都不会发生，只能这样了。她叹口气，心宽了点，又返身向菊芬走去。无论如何现在都不该生菊芬的气，更不能丢下菊芬。

老季没了，但老季留下了菊芬和菊芬肚子里的孩子。

二

三个人中，只有文英没有孩子。当然，严格起来说，菊芬只能算快有了，而三十七岁的老曲大儿子已十九岁，只比文英小四岁，女儿十六岁，比菊芬小三岁。

老曲的妻子儿女都留在上海。他来苏区，是因为老陈，他们是北京大学的同学，学上到一半，老陈突然消失了，等到再见面，已经是十几年后了。当时老曲在上海办份报纸，两人在城隍庙九曲桥上碰到，老陈认出老曲，老曲没认出老陈，可见老陈变化大，老曲的模样则没什么改变，还是瘦瘦的，在清秀与清贫之间徘徊不定。两人坐进酒馆聊了两个小时，后来老陈又多次去老曲家，还是聊，没完没了地说话，说到最后，老曲就跟着老陈到南边来了。到了才知道，老陈是独立师的一个营长，已结过两次婚，第一个老婆死了，第二个老婆在医院当护士，就是文英。

看上去老曲每天都像刚大病过一场，浑身没剩几两肉，皮下就是骨头，背还微弯着，架着一副黑边圆框眼镜。这种人当然不适合真刀真枪去第一线，幸亏祖上是行医的，小时候跟着父亲学了点正骨术，就到医院做个半吊子医生，这一做也快一年了。文英记得第一次见到老曲时，心里还叽咕过几句，觉得老陈没必要费那么大劲带回来这么个人。她小心地问了老陈，老陈嘴巴一抿，鼻子哼了一声，似乎没打算回答，不过后来还是说了几句。老陈话里的意思是，离开北京大学后，他反复做梦，梦到校园里的日子，很奇怪，其他人早忘精光了，唯独老曲眉眼一清二楚，老曲是他的同桌。老陈家里穷，接济不上时，只要老曲兜里还有钱，他就不会饿肚子，也不会受寒。虽然老陈个子高，也壮，但老曲的毛衣撑一撑也能套上。老陈说："这些年我每次一受冻就想起老曲。"

按说下午大部队开拔时，老曲和文英都得一起动身，东西都收拾好了，结果左右看看，菊芬不见了。菊芬是第三师第七团副团长老季的妻子，早先在被服厂做工，嫁给老季后调到医院学做护士，但还什么都没来得及学会就怀孕了，孕期特别折腾，先是吐，吃什么都吐，胆汁都呕出来了，终于不吐不呕了之后，又发现胎位不正。按老法，每天屁股朝上跪着纠正胎位，还有人教她用艾草熏脚趾头外侧，每天熏，烟雾腾腾，又香又呛。做这些时，菊芬常眼泪汪汪的，她怕生不下来。

松树岭开打前，全医院的医生护士大都调到柴厝村候着，军团指挥部设在这里，医院也搬过来了。本来没菊芬什么事，但她非来不可，她说要离老季近点。调到医院这些日子，菊芬其实还没学会包扎，连打个下手都不行，大家也不忍心让她动手。肚子那么大，好好歇着，别碍事就好。不过菊芬不听劝，伤员抬下来，一个接一个地抬，完全没想到会有这么多,很快就没有空房子可以集中安置,只好分散到各家各户去,整个村子都飘着血腥味。菊芬就在呛鼻的气味中东家走走西家串串,凑近一个个伤员,看是不是她家老季。不是了,也高兴不起来,逢人就问:"我家老季呢?我家老季会不会死了?"

松树岭上究竟死多少人没有谁知道,不过老季一开始并没死。前天突然有命令让军团撤下来,留独立师守在山头。但刚撤到半道,松树岭上左侧高地就被攻破,第三师第七团、第八团就又被派上山去了。

老季下山时还好好的,再上山,中途飞机一个炸弹扔下来,他没躲开,死了。

这消息文英是听一个伤员说的,她把消息瞒下来,没有告诉菊芬,也没告诉其他人。大部队要走了,菊芬不走,她要留在村里等重新上山去的老季。大家劝她走吧先走吧,老季很快会赶上来的。菊芬不听,转身不见了,文英只好出去找。

文英在村里一路小跑,跑了几条巷都没找到菊芬,额上急出一层汗。一位正提着大包小包往村外撤的老乡指了指后山那座关帝庙,说看到菊芬在那里。文英连忙跑去后山,突然发现后面有脚步声,回头一看,是老曲。

老曲说:"我得替老陈看好你。"

大部队就是在文英找菊芬、老曲找文英期间走出了村子。

其实几个月前就猜到松树岭要打这一仗。

从四年前的秋天起,白军的围剿就开始了,前后围了五次。第一次来了十万人,第二次二十万,第三次三十万,第四次四十万,到这次就发狠了,密密麻麻的,据说有一百多万大兵压境。几路人马围向中央苏区,东路这支要从这里去瑞金,就必须从松树岭上的两个狭窄小道通过,所以春天时这里的工事就开始修了,周围几个村的村民都上山帮忙挑石挖土。文英没上去过,只是听说挖了很多壕沟,壕里密密麻麻插上竹钉,还垒了很多碉堡。说的人都挺开心的,觉得从没见过这么稳固的工事,苍蝇都别想飞过去。

月初时松树岭东南面那边的向坊村已经先打了一仗,白军的一个旅和一个团被全歼,大家正高兴着,转眼他们又来了几个师,不仅人多,据说有七八万,还有炮和飞机。老陈所在的独立师和老季所在的第三师加起来有三万多人，都拉上松树岭。

当时谁都以为，把白军挡在工事那么坚固的松树岭外是易如反掌的事。

已经好几个月文英都没见到老陈，他也没捎来消息。她一直悬着心，老陈怎么样了，到底怎么样了？老曲在一旁安慰她说："没事，老陈头那么大，不会死的。"

老曲说的是事实，老陈头确实大，肩也跟着比常人宽几寸，不宽应该都架不住那颗大脑袋吧？军帽因此就显小了，似乎扣不住，孤零零地立在头顶。文英没弄懂头大为什么就死不了？老曲又说："老陈这个人脑子好用，谁死也不会死他。"

就在这期间文英听老曲说到他们在北京大学时的许多事。原来老陈还有那么爱耍宝的时候，会演戏，把霸王演得虎虎生风，还会拉二胡，《良宵》或者《病中吟》之类，能把听的人拉哭。同时酒量吓人，敢端着整只葫芦把人一个个斗倒，转身他到操场上还能气不带喘地再跑上十几圈。文英暗暗倒吸几口，为什么她看到的老陈永远板着一张脸呢？结婚一年多，就没看到他真心笑过，一次都没有。当然这期间文英也一次都没怀过孕，症结就在这里。菊芬结婚第二个月就怀上了，年轻就是好，可文英并不觉得自己老。她有八个姐妹，母亲一个接一个往下生，直到四十六岁，终于为文英生出一个弟弟才罢休。九个姐弟站一排，就像一根藤上的一串大地瓜，看上去特别踏实。其他姐妹出嫁后，也转身生一个，然后又一个，比从树上摘桃子还容易，文英不相信单单自己是个例外。

一年多，真正在一起的时间扳着手指头都算得出来。这事要说，文英心里是有气的。老陈去广昌，去瑞金，就是留在闽西，也一会儿上杭，一会儿宁化、清流、连城，队伍水一样不停流动，文英觉得自己这个岸，怎么也没办法把他留在身边，自然也没有责任，要怪只能怪老陈自己。可老陈居然还扳着脸，文英就把脸色也还回去，话赶话，说得就越来越难听，有时一堵气，就说不生，偏不生，偏要让你陈家断子绝孙。

参军之前，文英已经在乡农会干过一阵，也进了识字班扫盲。老陈是大学生不假，但也不能因此就摆出死样子。母亲以前训导过几个女儿：客家女人吃得尽天下苦，也受得尽夫家所有的气。文英识字后就不服母亲的后半句话了。她明明占着理，凭什么还得像老式女人那么低三下四？

松树岭打起来后，担架远不够用，人手更不够，村民能出动的都去了，把家中门板拆下当担架，从山上抬下一个个伤员，缺胳膊少腿或者肚子开花，血淌了一路。就是在这几天里，文英心跳猛地呼呼加快了，她忽然明白了老陈。生死一线间，无论老陈有没清晰想到，他肯定都急着为陈家生个仔，留个后。

柴厝村在松树岭山脚下，打听了一下，从村里到山上八九里路，如果走一趟，一两个时辰也够了。文英好几次夜里站在空地往上望，都动了去见见老陈的念头，无非想把一句软话捎给他：傻瓜，哪个女人不想要自己的孩子啊。找时间，我们快快生几个吧。

陈一、陈二、陈三、陈四，要是这样取名字，不知老陈会不会同意？

三

菊芬坐到路旁石头上，她喘着气说："我不走了。"

老曲返身，大步走近，手里的细竹竿重重地往地上戳，吼起："你什么意思？！"

菊芬摇头，哭出声："不走了不走了，真的走不动了！求你们了，你们自己走吧！"

文英看了老曲一眼，她相信老曲早就嫌她多管闲事了。其实之前她与菊芬并没有太多交往，一个年纪轻轻的女子，脸圆滚滚地挤满肉，鼻子扁平，个子也不高，看着并没什么过人之处，唯一惹眼球的就是隆起的肚子。老季，季副团长，医院里很多人都认得，受过七八次伤了，每次抬进来都骂骂咧咧的，看上去脾气特别暴，天天都很不高兴的样子，但最后跟医生护士最亲的人就是他了。药不够，他说给别人吃。动手术取嵌在肉里的子弹头，他也说把麻药给别人用。真给了别人，刀子下去时，他杀猪般嚎叫，把医生护士十八代祖宗都骂遍了，但下一回再碰到，他还是会先问麻药够吗？不够，那算了，给别人吧。

听到老季死了，文英眼泪当时就下来，忍了忍，没忍住，独自蹲到一旁抱着头嚎了好一阵，声音都哭哑了。

"我们宁化"是老季的口头禅，从宁化老家投奔红军前，他是名武师，开着家小武馆，耍起刀据说四五个人都别想近身。小时候练武把门牙弄掉一个，说起话时，嘴里豁个黑乎乎的小口，像含着一只小黑虫。每次住院，伤口还没愈合好，只要能下地，夜间他就会偷偷弄个竹筒放到田里，第二天早上再出去就揪着一串灰褐色的大田鼠回来了，然后用米糠熏烤，再上山挖来竹笋红烧，让大家打上一顿牙祭。"很补身体噢！"他自己也吃得满嘴油光，边吃边把这句话告诉每个人。如果这时候有人从腰间摸出一小瓶地瓜烧，老季会孩子似的扑过去，瞪着眼睛，大声吼叫着，非得耍赖着喝几口。其实他没酒量，酒一下肚脸就红得像新娘的盖头，脚步也踉踉跄跄，嘶扯着嗓子一首接一首唱红军歌。

可是这样的老季已经没了，尸骨应该还晾在山上来不及收拾。

文英把老曲往旁拉了拉，两人走到离菊芬十来米远的地方。

文英说："老季已经死了。"

老曲眼一瞪说："啊？"

文英："老季被炸弹炸死了。"

老曲嘴唇抿了抿，用眼角打量菊芬，低声说："噢，我一点都不知道。"

文英抬了抬下巴说："她也不知道。所以她想留下来等老季。"

老曲头低下片刻，然后抬起来，看着文英："我们……看来现在只有我们能帮到她了。"

文英长叹一口气，又重重吸了一口。空气很潮湿，吸进鼻子都是一股子水气。她又看了一眼远处的松树岭，很浓的雾已经蒙过去，整座山只剩下一个隐约的轮廓了。"我们撞上了，要是不管，她可怎么办呢？"这话声音不大，不像对自己说，也不像对老曲说，她只是需要说出来，说了，心里就轻松了一点。

两人再走过来时，菊芬已经不哭了，眼呆呆地看着远处的松树岭。文英蹲下，抓着她胳膊，小声说："那边炮早停了，连枪声也听不见了。看这样子，老季、老陈他们肯定也撤了，我们得快点走，追上他们。"

菊芬转来脸盯着她："真撤了？撤哪里？"

文英看了老曲一眼。昨天命令突然下来，说撤，究竟撤哪里应该只有军团首长知道，大家只得到通知说走，马上跟大部队一起走，万一走失了黎明前必须到达小坪村祠堂汇合。

菊芬手按在肚子上轻轻揉着，说："为什么偏偏是这时候啊？我……"

文英把她往上拉："既然这么巧，就认了。来，走吧。"

菊芬吃力地站起，拉拉衣角说："我……脚沉得抬不起来。胎位还不正哩，孩子在里头一直乱动，他可能很难受……"

文英说："没事，能走就多走走，实在走不动了，再歇一歇。"

老曲也说："是啊，先走吧，累了就歇歇。"

菊芬看着老曲。老曲说话声音突然柔下来，大概让她很意外。她提提往下丢的裤子，呢喃了一句。文英没听清，问她，她说："我要解手。"

四下无人，草木又这么茂密，往旁随便一蹲就是了。老曲已经知趣地走开，文英扬扬手说："拉吧。"

文英后来每每回想起这一刻，心里都咯噔一下。拉吧，她那时真以为菊芬只是拉个尿，拉完了就可以往前走了。不料菊芬往下蹲后，刚淹没在草丛里，就猛地尖叫了一声，然后说："哎呀出水了。"

文英半响才回过神来。出水了就是快生了，她没怀过孕，但她知道这个意思。她急走几步，拨开齐腰高的草，走到菊芬跟前。菊芬还蹲着，地面上的红泥土衬着她的屁股，像一团白面搁到红布上。"真的？"文英问着，心跳得厉害，她当然不希望是真的。

菊芬头低着，看向两腿间，再抬起头看文英时，脸煞白，一点血色都没有。

这个太突然了。

文英当护士已经三年，伤口清创与包扎她已经很拿手，那是医院的日常，仗不停地打，伤员接连不断地送来，每天忙都忙不过来。至于接生，她不会。她直起身子，想问问老曲会不会。就是这个瞬间，她脑子嗡的一声，整个人都麻了。

老曲不见了。到处是竹子、松树、茅草，密密麻麻挤挤挨挨，却不见人。"老曲！"她紧走几步，大声喊起。山有回声，但没有老曲的回答。"老曲！老曲……"喊出后面那句时她猛地咽住了声音。情况不明，也许不该这么喊叫，万一招来不测呢？她急步走回来，低头看着菊芬。菊芬拖着哭腔说："快救救我，我……"

文英蹲下，看到菊芬脸上全是汗。她用手在上面捋了下，整个巴掌都湿了。她吸一口又长呼一口。无论如何她不能把自己有多慌乱告诉菊芬，她说："没事，菊芬，没事……"

但她发现自己上下牙颤颤地嗑到一起，喉咙那里很紧，每一句话都得费很大的力气才能挤出去。

菊芬把她胳膊攥紧，问："要生了吗？在这里生吗？这里……"

文英点点头，除了这个动作，她不知还能做什么或者说什么。

"老曲……"菊芬叫了一句。文英一愣，扭过头看果然老曲出现了。她猛地站起，想笑起，眼泪却猛地滚下来。她说："老曲你……"

老曲喘着气，手往远处一指说："找到一个小山洞了，前面，百余步远。快，扶她过去，这雨马上就来了。"

文英哦了一声，抬头看了看天色。还是老曲想得周到啊！她把菊芬拉起。菊芬慌乱地扯起裤子，但裤头卡在屁股下。文英弯腰帮她提起时，头恰好横过她肚子，只瞥了一眼，心里咚地响一声。人的肚子竟会这么难看啊，肉不像肉皮不像皮，更像石头，粗砺，凹凸，斑斑点点。

老曲急起来："快呀！"

文英用上力，想把菊芬拉起，身子却反而往下坠。她直起身看着老曲。快不了啦，菊芬咬着唇，脸煞白，用一只手捧住肚子，看样子那里已经痛得不轻了。

老曲紧走几步过来，在菊芬前猛地蹲下，又缓缓起来。他说："这肚子，背不了啊。"

接着老曲又说了一句："我不懂接生。"

文英知道麻烦确实来了。

她把身上所带的东西用最快速度在脑中过了一遍：一包地瓜干，一双草鞋，半盒火柴，几片豆腐干，两片老鼠干。没了，再没其他。这几年，在白军一次次围剿下，苏区地盘越来越小不说，吃的穿的用的都在减少，药品更少，路被一条条堵死了，没法运来。如果随大部队走，只要有医生在，文英帮忙打个下手不是问题，可是现在……现在只有老曲一个是医生，但他撑死了也只会治治骨头。

还是怨菊芬自己。接到命令说走，必须马上离开村子，每个人都手忙脚乱收拾东西，菊芬却不愿走，转身溜了。好歹也穿着军装，居然这么胡闹。都是被老季宠出来的，火爆脾气的老季，在菊芬面前却成了一只绵羊，总是笑眯眯地看着她，像老祖父看小孙女。可是到了这么紧要关头还无法无天，不是拿命开玩笑吗？真要让老季碰到这样的手下，肯定也会火冒三丈。文英追出去找她，老曲又追出来找文英，都以为来得及，肯定跟得上大伙，所以除了随身带的这几样小东西，再没多带其他，连军衣、军裤、军帽都留在关帝庙里了。

现在怎么办，什么都没有，可是菊芬却要早产了。

幸亏找到一个山洞。文英和老曲一起把菊芬连拖带抬弄过去时，雨已经下来了，非常大的雨，砸在脸上刺啦啦疼。洞却不大，只有半人高，半根扁担深，一根扁担宽，严格说起来它根本算不上洞，充其量只是一个穴。文英半个身子在洞外，老曲只能直接站在雨里，黑乎乎的一团，赤着身子。他的衣服已经脱下，垫在菊芬身子底下，虽是湿的，但只能这样了。

菊芬开始嘶喊，洞口宛若喇叭，一声声被放大，融进更大的雨声中。

天眨眼间就已经黑透，什么都看不见。用油纸包好的火柴倒是能用，但周围草木都是湿的，用什么点火？文英蹲着，除了在菊芬脸上一下一下抚着，就不知还能做点什么了。她说："你忍忍，天亮了就好。"天亮真的能好？这个她也没法多想。天亮了至少看得见四周，或者雨也能停下来吧。

菊芬身子一挺，似乎要坐起，但马上又重重地躺下。她裤子已经被文英脱到脚踝，就那么敞着两条腿，又踢又蹬。"老季，老季快来……"

文英想帮她把屁股抬高点，胳膊却被她一把抓住了。文英往回抽了抽，转念又算了。菊芬把这条胳膊使劲揪着，舞着，扭着，咬着。下意识地文英用另一条胳膊摸了摸自己的肚子，就是在这个瞬间，她突然有点庆幸。她没怀孕，从来没怀过，一直盼着怀上，却原来此时一身轻如此可贵。

再见到老陈时，她一定得把菊芬的这场受难好好说给他听。女人的苦男人不见得明白，生生生，哪是那么轻松的事，这是拿命去搏另一条命啊。

然后，她还是会尽快怀上，怀上老陈的孩子。每次有别人的孩子从旁边经过，老陈魂马上就会被勾出来，直直追着看。要是有自己的孩子，老陈肯定非常高兴。

文英从来没有像现在这样，这么希望老陈能高兴起来。

四

菊芬死了。天亮时看到洞里地上全是血，腹中的孩子一只脚先出来，出到一半卡住了。两条人命，就这样都没了。

文英已经帮菊芬把裤子重新套上，又在她肚子上轻轻揉了揉。是男孩还是女孩？从一只巴掌长的小腿上并不能看到结果。雨早停了，虫与鸟又开始在林间跳来跳去悠长地鸣叫着，阳光也依稀冒出来，树林间甚至浮动着一层薄薄的雾，看上去那么清新可靠，仿佛昨夜什么都没有发生。

文英坐在洞外，她哭了有大半个时辰，然后竟睡着了，醒来时看到老曲正在搬石头。他那件垫到菊芬身子下的衣服正挂在前面树枝上。怔怔看一会儿，文英才慢慢明白过来，原来老曲把自己衣服拿回来，洗过，晾着，准备一会儿再穿。另外，老曲要把洞口砌上，让菊芬永远留在里面。

文英也站起，身上的衣服还没捂干，贴在身上，风一吹，凉的。她扯扯衣角，发现被菊芬抓住的那条胳膊袖子已经裂开，肉露出来，很醒目的一道道红痕，还破了几处，伤口很深，是被指甲抠或者牙齿咬的，渗出的血已经干了，结了茄，像一条条虫子趴在那里。之前一点都没觉得痛，现在仍然没有。她抿抿嘴，唇很干。

山上到处都是石头，文英低着头，尽量找那些被雨水冲洗得最干净、模样又最好的捡起，用衣角擦擦，搬到洞口。老曲接过，垒好。两人都不说话，好像这件事他们之前早就商量过的。终于弄好了，老曲拍拍手掌的土，站起，后退几步，看了一会儿。"我们走吧。"说着，老曲转身把树上的衣服取下，套起。他洗得并不干净，上面还有好几处隐约的血迹，血腥味很重。

文英边走边回头，那个洞口现在还很醒目，像贴到山体上的一块膏药，但不用过多长日子，那些碎石头被雨水浇过，长出青苔，冒出青草，很快就与周围混到一起，再也看不出一丝痕迹。老季没了，老季的孩子也没了，往后还会有谁来祭拜，给菊芬上一柱香烧几张纸？算了，罢了……文英突然眼睛又红了，泪往外涌。

老曲说："走吧，快走，耽搁了这一晚上，不知那边怎么样了。"

文英脚没有停下，但头又扭过看了看。菊芬应该不会怪她，但她怪自己。参加红军后她是稀里糊涂到医院里的，既然去了，已经这么长时间，居然仍只会换换纱布清清伤口。早知道会有这一天，无论如何她都得学一学怎么接生啊。她不会接生，然后菊芬死了。

文英停下来，又跑起来。她一连抱了几块石头到洞口那里，垒成小山的形状，再摘了一根竹枝插到正中央。追上大部队后，如果哪天大部队重回柴厝村，她打算抽空上山来，为菊芬立块碑。只要她活着，就年年来给菊芬烧纸上香。她怕自己到时找不到这个洞了。

老曲在路边坐下，默默等着，终于还是走过来说："这里到小坪村还有不短的路，走吧。"

文英点点头，以前行军时她曾路过小坪村，其他没印象了，但记得村前那座祠堂，不大，却很整洁，门外有一张大石凳，还每天备有一桶干净的水供来往的路人喝。现在祠堂外是不是有石凳已经不重要，重要的是那个联络员是否还在。

文英掏出地瓜干边走边吃。被雨水泡过后，地瓜干已经软软地涨开，甜味减了大半，但咬起来反而牙齿不累。她匀出一半递给老曲，老曲摇头，说："我也有，吃不下。"

老曲开始咳嗽，一声接一声，背佝偻起来咳。

"昨晚着凉了吧？"文英有点担心。

老曲说："以前这里就不好。"他用手往胸口那里指了指，"肺，肺不好。"

文英抬起手搭到老曲额上，马上哎呀了一声，非常烫。

此时他们已经站到山脚下那条河边，没有桥，水本来不深，只漫到膝盖上，也看得见底，但昨晚那场雨后河水涨了，山泥滚入河中，究竟涨多少已无法看清。文英说："不能过河，再泡个水，你身子不行的。"

老曲摇头说："不能等了。"话音还没落，一脚就踏进水里。

文英只好也跟上，很凉，她打个激灵，胳膊马上起了一层疙瘩。水漫过膝盖，漫过大腿，漫过腰，好在河不宽，再走几步，到了。

老曲一爬上岸就踉跄几步，差点摔倒。

太阳已经升高，文英看到老曲脱了衣服，又脱裤子，接着连草鞋也脱了，剩下一条小裤衩。她以为又要晒一晒，晒干了穿上再走，不料老曲根本没停下来，他把衣服裤子拧几下，又甩甩草鞋里的水，提着就往前走。文英愣在原地，老曲回过头喊道："快点！"

从昨天傍晚离开村子，老曲已经很多次重复这句话了。约好黎明前到达小坪村祠堂汇合的，已经迟了这么久，还有那么远的路要走，当然必须快点。

但最后老曲并没有走到小坪村,上了河还没走出一里地,老曲脚就不听使唤了,整个人晃过来晃过去。文英伸手扶他,一碰上他身子,就呀的一声,太烫了,烫得吓人。文英说:"不行,得去找点药。"老曲闭上眼,咽几下口水,喉结上下滚动,他说:"哪里有药?找不到的,走吧……"话没说完,整个人往前一扑,把文英也带倒了。

文英闻到昨晚山洞里的那股气味,是菊芬的血。她仰面躺着,老曲捏在手里的衣服覆到她脸上,堵在她鼻孔前。她坐起,急切地扳过老曲的身子。没事,老曲有呼吸,呵着嘴,眼虚弱地半睁着。活着就好。老曲说:"扶我……起来,走……"文英不理会,她站起,四下看看。前不着村后不着店,但不远处有棵大榕树,她俯下身,把老曲一条胳膊吊上肩膀,架起他,挪到树下。

老曲在树下一直躺到下午。这期间文英做了几件事,她独自去附近寻找村子。倒是找到了,但和柴厝村一样,因为之前驻扎过红军,怕被报复,老乡们都先避到别处,村子整个空了,冷冷清清,门上着锁,没鸡叫,没狗跑。正不知如何是好,突然看到一户人家屋顶冒出了烟,她一喜,立即就向烟跑去。无论如何她都得去讨点热米汤给老曲,然后再去附近拔点草药,比如利尿清热的车前草,或者牛膝草、麝香草、紫苏、甘草之类,再不济,去剥些柳树皮熬一熬,这些都是医院缺药时医生们常用的,她也多少学会一些,先对付一下。烧再不退,老曲命就保不住了。

她跑到屋子前,喘着气,手扶住门框,先是叩几下,然后一把推开门。

满屋子都是人,东倒西歪地躺着,怀里抱着枪,穿黄绿色制服,戴圆筒形布帽,帽上钉有军徽和扣子。

文英一怔,正要退出,那些人一下子哇地叫起,马上有几个跳起,扑过来。

他们是白军。这么快,白军已经占了这个村子。

五

从山上到河边的路上,老曲跟文英说了两件事:第一是自己的肺,第二是老陈的第一个妻子。肺的毛病是在大学时犯下的,当时是半夜,突然高烧,浑身烫得像一口灶上的锅。黑灯瞎火,找不到车,是老陈二话不说背起就往医院跑,打了针,吃了药,整整折腾了十几天,烧才退下。医生都说，太幸运了，再迟点送医院就悬了。十几天里，老陈都在病床边结结实实守着，喂饭喂药，倒屎倒尿。那时他还不是老陈，是小陈，正是最贪睡的时候，就靠着床架打盹，只要老曲动一动，他马上就醒了。老曲说："老陈只记着我对他的好，我这条命是他救下的，他却闭口不提，也许早忘了。可我不会忘，怎么能忘呢？那天半夜去医院时，我趴在他背上，虽然迷迷糊糊的，但脑子还明白，就想，这个人以后让我给他当狗，我都会老老实实吠个不停，谁害他我就咬谁。"老陈突然从学校里消失时，老曲一下子懵了，之前他居然一点消息都没有，老陈连他都不说。他跑了大半个北京城，把所有可能的地方都找遍，没有，还是没有。直到在上海意外碰到，才知道在学校时老陈就已加入组织，后来南下，先在江西，后来到闽西。

老曲说老陈走后自己又病了一场，跟肺倒没直接关系，但病好后却开始每天时不时咳，一直咳到毕业了，到上海找到工作，才好。南方人到底适应不了北方的冷和燥，还有水，太硬，吃什么胃都不舒服。幸亏到上海，才能重新与老陈见上。老曲说："你不知道那天我们有多高兴，城隍庙那么多人啊，就当着他们的面抱到一起了。这么大的两个男人，没羞没臊的，反正不抱一下真不行。那天我又咳了起来，是一口气没喘顺，被口水呛了。真的，太高兴了，整个肚子跟着呼呼叫，肠子都要一根根窜出来似的。说真的，我们两个那天都流泪了，高兴到流泪，你知道是什么滋味吗？"

文英嗯了一声，想象着那个场面，一起又蹦又跳的两个男人，她觉得都是陌生的，既不像老曲也不像老陈。老陈的很多东西她其实都不太懂，老陈不肯说，包括他的第一个妻子。

老陈的第一个妻子叫陶秀敏，也是护士，但文英没见过，老曲当然也没见过。老曲来时，陶秀敏已经去世五年多了，是在黄洋界上，被一颗子弹穿过肚子，一尸两命，才刚刚怀孕哩。

文英悄悄问过医院里的其他人，都说陶秀敏其实长得并不好，至少没文英好。具体地说，就是个子没文英修长，眼睛也没文英水灵，嘴巴还偏大，露出一对虎牙，但这都不重要，文英知道老陈跟自己结婚根本就不情愿，是师首长再三搓合，几乎下了死命令。老陈最终肯点头，无非是要借一借文英的肚子，把陶秀敏没来得及生下来的孩子生到老陈眼皮底下。

老曲说:"你不能怪老陈,他太喜欢陶秀敏了,每次跟我说起她,都哭得跟孩子似的,眼泪鼻涕糊了一脸——你想象不到他会哭成那样,其实我也挺意外的。有些男人就是这样,一旦有个女人刻进他骨子里,整个世界就全是她了,她长得美不美俊不俊都不重要。老陈这个人啊,别看整天臭着脸,他最大的毛病就是太重情义了。你可能还不够了解他,即使兄弟朋友之情,他都会一辈子沉甸甸藏在心里,豁出命相报都行,何况陶秀敏?"

文英心里咕噜一声。老曲无非把她早已知晓的事实重新讲一遍,可她还是格外不舒服。她呢,她算什么?老陈的情义天下人谁要谁给,不要也给,独独漏了文英。他什么时候对文英情义一下?有个问题她得问一问,她说:"如果没有陶秀敏,他会对我好吗?"

老曲叹了一口气,沉吟片刻才说:"没有如果,无论如何陶秀敏已经在你之前出现过了。"

文英问:"他跟你这样说的吗?"

老曲说:"没有,但我明白。"

文英问:"那我怎么办呢?跟死人我一辈子都争不过啊。"

老曲说:"以后我找时间劝劝他。"

文英马上问:"有用吗?"

老曲笑起来,说:"先不想那么远,走吧,追上部队再说。"

说这话时老曲并没有做好最坏的打算,他望着前方,一条不宽的河已经挡在那里了,水面浑浊,混杂着很多泥沙,而他也已经发烧。

文英现在得对一群陌生人说一说自己家人了,比如父母亲的名字,比如几个兄弟姐妹的年龄。她离开家后再没见过他们,甚至也不常想起。每天那么忙,忙得又累又充实,眼皮常常粘到一起才能躺下睡一觉,睡醒了马上又重新开始忙,都是性命攸关的事,哪点都马虎不得,她脑子里满满的都是伤员、伤口、伤情,好像再没有地儿容下父母姐妹和弟弟。谁知道突然之间,她得把他们一一罗列出来,说一个,眼前就浮现一个面庞,居然那么清晰,鼻孔里呼出的气似乎都直扑到她脸上。她突然声音一颤,泪下来了。

说到底他们还都在心里沉甸甸地藏着啊。

她当时就很羞愧,再怎么着也不能在这些人面前哭啊,但后来才知道这一哭至关重要。

屋里大约有三十来人，但他们并不仅仅这些。文英很快弄清，除了这户人家家里，隔壁另一户人家那里还另有四五十人，合起来就有近百人，其中夹杂着十几个伤员，胳膊或者腿打了绑带，吊在脖子上，拄着拐杖。两处房子里的人来来去去，他们说的都是官话，腔调不太一致，但听起来没有一个是本地人。文英参了军才学官话，说得不好，却大致听得懂。只是现在她必须装着听不懂。

对方问："红军到哪里去了？"

文英摇着头，用土话说："这是我家，你们到我家来干什么？"

对方又问："村里的人呢？"

文英叽哩呱啦地嚷着，挥着手，很恼火的样子。她说："你们把我家床铺都弄脏了，文依九、霍大香如果这时候回来，肯定不会饶过你们。"

刚才她已经告诉过他们，父亲名叫文依九，母亲叫霍大香，这个她不用说假话，都是真名真姓。那些人反正听不懂，她没必要把自己弄成别人的女儿。

恰好饭端上来了，那些人看来是饿了，一下子都围过去，就没人再管文英。文英瞥一眼冒出热气的木桶，是白花花的粥，另一个桶内具体是什么看不清楚，大约是青菜与肉的混合，已没多少热气，但香气比热气更要命，一缕缕地窜过来，直往肚子里钻。她咽几下口水，缓缓向后退几步。还是得逃，逃离这间屋子，逃开这群人。门敞着，外面一条石板路静静摊在那里，像一根浅色的柱子插在门槛上。十米外就是片桔子园，果子原本还得过个把月才能熟透，却都已被主人提前摘光带走了。客家女人不裹足，文英一双脚板又宽又大，但她没有信心自己能在那些人发现前，跳出门外，跑过石板路，闪进桔子园。算起来从昨天中午至现在，她只在中途匆匆啃了几根地瓜干，腹中早空了，又一夜守着菊芬没睡，双腿是软的，脑袋嗡嗡嗡地响。她跑不动，只是不跑怎么办呢？她又向后挪了挪，长吸一口气——就在这时，刚才一直审问她的那个军官扭头看过来，把手里的碗举了举，他说："喂，要不要也吃点？"

文英马上点头，点到一半她心里咚的一声，知道坏了。

军官从桌子旁站起，一脸的狐疑。

文英连忙说："我知道米是你们自己的，我们家从来吃不起米。哇，但木柴是我砍的，看看你们，人这么多，把柴都烧光了……"还是用当地土话,她明白已经没用,但只能继续,说不定还有转机呢?总不能坐以待毙。

军官慢慢走过来,站到她对面,满满的一碗粥就托在胸前,另一只手捏着双筷子。他盯着文英,文英皱着眉头,也直直看着他。之前她从来没这么近看过白军,在脑子里一直把他们与青面獠牙的鬼怪划上等号,不想人家眉眼竟是如此端正,真是有模有样的啊。

军官把筷子放到端碗的那只手,然后一把揪下她的凉笠。

她咳了一声,声音不像她的,更像老曲。按此时冒出来的念头,她想一把抢过碗,捧走粥,然后跑回榕树下。

急死人了,老曲,老曲究竟怎样了?

六

最终文英没有跑成,也没吃上粥。刚才她头不由自主那么一点,军官就不再相信她听不懂官话了,至少不完全相信。原来人家那一句话是计谋,而她竟被自己的肚子出卖了。老陈以前骂过她缺心眼,她一听眼就瞪圆了。现在想,确实该骂。

她已经被反绑了双手,萎在地上。手是他们绑的,地上则是她自己赖下去的。屋里到处是汗馊味、烟草味,最要命的还有粥味、肉味。她把身子蜷起,肚子尽量折起,那里很疼,咕噜咕噜地叫。脑子里一直有个声音在提醒她:缩小,再缩小,最好缩到他们的眼皮外。她想幸亏是自己,换了菊芬,肚子里还藏着另一个人哩,怎么缩都是白费。

头上没有凉笠后,头发就披散下来。当地其他小妇人婚后都梳着圆髻或者船形发髻,而她一参军就把头发绞到齐耳长了。短发利索,戴军帽的谁还有闲心伺弄长发?

这就不需要再辩解什么了。军官斜着眼问:"红军?"

文英摇头,垂着脑袋,小声说:"农会的。"这几年她一直努力学官话,尤其是嫁给老陈后,舌头都能自如地卷动了,但她现在重新把舌头弄直,话语中渗进很多的土音,说得含混不清。这样做当然也没什么用,但她发现也不是都没用。慢慢她已经弄明白,松树岭战事结束后,大概以为红军指挥部还在柴厝村吧,白军大部人马都开往那里,准备乘胜再打上一仗,就是斩尽杀绝的意思。这帮家伙则被指派留在山上给自己人收尸,收拾停当下山,按说得立即赶去柴厝村,却走错了路。一直有人在骂这里的山,说一辈子见到的山加起来也没这几天见到的多,山与山又他妈的长得这么一模一样。军官过来问她:"柴厝村怎么走?"

文英悄悄吁一口气。他们挺急着动身,能急就好。

她往门外指了指:"那里……"

军官抬脚猛踢过来:"那里个屁!到底哪里?"说着就把她拎起来,拖到屋外。

屋外有风,风清爽得几乎带着甜。文英连吸几口,嘴向远处噜了噜:"那……往那边,河,山,爬过山,呃,到了……"她没有瞎编,说的是实话。不是万不得已,做人不是都该说实话吗?她就是昨天从柴厝村出来的,知道村里已经空了,反正没有人,这帮人爱干吗干吗去。

军官看着不远处的山,文英也看,那里就是猴头山,昨晚在上面时,菊芬还活着。雨下那么大,菊芬在雨中哭着喊着咬着她掐着她,她却救不了,就在眼皮底下两条命都没了。

军官大声喝道:"你干吗!"紧接着又一脚踢过来。

文英回过神,没想到自己又哭了,竟比刚看到菊芬断气和把洞口砌好时更伤心,悲戚从四面八方涌来,劈头盖脑,忍也忍不住——为什么要忍?文英腿别着,上身往前一扑,头磕到地上,双臂后翘,像一只母鸡。除了痛痛快快地哭,此时她什么都不想,她觉得舒服极了,简直想醉过去,她甚至以为自己可以这么自在地哭上三天三夜。

其实并没有。

军官皮鞋沾着泥,皮面也已经磨花了。这双鞋踢了她两次,文英记住了。她听到皮鞋离去的脚步声,然后是军官的吆喝,他让手下整好东西马上出发,于是那一群人就忙乱起来,锅碗声、枪栓声、喊叫声混在一起。有人往旁边那幢房子跑去,大声喊着出发,马上那边也噼噼啪啪响起来了。

两幢房子是并排的,却不是连在一起,中间有一尺多的间隔,不能算巷子,不过说巷子也没错,它幽长逼仄,湿漉漉的,一股鸡屎味道。文英上身仍然前趴着,但她把屁股慢慢抬起,前一下后一下往那里挪去。等到整个身子完全钻进去之后,她把立在巷子口的几捆稻草用脚勾过来,遮住自己。

然后她抿抿嘴叹口气。

蓝 衫

如果能活着见到老陈，老陈肯定不会相信她今天究竟经历了什么。

她确实活下来了。从稻草的缝隙里往外看，她看到那群人列队向猴头山方向去了。军官从屋里出来时左右看了看，似乎在找她，但也没太当回事，潦草瞥几眼，嘴里含混骂了几句也大步跟上了。她怎么看都不像个当官的，本来也不是，人家要急匆匆赶路，也不愿多个累赘吧。

她用力磨着反绑在背后的手，绑得不太紧，或者本来是紧的，但被她多扯了几下，渐渐有些松了。幸亏双脚没被绑，她站起，仍然小心地四下看看。四周静极了，只有虫子耳语般窸窸窣窣长鸣，偶尔鸟飞过，咽着嗓子低低喊叫几声。起风了，有点冷。她缩起脖子，深吸几口气。命真大啊，父亲母亲天天都在为她上香吧？

然后她走进屋，躬下身子，双手向后伸直，架到锅的边沿上。绑住她的是一节顺手从屋角捡起的旧稻草绳，算不得多结实。她用上了劲，身体带动双臂，双臂拖动双掌。能感觉到两只捆绑一起的手在一点点轻松起来，然后闷闷的一声响，绳子断了。她把两条胳膊从后面拿回来，举到眼前，手腕处通红，很疼，但……这时候疼算什么？她拍了拍巴掌，啪的一声响。似乎还不敢相信，她又重重连拍了几下，然后笑起。

不是梦，是真的。

锅里已经空了，只有一层薄纸般的米浆巴。她用指甲一点点抠起，拢到一起，只有掌心里小小的一撮。先这样，有总胜过无啊。她一只巴掌把它们一直托着，又舀了一勺水放入锅，再点了一把草塞进灶里。屋角有一个污黑的竹筒，外面浮着一层青苔，应该是这户人家废弃不用的。把它捡起，她用一只手洗涮一下，水开了，就舀起装入。不管怎么样，老曲终于可以喝上一口热水了。

重新在路上跑起来时，她的脚跟不上脑子里的念头，想快，还是快不了。路太滑了，她接连摔了几跤，每次跌倒巴掌都攥得紧紧的，竹筒也高高举起。掌心里那些米浆巴哪怕被吹走一小块都舍不得啊，水当然也不能洒。老曲病了，老曲肯定饿了，把热水和米浆巴喂给老曲，说不定他就能好起来点，然后站起，重新往小坪村的祠堂那里赶路。

文英当然也饿了，身子仿佛一截两断，中间那里空了，连胳膊触碰上去都没什么知觉。她抿抿嘴，饿就饿吧，又不是没饿过。

远远看见那棵大榕树了，但还看不到树下的老曲。把老曲独自撂在树下这么久,老曲会不会生气?见了面会不会吼起?文英加快了脚步。就让他吼吧,她想好了,无论老曲怎么骂,她都不能顶嘴,也没必要辩解。老曲是老陈最好的朋友,还指望他以后多劝劝老陈哩。

太阳很大,到处白花花的,秋天的日头晒起人来一点也不含糊,虽没有夏天那么毒辣,却自有一股让人烦燥的狠劲。文英突然停下来,心猛地急跳。那群白军要去柴屑村,她指了路,还指了河指了山。过河与爬山好歹得从这里经过……她从来没有忘记老曲正躺在大树下,但她居然忘了那些人从路上走过时,可能看到树下的老曲,她忘了!

看一眼地上,路面昨夜浇过雨后泥就化开了,被晒了一天仍是东一处西一处的泥浆,刚被人踩过,很多脚印留在上面,硕大的,杂乱的,参差的脚印……她跑起来,这下子是真正的跑,像只从弹弓下逃生的惊鸟,整个人都在颤动。"老曲,老曲,老曲……"她不敢放开嗓子喊,其实也没力气喊出声,嘴里呢喃着,唇不停地抖。

突然觉得冷,非常冷,冬天一下子来了,可她还只穿着薄薄的蓝衫。老曲还躺在那里,就是早上她离开时的那个位置,但姿势变了,原先是侧躺,整个人蜷着,这会儿却是仰面向上,四肢张开,像一只从树上掉下来的大蝴蝶。

文英急跑几步,停下,又跑几步,再停下,然后一步步慢慢挪过去,挪到老曲的跟前。蹲下的一瞬她一直紧紧攥紧的巴掌猛地松开了,已经碎成粉末的米浆巴从指缝间飘落。

老曲身体还有点热,但眼睛睁着,眼神已经散开。地上全是血,顺着树根四下走,它们都是从老曲身上一个个张开的弹孔里流出来的。胸、腹、头,数一下,整整八个孔。是那一群人开的枪吗?不会是别人。他们放过她,却没放过老曲。为什么他们觉得清瘦的、戴着眼镜的、已经病恹恹的老曲必须被置于死地呢?

文英身子一软,猛地跪下了。

七

老曲被文英背上猴头山,背到埋着菊芬的那个小洞前。她把洞重新扒开,放进老曲,然后再把石头一块块砌起来。做这些很费力,简直太难了,但文英觉得必须这么做。她不能再把老曲一个人扔在树下了,树附近没有地可挖，即使有，光凭一双手她也挖不动。不如上山吧，与菊芬虽然不是夫妻，但有过这一场经历，也算有缘了，好歹做个伴，在阴间闲时可聊聊天，以后她来看看也方便。无论如何，即使不管菊芬，她也不能不管老曲啊。

到时老陈想必也会一起来的吧？

想到老陈，文英终于记起还有小坪村这件事了。昨天傍晚三个人一起从柴厝村出发，说好黎明前赶到小坪村祠堂前，如今却只剩下文英一个，其他两人都已经躺到小洞里了。很奇怪，从发现老曲死到现在，她都没有再哭过，突然之间整个人干透了，眼泪一滴都没有，一下子不知道怎么哭。她抬头看看天色，太阳已经落山，到处灰蒙蒙的。她把双掌举到眼前，它们已经不像手了，像两块陈年的地瓜，破了几十处，渗出血。也不全是砌石头时磕的，刚才过河、上山，一路跌了多少跤啊，跟跟跄跄时，急着站定，旁边即使长着荆棘也一把抓住，狠命拽着，用上的已经不是一个人的劲，还得加上背上的老曲。

老曲瘦得似乎只有一把骨头，竟然这么沉。老家人都说，死人比活人沉，但老曲活着时文英没背过，她无法知道这话真假。背到中途，她脚都迈不动了，两条腿比赛似的颤动，好几次她已经泄气，觉得走不动了，背不动了，自己不如索性也死了更好，但一步一步还是挪到了山上。

她靠着洞口坐下——或者那已不能再称作洞了，砌上石头后，称作墙更合适。扭头看看，那些大小不一的石头砌得似乎比之前老曲砌得要好。在家时她绣过花，也做过针线活，尽管不是一回事，但女人做手艺活，毕竟手更巧。有一瞬她对自己几乎满意了一下，但转眼整个人又迷糊睡了过去。她自己都没想到，这一睡竟如此彻底而坚决，醒过来时已经是第二天清晨，阳光从树缝里下来，打在她脸上。她眯缝着眼四下看看，好一会儿才想起究竟是怎么回事，然后站起，快步向山下走去。

她还活着，就得继续往小坪村去。过河时她捧起水猛灌了几口，经过地瓜园时她又摘一把叶子嚼进肚子。客家女人的一双大脚板这时起了作用，她走得很快，左脚的力气是菊芬给的，右脚的力气则来自老曲。他们死了，她要带着他们找部队。

终于走到小坪村时，祠堂的门闭着，门外大石凳还在，桶也在，但歪倒在地，里头没有水。文英不是直接靠近去，她先是趴在一旁的树丛里打量，然后才走近。没有人，没有联络员。围着祠堂转一圈，也推开门到里头再细细查一遍,没有任何印记留下,也没找到一丝的暗示,都没有。其实这也算不得意外,但她整个人还是往下一坠,脑子全空了。

她在门口石凳上坐了很久,眼睛不知哪里可看,干脆闭上了。

父亲就是在这个时候在脑子里冒出来了。离家时父亲曾对她说过一句话:"哪天有难了,就回家里来,怎么的都还有一口地瓜饭吃吧。"

从小坪村回老家,也就三十里左右的路程吧。

她叹口气,睁开眼,站起,端立片刻,然后去了村里。她得去问问谁见过从这里经过的红军大部队了,就在前天,那么多人呼啸而过,不至于悄无声息。他们往哪个方向走的?去了哪里?他们中有没有老陈?

无论如何,她得赶上他们,找到老陈。

半个多月后文英终于在县城找到了独立师。

放在往日,十几天时间眨个眼就过去了,这次却不一样,太不一样了。如果细细罗列起来,大约可以把嘴唇讲破,可是跟谁说呢?就是老陈,以后见上面了她也没打算多说。不想说是不是因此也就记不住了?像一锅捣烂的粥一样,都变成含混不清的东西,搅在一起,互相混杂。

但有一样东西却是清晰的,她要找到大部队,找到老陈。

没有谁能说得出部队去哪里了,小坪村的人摇头,一路上所有人都对她摇头。不见得是故意的,可能确实不知道。局势比想象得更凶险,差不多一夜之间这一带都成了白军的地盘,白蚁样铺天盖地的白军,红军怎么可能把自己的行踪告之天下?

不过那些人摇过头后,有时也会悄然说一些零星听来的消息,比如红军全部走了,连赤卫队也带上,苏区没了。或者又说并没有都走,不是时不时还这里打一仗那里打一仗吗?还留着一大批哩,不会那么便宜了白军。

文英相信后面一种说法。最早听说红军到这一带时,她才十八岁,已经订亲,男的比她小六岁,瘦得只有一坨小肉,个子也只到她胸前。两人见面时她低头盯着自己鼓鼓囊囊的前襟,泪一下子就下来了。不行,还是不行,参加农会后更不行了。那男的长了一年,个子出来了,倒是想得开,说那就算了,转身他也参加红军从家里离去。这事文英差不多已经忘了,只是一扳着指头算红军出现的日子,就又想起来。瑞金她没去过,这一带发生的一切却都在她眼皮底下。从十八岁到二十三岁,她和比自己小六岁的男孩断了,她嫁给了老陈,世事变迁真大啊。整整五年,确实不能便宜了那些东西。

　　草鞋早就烂了,索性扔了,光着脚板走。山路从小走到大,这难不住她。她循着枪声走,有时并不是亲耳听到枪响,只是从哪里路过,旁人悄声说着某地某时厮杀过,她马上转头就去了,多远都去。但总是扑了个空,什么都没有,唯见四处血迹和一地坑坑洼洼。直到这一次,半夜,她正团着身子睡在路边干草丛里,对面半山腰上枪声突然大作。她睁大眼跳起就跑,迎着枪声跑。如果有翅膀,她一定会飞起来,跑着跑着其实也像在飞。已经脏得打结的头发杂乱地覆到脸上,蓝衫和大档裤灌进一道道凉风,她不管,呵着嘴,喘着气,跑,拼命跑。终于跑到时,枪声已息,硝烟味犹在,但人还是空了,没有一个人。星光很好,密密麻麻挤在上头看热闹。她没心思打量它们,弯下腰她像蛇一样贴着草丛走,嗅着气味,辨认着草的倒伏方向。

　　天亮时她终于站到县城的城楼下了。

　　城楼有三层,上面两层都有飞翘的屋角,下面一扇拱形的石门原先供人出入,如今已经关闭上了。而门的两边是石砌的两三人高城墙,把整个县环绕到一起。建了有好几百年了吧,石头都变成褐色了,石缝上长满了青苔,甚至长出一棵小榕树,根须横七竖八地攀爬着。文英曾无数次听过这个县城的名字,却是第一次到这里。她趴到门上,一下一下重重拍着。"开门!"她喊道。"开门!"她又喊道。

　　"干什么!"城墙上有人吼了一声。文英后退几步仰头看去,先看到几管枪筒,然后看到熟悉的衣服。她先是笑了,然后哭,边哭边笑。城墙上那几个人身上的衣服本来她也有,穿过整整三年啊,只是离开柴厝村时老曲让她藏在关帝庙里了。

　　她把手搭在嘴边喊:"快开门,我是文英啊。"

　　墙头上那几管枪晃了晃,接连有人探出头。文英马上双臂一举蹦跳起来,同时尖叫了一声。这么巧啊,她认出来了,那个下巴有颗黑痣的是老陈手下一个排长,曾受过伤,在医院里是她每天为他换药清洗伤口。老陈当时吩咐过,要好好照顾他。她做到了,照顾得特别好,自己有个蛋有只梨有块糖,舍不得吃,都一口口喂了他。她失声喊出排长的名字,是的她还记得,真的记得。排长怔怔俯身看下来,她说:"我是文英,护士文英啊……"排长脸仍是木的,看样子还是没记起来。她就说出老陈的名字,边说边嘻嘻嘻地笑。"我是老陈的老婆文英啊!你忘了?哈,你怎么忘了呢?"

排长看了看旁边的人,就消失了。一会儿城门开了一条缝,文英一挤进去,门又猛地关上了。文英很高兴,她紧走几步,想抓住排长的双臂,排长却连连后退,又对旁边另一个人点头示意,骑上马,向城内跑去。

他是去通报消息吧?这个文英能理解。医院的管理不像队伍那么严格,但规矩她多少也是知道的,尤其这时候。白军到处都是,这么大一个县城居然还能完好,是她万万没有想到的。像做梦一样,竟真的找到了他们啊。现在没事了,她就等着吧,安安静静地等。可是她却怎么也安静不下来,两只脚一下一下地动,她还在跑,原地跑。这些天一直这样,不停地走和跑,脚大约已经喜欢这样。她举高双手捋捋头发,很涩。手从头顶滑下来时经过脸颊,那里塌了,凹陷进去。她连忙垂下眼看自己前胸,还好,那里并没有瘦,还是有力地把衣服顶起。她笑了笑,简直想笑出声,但她终于还是忍住了。

时间过得很慢,她以为排长会马上回来,甚至带出老陈。如果老陈飞奔过来抱住她,她也豁出去了,一定也要紧紧抱住他,把胸贴过去,让老陈知道那里仍然饱满,他的孩子可要靠它们了,她会把他们一个个喂得肥肥壮壮的。

她竖起耳朵,一边继续原地跑,一边等着马蹄声出现。

八

排长很久才再次出现。

跳下马,排长把缰绳交到另一个人手里,素着脸,做了个请的手势。刚走几步,一队人马就迎面而来,其实只有三个人骑在马上,后面呼啦啦响,不少于两三百人跟着一路猛跑。排长把她往旁拉了拉,用身体挡住她。人马近了,从旁一闪而过。文英"呃"了一声,她又不怕马,她的头从排长身体后伸出,觉得马上有个人有点眼熟,大头,宽肩,军帽窄窄的孤立在头顶……只是这个人有胡子啊,虽不长,但又黑又密,从腮帮到嘴周,一个缝隙都不剩。文英还想再看几眼,城门已经开了,又迅速关上,人和马眨眼就都不见踪影了。

排长说:"走吧。"

文英还站着不想动,她问:"那个人像老陈。他是老陈吗?"

排长没有回答,径自向前走去。文英只好跟上,但不时回头看向城门。那队人马连影子都没有了,马上那个人到底是不是老陈?

排长把她带进一座土楼,进了一间屋,排长拉上门走了,屋子一下子黑下来。定睛好一会儿才看清屋里有床铺有桌子有一个装满水的脸盘。再细看,床上还放着半旧的蓝夹袄、大档裤和一双崭新的草鞋,是给她换洗的?

但屋里没有人。人呢?老陈呢?

她俯下身,用巴掌捧起水往脸上扑。哎呀,整个人一下子清爽了,眉眼也该露出来了吧?不露出来,老陈见了,也不敢认她啊。然后她向门走去,想打开,门却是锁的。她握住门把重重地晃动,"开门!"她喊,"快开门!"却没有人过来把门打开。后来还是那个排长,他端着一碗地瓜饭进来,也不说话,把饭放桌上,转身又要出去。文英一把抓住他胳膊,她说:"怎么回事?到底怎么回事?"

排长舔了舔嘴唇,咳了一声,继续向外走。文英双臂伸到他腰间,一把抱住。排长嗯嗯嗯叫了几声,看来是抱的力气太大了。文英索性再使上劲,她恨不得往旁一绊,把排长直接摔到地上。"老陈呢?你把老陈给我叫来!"

排长咽了几下口水,又咳一声,说:"陈营长带人出城了。"

"干吗去?"

"打仗。"

文英想起刚才看到的那个阵势,两三百人背着枪,沉着脸,脚步匆匆,应该是真的,确实像是去打仗。可是再急的战事,从她身旁经过,不打个招呼?不留个口信?她猛地松开胳膊,端起旁边的脸盆往地上砸去。盆里原先装着清水,被她脸洗过,已经黑了,但到地面上再黑也看不清。她脚一跺,吼起,她说:"你们为什么要把我关在这里?"

排长不理她,趁机快步离去,还是关上门。不一会儿排长带着一个人回来,那人说:"我是团长,叫安子明。"

按安子明的说法,红军大部队已经离开了,独立师从松树岭下来后,本来也要走,临时被留在这里殿后。这个县城是红军仅剩下的一个大据点,上级有令,必须守到月底,尽量把敌人兵力吸引过来,掩护大部队撤离。现在离月底还有二十来天,可是白军却总不上当,最多派小股部队应付一下，仍然纠集人马急吼吼地追赶。这样不行，就得主动杀出去。昨晚就是，刚才老陈也是。刚才去的人应该是别人，但被老陈抢了，老陈一定要去。

文英点点头，这些她都明白，不明白的只是为什么老陈不肯见她，非要抢着出城。见一见再走也行啊。

安子明一口接一口抽着土烟，烟在屋里散开，味很呛。文英咳起来，她想往门走去，但排长站在那里，枪横在肚子前，食指勾在扳机上，见她过来，身子一紧，枪举了起来。

"别动！"安子明说。

"你还是先老老实实在屋里待着吧。"安子明又说。

文英扭头看了看，安子明脸绷着，眉头皱在一起，他说话时声音短促僵硬，有几分不情愿，或者为难……为难什么？直到这时候文英才相信，一定有什么已经发生了，可是她不知道究竟是什么。她问："怎么了？到底怎么回事？"

安子明说："你自己清楚。"

文英摇了摇头，泪又下来了，雨一样滚落，脸上马上湿漉漉了一层。她想忍住，重重地吸着鼻子，她说："我……"这一刻她忽然想起老曲和菊芬，要是他们在就好了，只剩下她，她一个人不明不白地关在这间黑乎乎的屋子里等着老陈。

老陈什么时候才能回来？

第二天中午老陈回来，但老陈死了。抬回来时还有一口气，排长推门而入，拉上她就走，走到土楼正中央那块硕大的天井，看到老陈仰面躺在担架上，浑身是血，眼闭着，脸肿得变了形。文英扑过去，跪在地上。"老陈！"她大喊一声。老陈一动不动。"老陈！"文英又喊道，声音拖得很长，眼泪。然后她开始动手，扯开老陈的衣扣。伤口在哪里？止血，清创，包扎……她抬起头左右看看，药箱呢，谁背着药箱？

很多人围成一圈，究竟多少人她没看清。都是脸，一张张模糊不清的脸。

有人说："伤口已经处理过了……"

又有人突然惊喜地叫起来："营长还活着！营长醒了！"

一阵嗡嗡嘤嘤，好多人也接连蹲下来，喊着营长营长营长。

老陈果真醒了，眼睫毛开始轻微抖动，喉咙咕噜咕噜响，左手缓缓往上举，手是红色的，连指尖上的肉色都一丝不留。文英不怕血，血她见多了，但老陈的血不一样，而且就在她眼皮底下，这么多的血啊。她想伸出手把老陈抱住，手却好像不是自己的了，一直抖，用不上力气。"老陈……"她俯下身子，想说很多话，可是话却不知躲哪里去了。

　　老陈微微睁开眼，很吃力地睁开——就是在这一瞬文英整个人怔住了，她看到一道寒光。"老……"叫到一半，她猛地噎住了，眼睛定定地落到老陈的手上。

　　老陈的手不是举向她，而是一点点向腰间伸去，那里绑着一条皮带，皮带上别着一把手枪。他握住了枪把，五个指头抖抖索索地似乎打算往外拔，但就在这时候手却猛地一松，然后重重滑下，垂到担架外。

　　老陈死了。

　　老陈被葬到土楼后面那座小山上，文英没有跟上山，她想去，但去不成，人家不让她去。她重新被带进那间屋子，三顿饭还是排长送来，但一连两天她都一口不吃。第三天排长再来时，文英已经倒在地上，人事不省。其实她不该这样的，从小到大又不是没饿过，这一路上整整十几天，也全是随便挖个地瓜、啃个野果就过来了，客家女人什么时候娇气过？排长把她扶起，喂了几口水，叹了口气。文英很温顺地吞咽着，如同当初排长受伤时她喂他一样。

　　排长出去了一会儿，再回来时，他没有随手关上门，而是开得大大的。

　　"你走吧。"他小声说。

　　文英眼睛不看他，而是落在床角那里。她身上这套衣服是老曲从柴厝村老乡那里买下的，前襟、袖口都已经污黑，结了一层痂，袖子先被菊芬撕破，这些天更破得快挂不住了。排长把蓝衫、大档裤和草鞋放在床上让她换，她一直没换，不想换。晚上睡下时，她把那套衣服和草鞋工整地挪到床角。她已经当了三年红军，为什么不把红军服给她呢？

　　"快走吧，啊，快走。"排长又说，声音很轻，颤颤的，像哄她。

　　文英这才转过脸看他。走？她走了十几天才找到这里，十几天啊，草鞋都走烂了，人瘦得只剩骨架子，现在又让她去哪里？

　　排长低下头想了想，说："我想不通，为什么你要出卖老曲？"

　　"出卖？"文英一下子声音尖利起来。

　　排长摆了摆手说："算了，你走吧。"

文英上前一步，盯着排长。"出卖老曲？怎么可能，我怎么会出卖老曲？我怎么可能出卖人？"

排长看着她，又叹了口气。

文英揪住他前襟，大声问："谁，是谁说我出卖了老曲？谁？"

排长说："情报员啊……你走吧，快走，别留在这里。"

文英两排牙叩到一起，手从排长前襟收回，垂到大腿两侧。"团长呢……我要去找师长！"话音未落她就往外走，但排长挡住她。排长说："别去了，没用的，真的没用，全师都知道你的事了……走吧，你快走！"

顿下，排长又说："其实，我们也不太相信，但……"

文英马上问："老陈呢，他相信吗？"

排长犹豫了一下，回头看了看门外，点点头。

文英说："他真信？"

排长眼闭了闭，又睁开。"老曲和他的关系你也是知道的……唉，也不知该怎么说。你走吧，走了对你对我们都好。"

文英想起老陈临死前喉咙咕噜咕噜响，手还伸向腰间，握住了枪。原来不是留恋，不是打算说几句惜别的话。那么就是在骂她？如果拔得出枪来，就要对着她下手，替老曲报仇？

就是在这一刻，她决定走。老陈死了，老曲也死了，老陈相信她出卖了老曲，而老曲却不会替她辩解了，谁也不会。她从屋子走出来时，看到团长安子明正站在从门外角落里，看到她，上前几步，手伸过来，掌心那里有两块银元。文英微微点点头，她还是感激的，但她没有接过银元。她向前走，步子跨得很大，客家女人的大脚在青石板上啪啪响着，然后她就出了土楼，出了县城。

那时谁也不知道她去了哪里。几十年后，省城一位热衷于做口述实录的女记者开车到柴厝村，她先是从县文史资料里看到一些老红军对女护士文英的回忆，又听当地人讲起另一件事：从1934年秋天起，猴头山出现一支来无影去无踪的队伍，最多的时候有几百号人马，领头的是个女的，枪法精准，行走如飞，刀枪不入。他们不是红军游击队，却和游击队一样专打白军。最奇怪的是居然收养很多没爹没娘的孩子，好吃好喝地养大，专门请先生教读书认字，再送往大城市上学，然后就斩断跟他们的联系，只通过特殊渠道汇去钱，也不许他们学成后回来。

还是有不听话回来的，女记者找到其中一位，已八十多岁，头发雪白,但眼神明亮,口齿清晰。女记者问起那个女人的身高长相,老人摇头,说没见过。"当时我们这一帮小孩哪个也没见过她。"老人强调了一句。女记者问:"她姓文吗?"老人说:"不知道,据说她一直穿蓝衫,大家都叫她蓝姑。"女记者问他为什么非要回到这里?老人抿紧嘴,眼望向远处,半晌才说:"猴头山上有座坟,得有人守啊。"

  第二天中午女记者爬上猴头山,找了半天,终于找到那面碎石砌出的墙,它已经成为山的一部分,如果不是墙前立着一块石碑,根本无法发现。石碑立的时间肯定比墙晚,但也有些年头了,很简陋,上面写着更简陋的一行字:"曲欣、王菊芬之墓。"女记者低头看了很久,手在两个名字上轻轻抚着,心想,文英后来会不会也埋在里面呢?

  她去采了一束野菊和一把竹枝,缓缓放到墓碑上,然后盘腿坐下,一直坐到太阳西沉。

原载《芳草》2018年第5期

宝贝女儿

杨晓升

老来得子，后福无穷。这句话在邱必铮听来，就像春天播下的种子，早早地就在他的内心深处扎下根，发出芽，滋滋地生长，日复一日地有了期盼。

邱必铮是四十岁才有后的。虽说并非儿子，而是女儿，但女儿出生给邱必铮带来的那份喜悦与快乐，丝毫不亚于儿子。邱必铮既非晚婚，也非有意晚育。结婚时他二十六岁，妻子二十四岁，照说都是欲望旺盛、干柴烈火的年龄，可无论邱必铮如何努力，夫妻俩如何如胶似漆夜夜欢愉，妻子的肚子一直是按兵不动一马平川，丝毫没有要隆起的意思。时间久了，盼子心切的邱必铮不由心生怨言，又一夜翻云覆雨之后，气喘吁吁的他搂着赤身裸体的妻子，摩挲着她玉一般温润光滑的肚子抱怨道："怎么搞的，我已尽了洪荒之力，你这儿为何仍无动于衷？"妻子听罢，也没好气："嘁，你还怨我？我还怨你呢！"

什么，你是说我不行？

那你以为你行？

别瞎说了，肯定是你不行！

嘁，你凭什么说我不行？还说不准到底是谁不行呢！

夫妻俩唇枪舌剑，各不相让。争执的结果，是一致同意到医院检查，结果却是：女的一切正常，男的精子活跃度不够，属于弱精症。医生还耐心对夫妻俩科普了一番：正常精液常规检查中A级大于百分之二十五，AB级大于百分之五十，精子活动率百分之七十以上液化时间小于三十分钟，才有受孕能力。根据你的数据考虑属于弱精症。医生解释说，引发弱精症的原因有很多，精索静脉曲张、内分泌存在异常、生殖道病原体感染、前列腺炎、睾丸炎、附睾炎等，都会引发。医生还建议：你这种情况属于弱精，一般补锌补硒可改善，可以吃一些小核桃、羊肾、猪肾、狗睾丸、鸡肝等，但是食物的功效有限，一般调理弱精最好吃育之缘口嚼片，其主要成分蛋白锌蛋白硒和蛋白质是精子成长所必须的，食用育之缘三个月左右有很好的补精、改善弱精的效果。

医生的一席话，让小两口面面相觑，满脸绯红。最终，当然是邱必铮先低下头来，并且自觉在妻子面前矮了一头，说话办事底气似也少了三分。好在妻子并不穷追猛打，也不得理不饶人。相反，妻子善解人意，见好就收，还主动记下医嘱，帮助邱必铮增加食疗、服药调理，小核桃、羊肾、猪肾、狗睾丸、鸡肝等换着吃，育之缘口嚼片也吃了不少。可日复一日，月复一月，年复一年，无论如何都不见效果。幸好夫妻俩从来感情笃深，虽然没有孩子，但夫妻生活并未停止，日日欢愉依旧，夜夜兴致不减。性事如同夫妻感情的稳定器、润滑剂，让他们夫妻相安无事，恩爱如初。如此这般，一晃就过去了十几年。

有道是有心栽花花不开，无心插柳柳成荫。直到邱必铮四十岁那年，春天到来的时候，妻子突然发现当月没来例假。过了两月有余，妻子原本依旧光滑平坦的肚子竟也慢慢地隆起。夫妻俩大呼小叫赶忙到医院检查，结果喜出望外：妻子怀孕已经四个多月。大喜过望，夫妻俩也不顾医生在场，激动得相拥而泣，自此更加恩爱。邱必铮更是如获至宝，兴奋得像中了彩票，对妻子百般呵护，百般依顺，日常生活对她总是忙前跑后，照顾有加。每天除了上班，八小时之外他全都围着身怀六甲的妻子转，买鱼买肉，做饭炒菜，他破天荒样样抢着干，唯恐怠慢了妻子，唯恐累着了妻子，唯恐妻子肚里怀着的孩子昙花一现、悄悄溜走了。不仅如此，他还买来各色水果，变着花样让妻子增加营养。又买来各种胎教音乐，让妻子每天聆听。不仅如此，每天吃完晚饭，他必陪着妻子下楼散步，调节妻子身心，为胎儿的降生积攒能量和力量……

谢天谢地！怀胎十个月之后，妻子如期分娩，生下了一个七斤三两的女儿。尽管是女儿，邱必铮依然欣喜若狂。女儿被护士推出产房的那一刻，望眼欲穿的邱必铮从楼道的坐椅上嗖地弹起来，箭一样射了过去。此刻的女儿正躺在妻子的怀里，睁着明亮的眼睛打量着眼前的世界。那眼瞳黑黑的，深不见底，既明净又美丽。那眼神亮闪闪的，既纯真又好奇。那幼稚的脸蛋粉嘟嘟、红扑扑的，嫩得让人不得不心生怜爱。眼看着自己的生命如此神奇地延续下来，邱必铮激动得语无伦次，那怦怦狂跳的心几乎快要蹦出胸口。他一遍遍欢呼着我也有孩子啦、我也有孩子啦，一边冲动得伏下身想亲吻孩子，却让身边的护士伸手制止了。护士笑着嗔怪：孩子刚出生，抵抗力差，怕感染病菌哩。邱必铮这才恍然大悟，停止行动，那半弓着的身子僵在那里，冲着护士傻傻地笑，那掩不住的喜悦与幸福，此刻像医院楼道里的灯光，如水般漫延开来。

论家境，邱必铮并不富有，他是一家机械制造厂的技术员，负责图纸设计。妻子是同厂的一名会计，每天负责算账报销采购跑银行。夫妻俩终日与数字打交道，却始终未能将自家的积蓄提升上来。平日里，夫妻俩每月的收入，即便只用于必要的日常开支，满打满算，也只能说勉强够用，或稍有宽余。即便如此，夫妻俩对女儿是有求必应，从不怠慢的。

小时候，女儿上幼儿园，幼儿园有好多好多的小伙伴，每个小伙伴都有各色各样的玩具，老师让小朋友们每天都带一件自己最得意的玩具到幼儿园来，与其他小伙伴共享。刚开始，邱必铮夫妇发现女儿每天早晨都是兴匆匆而去，傍晚却总是扫兴而归。没几天，女儿竟然不愿意上幼儿园了，两口子急得像被火烫着了。做爸的眼睛一瞪哎哟地叫出声来，说宝贝你怎么啦，幼儿园里谁欺负你啦，你赶快说，爸爸这就去找他们算账。做妈的则一把搂住女儿，嘬着牙花子连声说宝贝呀宝贝你赶快说，幼儿园里到底谁欺负了你，你说出来爸爸妈妈马上去找他们拼命。做妈的边说还边母鸡护小鸡般一下接一下地亲着宝贝女儿，不料女儿却哇地一下哭出声来，挣脱妈妈的怀抱，狠狠地喊了声谁也没有欺负我！女儿这一声歇斯底里的哭喊，让邱必铮夫妻俩吃惊不小，他俩四目相对，你看看我，我看看你，眼里满是问号。最后还是做妈的强作镇定，咧着嘴抚着女儿的小辫子，轻声细语地问：宝贝，那你说说，既然幼儿园里并没有人欺负你，你为啥不愿意上幼儿园？女儿不满地瞪了一眼妈妈，嘟着嘴抽噎着说，咱家的玩具……太差……太不好玩了，拿到……拿到幼儿园……没一个人喜欢！女儿浑身像拉风箱，断断续续地吐出来这一句，又接着抽噎。夫妻俩哦的一声，这才恍然大悟。他们边哄着女儿，边商量着如何给女儿重新买玩具。哄女儿时，他们说明天一定到商店给你买最好的玩具，好说歹说总算将女儿哄睡了。夫妻俩内心却都无比纠结，他俩的工资每月从来都是掐着指头算着花的，哪来多余的钱给女儿买昂贵玩具呢？

征得妻子同意，第二天邱必铮一咬牙，下班的路上还是花了两百元，为女儿买回了一只电子狗，装上电池打开电源，一蹦一跳怪模怪样叫出狗吠声的那种。第三天，妻子又花了三百元，为女儿买回了一架电子遥控飞机。打开电源，那飞机蜜蜂一样嗡嗡地在头顶绕圈圈。这一地下一天上的两个新玩具，总算让他们宝贝女儿笑逐颜开。连着两天，每天回到家的女儿都快活得像早晨放飞的小鸟，笑声和欢呼声都无法消停下来。女儿带着这两个新玩具到了幼儿园，虽算不上扬眉吐气，却至少已经不落人后。而邱必铮与妻子当月的代价是彼此都停止吃肉，每天买回少量的肉都只留给宝贝女儿。此外夫妻俩还当月互相给对方当理发师，省下了过去上理发店的几十元钱。虽然彼此的发型看起来都有些滑稽，厂里的同事一开始也都睁着好奇的眼睛打量他们，但多见不怪，没两天一切便都回归正常……

自此之后，女儿便生活在夫妻俩刻意营造的蜜罐里了。从幼儿园一直到小学、中学、大学，为了不让女儿遭受委屈，邱必铮夫妻总是节衣缩食，将挤出的钱和满腔的爱一古脑儿倾注到宝贝女儿身上：衣服，鞋帽，各色零食，各色学习用具，凡是女儿提出要买的，夫妻俩都是听从女儿的召唤，有求必应，说一不二。

不仅如此，从幼儿园到小学，又从小学到中学，邱必铮夫妇俩每天坚持接送宝贝女儿，无论冬夏，还是春秋，风雨无阻，雷打不动。而且夫妻俩分工合作，上学夫送，放学妻接，日日如是。即便女儿上了高中，身高都超出母亲、直追父亲了，夫妻仍乐此不疲，仿佛无时不担心女儿半路上会被风刮跑了，或像高大的瓷瓶一样随时会让路人碰碎。其实，长高了的宝贝女儿自己并不愿意父母送，怕同学笑话。上了高中，女儿便死活不让接送了，但夫妻俩还是放心不下，再送又担心女儿反感，索性变明送为暗送，无论上学还是放学，夫妻俩都瞒着女儿，背地里远远跟在女儿的后面……

学习上，女儿倒也争气，她没有辜负父母的辛劳和宠爱。从小学、初中直到高中，女儿在班里的成绩一直名列前茅，高中毕业还顺风顺水地考上了本省最好的一所大学。论成绩，女儿本可以到北京、上海上更好的大学，可邱必铮夫妇不放心女儿独自去外地，报志愿时要求女儿只填写广州的大学，因为他们一家就居住在广州。广州没那么多的大学怎么办？那就志愿栏上宁可空着不填。邱必铮夫妇一唱一和，意见一致，他俩早就商量好了，绝不让女儿到外地上学。他俩就这么一个独生女，唯一的一个宝贝女儿。女儿真要只身到外地上学，人生地不熟的，遇上难事怎么办，感冒发烧了怎么办，受人欺负遭受委屈了怎么办？做父母的远在数百里,甚至上千公里之外,够够不着,帮帮不上,那还不得急死啊!不行,绝对不行。他俩商量好了意见,早早地在女儿填写志愿之前就约法三章。好在女儿也恋家,女儿打小就是娇生惯养的,从小衣来伸手,饭来张口,要什么有什么。在本市上大学,家就是她的大后方,她随时都可以找到爸爸妈妈,缺什么随时都可回家取,换下的脏衣服也可以随时送回家洗,多方便啊!她才不愿意麻烦、不愿意吃苦呢。她自己不愿意吃苦,家长更不愿意她受苦,双方一拍即合,女儿于是便上了本市的一所全国重点大学。

大学二年级的时候,女儿恋爱了。邱必铮是在周末的时候发现女儿恋爱秘密的。那时正值阳春三月,春光明媚,万物复苏,百鸟啁啾,处处春心萌动,处处生机勃勃,就连空气也弥漫着清新诱人的气息,仿佛这世界谁都随时会有好事降临。

那天是周五,按说女儿周五都会如期回家。但女儿来电话说晚上班里联欢,就不回家了,明天再回。邱必铮一听,心里咯噔一下,被人掏空了心窝似的。自打女儿上了大学,周五她可从来都是准时回家的呀。不过女儿既然已经说了晚上班里联欢,夫妻俩也不好说什么,毕竟女儿已经上了大学,大学里有各种活动,各种沙龙,各种讲座,女儿多参加校园里的活动有益无害,当初邱必铮夫妇在大学不就是参加活动时认识的嘛!那时候,邱必铮上的是机械系,妻子上的是会计系,要不是一次学生会举办系与系之间的横向交流活动,邱必铮怎么可能认识现在的妻子?何况大学里的各种沙龙、各种讲座,都是让人开眼界、长见识的。即便只是学生联欢,也能够让学生在紧张的学习之余,放松精神,调整身心。这么一想,邱必铮夫妻俩便释然了。只是到了晚上,三口之家忽然少了个宝贝女儿,感觉空落落的,这样的周末以前从没有过,冷清的感觉便不经意袭来。因为周末女儿未回,家里跟丢了魂儿似的,周末那种特有的欢声笑语,那种温馨欢快的气息,便消失得无影无踪。毕竟,邱必铮夫妻俩经过了一周的紧张工作,他们也需要放松身心,而以往的周五,随着他们宝贝女儿的如期而归,家里就是他们三口之家说笑不断的海洋。而这个周五的晚上,冷清的感觉,让邱必铮夫妇俩也破天荒睡不好觉,晚上睡睡醒醒,或半睡半醒,反正是迷迷糊糊,似梦非梦……

好在第二天周六,女儿就回来了,但女儿是在周六下午才回来的,进家门时一路还哼着歌,是那首正流行的《传奇》:只是因为在人群中多看你一眼，再也没有忘掉你容颜……女儿边唱边跳，风一样刮进家门，将攒了一周装满脏衣服臭袜子的黑布袋往茶几上一墩，哈哈爸爸妈妈，这一周我真是太开心啦！此时，邱必铮正坐在沙发上埋头看报，见女儿兴高采烈，他仿佛是被人从睡梦中唤醒，急忙摘下老花眼镜问：哎呀宝贝你总算回来啦，啥事让你高兴成这个样子？当妈的也一串碎步笑呵呵从卧室迎了出来：是啊宝贝，啥好事让你这么高兴啊？女儿破天荒没像过去一样有啥说啥，而是瞧了瞧妈妈，又瞅了瞅爸爸，眯着眼睛，翘着下巴，得意扬扬地卖起了关子：哈哈这个嘛，保密。说完扮了个鬼脸，背着双肩挑蹦蹦跳跳闪进自己房间了。邱必铮夫妇眼光从女儿身上不约而同地收回来，你看看我，我看看你，一时都一头雾水，他们搞不清女儿今天是怎么了。

更让人意外的是，女儿很快又从房间出来，笑盈盈地问妈妈：妈，今晚准备了啥好吃的呀，我来帮帮你。女儿边说边卷着袖子走向厨房，一副跃跃欲试的样子。女儿这种举动，也是破天荒的，这让邱必铮夫妇既意外，又高兴。邱必铮愣了一下，喜上眉梢说好呀好呀，宝贝做的饭菜，一定很好吃。说完，他朝妻子挤挤眼睛，妻子也心领神会，乐呵呵地招呼女儿：宝贝，来呀，要愿意帮助妈妈炒菜做饭，妈妈开心死啦。不过话说回来，现在学会做菜，等将来你自己有了家，就甭愁了。说话间，母女俩便进了厨房，厨房很快响起锅碗瓢盆交响乐，不时还夹杂着母女俩叽叽喳喳的说笑声。

这天傍晚，母女俩合作的成果是：糖醋排骨，麻婆豆腐，红烧鲤鱼，青炒芦笋，西红柿鸡蛋汤，主食是米饭。四菜一汤，色香味俱全。看着饭桌上热腾腾的饭菜，邱必铮内心像抹了蜜一样高兴得合不拢嘴，已经是多年不喝酒的他兴奋得像孩子，翻箱倒柜，不知从哪儿搜出来一瓶干红葡萄酒和三个酒杯，边斟酒边乐呵呵地说：来来来，今晚咱一家子得好好喝一杯，为宝贝女儿的手艺干杯！妻子和女儿见状，也耶地欢呼起来……

这天晚上，妻子上床睡觉时迫不及待，风风火火地趴在邱必铮的耳边，神秘兮兮地说：喂，我发现了一个秘密。邱必铮睁大眼睛，满脸狐疑：啥秘密，快说！妻子说：你没发现宝贝今天有些反常么？邱必铮说：咋反常了，宝贝不是好好的嘛，还那么高高兴兴帮你炒菜做饭。嘘，妻子制止他，你没想想她今天为啥这么高兴？邱必铮听罢，眼珠转了又转，摇了摇头说：我想不出来，你快说，她到底为啥这么高兴？妻子不客气地戳他脑门：死脑筋！依我看呐，女儿十有八九是恋爱喽！邱必铮一听，上半身像被烟头烫着了，一下从枕头上弹了起来，亮着眼睛啪地打了一下妻子的胳膊，道：哎，你说的是真的？宝贝告诉你啦？妻子剜他一眼，嗔怪道：死脑筋，她怎么可能主动告诉我？是我自个儿猜的！邱必铮眼珠打着骨碌，越想越觉妻子说得有道理，越想脸上越放出光泽，笑容像湖面上的涟漪从胡子拉碴的嘴角荡漾开来。末了他眼睛放着电似的喊：嗨，我说呢，宝贝自打回家就哼着歌儿，还一蹦一跳，兴奋得像过年，原来是……原来是有男朋友了哈哈？嗯，你说得没错。你看她的情绪，与平时确实不一样。你再看她的脸色，白里透红，粉嘟嘟的，艳若桃花，与平时也不一样，肯定是碰上啥好事了——你猜得没错，除了恋爱，还有什么能比这事让她如此兴奋？！

还真让两口子猜着了。他们的宝贝女儿确实恋爱了，男孩是宝贝女儿的同学，一个外表颇像歌星蔡国庆那样的阳光男孩。星期四，晚自习时女儿照例来到学校图书馆的自习室，刚刚落座便发现自己忘带手机了，她禁不住蹦出一句糟糕，焦急的神情让坐位左边的男孩看到了。男孩侧过脸问怎么啦，邱家的宝贝女儿说我忘记带手机了。大学里的学生都知道，学校图书馆的座位是有限的，晚自习想来图书馆，就必须提前占座位，现在好不容易已占了座位，若回宿舍去取手机，这座位肯定就没了。男孩看出了她的心思，主动说甭急，你回去取手机吧，这座位我给你占着，说完还从自己的书包中掏出来两本书，放到她跟前的座位上。她的脸忽地红了，内心刹地生出一股暖流，淡淡的，却温暖如春，舒服极了。长了这么大，她可从未尝到过被男孩关心的滋味，她有些受宠若惊，也有些手足无措，只好傻傻地说，好吧那就太谢谢你啦！

她从宿舍取完手机，回到了刚才的座位，内心却鬼使神差无法平静下来。虽然她表面上也看着书，做着作业，却三心两意不断走神，时不时偷偷斜眼瞄那男孩，越看越有好感，越看越感觉怦然心动。有几次她的眼光偏偏让那男孩捉着了，那男孩礼貌地冲她笑笑，最后一次还主动同她攀谈。一来一去，她知道那男孩是物理系的，男孩也知道她读的是会计专业。晚自习结束时，双方互留了手机号码，是男孩主动提出交换手机号码的。当晚刚回到宿舍，她就收到那男孩的短信，邀请她出席明天晚上也即周五物理系在学校体育馆举办的羽毛球赛，男孩告诉她自己会上场比赛，希望她能到场为他加油。收到这则短信，她内心像闯进一只兔子，怦怦乱蹿，既欣喜又焦灼，毕竟是平生第一次收到这样的邀约，还是自己喜欢的男孩。她无法拒绝，于是给妈妈打了电话，说周五晚上学校学生搞联欢，不回去了。

周五那场羽毛球赛，让她进一步迷上了那男孩。比赛在男孩所在班与另一个班之间进行，是团体赛，每个班派出两位单打选手，一对双打选手，双方选手捉对厮杀，任何一方三次获胜即是最后的获胜方。比赛进行得很激烈，上场选手的厮杀声叫喊声连同观众的加油呼喊声此起彼伏，高潮迭起，体育馆内一时间波涛汹涌山呼海啸。比赛的结果，虽然男孩所在班大比分二比三输了，但男孩比赛时龙腾虎跃杀声震天锐不可挡，接连赢得两场单打比赛。邱家的宝贝女儿怎么也没想到，外表斯文的他赛场上竟然像猛虎下山，她被男孩的勇猛彻底俘获了。就这样，邱家的宝贝女儿与男孩恋爱了。

女儿的恋爱，让邱必铮夫妇又喜又忧。喜的是女儿有男孩喜欢，怎么说都是好事，证明女儿确实就是宝贝，宝贝总会招人喜欢的。忧的是，喜欢女儿的那男孩到底长得啥模样，圆还是方？高还是矮？丑还是帅？好还是坏？……这一切做家长的异常担心，却无从知晓，他们迫切希望知晓。于是，仅仅隔了一周，夫妻俩商定让女儿将男孩带到家里来，女儿听罢惊得瞪大眼睛，大有隐私泄露正要兴师问罪之势，问你们怎么知道我交了男朋友呀？做妈的搂着女儿，呵呵笑：哈哈，你是我身上掉下的肉，我能不知道吗？母亲的笑甜甜的，暖暖的，一下便将女儿的诧异和不悦融化了。

女儿转怒为羞，娇嗔地说：才刚认识呢，怎么好意思让人家来？

做妈的说：有啥不好意思的，关键是你是不是真的喜欢上他？

做爸的说：还有，他是不是真的喜欢你？他要是真的喜欢你，你请他到家里来他还巴不得呢！

女儿听罢，眼睛一亮，说：呀，这倒是真的呢，爸爸说得在理。他家是外省的，周末也没处去，那我下个周末试试，请他来咱家……可……可他万一不来呢？她说这番话时，且忧且喜，一惊一乍，像笼里的小鸟一样焦躁不安。

做妈的说，不来拉倒，不来说明他心里有鬼，要么就不是真心喜欢你，正好别跟他来往！

宝贝女儿惊叫：那可不行，刚认识呢就不让跟他来往，妈妈成心想让我熬成嫁不出去的大姑娘啊？！

做爸的帮腔说：就是，你这不是棒打鸳鸯吗？他边说边朝妻子挤眉弄眼。

做妈的噗哧一笑：瞧你们俩急的，我不就是顺口一说嘛。

宝贝女儿说：行啦行啦，我看出来了，你们不就是急着考女婿嘛，我下周带他来行了吧？说完她扮了个鬼脸，一蹦一跳进自己房间去了。

夫妇俩相视而笑，彼此都一脸甜蜜。

第二周的周末，宝贝女儿果然将那男孩带来了。男孩叫秦俊峰，文质彬彬，面目俊朗，长得又高又帅。第一眼就让邱必铮夫妇笑逐颜开，忙招呼入座，又张罗着沏水泡茶，嘘寒问暖。做妈的还忙着从厨房端来早已经准备好的草莓、香蕉等水果。几番寒暄，主人的一家三口终于知道男孩家在西安，他是独子，父亲在机关工作，母亲是中学教师。这样的家庭，与邱家可以说门当户对，甚至比邱家还要好一些，所以邱必铮夫妇不约而同，双双默认了。这天中饭，邱必铮夫妇亲自下厨，叮铃咣当、嗞嗞喳喳，又一次奏起了锅碗瓢盆交响曲，忙得不亦乐乎。没多久，他们便将家里的餐桌摆了满满一桌，好生招待了这个让人喜欢的未来女婿，一时间邱家欢声笑语，喜气洋洋，像过节一样。

父母的默认，让宝贝女儿喜上加喜，内心像抹了蜜，那蜜化成了笑，那笑又像蜜一样从眉眼和嘴角上往外溢。有如此美好的开端，接下来一切顺理成章，宝贝女儿和那男孩来往更加密切，很快从初恋进入热恋，俩人卿卿我我，甜甜蜜蜜，如胶似漆，很快便不分你我了。周末或逢年过节，宝贝女儿免不了带男友到家里聚会。宝贝女儿甚至还提出让男友在家留宿，只是做父母的双双反对，认为未婚同居，成何体统，有辱门风。他们更担心自己的宝贝女儿，早早被男人占有了，免不了吃亏，所以坚决不同意。好在她向来懂事乖顺，并不坚持。每逢黑夜来临，她便规矩地送走男友，尽管彼此仍情意绵绵、依依不舍，却还是抗不住规矩和时间的限制。其实背地里，两位年轻男女早已经尝过禁果了。初尝甜头，那种刺激与奇妙，便像海洛因一样一下俘虏了这对情窦初开、荷尔蒙正旺的青春男女。

幸好他们女儿与秦俊峰的爱一直很稳定，毕业时还都幸运地双双在广州找到了工作，女儿在一家出版社当会计，秦俊峰在一家民营企业搞产品研发。工作有了着落，结婚便也顺理成章。只是秦俊峰初出茅庐，父母远在西安，自己留在千里之外的这座南方省城，上无片瓦下无寸土，也无买房的经济基础，婚房便暂时定在了女方家里。秦俊峰成了上门女婿。

俗话说，一个女婿半个儿。对于邱家来说，家在千里之外的秦俊峰何止是半个儿，简直就是自己的儿子！儿女双全，乃天下家庭最佳搭配，邱必铮夫妇自然是求之不得。实际上，他们的宝贝女儿毕业前夕，邱必铮夫妇便早早计划好了，而且与女儿约法三章，要想与秦俊峰走向婚姻殿堂，必须将秦俊峰留在广州工作。这在他们的女儿看来也不成问题，秦俊峰的家远在西安，她才不会跟着去西安呢，不仅不会去西安，别的城市也不可能去。当初连上大学都只选择留在省城广州，工作和婚姻是一辈子的事，她怎么可能离开广州呢！还是在热恋的时候，这事两个年轻人便已经谈妥了，而且是在两人做爱的关键时刻，正当秦俊峰猴急猴急之时，她不失时机问：答应我，将来你毕业工作留不留在广州？男人此时此刻总是最脆弱最丧失意志的，岂有拒绝之理？秦俊峰自然是母鸡啄食般不停点头，一个劲说答应答应。实际上他说的也是实话，西安与广州比，无论是气候、饮食，还是经济发达程度和城市的活力，那都不是一个档次，要真能留在广州工作他是求之不得的。所以毕业选择工作，他就一心一意要留在广州，秦俊峰的父母也同意他留在广州，大不了将来他们退休了也跟随儿子到广州来定居。秦俊峰在广州找到的这份工作，虽也是经过公开招聘层层考核的，但当初面试时邱必铮也通过关系帮过忙，邱必铮一位大学同学的朋友在这家企业当副总裁，这才使得秦俊峰在众多的竞争者中过关斩将，有惊无险如愿以偿地获得了如今的这份工作。

千里迢迢只身到广州求学，毕业后在未来岳父的帮助下找到了理想工作，结婚后又入住妻子家免去了无房之忧和经济上的压力，这对于秦俊峰来说简直就是老鼠掉进米缸，幸福死了，对此他自然是心存感激，也极其珍惜。上班的时候，他总是勤勤恳恳，努力工作。下班回家，他不敢懈怠，总是撸起袖子，帮助岳父岳母洗菜做饭，打扫卫生，清理垃圾。反正家里的脏活累活，他总是抢在先、争着干。相反邱家的宝贝女儿、秦俊峰的妻子，每天回家却总是将上班的背包往沙发一扔，瘫坐在沙发上使劲喊累，然后是一边找来吃的喝的，一边开着电视或看着手机，一副事不关己的样子，她的任务似乎只是等待着晚饭时间的到来，她可以心安理得坐享其成吃晚饭。邱家宝贝女儿的这种表现，并非一天两天，而是天天如是，日日如此。邱必铮夫妇却一直熟视无睹。秦俊峰自己无论如何是做不到像妻子那样的，都长这么大的人了，大学都毕业并且工作了，还结婚了，还像个孩子一样啥家务事都不干，那怎么行？看样子都是从小就宠坏的。有时候秦俊峰看不下去，主动招呼妻子到厨房帮忙，妻子要么撒着娇嚷累，要么干脆不耐烦拿眼瞪他：哎呀你烦不烦啊，你不愿意干你就别干，你也到这里来待着，你看我歇着你心里难受啊？她竟然理直气壮，连珠炮一样不断数落，原本没理的事反倒变得有理了。妻子这个样子，像阴影一样瞬间投射到秦俊峰的内心深处，结婚前他与她总是柔情蜜意，花前月下卿卿我我，他只看到她的漂亮她的可爱，就连任性和撒娇也是可爱的。可结婚后她仍如此任性撒娇，可爱便变成可恨了。要命的是她的父母仍宠着她。在秦俊峰每每看不下去，招呼妻子前来帮忙干活时，岳父岳母不是帮腔而是反过来为他们的宝贝女儿推脱。

　　岳母说，算啦算啦，她打小就是这样，也从未干过活，也不会干，到厨房来反倒是碍手碍脚的。

　　岳父说，她一个女孩子，上了一天班怪累的，让她好好歇着吧。

　　秦俊峰听罢，先是困惑，继而释然。岳父岳母都知道心疼女儿，他这个当丈夫的难道不心疼妻子么？面对此种局面，他已经无话可说。但他断做不到像妻子那样，下了班就几乎等着衣来伸手，饭来张口。即便是小时候，自己的父母也绝不这样宠他，从小就教导他要热爱劳动，热爱劳动就是热爱生活。只有热爱劳动，生活才能过得美好，是劳动创造幸福生活。不热爱劳动的人难说能过上幸福生活。秦俊峰的父母不仅这样教导他，还手把手教会他扫地，擦灰，洗碗，洗菜，甚至跟着学习炒菜做饭。秦俊峰记得自己是十二岁时便学会做简单的饭菜的。那时候爸爸妈妈工作很忙，时常回家很晚，懂事的秦俊峰放学回家做完作业，就时常帮助爸爸妈妈打扫地，洗好菜，甚至还提前打开电饭锅淘米做饭。自小的磨炼和养成的习惯，使得秦俊峰成为家里的好孩子，学校里的好学生。何况眼下他已经长大成人，还是一个倒插门的女婿，无论如何他不可能眼睁睁看着岳父岳母干活，自己坐享其成。于是每天下班回家，他不再管妻子到底帮不帮忙，干不干活，反正他自己肯定要干活的，而且是无论工作多忙、自己多累，只要一回到家他总是闲不住，放下公文包脱下外衣，总是主动帮助擦灰、扫地、拖地，也帮助进厨房洗菜炒菜。而妻子对他的表现也总是熟视无睹、见怪不怪。仿佛夫妻之间天生就该如此。

秦俊峰与邱家的宝贝女儿，就这样在日复一日、月复一月、年复一年的不平等不寻常生活中度过。表面上看很正常，一如宽阔平静的河面风平浪静、波澜不惊，但水底下却暗流涌动。首先，是秦俊峰对妻子的感情不像以前热络了，除了生理上的需要，他从她身上似乎再难找到热恋时的那种感觉。过去她的一颦一笑，一如花开鸟鸣，都是那样的动人悦耳，即便是生气哭闹的时候，在他看来也如春天响雷、雨打芭蕉，充满诗意。而如今她的一举一动，即便是笑语欢声，看起来是那样的俗不可耐。

那天，秦俊峰如往常一样下班回家，先他到家的妻子正懒洋洋躺在沙发上边嗑瓜子边看电视。进了家门的秦俊峰正忙着擦桌扫地，忽然妻子叫他，让他帮她将进门放在餐桌上的手机递给她，还让他给她倒杯开水。因为他正忙着干活，手也不洁，遂嘟囔一声：你自己不会拿不会倒吗？没看我正干活呢，再说我现在手也脏。妻子不高兴了，瞪大眼睛噗地吐出一片瓜子壳，秦俊峰你什么态度啊，连给我递手机倒杯水都不肯，你还是我男人吗？她大声嚷嚷，引得岳父岳母也从厨房里探出头来，惊愕地看着女婿，似乎不认识似的。秦俊峰有些尴尬，正想申辩，妻子却抢先一步穷追猛打，我怀孕了你知不知道，就你这德性你还怎么做父亲啊！

秦俊峰像被当头挨了一棒，先是震惊，继而发蒙。他的婚姻生活刚刚开始，短暂的甜蜜之后刚刚转入平淡甚至隐约的厌烦，还来不及适应呢，她怎么就怀孕了？他有些懊恼，也有些懊悔，只不过在妻子怀孕的消息面前，那一丝丝的懊恼和懊悔只像闪电，在他内心的天幕上轻轻掠过，很快稍纵即逝，取而代之的是一种难以抗拒的喜悦。这种喜悦瞬间传导到他脸上，释放出的是一抹难以抑制的笑：哎哟，真的吗？对不起对不起。边说边扔下扫把赶到卫生间洗手，咚咚咚一阵小跑，将妻子的手机毕恭毕敬地递到她的手中，又马不停蹄地倒了杯开水小心翼翼地送到了妻子跟前。自始至终，妻子都瞪着眼睛，满脸不悦地审视他，仿佛一位高傲的公主使唤着不称职的仆人。而刚才从厨房中探出头来的岳父岳母,也四目瞪瞪地盯着他,像雇主监管着雇工。末了岳母一脸严肃,说,俊峰,往后说话可得注意点,别伤着我女儿。再说你是男子汉大丈夫,又是快当父亲的人了,凡事都得让着点,不然怎么算男子汉,怎么当父亲?岳父虽没插话,可也满脸不悦,让秦俊峰真正感受到了什么叫不怒自威。秦俊峰此刻只感觉到脸上热辣辣的……

俗话说,在人屋檐下,不能不低头。对于眼下的婚姻和生活现状,他虽然有些不满,隐约也有些厌烦,可他暂时别无选择。毕竟他工作时间不长,经济基础薄弱,没能力解决自己的房子。再说他与妻子感情仍在,何况妻子已经怀孕。虽然住在岳父岳母家一定程度丧失了自由,却也省去了房租,下了班小两口又还有现成的饭菜等着,也不是没有好处。反正生活从来就不可能十全十美,两害相权择其轻。这么一想,秦俊峰不免释然。此后的日子,他更加小心翼翼,只要一回到岳父岳母家,他就尽可能帮着干家务,尽可能伺候着有孕在身的妻子。日子就这样不咸不淡、不冷不热地过着。很快就挨到了自己孩子的降生。

真是巧合,秦俊峰和妻子新生的孩子也是个宝贝女儿。这个第二代的女儿降生的时候,他们一家别提有多高兴了。外公外婆乐颠颠的,兴奋得像家里谁买了彩票中了巨奖,他们成天围着女儿和外孙女转,百般呵护,要什么给什么,无微不至,无所不及。秦俊峰自己当然也异常兴奋,眼看着自己的孩子天使般从天而降,一个鲜活的生命莫名其妙说来就来了,而且这个生命延续着自己的血脉,他感觉到好神奇。只要下班一回到家,秦俊峰比以前更加勤快了,初当父亲的他像个愣头青一样手足无措,不知道自己到底该干什么做什么,他唯恐哪点做不周到惹妻子不高兴、让岳父岳母挑毛病。所以当女儿降生之后,他索性自告奋勇,当着妻子和岳父岳母的面说你们都要我做什么就随时吩咐吧,我有的是力气。他还背地里冲妻子秀了秀肌肉,他胳膊上的三角肌和胸部上的胸肌,因了平常每天坚持做俯卧撑的习惯,确实也有几分发达。健壮的身躯也着实满足了妻子对爱欲的渴望,同时也是干活的好手。有了秦俊峰的这句话,邱家人更像使唤佣人一样,随时随地下达着各种指令,除了扫地拖地,还时常被支使到商店买这买那,油盐酱醋,葱姜蒜辣,蔬菜水果,鸡蛋鱼肉,还有孩子用的尿裤尿垫、奶粉营养粉等等,反正是五花八门,无所不包。秦俊峰当然是有求必应,忙前跑后,时常是忙得气喘吁吁,却不亦乐乎。自打当上父亲,他感觉原先平淡阴郁的生活终于照进了一缕阳光，吹来了一丝清风，内心和欢乐油然而生，人生的希望近在眼前。这希望，便是眼下那粉嘟嘟、活泼泼的女儿，无论女儿哭还是笑，秦俊峰感觉内心都是欢乐的、满足的。闲暇的时候，他总是俯在女儿跟前，痴痴地看她的脸，她的眼，她的鼻，她的嘴，她一切的一切。越看越感觉到神奇，越看越感觉到一种莫名的兴奋。他想不明白，为何男女结合就能孕育、诞生一个新的生命，像变戏法一样，简直是太神奇了！每每看到秦俊峰这个傻样，妻子自然更是得意，从身为人女到身为人母，从当爹妈的宝贝女儿到自己当上宝贝女儿的母亲，她的得意和自豪又更进了一步，仿佛皇室里的公主从前线凯旋归来。

欢乐的日子却像初雪，无法久留。随着时光的流逝和女儿的日渐长大，以及工作的日渐繁忙，秦俊峰与邱家的摩擦时有发生，矛盾也接踵而至。

首先是随着市场竞争的日渐激烈，企业的生存压力越来越大。负责产品开发的秦俊峰再也不能像以前那样早九晚五地上班了。他时常是早出晚归，晚上加班常到九十点钟，甚至有时候还到十一二点。浑身疲惫的他再也无力像以前那样，回到家便成为家里优秀的勤务员。这样的情况多了，邱家便渐渐有了怨言，先是岳父，接着是岳母，最后是自己的妻子。岳父岳母埋怨女婿只顾工作不顾家，妻子埋怨丈夫钱挣得不多，班倒是加了不少，要求他每天下班必须尽早回家。可秦俊峰是公司员工，领着公司的工资，端着人家给的饭碗，他所从事的新产品开发需要与同事互相配合，同心协力反复研究、试验，还需要与客户不断沟通、洽谈合作，他身不由己，如何能满足妻子的要求？面对妻子的抱怨，他只好强打精神陪笑，涎着脸打太极，说亲爱的你说得对，我每天都巴不得早点回到家，巴不得早点见到你和咱们的宝贝女儿呢！可是我确实是工作离不开，公司老板又盯着，我……我这是没办法嘛。之后的日子，秦俊峰依然是"没办法"，依然是每天加班，依然是每天早出晚归，以至于曾经是邱家宝贝女儿的"模范"丈夫变了，变得不听话，于是妻子开始想方设法惩罚他。开始是不让他逗女儿，她知道他喜欢女儿，可每当丈夫凑近女儿时，她都故意将女儿抱到一边，冷落他。而后是对丈夫进行性惩罚，要么是在丈夫精疲力竭回到家时，变戏法挑逗他，一次又一次，整夜整夜折腾他，用自己性感的身体和风骚的表现吸干榨尽丈夫的精气神,让其次日上班的时候无精打采昏昏欲睡,工作屡屡出错。要么是长时间对丈夫实施性冷淡,数十天甚至数个月不让丈夫碰,即便是在丈夫欲火烧身再三恳求的时候,她也像个烈女那样坚定不移坚贞不屈,直到丈夫一无所获,节节败退垂头丧气时,她才会心满意足,还高兴得像个疯子一样哈哈大笑。这种笑要放在过去,在秦俊峰看来会很可爱,可现在却慢慢地变得面目可憎。可恨的是妻子却并未因此罢休,时常在他加班之后,拖着疲惫不堪的身躯回到家时,还随心所欲地挖苦他、嘲讽他。甚至于到了后来,还怀疑他是否有了外遇,质问他是否打着加班的旗号到外面拈花惹草偷会小三。还逼他交出手机,每天动手查一遍他当天打过的电话、发过的短信,尽管每天都一无所获,却并未彻底消除她内心的怀疑。妻子的这种怀疑,也很快引起岳父岳母的警惕,为了调查秦俊峰加班的真假,邱必铮还特意找到当初秦俊峰求职时帮忙的朋友,让那位朋友问当初关照过秦俊峰的那位公司副总,在得到确切的回答后,邱必铮和妻子女儿这才都收回了怀疑的心。

即便如此,邱家也并未就此罢休。既然秦俊峰现阶段埋头工作,不断加班,顾不了家,那就让他把每月挣的钱都交出来。这样,既可以找回他不顾家的补偿,还能控制他的经济命脉,断了他在外面拈花惹草、耍花花肠子的邪念。不然邱家的宝贝女儿太吃亏了,反正邱家的宝贝女儿绝不能在女婿那里吃亏,难不成你秦俊峰在邱家白吃白住,邱家还要免费为你养孩子不成?邱家人这么一想,越想越觉得不公平,越想越觉得秦俊峰亏欠邱家,越想越"群情激昂义愤填膺"。邱家三个大人时常在茶余饭后议论,最后形成共识,从本月起邱家的宝贝女儿向秦俊峰提出,让秦俊峰将工资卡交出来,由岳母掌控。

某天晚上,当妻子向秦俊峰提出来时,秦俊峰开始只是微微一愣,多少有些意外,还有些震惊。但他只是犹豫片刻,很快二话没说便将工资卡交到她的手里。如此顺利,让原本憋足了劲准备说服丈夫甚至准备好一番唇枪舌剑的妻子,倍感意外,甚至感觉多少有些失落。从小任性霸道、好战惯了的她,多么想通过一番交锋之后才得到他的工资卡啊,那样她才能真正获得征服对手后的那种快感和满足。

只是秦俊峰早已心灰意冷,对于邱家宝贝女儿和自己的这段婚姻,他已经从当初的激动、幸福、满足和感激,变成眼下的麻木、厌烦、绝望乃至悲伤。如今的邱家对于他来说与其说家,倒不如说是客栈,他只是每天在此借宿。终日忙碌的他每天一早出门,晚上疲惫而归,匆匆洗漱,倒头便睡,第二天一早醒来又匆匆赶路。在这个家里,他感觉自己已经是行尸走肉,整个人只是按照生活设定的程序,日复一日、月复一月,机械地运转着。他感觉不到亲情,也找不到与邱家人说话的欲望。甚至于周末和节假日,他在邱家的地位也很尴尬,即便是单独面对妻子和女儿,他也像个外人,再也找不到从前那份亲密无间的温馨感觉。而曾经让他尊敬和尊重过的岳父和岳母,他更是已经无话可说,他们在秦俊峰的心目中已经变得越来越陌生了。可悲可叹的是,邱家竟然没有一个人顾及秦俊峰这种情绪的变化,更无法知道秦俊峰如今内心的这种感受,他们整天沉醉于有了孩子的欢欣和一家三代的天伦之乐之中。

直到一年之后,秦俊峰突然提出搬离邱家,邱家人才如梦初醒,一个个都瞪大眼睛,显然都被惊着了。秦俊峰却平静地对岳父岳母说,我已经在外面租了一处房子,是二居室,我想和妻子和女儿单独居住。

岳父听罢,反复眨着眼睛,像听天书一样,一头雾水,满脸狐疑,他一直怀疑自己刚才是不是听错了。以至于最后将求证的目光落在旁边的老伴身上。可此刻他的老伴也正像黑夜里被手电筒强光照射的青蛙,眼睛直愣愣的,发着呆,脑子仿佛也遭遇死机,想说什么却什么也说不出来。只有他们的宝贝女儿、秦俊峰的妻子听懂了。

此刻妻子眼睛朝丈夫一凶,哼地挤出一口恶气,叉着腰质问,什么,你要在外边租房,还要将我和女儿带走?这事我怎么从来没听说过,你同我说过、同我爸我妈商量了吗?

秦俊峰审视着妻子,平静地说:是没有说过,因为以前要租的房子并未落实。现在落实了,我这就是正式向你们说。

邱必铮这回终于听清楚了,他立即反对,家里有现成的房子不住,你却要去外面租房,你是让钱烧的吧?租房多贵呀,租房一个月得要多少钱,你哪来的钱?

秦俊峰说,这您就甭管了,我反正不会要您的钱。秦俊峰之所以有这个底气,是因为近来他开发的产品不断取得了进展,酬劳和奖金慢慢多起来了。这些酬劳和奖金当然不是打进他工资卡的,是打进他的另一个银行卡,每月的数额也比他固有的工资还高出好几倍。

岳母说,哟——你的工资卡不是都上交到我手里了吗,你怎么还存有闲钱，敢情是背着我们一家人设小金库啊？自打结婚以来，我们邱家让你住让你吃让你喝，还帮你养孩子，我们哪点对不住你啦？你的良心都丢哪里去了？！

秦俊峰依然是一脸平静，您说的这些，我都记得，我谢谢你们啦！但那是特殊时期，因为没有房子，我们结婚后也就没办法独立居住。可现在有条件了，我们自己也已经有家有孩子，总得有独立生活的时候，我们总不能老赖在你们家白吃白喝吧？

秦俊峰说的这番话，肉中带刺，软中带硬，让岳父岳母如骨鲠喉，好半天答不上话。末了还是岳父率先回过神来，将探询和求助的目光投向宝贝女儿，宝贝，你怎么想，你愿意离开爸妈，跟他到外面租房子住？

宝贝女儿边哄着怀里的孩子，边质问自己的丈夫，你说得多轻巧！离开我爸我妈，咱们独立生活，这孩子谁带？丑话我可说在前，离开我爸我妈，这孩子我可带不了，要带你自己带！说完，她没好气地剜丈夫一眼，哼的一声，满脸不屑。

秦俊峰说，这个你放心，我早就安排好了。我爸我妈都已经退休，这两天他们就准备离开西安，到广州来居住，孩子也可以由我爸妈带。

这话像一把刀，仿佛将岳父和岳母剜着了。

岳母张牙舞爪，颤抖的手指头直逼秦俊峰，差点儿没抵到他的鼻尖，好哇，你这个没良心的混蛋，你居心不良，你们家早就计划好将我家的宝贝女儿、宝贝外孙女夺走是吧？我们家可就这么个宝贝女儿，也只有这么个宝贝外孙女，你居然还想夺走，你……你太恶毒啦！

岳父怒目圆睁，嘴边稀疏的几撇山羊胡不住地抖动着。他先是想冲女婿嚷嚷什么，转而却朝向自己的宝贝女儿，宝贝，他……他们家竟然早有预谋，想拆散咱们一家，想将你和女儿抢走。你说说，你同意吗？你到底是要你爸你妈，还是要跟他走？

此刻邱家的宝贝女儿已经被逼到墙角。一方面，从小就依赖父母、一直娇生惯养的她，当然离不开自己的爸妈，即便现在也是，虽然她已经年近三十，已经结婚生子，可她从小已经在爸妈身边生活惯了，依赖惯了，从来就是衣来伸手，饭来张口，要什么就有什么，缺什么爸妈就已经想到她的前头，总会在她最需要的时候不失时机地满足她。何况自打有了女儿，吃喝拉撒，洗洗涮涮，这所有杂七杂八的事爸爸妈妈全都包了，甚至连月嫂保姆都不肯请，倒不是因为怕花钱，而是因为怕外人照顾不周，毫不夸张地说，这些年爸妈的苦劳和功劳一样也不少，她怎么可能离开他们呢，要真的离开了自己可怎么活？可另一方面，她也不希望秦俊峰离开她的家，秦俊峰是她的初恋，与他也曾经爱得热血沸腾、天翻地覆。虽然自打结婚生子，她对秦俊峰的感情自然而然淡了，但毕竟还是夫妻，感情仍在。何况心理和生理仍需要他。假如离开秦俊峰，需要男人时她找谁呀？虽然她自小在家任性，可在感情上还是专一的，不像如今的一些同龄姐妹那样水性杨花、朝秦暮楚，甚至阅男人无数，她做不到像她的一些同龄人那样"不在乎天长地久，只在乎曾经拥有"。虽然婚后她与秦俊峰也磕磕绊绊，甚至打打闹闹，可也从未想到要离开他。她从来就没有这么想过，更没有哪怕是一丝离开他的思想准备。可眼下，面对秦俊峰和自己父母剑拔弩张、相持不下的争执，她感觉到此生从未有过的纠结，她必须做出选择，这令她陷入了痛苦。这种痛苦反映到她的脸上，是刚才的愤怒已转化为困惑与纠结，她蹙着眉，苦着脸，看看爸爸，又看看妈妈，最后将哀求的目光落在丈夫秦俊峰脸上：为什么非得这样，为什么？为什么？咱们一家不生活得好好的吗，我爸我妈这些年来整天忙忙碌碌，不是把咱们和孩子照顾得好好的吗，为什么非得离开他们？

这是秦俊峰这么多年，破天荒第一次看到妻子的这种眼神，这眼神已经少了以往的任性、娇嗔和傲慢，代之以疑惑、征询和恳求。只可惜秦俊峰去意已决，他对眼前的这个家已经豪无感情，要不是因为孩子，他早就不想回这个家了。所以面对妻子的这种目光，他还是平静地说：我已经想好了，也已经安排好了，过两天我爸我妈也会到广州来帮助照顾孩子。

岳父抢白道：这么大的事，你事先为什么不和我们商量？你以为不商量自己就可以随意安排吗，你眼里到底还有没有我们邱家人啦？

岳母又挥起手数落，哼，你以为你能了，想怎么的就怎么的？没门，我就是不让我女儿和外孙女离开，看你到底能怎么着？！说完，她一把从女儿怀里抱过外孙女，动作迅速，生怕秦俊峰要抢夺孩子似的。

秦俊峰却依然镇定，他不再解释与争辩，他只是脸朝妻子问：走不走，你自己定吧。反正我得走。他见妻子左右为难，不置可否，便径自进卧室收拾自己的衣服，拎起箱子头也不回地离开了。

他的身后，岳父和岳母仍然不依不饶。他们在宝贝女儿面前七嘴八舌，添油加醋，一件接一件数落着秦俊峰的不是，一句接一句地发泄着对秦俊峰的不满，异口同声地抱怨着当初怎么会瞎了眼找了秦俊峰这么个白眼狼来当女婿，真是让邱家倒了十八辈子的霉啦！眼见女儿没有回应，只是呆坐在沙发上默默抹泪，做父母的更是不肯罢休。

母亲说，你哭什么哭，别那么没出色。孩子不还在咱们手里嘛，又不是让他抢走了。他姓秦的有本事就别再回来看他孩子，他要是来了咱也不让他看，气死他！

父亲说，姓秦的不就是一个西北人吗，他连家都不在广州本地呢，穷小子一个，有啥了不起？他一个毛头小伙，胡子都还没长长呢，还牛气哄哄的想干什么？依我看呐，从现在起你理都别理他，看他有啥大本事能从水盆里掀出风浪来。今天他真是太嚣张了，他必须找时间回来向咱们全家人认错。他要是不肯认错，你就同他离婚，你还年轻，要长相有长相要身材有身材，家又在广州，我就不信你还找不到一个比他秦俊峰强的！

毕竟从小依赖爸妈，经爸妈这么一劝，原本正六神无主的邱家宝贝女儿内心渐渐趋于平静，而且也已经有了主意。她决定听爸妈的，如果秦俊峰不认错，从今以后就不让他前来探望孩子。如果这样做还不能逼他就范，那就与他离婚，从此一刀两断。长这么大，她从来就是被娇惯、被宠着的，她哪能受这么大的气、这么大的委屈啊，当然不行！她已经从心里打定主意，一定要逼秦俊峰就范、认错。

只是此后相当长的一段时间，秦俊峰的表现出乎她和她父母的意料。开始时他也给妻子打了几次电话、发来几次信息，劝妻子带孩子到他租住的房子一块生活，每次当然都遭到拒绝。后来也几次提出要见孩子，希望周末或节假日妻子能将孩子带出来，三口之家到公园或餐厅一块游玩聚会，依然遭到拒绝。邱家本以为，秦俊峰三番五次遭到这样的拒绝之后，会迫不得已低三下四回到邱家看望孩子，甚至是像邱家所期待的那样向邱家道歉认错，但他却一直查无音讯，也了无踪影。

秦俊峰的这种表现进一步激起了邱家的愤怒。他们认为秦俊峰连自己的孩子都不要，简直是狼心狗肺，根本就不配当父亲，也不配当丈夫。如此长的时间，秦俊峰竟然毫无悔意，一错再错，已经无可救药。那天晚上，邱家人经过一番群情激愤的控诉与声讨，终于作出重大决定：限秦俊峰必须在一周内上门到邱家认错、道歉，否则邱家宝贝女儿就与他离婚。

当晚，邱家的最后通牒便由邱家的宝贝女儿以短信方式发给秦俊峰。之后，他们天天等着对方的回复，却一直未见对方回音。直到两周之后，邱家的宝贝女儿才接到秦俊峰的短信回复，内容却是简短的几个字：同意离婚，何时办理请通知我。

这短信又一次大出邱家人的意料之外，但说出去话，一如泼出去的水，怎么可能收回？尤其是对于邱家人来说，更不可能向他们心目中的一个穷小子、一个外地人让步。他们别无选择，只好迎头接招，继续应战。

一周之后，邱家的宝贝女儿在邱必铮的陪同下，来到管辖他们小区的当地民政所，与秦俊峰双双在离婚协议上签了字。秦俊峰同意女儿归邱家抚养，同时同意从离婚之日起每月为女儿支付法律规定的抚养费，直至女儿十八岁。签完字，他们各自拿着离婚协议书走出民政部门，瞬间竟然形同陌路人，谁也不理谁便各自走了。

自此以后，秦俊峰与邱家的关系，只是每月定期将女儿的抚养费汇入前妻的账户。他也曾多次提出要见女儿，但每次都遭到前妻拒绝。气恼之时，他也赌气曾想到要中断给女儿汇抚养费，但冷静下来便未付诸实施。毕竟，女儿是自己的亲生骨肉，是自己生命血脉的延续，尽管前妻不让见女儿，但那不是女儿的错。女儿是无辜的。只要是孩子的父母，抚养孩子的事天经地义、理所当然。每月定期给女儿抚养费，他已别无他图，只求心安。内心深处，他还期待着女儿将来长大懂事之后，能排除邱家干扰，前来认他这个父亲。

星移斗转，时光像流水般缓缓流逝。

虽然生活在同一座城市，但邱家的宝贝女儿与秦俊峰之间，除了因孩子抚养费发生账户之间的唯一联系，其他情况，彼此都不闻不问。邱家的宝贝女儿，也不是没想到要找秦俊峰，尤其是在生理滋生欲望触发她想男人的时候，但每当萌生念头，她便遭到自己父母的训斥，指责她没骨气、没出息。她也不是没有想到过重新找一个男人，离婚后同事和朋友都先后为她牵线搭桥，但都高不成、低不就，每次都无功而返、不了了之。作为少妇，虽然她青春不再，但风韵犹存，她所接触过的那几个男人并非没有对她动过心，可一听到她带着孩子，若与她结婚也必须住到她家与父母一起生活,男人便纷纷鸣金收兵,打消了继续交往的念头。经历过了这几次碰壁,邱家女儿心中的念头也如遭水泼的火焰,渐渐被浇灭了。

曾经沧海难为水。经历过与秦俊峰的离婚之痛,如今邱家的宝贝女儿对男人已经难以点燃起真正的激情,对婚姻更不抱多大的希望。好在她有乖巧可爱的女儿,也有终日忙碌、一直围着她、宠爱她、对她呵护有加的父母。她内心深处对男人的渴望和对婚姻的期待,便被时光的流水日复一日、年复一年地冲淡了。

某天早晨,她像往日一样站在镜前梳妆打扮、涂脂抹粉时,忽然间发现自己眼袋松驰,眼睛两侧的鱼尾纹多了起来,面部的肌肉怎么也松垮垮,缺少了以往的光泽和弹性。原本茂密黑亮的一头秀发也已经钻出了好几根银丝。她瞬间如遭到电击,眼睛鼓鼓的,嘴张老大,整个身子忽然木了。她站在镜子前愣了好半天,内心忽然浮起一阵莫名的悲伤,潮水般溢满全身。当她感觉到自己青春不再、芳华已逝时,伴随她的是挥之不散的悲伤和恐惧……

多年之后的一个周六晚上,当邱家人吃完晚饭齐刷刷坐在客厅里的沙发上,观看每周必看的《幸福不会从天降》这个本市一直占据高收视率的电视节目时,本期的受访嘉宾一出场就让邱家人不约而同震惊——

秦俊峰在漂亮女主持人的引导下健步走到观众面前,女主持春风满面介绍说:观众朋友们晚上好,本期我们有幸邀请到商界创业精英、华神科技有限公司董事长秦俊峰先生,今晚他将为我们讲述自己的创业故事,同时讲他是如何追求理想和幸福的,让我们以热烈的掌声欢迎秦董事长的光临!

女主持话音刚落,电视里现场的观众便爆发出热烈的掌声。

现场之外的邱家人,除了已满十岁的秦俊峰的亲生女儿,邱必铮夫妇及其芳华已逝的宝贝女儿,一个个仿佛都着了魔法,屏住呼吸等待着秦俊峰的讲述。此刻的秦俊峰,早已不是先前当邱家女婿时的那个模样了。除了那张邱家人都熟悉的面孔,他比先前略胖,也成熟了。面对观众他从容不迫,谈笑风生,风度翩翩,言谈举止尽显成熟男人的魅力。从秦俊峰的讲述中,邱家人知道秦俊峰多年前已经离开最初的那家公司,自己与另几位年轻人合伙创办了一家科技公司,他们潜心研发的一种计算引擎，历经多个版本后成功推出一个命名为"速算"的集算器，有效提高了复杂结构化大数据计算的开发速度和运算效率，在一次全国性软件大会上，被誉为广东乃至华南地区大数据领域的创新产品，"速算"集算器近年已经被广泛运用于工业、商业、物流和旅游等各个领域之中。秦俊峰的华神科技有限公司目前风头正劲，效益喜人，发展前景被普遍看好，目前已经成为同行业中的佼佼者。当然，秦俊峰还谈了当初创业时的种种艰辛，谈了多年来人生中经历的艰辛和生活中的种种不如意，甚至还谈到他失败的婚姻以及他离婚后对自己女儿的强烈思念，谈到动情处，电视的特定镜头是他潮湿的眼睛和伤心的表情。不过秦俊峰一声苦笑，很快便镇定下来，恢复原先的从容。他说，好在这一切的艰难和不如意，自己一咬牙都——顶住，也一步步走过来了。

　　此刻女主持不失时机，笑盈盈插话：是啊，秦总这几年创业、离婚，经历了种种艰辛和不如意，但古人说"宝剑锋从磨砺出，梅花香自苦寒来"。幸福不会从天降，美好生活等不来。这些年，秦总除了事业上取得了成功，大伙儿还想知道他如今的家庭生活是什么样吗？

　　现场的观众异口同声一遍欢呼——想！

　　现场之外的邱家人，除秦俊峰那十岁的女儿正在自己的屋里埋头写作业外，邱家三个大人的心一下都提到了嗓子眼。

　　女主持兴奋地说，好，现在我们有请秦总的夫人和孩子出场！

　　话音刚落，聚光灯便将一位年轻漂亮的女子和一位活泼可爱的孩子送到了台上，母子俩笑容可掬，频频向观众挥手致意，最后在秦俊峰身边的沙发上坐了下来……

　　电视节目还未结束，邱家的宝贝女儿屁股却像被火烫着了，她忽然从沙发上弹了起来，走到电视机前啪地一声关掉了电视，转身冲进自己的卧室。随着卧室房门咣的一声巨响，她将自己完完全全关了屋里，继而一头栽倒在床上，失声痛哭。

　　凄厉的哭声此刻穿出邱家窗户，划破夜空，惊得小区附近的居民楼纷纷打开窗户，无数的长脖子举起大小不一、或男或女的脑袋，纷纷朝邱家这边探望。

原载《芒种》2018年第5期

手　械

老　藤

一

　　司马正的人生彻底被 024 毁了，毁得如同遭到爆破一样，工作、爱情，甚至梦想，一切都碎成满地瓦砾，无法重建。痛苦郁闷，像一根甩不开、燃不尽的蚊绳不温不火地缭绕着他，令他无处可逃。

　　长着赫红色胡须的监狱长这些天眼袋格外肿大，泛红的眼睑下似乎吊着两个装了半袋水的皮囊，一眨眼便颤个不停。他用带有反思的口吻说：这是蚊子效应！要是监区不闹蚊子，就不用去打蚊绳，不打蚊绳 024 就越不了狱，024 越不了狱你司马正就不会被双开。监狱长这个观点显然是受蝴蝶效应的启发，听上去蛮有逻辑。监狱长祖上开铁匠铺，家传所致，他喜欢在铁砧上锤锤打打弄些小制作。一监区重刑犯 024 的越狱让他火燎后心，一向要强的他几个晚上睡不着觉，明年他就要光荣退休，石门山监狱在他多年统治下，荣誉积满了一个中型会议室，就因为 024 越狱，今年所有的评比将被一票否决，这样他引以为骄傲的工作生涯无法画上一个圆满的句号。

　　一年前，从部队侦察连长岗位转业，司马正被分到石门山监狱一监区任管教。一监区是重监区，在重监区当管教可不轻松，后脑勺都要长眼睛。红胡子监狱长找他谈了一次话，说司马你在部队是侦察连长，肯定有两下子，但我还是要告诫你两条：一条是重监区处处有地雷，每一步都要小心谨慎；一条是对犯人千万别动娘娘肠子，别演《农夫和蛇》的故事。最后红胡子监狱长拍拍他的肩膀说：好好干小伙子，我就是从一监区干上来的。红胡子监狱长的交代让司马正激动不已，他给未婚妻迟玫打电话，说自己有信心在石门山干出一番事业来。迟玫在县城一家保险公司跑业务，对司马正转业到离家百里外的石门山监狱很有想法，司马正在部队立过二等功，完全可以分到县公安局，不知怎么却分到了又偏又苦的石门山监狱。迟玫电话里奚落他说：监狱里能干出一番什么事业，你还是托人找关系早日调回县城吧。

司马正并不在意女友的数落，自己一个农村孩子，亲戚中最大的干部是老家那个村的治保主任，而且还是表亲，上哪里去找关系？

司马正没想到原本大道通衢的未来都毁在死缓犯024身上。

管教工作讲究做功课，功课做得很足，工作就有针对性，有时会点中穴位四两拨千斤。司马正对每个囚犯情况都了如指掌，一监区七十二个囚犯，如同《水浒传》里七十二地煞星，个个都有血淋淋的故事。比如那个叫李库的，水蛇腰，招风耳，眼珠总是滴溜溜乱转，身上背负两条人命；那个秃顶痄腮的叫胡德林，看着就让人反胃；还有那个头长得跟西葫芦似的毕大牙，典型的牢头狱霸，洗脚水都由别人伺候；还有……司马正原本是个有同情心的人，与七十二个犯人打交道不久，心便长了厚厚一层茧。他悟出一个道理，人心变硬都是有原因的，没有谁天生冷漠，心就像一面镜子，照什么是什么。司马正刚到一监区时，毕大牙对他很不敬，老是泡病号不上工，司马正知道擒贼先擒王的道理，他必须拿毕大牙祭刀。一次犯人出操，毕大牙说肩膀疼，没法做操，司马正二话没说，过去在他肩头捏了一下，结果毕大牙原本没毛病的右肩膀真不能动了，一副大门牙龇得老高，哎吆哎吆不停地叫唤。早操结束时，司马正过来抓住他胳膊用力一抖，毕大牙脱臼的胳膊才复位。从此，毕大牙的牢头地位变得不稳，威风大打折扣，犯人们也都知道新来的司马管教惹不得。重刑犯每天工作是糊火柴盒，坐在长条桌前抹浆糊、折纸壳，不累，却无聊透顶，他们很羡慕其他监区犯人，可以到高墙外干活。一次，毕大牙一脸坏笑对司马正说：安排我们到墙外干点活儿吧，哪怕挖地基、掏大粪都成，至少能看到母的呵，入狱三年老母猪赛貂蝉咩。司马正道：怎么，腿脚不舒服了？这一问，毕大牙赶紧用上唇包住牙，悄悄糊火柴盒去了。七十二个犯人，司马正唯独对一老一小两个犯人印象不错。老的叫石德成，入狱前是附近石库村食堂的厨子，因为在食堂炖了一锅河豚鱼，把村主任吃成了瞎子，村主任家人告他故意投毒，而且不依不饶，公安立案一查，石德成毫不隐讳说出了实情，结果因谋杀罪被判无期。小的就是024沙亮，因为贪污公款被判死缓。沙亮贪污的钱自己一分没花，去向无人知晓，传言是给了一个叫朴红的女朋友。

一次，司马正问沙亮：024，你为什么不说出赃款去向？要是说出来刑期不会这么重。在监区里，犯人不叫名字，只有属于自己的一个序号。

024 摇摇头，却不说话。

司马正问：为了朴红？

024 说：朴红家里虽穷，却不贪。

024 体格瘦小，是本地关门乡沙家崴子人，入狱前是关门乡信用社会计，曾获全省金融系统珠算第一名，司马正很不解，这样一个会算数的年轻人，怎么就算不清男女之间的账？

024 的逃跑出人意料，让侦察连长出身的司马正倍感耻辱。

夏天，石门山一带蚊子特厚，一到黄昏，黑烟般的蚊子会从石门山水库方向袭来，弥漫整座监狱。因为没有蚊帐，缺少蚊香，犯人被蚊子叮得痛苦不堪，不少犯人如同患了天花一样脸上一塌糊涂。红胡子监狱长让各监区自己打艾蒿编织蚊绳熏蚊子。司马正接到任务，特意选了自己相对放心的石德成、沙亮到石门山水库打艾蒿。

石门山水库是带状水系，它原本是一条群山间蜿蜒流淌的河流，叫蒲河，名字起于哪朝哪代已无从查考，后来蒲河下游修了大坝，河水屯起来，便形成了一个大型水库，蒲河的名字便渐渐被人遗忘了。石门山水库南北走势，西面是监狱所在的石门乡，东面是关门乡，两个乡交通不便，靠一条国防公路通往山外。

司马正和一个持枪武警战士押着石德成和沙亮来到水库边一处蒿草密实的水湾。沙亮负责割，石德成负责编，两人闷头干活，活干得有模有样。尽管两人都是本地人，彼此也熟悉，但劳动时相互并不说话，这是监规，犯人不敢违反。司马正和武警战士保持着警戒距离，在草地上来回踱步，看管犯人有警戒规定，距离、视角、卡位，半点不能马虎。水库很静，岸边蒲苇如同甘蔗林，油绿茂盛，水边是带状沙滩，沙细而白，衬出水的幽暗。几只白鹳在浅水处觅食，蹑手蹑脚，许久才向水中啄一口，溅出一圈儿涟漪。司马正闲着无事，就在草地上练了一通南拳，他对自己的擒拿术很自信，当年在部队配合武警抓捕毒贩时，自己只身擒住了两个亡命徒，并因此荣立二等功。那次立功后一个记者采访他，问他与亡命徒搏斗心里在想什么？他说我没想这两个家伙是什么亡命徒，在我眼里就是俩瘦鸡崽！记者很快写了篇稿子发出来，标题是《艺高人胆大》，对他高超的擒拿术作了好一番介绍。三大捆艾蒿绳编完，司马正过去收了 024 手中的镰刀，说：隔着水库望望沙家崴子吧，出来一趟不容易。024 鞠了一躬，保持立正姿势转身，深情地向远处瞭望，水面尽处，隐隐约约可见几缕炊烟，那里应该就是沙家崴子了。司马正的目光没有远投，他注意到近处一片芦苇，芦花尚未绽放，在阳光下闪耀着高粱穗一样的光泽，芦花原来还有这般色彩，这是以前自己没有发现的。024转过身，依然保持立正姿势，眼里似乎含着泪花央求道：报告政府，这身号服都叫汗水卤透了，浑身发痒，能到水边洗洗吗？

司马正看看沙亮和石德成的号衣，汗水浸湿后泛出一层碱花，沾满细碎的草屑。

事后，司马正反思过024这个请求，应该说要求并不过分，打艾蒿是累活，洗洗浑身汗渍也在情理之中，他当时允许024去洗一洗也不算违规。但这些有什么用呢？是自己动了娘娘肠子才酿成大错！

司马正观察了一下沙滩，除了芦苇蒲草外，并无树林，没有隐匿逃跑的条件，便说，去洗洗吧，不许往里游，动作要快。024向司马正鞠了一躬，和石德成快步来到水库边，三两下脱去湿漉漉的号衣，赤裸着身子站在浅水处相互擦洗身子。沙亮很瘦，肋条像根根扇骨，与石德成浑圆的身材相比简直就是一只瘦鸡崽。司马正发现沙亮右腋下有条胎记，颜色很深，颇似一只向腋窝里爬的蝎子。两人在水里交谈，声音很小，却一直未停，犯人劳动时不能这样说悄悄话，但司马正并没有制止，毕竟他们在野浴。警戒的武警战士持枪靠近沙滩站着，枪里子弹上膛，这样的距离两个犯人插翅难飞。司马正看看手表，已经满一刻钟，便高声喊道：好了，上岸。两个犯人停止说话，开始移步上岸，忽然，024滑了个趔趄仰面倒向水里，大喊了一声：哎呀，救我！扑腾没入水中不见了，不远处觅食的一只白鹳扑棱棱飞走了。事也凑巧，司马正和武警战士都不识水性，无法下水救人，两人在岸上干跺脚。石德成惊慌失措爬上岸来，嘴上哆哆嗦嗦地说：淹死鬼拖人了，淹死鬼拖人了！司马正扭住他的脖子吼道：你会水，快下去救人！救人上来给你减刑！石德成眼光发直，呆呆地说：淹死鬼在找替死鬼，我不敢。哪有淹死鬼？你会水就快下去！司马正几乎在求石德成。一丝不挂的石德成哆嗦着说，这水库忒馋，我下去也上不来。司马正木鸡般呆立沙滩，望着空旷的水面，024呵024，你哪怕露一下头也好，怎么就无影无踪了呢？许久，他对着波浪乍起的水库喃喃地说，我不该动娘娘肠子。

事情比司马正想象得还要严重。监狱派人打捞时才发现，024失足落水的地方水不过齐腰，往里走十几步才能到深水区，显而易见，024

是水遁。

　　监狱协调了石门、关门两乡公安派出所，在附近拉网搜查了七天七夜，结果一无所获。

　　司马正为此被双开。本来要追究刑责，红胡子监狱长说024毕竟在水中失踪，水浅不能说就淹不死人，马蹄坑还能淹死倒霉蛋呢，024是逃跑还是死亡现在还无法定论，只能按失踪上报。司马正因此免除刑责。红胡子监狱长对上级能打圆场，对司马正就毫不客气了：呸！真他妈丢人，还侦察连长呢，屁！银样镴枪头！司马正恨不得将头揿到裤裆里，脖颈上似乎有一群蚊子在狂欢。

　　司马正接到处分决定时，闭上双眼沉默了许久，脸色像一张返潮的烟叶，一纸文件似乎重若千斤。红胡子监狱长话虽重，恻隐之心还是有的，他叹了口气道：你呀，坏就坏在那根娘娘肠子上。司马正睁开眼，斩钉截铁地说：我要给自己一个说法！红胡子监狱长问：怎么个说法？司马正说：我要逮住024！红胡子监狱长点点头：我当监狱长八年，石门山监狱年年当先进，没想到快要退休了，却落了泡苍蝇屎在光荣册上，不抹去它我后半生吃饭都不干净。司马正直勾勾地望着窗外，窗外是石头砌的高墙，高墙上围着电网，一只黑色的大鸟若无其事地站在高压电网上，警惕地张望着高墙里的一切。我一定要逮住他，他说，哪怕这瘦鸡仔长满羽毛。

　　红胡子监狱长从后腰里摘下一个沉甸甸的东西在手里掂了掂，然后递给他：拿着，大丈夫一言九鼎，替石门山监狱抹去这苍蝇屎！

　　司马正定睛一看，原来是一副紫铜材质的手铐！他吃惊地说：这是警具呀领导，我现在的身份拿它违法。司马正没敢接。

　　红胡子监狱长将紫铜手铐拍到他手上，说：什么警具，这是我的小制作，叫手械！

　　这是一副很别致的铜制手械，链式，比普通板铐要重。司马正掂了掂，郑重地挂在腰带上。

　　　　　　　　　二

　　司马正找到朴红其实很偶然。

　　他记得024说过女友是宽甸人，有一半朝鲜族血统。他想，赃款若是在朴红手上，她会去哪里？容易藏身的地方一定是老家！宽甸是边城小县，又是朝鲜族聚居的地区，会说朝鲜语的朴红在那里没有语言障碍，如果024和朴红早有默契，越狱后到宽甸会合，这种谋划绝对是上策。

司马正请红胡子监狱长帮忙从024卷宗中翻拍了一张024和朴红的照片，准备下力气按图索骥。初看朴红照片，司马正不得不承认这是一个面容姣好的女子，眉眼清秀，面庞很圆，像伊丽莎白甜瓜。司马正记得024说过，朴红家里穷，因此，他一到宽甸，就打听当地最贫穷的乡在哪里？问了几个人，都说最穷的是红山沟，在鸭绿江畔的群山里。他想，穷，又带个红字，这似乎与朴红有关，便决定到那里去排查。他在县城买了自行车、杆秤和两个柳条鱼篓，以一个走村串乡鱼贩子的身份，开始了追捕024行动。

一个穷人有了钱，最想做的是什么？肯定是造房子！司马正在红山沟乡首先逐村排查的是造新房的农户。很可惜，红山沟乡根本没人家造新房，与造房子相比，当地更热衷的是进城，问起造房子的事，村民要么摇头，要么说造了给谁住？问到一个村干部，村干部说：造个球儿，屯子都成老人院了，哪里还有年轻人？村干部的话是牢骚，也是实话，年轻人都进城了，乡村如同一个弃妇，在颓废中日渐老去。

司马正没在造新房这条线上摸到头绪，便开始摸排姓朴的村民。

红山沟乡十八个自然村，姓朴的有三百二十七户，算是大姓。司马正不能像查户口那样挨户去找，他只能一边卖鱼，一边悄悄打听。红山沟乡村民没有人怀疑他的身份，这个头戴草帽的鱼贩子卖鱼从不乱喊价，很多人见了他还热情地打招呼，直呼他卖鱼的。当地朴姓村民并无戒备之心，打听什么事他们都愿意回答，这种表现让司马正失望至极，他多希望能有人表现出遮遮掩掩呵，那样问题就有了谜面，有了谜面就不愁揭不到谜底，但眼前村民的表现稀松平常，他怀疑自己的感觉是不是出了差错。

两个月，从夏到秋，他排查了红山沟乡所有朴姓村民，没有发现任何有价值的线索。

中秋节的夜晚，他推着轮胎半瘪的自行车回到乡政府所在地自己常住的那家小旅社，独自到路旁的小酒馆喝闷酒。酒馆不大，炖鱼却鲜，他要了一壶当地小烧，点了一盘鲶鱼炖茄子，酒菜上来后却吃不下，望着酒壶想心事。下步怎么办？可以断定，红山沟乡一百二十七户朴姓人家肯定没有朴红,因为这些人家没有女孩子在外打工。难道自己判断有误?024冒死水遁,不是来找朴红又能找谁?024并非亡命徒,也没有仇家需要复仇,最大的可能就是找女友要钱,这样才符合逻辑。酒馆老板是个小媳妇,叫梅子,她对司马正这个沉默寡言的鱼贩子印象不错,见他一个人孤零零过节有点可怜,就端了两块月饼送过来,笑着问:想什么呢?大兄弟。因为问得突然,正在发愣的司马正脱口道:想朴红。说完马上意识到自己失言了,有点心虚地望了望梅子。梅子却眼睛一亮:朴红呵,那可是百里挑一的好姑娘,你好眼力,想她怎么不去县城找她?司马正一听,心里怦怦直跳,朴红在县城?他装作若无其事的样子问:朴红啥时去了县里?梅子说:朴红在我这里当过服务员,可我这店小,养不住凤凰,人家自己去县城开韩国服装店了。司马正心里敲过一阵鼓点,开服装店需要资金,一个饭店服务员哪里来的资金?他问:我记得朴红是红山沟人,对吧?梅子摇摇头:她是青山沟人,青山沟乡比红山沟乡还偏,连条像样的路都没有,朴红说青山沟人出来打工都矮人一截。司马正问:青山沟那么穷,朴红哪来的本钱开店?梅子摇摇头,说自己也不清楚,不过朴红说过,只要人好就不会差钱。

　　024十有八九就藏在朴红的服装店,他想,而朴红开店的钱十有八九是024的赃款。他下意识摸了摸后腰带上的手械,024呵024,你跑不了了!他将壶中小烧全都倒进碗里,举起酒碗对梅子道:节日快乐!说完,一饮而尽。梅子被他的举动吓了一跳,看看酒碗,再看看司马正的脸,惊讶地说:大兄弟海量呵!

　　司马正狼吞虎咽吃着鲶鱼炖茄子,头也不抬地说:这不是过节了嘛。

　　次日上午,戴着墨镜的司马正出现在宽甸县城的大街上,他在一家叫韩红服装店门前发现了那张期待已久的甜瓜脸。朴红头盘长发,穿一件水红色连衣裙,黑色高跟鞋,时尚大方,全没有青山沟的土气。他摸了摸腰带上的手械,恨不得扑上去将朴红铐起来,但理智使他努力保持平静,自己要抓的是024不是朴红,朴红只是自己顺藤摸瓜的一条线索。他确信自己没有看错,便在附近的街上闲逛,眼睛却始终盯着韩红服装店的玻璃门。韩红服装店开在人来人往的汽车站旁,门面不大,牌匾上是个衣着朝鲜族服装的女歌星,上面用汉、朝文字写着韩红服装店五个字。在附近转悠了五天,司马正基本摸清了小店的情况,韩红服装店只有两人,除朴红,还有一个肤色像山里红的中年妇女,是雇员。服装店生意不错，司马正数过，每天出出进进接近两百人，五天就是一千人，令他失望的是这里面没有024的身影。024瘦弱单薄，白白净净，就是混在人流里司马正也会一眼认出来。他怀疑过，是不是自己在周围转悠暴露了身份？县城小，一个总是在附近徘徊的陌生人容易引人注意。为了更好地隐蔽，他买了一套修鞋工具，在离服装店大概四十米的街角支摊修鞋。修鞋看起来简单，实际是个要求很高的手艺活，难怪老百姓都叫修鞋匠而不是修鞋工。司马正不会修鞋，开始只会钉鞋掌，后来一点点无师自通，一般的鞋也能修了。但他不能专心修鞋，即使修鞋他眼睛的余光也在韩红服装店那两扇茶色玻璃拉门上。一个月过去，依然不见024出现，司马正嘱咐自己，坚持，坚持，胜利往往就在最后的坚持中，这是哪位伟人说过的话他记不清了，但他以此来激励自己。

　　天气变冷，司马正决定与朴红正面接触。他借口买一副手套，显得有一搭无一搭地走进韩红服装店。服装店不卖手套，他站在那里仔细端详墙上的营业执照。执照上法人栏写着朴红的名字，他想，执照上怎么会写朴红的真姓实名呢？难道她不怕公安来找她？朴红迎上来，问：先生看什么呢？司马正转过身：哦，我看到朴红这个名字很熟悉，我一个熟人的女友也叫朴红。

　　您朋友叫什么？朴红很好奇。

　　他吗，叫沙亮，在信用社工作。司马正装作若无其事。

　　朴红眼中闪出异样的光彩。你认识沙亮？我就是那个朴红，沙亮的女朋友。

　　哦，我在石门乡做过生意，沙亮帮我贷过款，但我一直没机会答谢他，欠他一个人情呢。司马正只能编一番谎话来应付。

　　朴红轻叹一口气：我当年在关门乡做坚果生意，沙亮也帮过我，他是个好人，信命，我们相处很好，很可惜他有I型糖尿病，沙和尚算命说他活不过三十岁，这话灵不灵不敢说，反正当地人都信。

　　沙和尚？司马正很惊讶，问：《西游记》里的人怎么来给沙亮算命了？

　　沙和尚是沙亮一个出了五服的叔叔，是个乐善好施的中医，当地人都知道沙和尚立下宏愿，要倾尽家财在山里建一座庙，他说过，石门、关门两乡光有座监狱怎么行？一定要有座庙，监狱关人，寺庙度人，这样才符合阴阳之道。

建庙是和尚的事,他一个大夫怎么会有这样的想法?司马正不理解。

听说沙和尚是个居士,朴红一边整理衣架上的服装一边说,沙和尚认为监狱煞气重,需要一座庙来对冲。

可是,石门、关门两乡并没有建成什么寺庙呀。司马正怎么也想不起那里有什么寺庙,监狱北面的山坳里古代有座庙,但早已毁弃,成了一片蒿草荒地。

沙和尚庙没建成,却医好了沙亮遗传的糖尿病。朴红说,你是沙亮的朋友,选件冬装穿吧,正宗韩货,给你八折。

司马正隐隐有些失望,朴红说话并无破绽,好像一个老戏骨。为了赢得对方的好感,他挑了一件咖啡色夹克,却迟迟没有付款,他问:沙亮怎么样了?

朴红叹了口气:进去了。停顿了一会儿,朴红忽然明白了什么,盯着司马正问:你是他朋友,不知道他进去了?

哦,我早就不在石门乡做生意了,和沙亮也没有联系。司马正知道自己露出了破绽。

说是贪污,我有点不相信,我们在一起的时候,他常说人生比钱财更重要的东西有很多,怎么会贪污呢?他挪用公款或许有难言之隐,或许有其他大用处。看来朴红对沙亮印象很好,并没有因为沙亮进去而改变看法。

后来呢?司马正不忘刨根问底。

听说他失踪了。朴红面呈忧伤,摇摇头说,也许他是想洗刷自己的冤情吧,很多电影里不都有这样的情节吗?可我知道他不是超人,他连架都不会打,他跑出来能干什么?

沙亮失踪了,那你俩还怎么处?司马正问到了核心问题。

他被宣判后我们见面了,我对他说,我等他两年,现在一年多过去了,尽管有男孩子追求我,我都没答应,我要等他等满两年。

这真是个奇怪的决定,司马正心想,他忍不住追问:为什么要以两年为限?

因为我们相处了两年,分合应该等时。朴红回答很干脆,几乎未加思索。

沙亮如果活着,能不能来找你?

朴红摇摇头,不会的,他那么善良,不会打扰我的幸福。朴红目光有些软，咬了咬下唇，很肯定地说，明知道他不会来，我还要等，我这是用时间在埋葬自己的一段爱情。朴红的泪水没有流下来，但眼圈已经发红。对了，您来宽甸干什么？

司马正愣了一下，随便编了个理由，付了夹克钱便告辞了。

入冬后，宽甸的冬天已经不适合室外修鞋，寒风刺骨的街角，蜷成一团的司马正还在坚持。街角有家阿良水果店，为了御寒，店主在门口用透明塑料布搭起一个门棚，冻得实在扛不住时，司马正会到棚里暖和一下。水果店主阿良是湖北麻城人，四十多岁，穿着厚厚的羽绒服。他说你就到棚子里掌鞋好了，大冬天谁会在外面光着脚丫子掌鞋？司马正注意到，在塑料棚里也会看到韩红服装店的大门，便谢了阿良，将修鞋工具搬进了棚里。他问阿良：你怎么这么好心？阿良说，帮人总比伤人好。司马正愣了一下，没再说什么。两人处熟了，阿良给他讲了自己的一段经历。十多年前一个腊月天，他坐船从烟台到大连打工，下船后又冷又饿，可身上只有几毛钱，大清早他走进一家面馆，在里面徘徊再三，饥寒交迫的感觉让他几乎绝望，他甚至产生了纵身一跳让茫茫大海彻底解脱自己的想法。看到其他下船的旅客吃着热腾腾的打卤面，他第一次知道饥饿的感觉原来鹰爪一般锐利，抓心揪肠。沮丧的他正要推门离开时，开饭店的大嫂叫住了他，让他坐下，给他端上一碗热腾腾的打卤面，大嫂只说了一句话：忘记带钱了吧，先记着。这碗打卤面让他铭记一生，甚至改变了他对人生原有的一些看法，他现在还记着面条卤中有肉丝、榨菜丝，还有切成丁的香菇。阿良在讲述这段经历时目光有些湿润，不时伸出舌头舔舔干燥的上唇。后来呢？后来你去还钱了吗？司马正问。阿良点点头：回去了几次，都没有找到那位大嫂，面馆早就动迁了，大连港那个百年客运站也扒掉了，我只记得那位大嫂的模样，慈眉善目，特像当年一个叫王馥荔的电影演员。

一天，水果店没有顾客，司马正专心瞄着韩红服装店，阿良突然问：我看你掌鞋心不在焉，是不是有什么心事？司马正扭过头笑了笑：我有什么事？也没人给我打卤面吃。阿良也笑了，舔舔上唇说：有啥事别总吊在心上，时间会冲淡一切，这世界上啥最厉害？是时间，就说我店里的香蕉吧，昨天还有点生，今天就熟透了，就是时间的作用。

店主的话触动了司马正，他暗暗叮嘱自己，是呵，无论如何也要等上半年，否则岂不是前功尽弃？朴红在用时间埋葬爱情，自己是花时间守株待兔，024再能潜藏，也到了该露头的时候了，说不准某一个清晨024就会从旮旯胡同钻出来，东张西望走进韩红服装店。

　　漫长的冬季过去了，春脖子却短，春季像个急于投胎的愣头青，三两步就滚进了夏天的怀抱。端午节前，司马正发现韩红服装店只有那个山里红在卖货，朴红一连几天没来上班，他的第一感觉就是朴红要跑。司马正明白自己不能潜伏了，必须登门探个究竟。他摸了摸腰带上的手械，不顾散放的修鞋工具，起身快步走向韩红服装店。山里红迎上来打招呼，说：你不是那个修鞋师傅吗？买件金狐狸T恤吧，沾点老板的喜气儿，全场八八折。司马正心里一震，问：你怎么知道我是修鞋的？山里红笑着道：听老板说的，我们老板认识你，说你做坚果生意赔了，挺惨的，干了掌鞋营生，她说做什么生意也不要做坚果生意，坚果都是经过高温加工，不会再发芽了，做这生意是造孽。司马正心生疑窦，这个朴红原来一直在注意自己，自己坑蹲半年看来是白蹲了。他问山里红：你们老板有什么喜事？山里红的嘴笑成了胀裂的石榴，说话如同快刀切萝卜，喊里喀喳：明个老板大婚，有喜事自然要优惠酬宾，你买吧，过了这个村可就没这个店啦！他心里一惊，问：新郎官叫什么？也是卖服装的？山里红嘴一撇，道：人家新郎是县公安局的刑警，一米八的大个，贼精神！当地人喜欢用贼这个程度副词，表示很或非常的意思。山里红接着说，新郎不仅长得好，家里还有钱，老板开店的房子就是他家的。

　　司马正顿时浑身酥软。朴红嫁人，说明她与024已经没有任何联系，从她找了刑警男友来看，朴红也一定是公安排除在外的嫌疑人。他脑海里雪花飞舞，那张营业执照像断了信号的电视荧屏，一片茫然。

　　司马正问了朴红举办婚礼的时间和酒店，他决定到婚礼现场看看。他特意换了那件在韩红服装店买的夹克来到朴红举办婚礼的酒店。酒店很阔气，很可惜大厅里摆了些假花假树，宽甸不缺绿色，为什么要弄些假绿植来装扮门面呢？司马正坐在酒店大厅的沙发上，点燃一枝烟慢慢吸着。一楼大宴会厅是婚礼现场，门前摆了一张条案，放着红包和笔，有个专门收红包的小姑娘笑容可掬地站在一旁，脸也像伊丽莎白甜瓜，看上去应该是朴红的妹妹。司马正留心每一个出出进进的宾客，尽管他很清楚这样做徒劳无益，沙亮怎么可能来参加朴红的婚礼？但他还是不死心，世上万事，一切皆有可能，万一沙亮来婚礼砸场子呢？他下意识地摸摸腰中的手械，目光像雷达一样呈扇形扫描着。

宾客来齐，音乐响起，婚礼已经开始。他透过敞开的大门看了看西装革履的新郎，山里红没说错，这个警察新郎的确高大魁梧，与024简直天地相差。朴红的新娘妆也很美，笑容一直萦绕在脸上，看来朴红用两年时间彻底将过去埋葬，开始了全新生活。婚礼仪式就要结束，服务员开始上菜，司马正起身将第九只烟蒂在烟灰缸里拧灭，走到条案前要了红包，装入两张百元钞票，正要投进礼箱，圆脸小姑娘递过笔说：先生，您忘了写上名字。司马正犹豫了一下，把没写名字的红包投进礼箱，然后转身离开。

　　宽甸一年，司马正只在春节回了一趟老家岫岩，其他时间全飘在宽甸，他学会了贩鱼、修鞋，也赚了一些钱，至于024，影子也没见到。

　　他知道自己必须回石门山，024不来宽甸，最大可能就是潜藏在石门、关门两乡，有句话不是说，最危险的地方往往最安全吗？

三

　　司马正再次见到红胡子监狱长距离自己被双开恰好一整年。

　　这年夏天雨水少，蚊子也稀。自从024越狱后，监狱再也不用犯人打蚊绳，监狱购置了电蚊香，毕大牙说犯人有这般待遇要感谢司马管教。他们知道司马管教因为024失踪被扒警服，成了一个平头百姓。

　　与监狱长见面时，司马正忽然对监狱长绕嘴一周的赫红色络腮胡子变得十分敏感，他的目光在这圈红胡子上足足停留了三秒，觉得这圈胡子像点什么，一时又想不起来。你这个侦察连长呵，怎么判断的敌情？！红胡子监狱长兜头就是训斥：白忙一年，无功而返，我看你只配当个伙夫！说完，伸出一只大手来。

　　司马正感到脸在爆皮，火烧火燎，喉咙里像塞着一枚剥了皮的热鸡蛋，咽不下吐不出，憋得脸红脖子粗。红胡子监狱长不愧铁匠身世，浑身都是硬茬。他看了看那只青筋毕现的大手，惴惴地问：领导，您要什么？

　　手械呀！监狱长的络腮胡子横向立起，像京剧《锁五龙》里的单雄信。

　　司马正摘下挂在腰里的手械，却没有交过去，他猛然想到，监狱长的胡子很像这副紫铜手械，颜色像，形状也像，他禁不住打了个寒战，抬头说：领导，再给我点时间。监狱长收回伸出的大手，问：理由？司马正用力攥着手械道：我分析过，024不在朴红那里，肯定就在石门、关门两乡，原因有两个：一是石门、关门两乡方言音很重，到外地容易暴露；二是024瘦如鸡崽，出去打工没人愿意留用，他只有留在本乡，在家族势力庇佑之下才能苟延残喘地活着，所以我要在当地仔细排查，他就是钻进耗子洞，我也要把他逮出来交给您！司马正话说得坚决，红胡子监狱长能听出这是经过分析后做出的判断。

这个分析还靠点谱。红胡子监狱长捋了捋上唇的胡须。

司马正又提出一个请求，能不能在监狱当个临时工？他需要有个地方栖身。红胡子监狱长说，只要是为了抓024，一切我给你开绿灯！

司马正很受感动：我当过侦察连长，立过二等功，连024这样一只瘦鸡崽都逮不住，我自己都放不过自己。

红胡子监狱长点点头：嗯，这犟劲儿合我脾气，手械就留着吧。

红胡子监狱长安排司马正住进水库边一处石屋，石屋不大，里外两间，是后勤部门放置网具的管护房，石屋花岗岩地基已经没入土中，一棵榆树苗从石缝中挤出来，艰难地生长着，石屋窗户窄小，屋顶黑瓦上爬满茂盛的紫藤，远看如同一盏活着的绿冢。石屋周围长着连片的寒芒，门前十几步远的沙路尽头是一截厚厚的老船板，由一横两竖三根木桩支着探向水中，木桩上拴着一条双桨舢板，其中一枝桨已经折断，用铁丝绑着，这便是司马正将要常年生活的地方了。石门山水库年年淹死人，监狱后勤没人愿意下水打鱼，这石屋舢板好像专给司马正留的。石屋、网具、舢板由司马正使用管护，每个月向监狱食堂上交一百斤鱼，多余的可自行出售，监狱方不再支付费用，应该说条件不错。石门山水库鱼虾特厚，挂网撒下去网网不空，一百斤鱼的任务两三天就能完成。送他到石屋的后勤科长姓胡，酒瘾重，制服上油渍麻花，五个扣子通常只扣上三个。他对司马正说，这石屋有外地人大价钱来承包领导都没批，领导好像知道你会回来，给你留着呢。石门山监狱的人都知道司马正的事，不少人为他的遭遇抱屈，但规定是规定，大家爱莫能助，红胡子监狱长帮助司马正也为自己赢得了不少好评。司马正心里却透明白，红胡子监狱长照顾他的目的主要不是同情他，是为了抹去石门山监狱光荣册上那粒苍蝇屎。

司马正每到一地都会习惯性地观察一番。当天黄昏，站在那截老船板上，看到远处岸边有几处渔火，他知道那是打鱼人的窝棚，石门、关门两乡有很多靠打鱼为生的人,他们在水边支个窝棚,打鱼赶山也很正常。引起他注意的是对面一处草屋,草屋灯光格外亮,不时传出一两声狗吠,这是离石屋最近的一个邻居了,他想,远亲不如近邻,应该到草屋造访一下,既然都在石门山水库讨生活,彼此熟悉一下也好有着照应。

次日一早,将挂网入水后,他划船来到对岸。草屋主人是一对夫妇,丈夫矮而胖,略显浮肿,右眼角有处疤痕。女人看人目光发直,衣服式样却不旧,头发梳洗也算整齐。草屋虽小,却铺盖有序,大概是怕失火,烟囱被引到离草屋十几步远的地方,被一个无底的菜坛倒扣着,一缕青烟正从坛底冒出来,在草屋周遭形成一圈烟晕。草屋门前是三面苇席支起的一个雨棚,雨棚一侧悬挂着渔网、鱼竿等渔具,棚内有一张老船木条桌,几只板凳,标志着这便是待客的地方。草屋后是一畦菜园,种着菠菜、豆角等各种菜蔬,菜园尽头是黑绿色的荞麦地,司马正感觉到一种带着丝丝湿气的幽香,这是典型的田园生活了。胖子正在织渔网,见司马正泊船过来,起身颔首致意,问:买网还是买钩?胖子说话尾音上翘,当地口音极重。司马正对当地这种乐亭口音变异而来的方言辨识率不高,好像每个人说话都一样。我是新来打鱼的,就住对面石屋,过来认识一下,他说。胖子面无表情地说:哦,那是公家的地场。司马正点点头说,我们这里什么都好,就是不通电。胖子说不通电有不通电的好处。司马正朝草屋内瞭了一眼,发现屋内没有电视,看来草屋一家人日子过得简单。胖子请司马正坐下来,两人交谈了一会儿,胖子叫石谷,来自石门乡石楼村,在这里开荒种地,兼卖渔具。司马正想,这是个好买卖,水库里打鱼,网破钩断是常事,有了这样一个渔具销售点,大家都方便。司马正说自己初来乍到,以后请多照应。胖子点点头,说彼此照应吧,闷的时候你就过来听听虫子叫。司马正愣了一下,脱口问:听虫子叫?胖子说,水边群虫鸣叫是世上最好的音乐,比收音机里放的曲子要好听,不过需要静心倾听才能听出滋味。司马正忽然想起上学时背过一首诗,里面似乎有歌颂夏虫鸣叫的句子,心想,这个邻居还挺文艺的。石谷老婆叫苇子,曾是县剧团的演员,患有癫痫病,怕人,话少。司马正夸赞说你们夫妻这名字都好,石谷,敦实;苇子,旺盛。胖子说,父母取名本来是稻谷的谷,结果谁听了都以为是锣鼓的鼓,自己长大了真成了石鼓,不会凫水,掉到水里会像石鼓一样咕咚沉下去。石谷说自己过去在沈阳打工,因为扭伤了腰,看到石门山水库一带没人卖渔具,便捣腾了些渔具到这里来卖。这次造访草屋司马正留下了好印象，为了与这个邻居建立友谊，司马正买了两片挂网，石谷要价不贵，说网是自己织的，料钱上面少加点就成了。司马正问买渔网的多不多？石谷说水库里有狗鱼，有时一条狗鱼就会毁掉一片挂网，所以销量还凑合。离开时司马正说，哪天我请你过去喝两盅高粱烧。石谷向草屋内努努嘴，说还是到我这里来喝吧，我不方便过去。石谷没船，不识水性，老婆又有病，当然不方便到对岸石屋去。

司马正的心思不在和石谷喝酒上，他盘算该怎样下手排查两乡的农户。自己不是公务人员，不能大张旗鼓地一户户调查，唯一可行的方式就是以鱼贩子的身份进村摸排。沙家崴子理所当然是摸排第一站。

沙亮母亲因糖尿病早故，父亲和小儿子沙舟生活在一起。沙舟也像哥哥一样瘦小，特机灵，眼睛余光总飘在司马正身上，能看出他对陌生人造访保持警惕。沙父对儿子的失踪悲痛而气愤，隔三岔五就给省监狱管理局写上访信，上访信被转回到红胡子监狱长案头。监狱长很生气，但又没辙，毕竟人在监狱失踪的。为了化解信访，红胡子监狱长每逢大的节日就会派胡科长提着果篮到沙家安抚一番，好在沙父通情达理，并不缠访闹访，写上访信成了对儿子一种思念方式，就像往石门山水库扔一块薄石打打水漂，也不期待有什么结果。司马正与村民说到沙亮时，村民似乎已经遗忘了这个当年乡信用社的会计，倒是对石门山水库有淹死鬼作祟一事滔滔不绝。一个白胡子老人每次见到司马正都买鱼，老人买鱼不多，每次三两条，说回家熬鱼汤，司马正干脆就送几条鱼给他。混熟了，他向老人问起沙亮，老人道：沙亮这孩子虽说八字缺水，命不济，但也不是贪财轻义之人，他贪污，不合常理。老人这话让司马正心生疑云，沙亮不贪，又不是为了朴红，挪用巨额公款会做什么？他问老人，监狱说沙亮失踪了，能到哪里去呢？老人向水库方向努努嘴：还能在哪？在石门山水库急着投胎呗。

司马正在沙家崴子及周边几个村转悠了一个夏天，得到的所有信息都指向一个结论：沙亮淹死了。

司马正十分沮丧，他不能接受这个结论。从沙亮水遁那天开始，耳边就有一个声音在提示他：沙亮没死，沙亮还活着。

石门、关门两乡三十一个自然屯，3270 户 18341 口人。这是他在派出所大奎那里得到的数据，但实际情况却不是这样的。因为山高皇帝远，计划生育政策在执行中变得松松垮垮，无形中冒出数目不小的漏网黑户，有的是整户，有的是一家两制，超生的孩子长大成家，形成无法估摸的地下部落。石门乡派出所管户籍的民警叫大奎，喜欢吃鲶鱼，得知司马正是监狱后勤所雇人员时，表达了对监狱方的不满，说你们单位太差劲了，一个大活人在那里服刑，愣是没了，活不见人，死不见尸。熟悉后，司马正和大奎唠起当地黑户口的事，大奎很不以为然，说没有黑户不成村屯，就像一个水湾，你能数清楚里面有几条鱼吗？山村有山村的逻辑，又不是监狱，不能按号管理。他还说有些村民怕身份被冒用，上门给他办身份证都不办，为啥呢？因为信用社的人冒用他们身份证办了贷款，村民稀里糊涂上了不良信用黑名单。司马正暗暗叫苦，这种情况无疑增大了他摸排的难度。

又是一个中秋夜，司马正买了高粱烧和酱鸡头，骑着一辆破旧的永久牌自行车回到石屋，自行车是石谷的，腰不好的石谷很少外出，就借给他贩鱼。他和石谷成了朋友，夜幕降临时，隔水相望的灯光常常让他感到一丝温暖。有天夜里，他站在老船板上，听着草丛中此起彼伏的虫鸣，忽然发现石屋和草屋两道隔水相望的灯光倒影，在墨玉般水面上竟然连接在一起，如同两只长长的手臂在伸手相握。

司马正带着高粱烧和酱鸡头划船来到对岸，苇子已经入睡，她每天除了睡觉就是坐在雨棚看石谷织网。

来了，石谷说。

司马正将高粱烧和包着酱鸡头的纸包放到桌上，道：过节了，喝点。

石谷抬头看看明月，起身取来两只碗、两双竹筷，道：天开始凉了。

司马正将酒倒入碗中，撕开纸包，拿了一个酱鸡头递给对方，两人开始喝酒。

石谷酒量小，常常点到为止。司马正也不劝酒，自己干了一碗后，舌头有些长，说自己当年当侦察连长时徒手抓过俩毒贩，就像抓两只小野鸡，现在，抓个瘦鸡崽却屡屡失手，真是龙游浅滩，虎落平川呐，浑身的招数使不上。石谷话少，听对方这样说，小声问了句：抓瘦鸡崽？

司马正撅了一下酒碗，红着眼睛道：一个逃犯，像瘦鸡崽一样的逃犯。

石谷斟酒的手抖了下，问：逃犯？逃犯不是有公安抓吗？你一个打鱼的怎么干起了公安的活儿？

唉，我原来是监狱管教，就因为这个瘦鸡崽在我眼皮底下水遁了，我被双开，还差点因渎职判刑。

石谷疑惑地问：啥叫水遁？

司马正说：就是潜水逃跑了。

石谷掰开一块月饼，双手停在胸前：天呵，能水遁会水性多好！

司马正又干了一碗酒，道：他想制造淹死假象，这把戏骗得了别人却骗不过我，我是谁？我是侦察连长！

石谷递过半块月饼，安慰说：你肯定能抓到逃犯，除非他真淹死了。

司马正吃了一口月饼，五仁的，很香，他不禁想到了迟玫，过去，迟玫每年都给他送五仁月饼，迟玫与他分手后，嫁给了一个古董商人，日子过得不错，还买了进口轿车。他不埋怨迟玫，迟玫有过好日子的权利，凭啥要人家跟着自己受罪？

临上船，司马正说，你帮我打探着，有啥动静告诉我，那个逃犯序号024，名字叫沙亮，模样很好认，挺白净，三根筋顶着个脑壳，像只白条鸡。

我记住了，石谷说，慢走。

四

监狱长那圈赭红色胡子对于司马正来说，成了挥之不去的梦魇。监狱长对于这圈胡须只是修剪，并不刮干净，留下的胡茬根根坚挺，让司马正如芒在背。他想，或许是领导嫌费事懒于刮胡子吧，他回岫岩探亲时，在县城一家商店挑选了一个飞利浦电动剃须刀，监狱长有了这东西，刮胡子会很方便，只要早晨起来像按摩一般转几圈，嘴巴周遭就会一干二净。他很清楚，只要监狱长那圈红胡子不在，折磨自己的鬼压床就会随之消失。

红胡子监狱长没有收这个进口剃须刀，他将食指弯成钩形在唇上捋了一下，说：024不归案，我不剃须，一旦捉住024，这满脸胡子一刀剃！

司马正暗暗叫苦，感觉腰里的紫铜手械忽然间变成了沉甸甸的手雷，直往下坠。

司马正胆子并不小，老家村旁有片古槐蔽日的东坟地，村民传说坟地犯邪，夜里常有一身孝服的鬼魅出没。村小学开运动会，同学们争着当检阅旗手,老师不好选择,就说你们谁敢夜里一个人到东坟地走一遭,这旗手就让谁当。同学们一听都缩回了脖子,东坟地可是个提起来就让人毛骨悚然的地方,尤其夜里,坟丘间鬼火荧荧,狐嚎狼叫,大人都望而却步,小孩子谁有这个胆子?但司马正站起来了,说自己敢去,老师说晚上坟地某个坟包上会有个旧篮球,你把它捡回来这旗手就是你。晚上,司马正真去了,他在走出村口时被老师拦下了,老师说我服你了司马正,你还真敢去。司马正说我带了手电,去找篮球。老师说,不用找了,你已经赢了。自认为胆子不小的司马正搞不明白为什么会对监狱长这怪异的红胡子心生恐惧,在他眼里,这圈红胡子简直就是红色的砂轮,让他的神经时时感到一种磨砺的痛苦。白天打鱼或进村贩鱼还好,晚上一合眼,这圈红胡子就会浮现出来,飞碟般旋转,渐渐抽空周围的氧气。红胡子梦魇一直折磨着他,让他渐渐明白了一个道理,胡子问题不可小觑,胡子里一定埋藏着不可破译的密码,难怪民国时期那些大人物都喜欢留上翘的大胡子,那些军阀、督军个个都像哥萨克一样留有胡子,现在看来,留胡子学问还真不少,所谓吹胡子瞪眼,没有胡子吹什么?

他问石谷,自己经常在似梦非梦之间,感到一圈红胡子插秧一般长在心口窝,越长越长,几乎要变成马鬃,想醒来却动弹不得,这是怎么回事?司马正有话没人说,只能到草屋来找石谷,石谷在沈阳打过工,有些见识。

鬼压床,没等石谷解释,旁边的苇子突然冒了一句,心思太重,疑心生暗鬼。

石谷赞同道:没错,书上不是说淫邪发梦吗。

司马正点点头:我的确有心事,024一天逮不住,我这心就一天放不下。

石谷看了看司马正,问:要是十年、二十年逮不住呢?

那我的心就要悬十年、二十年!

石谷说:我有个让你心放下的法子,不知你愿不愿意做?

司马正问:啥法子,说说看。

放生,石谷很认真地说,买只龟、蛇什么的,在水库里放生,心事就会被带走,放生的好处就是放下。

石谷喜欢放生,司马正亲眼看见过石谷两次放生,一次是往水库放了一只龟,也不知他从哪里弄到一只脸盆大小的绿毛龟,在草屋前的浅水处放生。司马正在船上起渔网,发现那只被放生的绿毛龟并不游走,而是在水中翘头望着石谷,石谷拂了三遍手,那只绿毛龟才钻进水里游走。还有一次,石谷当着司马正面往草丛中放生了一条蛇,这是一种叫野鸡脖子的无毒蛇,也不知石谷从哪里弄来的,用布袋装着,打开布袋后,那条蛇并不急着爬出来,而是探出头来左顾右盼,吐出信子试探一番,才"刺溜"一下钻进草丛。司马正心想,石谷夫妻都有病,信点什么也正常。

石谷这个法子司马正无法接受,尽管自己已经不是体制中人,但还是无神论者,怎么能搞这种把戏?司马正想,放生这种事情,无非自我安慰而已,根本无法剃去心口窝的那圈红胡子。

清晨,制服邋遢的老胡拿着一纸协议来找他,说监狱长吩咐过,让他和司马正签份协议,明确司马正承包石屋和渔具的事,免得以后生变,协议期限是十年。司马正问:为啥想起来签协议?老胡道:监狱长这是为了你呀,监狱长担心来了新领导把你撵走。

新领导?司马正一愣。

监狱长下礼拜就退休了,谁来当监狱长还不知道呢。老胡捏着签好的协议扭头走了,制服后面满是褶皱,一看就是躺在床上压的。司马正是带过兵的人,对这样穿制服很看不惯,他叹了口气,琢磨着老胡刚才说过的话,心里很乱,摸摸腰中的手械,心想,但愿红胡子监狱长忘了它的存在。

监狱长退休那天,独自一人到石屋来看司马正。监狱长故意留起的胡子让司马正不敢直视,他把目光聚焦在监狱长制服第二只扣子上,这只铝合金制成的扣子勋章一样闪闪发光,这是新改装的制服,挺合体,如果没有024,自己也会穿上这套含毛量很高的制服。我以后会经常回来钓鱼,红胡子监狱长说,给我备好钓具。司马正原以为红胡子监狱长退休就回城颐养天年,没想到还惦记着经常回来钓鱼,他哪里是来钓鱼?明摆着是来督查的,这红胡子梦魇看来是摆脱不掉了。司马正指指对面的草屋说,鱼饵、鱼竿、鱼钩石谷那里都有,您随时来都行。他保持立正姿势戳在监狱长面前,眼睛还是盯着那枚纽扣。监狱长弯起食指捋了捋胡子,话锋一转:我可不仅仅是回来钓鱼,你懂的。接着又说,现在很多事让人匪夷所思,北山坳里正在修一座寺庙,我就纳闷儿,寺庙离监狱这么近,这不是分庭抗礼吗?我估计这是违章建筑。

监狱长走后，司马正忽然觉得监狱长那绕嘴一周的红胡子，比退休前更加恣肆。

监狱长说话算数，退休后每隔一段时间就驱车来一趟石门山水库，每次来，都在老船板上支一个马扎，擎一根钓竿，让司马正陪他钓鱼，说是钓鱼，但对话总是离不开024。

有眉目了？监狱长问。当听到否定性回答后，监狱长会问：几年了？司马正给出答案后，监狱长会憋住一口气好半天，突然爆破般呼出，然后道：大丈夫一言九鼎，说出的话泼出的水，应该言而有信。

这样的对话不亚于审查机关询问，让司马正高度紧张。他害怕与退休后的监狱长见面，监狱长每次钓鱼离开，他会一连几夜睡不好，总觉得心口窝开始往外长红胡子。

监狱长来钓鱼，常常有所收获。一次，钓上来一条白斑狗鱼，五六斤重的样子，司马正很兴奋，监狱长却面无喜色，说，狗鱼是冷水鱼，应该在黑龙江的河流里生活，怎么到石门山水库来了？既然北面的鱼能来这里生存，那么024也可以到北面去隐匿。还有一次，监狱长钓到一条三斤左右的六须鲶鱼，司马正说这么大小的鲶鱼，炖茄子最好。监狱长说这种鲶鱼可以长到百十斤，能攻击人类，就像024，看起来瘦弱不堪，谁保证他逃走后不会再犯罪？他没机会贪污，还有机会盗窃吧。监狱长把什么事都与024联系起来，这让司马正后背像驮了一块磨盘，有点透不过气来。两个乡三十一个村屯他已经摸了一遍，有几个线索还需要再深挖，但确凿的情报还没有，他也一时没有好办法。他向监狱长坦陈实情，监狱长道：亏你还当过侦察连长，你忘了怎样才能得到情报吗？他疑惑地望着监狱长，难道监狱长就有灵丹妙方？抓舌头嘛！监狱长说。他吃了一惊：领导你是让我去抓村民来审？这不犯法吗？监狱长眼睛一瞪：真是笨脑壳，你要培养自己的舌头，每个村培养一个，你坐在石屋里便知两乡三十一村每天都发生了什么。

司马正恍然大悟，监狱长是提示自己利用贩鱼的掩护在每个村都培养个线人，让他们成为耳目。他暗暗责备自己，怎么没想到这一点，这么长时间自己仅仅发展了石谷一个舌头，要是多些舌头，还会缺情报吗？无非是几条鱼的事，当地人淳朴守诺，给他一滴水他会还给你一颗心，找对人，每次送几条鱼，这事不难搞定。姜还是老的辣，监狱长不愧打铁出身，出手是有分量。

他把这个想法说给石谷，石谷很不以为然，说当地人重大义、轻小惠，不见得有人愿意当线人，他还举了伪满洲国时期的例子，说伪满洲国时期石门、关门两乡没一个给日本人当差。司马正有些不悦，我又不是日本人，给我当线人是为了抓逃犯，这和给日本人当差是两码事。石谷道：不信你试试看，估计没人来给你通风报信。

尽管石谷不看好培养线人这个举措，司马正还是有条不紊地开始打造村村线人工程，为此，他投入了几乎所有卖鱼的收入，他相信重赏之下必有勇夫，自己抓逃犯这样的举措会得到村民支持。培养线人尽管耗费财力时间，但乐在其中，让他真正苦恼的是苇子说的鬼压床，这可怕的梦魇严重伤害了他的睡眠，令他痛苦万分，他多么希望在某一个清晨，监狱长那绕嘴一周的红胡子被一扫而光！监狱长的红胡子如同一只吃上瘾的吸血蝙蝠，夜夜不落地飞来侵犯他。

线人工程费尽心血建成了，但效果却如石谷所料，这个所谓的工程像一张网眼过大的渔网，什么也挂不到。司马正颇为感慨，觉得石谷当初的劝告不无道理，这些村民不是给几条鱼几盒烟就会出卖乡亲的，当然，也有一种可能，那就是的确没发现疑似沙亮的人。

为了排遣郁闷，司马正照着024的照片画了好几天，画出一张024的裸体照，他把024腋下那条蝎子一样的胎记挪到胸口，让这张肖像画格外醒目。每天早晨起床夜里上床，他会盯一眼挂在墙壁上的024。尽管画得不是很像，但有那只蝎子就足够了。后来，他越看越有气，干脆去买了一盘飞镖，挂在画像的前胸，早晚两次练一通飞镖。一下、两下、三下，时间一久，司马正的飞镖本领出神入化，能够镖镖中的。有一次，他瞄准024的眉心发出一镖，镖尖射中眉心又弹回来，镖尖断了，坚硬的青石墙，白白毁了一只镖。司马正将024画像上墙并练习飞镖的做法得到了红胡子监狱长的好评，监狱长捋着红胡子说，心中有敌，才能克敌制胜！

清晨，他被一种奇怪的声音惊醒，出门一看，河对岸，一身白衣的苇子正在荞麦地里唱歌，是电影《夜半歌声》插曲，这旋律司马正有印象，似乎是男生所唱，苇子用美声唱出来，别有一番韵味，患癫痫病的苇子唱歌如此动听，很出乎他的意料。他记得石谷说过，在草屋居住，能听到各种虫鸣，还说虫鸣是世界上最动听的音乐，他也试着听过，耳畔只有嗡嗡混响，听不出任何美妙之处，虫鸣之音哪里有苇子唱歌好听？

水面镜一般平，伸向水中的老船板上立着一只红嘴鸥，似乎也在倾听苇子的歌声。他顺手操起为监狱长准备的鱼竿，挂上鱼饵甩钩入水。浮漂立在水中，一只蜻蜓落上去，看不出有鱼的样子。司马正回身洗漱，用毛巾擦着脸走出来，看到浮漂上的蜻蜓飞走了，浮漂胡乱颤动，被斜着拉下水。司马正心里一乐，上鱼了！跑过去提竿一试，沉沉的，拖上岸来，竟然是一只很大的甲鱼，足有三四斤。他把甲鱼养在水盆里，这种野生甲鱼价格不菲，想到近期会来的监狱长，就做一份厚礼送给老领导吧。

到草屋闲坐时他向石谷炫耀说自己钓到了一只大甲鱼，裙边肥厚，市场上难得一见。石谷眼睛一亮，劝他道：放生吧，说不准它会把你的鬼压床带走。

我想送给老领导，老领导待我不薄，却连根烟都没抽过我的，上次给他买了个剃须刀，他拒收了。

那么大的甲鱼，要长好多年。石谷眼露惋惜，眼角那块伤疤颜色有些变深。

司马正说，民间说有灵气的是龟不是鳖，甲鱼是鳖，与你放生的绿毛龟是两码事。

龟也好，鳖也罢，都是一条命呵。

司马正没想到石谷这娘娘肠子如此执拗，很后悔对他说了钓到甲鱼的事，便劝他道，男人不能心太软，当年我就是动了娘娘肠子才铸成大错。

石谷从上衣口袋里掏出两张百元大钞，钱很新，对折着递过来说：不放生的话就卖给我吧。司马正愣了一下，疑惑地看着石谷。石谷说：苇子需要它。

司马正将钱推回去，道：既然是弟妹用，送你！

司马正划船回去，用一根麻绳拴着甲鱼的后腿拎了过来。石谷接过甲鱼。小心置于水盆，解开麻绳，将盆中倒入清水，又在清水中放了些鱼饵。他招呼苇子过来，指着盆中的甲鱼说：你看，这鳖盖上好像几个五线谱呢。苇子看过后点点头。司马正弯腰看了半天，哪里有什么五线谱，无非几道划痕而已。

司马正觉得石谷真是实诚，和这样的人相处如同走在石板路上特别踏实。

五

　　司马正发现石谷没有将甲鱼给苇子补身子纯属巧合。

　　那天，来水库钓鱼的红胡子监狱长听说024还没有消息后，用尽全力将鱼线打入水中，双目死死地盯住浮漂说，手械是不是上锈了？你可知道北山坳里的寺庙都快建成了。司马正有些无地自容，是呵，监狱长退休这么多年了，自己的诺言成了一句空话，024一点踪影都没有。石谷劝他放弃，回老家娶个老婆好好过日子，他告诉石谷，无论如何自己也不会放弃，做事岂能半途而废？即或没有红胡子监狱长的催促，他也不会放弃，自己要看得起自己，更何况第六感告诉他，024肯定就隐藏在石门、关门两乡，越是找不到，越会激发他一种强烈的抓捕欲，这好比已经嗅到猎物气息的猎人，哪怕峰回路转，山重水复，不会放弃对猎物的追踪。除非我自己死掉，他这样对自己说。

　　多年来，司马正对两乡每一个村屯都进行了摸排，对上百个有疑点的家庭进行了跟踪，建立了四十多个眼线，但他忽略了一个地方，那就是红胡子监狱长两次说起的北山坳，那里正在建一座寺庙。他决定去北山坳看看。

　　北山坳在监狱北面，隔着一座长满枫树的山岗，登上山岗，向南看，是戒备森严的石门山监狱；向北望，是一座红色围墙围起的院子，大小百步见方，这个院子就是监狱长所说的寺院。司马正站在山坡上，居高临下观察了一下这个所谓的寺院，院内中间靠后有一座两层楼高的建筑搭着脚手架，却不见工人干活，东西两侧厢房已经建成，粉墙黛瓦，中央是个铺着细沙的操场，没有运动器械，一群个头不等的孩子正在院子里玩老鹰叼小鸡的游戏。孩子们没有大声嬉笑，却玩得灵活快乐。院前有个大大的方塘，不知自然形成还是人工挖掘，方塘周边长满蒲苇，蒲苇中竖着根根鬼蜡烛，那是香蒲的花棒。

　　司马正是在方塘边巧遇石谷的。石谷提着一个布袋，附在苇丛中正往方塘里放甲鱼，恰好被站在岸边的司马正看到了。这只甲鱼放生时全没有绿毛龟那种深情回望的举动，蛙一样快速钻进水中不见了。司马正问：你不是要把甲鱼给弟妹用吗？显然，司马正有些不高兴，他将甲鱼送给石谷是为了苇子虚弱的身体而不是放生。石谷站起身，脸上泛出红晕，我没骗您，我说的给苇子用是给她祈福，不是给她吃，石谷解释说。

司马正想，既然给了人家，人家怎么处理就是人家的事了，便没有再说什么，就问：这个寺庙叫什么，住持是谁？石谷说，这不是寺庙，这是育婴堂，是沙居士办的。

育婴堂？司马正感到很奇怪，这名字怎么像教会办的呢？他问，沙居士是谁？

沙居士是个老中医，本地人，有名的慈善家，他看到当地很多黑户孩子和留守儿童，就到处化缘办了这个育婴堂，历史上这里有座慈恩寺，不知什么原因被毁掉了，沙居士本来想化缘重建慈恩寺，已经按照寺庙的规制修了围墙和山门，但看到当地这些孩子可怜，便先办了育婴堂，院中间那个建筑其实是个大教室，不是大雄宝殿，因为缺钱，建了多年还像烂尾工程。

这个沙居士是不是有个沙和尚的外号？司马正忽然想起了什么，急问。

石谷说，或许有人那么叫他，沙居士也是老百姓给起的绰号，人家真名叫沙宝善，是个很有名气的中医，不过这里也是合法的宗教场所，政府备了案。

司马正却由此想到了朴红说过的沙和尚，要真是那个断言沙亮短寿的沙和尚，说不准会知道沙亮的情况。你说，这个沙宝善会不会知道024的情况？他小声问。石谷愣了一下，道：也许会认识，沙居士因为化缘看病，熟人不少。

司马正想让石谷陪他进去看看，石谷说有人约定来买渔网，不能让人家久等，便先回去了。石谷走路很慢，像只摇晃前行的企鹅。

进到大门敞开的院子，玩游戏的孩子已经回屋了，司马正靠近窗子想看看屋内的情况，一个戴眼镜的老年妇女走出来，问他来此何事。司马正说想找沙居士。老年妇女说沙居士坐关了，不见客。司马正问，沙居士在哪里坐关？老年妇女说，此处山洞多，居士每次坐关都在不同洞穴，防止外人打扰，若想见他，你十二天后再来吧。简单交流后，司马正知道老年妇女姓宋，是沙居士请来照顾孩子的。宋老师说在育婴堂做义工的还有个中年妇女，患有胶质脑瘤被医院判了死刑，没想到沙居士用偏方给治好了，这个女人便每天到育婴堂给孩子做饭。司马正从窗子看到，屋里有个系着白围裙的女人在厨房洗菜，动作很利索，不像脑子有过伤病。宋老师目光和善，穿一套旧式的灰色列宁装，她说自己是退休教师，被沙宝善爱心所感动，来育婴堂做义工，不图报酬，只为做点善事。这些野孩子要是没人修剪，将来不知会长成啥样子。他问宋老师，建这样一个院子投入不会小，沙居士经济实力不差呀。宋老师说，沙居士靠行医有一点积蓄，但他也是遇到了好人，听说一个大老板赞助了不少钱，才建起这个育婴堂。司马正问：大老板为什么会捐钱呢？不知道，宋老师说，总归是好事，做好事是不需要理由的。

司马正想，沙居士能在洞中闭关，那么024会不会躲在洞里呢？

他把这个想法告诉了石谷，石谷说，洞中躲一年半年尚可，难道会躲十多年吗？洞里藏十年，就是铁人也该上锈了。

司马正觉得石谷此话在理，但他有一种感觉，这个沙居士也许和024有瓜葛。

十二天后，司马正又来到育婴堂，宋老师说沙居士出去拉赞助了，眼看天凉了，育婴堂取暖问题还没有着落，他去找人化缘，四十几个孩子，总不能裹着被子过冬吧。

司马正透过窗子，看到室内大大小小的孩子们正在学唱一首歌，那是一首自己儿时也学唱过的歌谣，是一群北京孩子北海公园划船时唱的歌，孩子们唱得很起劲，好像真的在公园里划船一样。

司马正摸摸衣兜，里面有昨天卖鱼的收入，三百余元。他悉数掏出来，递给宋老师，请她转交沙居士，算是一份爱心。宋老师犹豫了一下，接过钱，说这些钱可以买不少煤。她问：您两次来找沙居士，有什么事需我转告吗？司马正说：我向他打听一个叫沙亮的人，不知他认不认识。宋老师笑了一下，道：沙亮呀，当然认识，这个人有病，很重，是沙居士给医好了，很可惜后来出事，听说是淹死了。

沙亮是什么病？司马正心里一阵狂跳。

不知道，宋老师说，只知道病很重，危及性命。

这是什么时候的事？司马正觉得有一线曙光闪过。

很早了，那个时候这个山坳还是一片荒草地呢。

一线曙光倏然而逝，司马正眼中是错综复杂的脚手架。

告辞宋老师，回走的路蜿蜒不平，路旁长满荆棘，山坡上的枫树已经开始透红。忽然，司马正发现右前方树林里有一个背着背篓的老人，正待仔细看，人影却獭兔一般消失了。

司马正又来了育婴堂几次，不知是不碰巧还是沙居士有意回避，两人始终没有见上面。司马正问宋老师,是沙居士不愿意见人吗?宋老师说,沙居士忙啊!他要出诊,还要去筹款,多不容易!

时光沙漏一样流失,司马正很苦恼,他像一个满身披挂的将军,却找不到亮剑的对手。石屋除了监狱长和胡科长偶尔来转转,再无亲友光顾,司马正唯一能交流的就是石谷。石谷夫妇过着无声电影一样的生活,偶尔早晨有苇子的歌声传出,却不再是第一次听那么美妙,《夜半歌声》这首歌不能听进去,听进去会把泪引出来。草屋有时也会传出笑声,那一定是他们的女儿回来了,因为交通不便,他们在县城上学的女儿很少回草屋。

已过而立之年的司马正开始喜欢在月夜里喝酒,明晃晃的月亮照在水面时他无法入睡。他对石谷说,月亮这个东西挺烦人,夜晚本来就该是黑的,越黑越好,偏偏它要挂在天上,让黑夜无法宁静,月亮大概想学太阳,可它永远成不了太阳,因为它出非其时。石谷说这都是老天的安排,你我解决不了,你要想喝酒就到草屋来,一个人喝闷酒可不好。司马正每到阴历十四、十五、十六这三天,会选一个夜晚带着一瓶高粱烧、一包酱鸡头到草屋来,两人月下对酌。时间一久,石谷发现了问题,问他怎么只爱吃酱鸡头,就不能带点别的?司马正摇摇头:吃酱鸡头,是解我心头之恨,你不知道,那个024就像一只瘦鸡崽!

石谷不再多问,石谷吃素,酱鸡头从来不动,每次都吃醋拌山菌,酒也是点到为止。倒是苇子如果情绪好的时候,会从草屋出来,大口喝上半碗,然后唱几句《夜半歌声》。司马正发现苇子其实并不好看,只是腰条好,一看就是受过舞蹈训练的。苇子喝酒唱歌的时候,石谷从不阻拦,有时司马正怕她犯病,示意石谷劝劝她,石谷却说,为什么要劝?难得她有好心情,只要她高兴,该喝就喝,该唱就唱。司马正很佩服石谷这种心态,自然、无拘无束,活到这个份上,也是一种境界了。有时他也盘算,一旦逮到024,对自己、也对红胡子监狱长有个交代后,就学石谷回归自然,到岫岩老家采玉去。

正所谓酒后吐真言,司马正酒到半酣总会这样问:石谷你说我是不是很傻?我会不会失败?

石谷望着洒满月光的水面,双手捧着酒碗回答道:沙居士说,一个人,谁都说你精的时候,其实离傻就不远了。有时候赢就是败,败反而是赢,就像那些想独霸武林的人,当他杀尽所有高手后他会败给自身的

-111-

孤独，成为最后更大的输家。

为什么？司马正不解。

沙居士说了，世界上所有的生命都是相互依存的，包括人，伤害别人，最终伤害的是自己。

那么，我该放弃？司马正盯着石谷问。

石谷指指周围道，像我，娶个老婆，种几亩荞麦，晚上听听虫子唱歌，你会发现另一个世界挺好。

我不行，司马正说，我说过要抓住024，我对红胡子监狱长发过誓，军中无戏言。

誓言有时候就像一张大网，只能挂那些大鱼，把自己看成小鱼儿，就不会被挂住，石谷说，该放下的就放下，你看苇子，过去心里有锣鼓镲，就容易犯病，住进草屋来，让百虫鸣叫取代锣鼓镲，就好多了。

司马正知道一些苇子的故事。苇子与石谷不是原配，苇子在县剧团爱上了一个唱美声的小伙子，两人结婚并生育一女，不想丈夫因为与多个女演员有染惹上官司，被关进了石门山监狱，苇子为此精神受到刺激，患了癫痫，一个人流浪到石门山监狱，想将一口唾沫吐在负心汉脸上后，再一头扎进水库彻底解脱自己。探监时两人说了什么没人知道，但她没有吐出那口唾沫，在见到穿着囚衣丈夫的那一刻，她犯了癫痫，在水泥地上抽搐不止，醒来后她拿到一纸丈夫写好的离婚协议。从监狱出来，在水库边徘徊时遇到了石谷，当时她又犯了癫痫，是石谷收留了她，安顿她在草屋养病，后来，苇子回城办了病退和离婚手续，到草屋和石谷一起生活。

每次酒将见底的时候，司马正会从腰中解下那副紫铜手械往桌上一拍，红着眼睛问：这东西咋样？

石谷说，很少见，铜比铁软，怕是不好用。

司马正摇摇头：这东西用处大了，能铐手，也会拘心。

石谷问：明明是手铐，为啥要叫手械呢？

司马正似乎看到监狱长那圈红胡子就在眼前晃动，谁知道呢？他若有所思，叫手铐就是警具，叫手械大概就是玩具。他拿起手械把玩了一会儿，接着说，不是玩具，应该是工具。

司马正和石谷说起沙居士，觉得沙居士挺怪异，老是闭门谢客，是嫌他捐三百块太少了吗？石谷摇摇头说，当地人都知道沙居士能预料凶吉，他是不是掐算出你找他的目的才避而不见？

司马正若有所悟，是呵，让沙居士这样的人帮他抓捕024显然不现实，他就是知道024藏身之处也不会说。司马正不埋怨这个沙居士，尽管未曾谋面，但沙居士在他心目中很高大，这个慈善家为当地黑户孤儿、留守孩子做了一件天大的好事。

六

石门山水库这一年盛产鳌花，运气好的钓手会钓到，司马正对红胡子监狱长说。

鳌花是一种名贵的淡水鱼，平时难得一见，几年捕不到一条，但这一年不知什么原因，很多打鱼人都捕到了鳌花。监狱长精神已经不如以前，胡子颜色明显变淡，由红趋黄，显得有些稀薄，在此之前，司马正认为监狱长那一圈胡须几乎可以做制笔的狼毫。监狱长说，鳌花能捕到，024也就快露头了，这是天意。

老年的监狱长泪囊越发饱满，藏獒一般戾气逼人，每次来钓鱼总是要提起024。别忘了你说过的话，我可是记着呢，监狱长提醒说。

司马正拍拍腰里的手械道：有它在，我哪里敢忘？

监狱长说，打铁要趁热，这么多年了，铜也会生绿锈。

司马正说，我琢磨了所有线索，只剩下一个人没查，就是石德成。

监狱长想了想，道：石德成当时也审了，他说自己被吓傻了，不敢下水救人。

我想和石德成谈谈。司马正说，他和024当时在水中窃窃私语，不知道说了些什么。

监狱长掏出手机打了个电话，放下电话说，石德成生病保外了，在石库村。

司马正决定去石库村找石德成。

驮着半篓鲜鱼司马正骑车来到石德成家，一个他暗中侦察过多次的普通农家小院。

石德成因为肺结核被保外回家。肺结核传染，留在监区对别的犯人是一大威胁，他被放回关门乡石库村由村里监管改造。见到坐在马扎上瘦弱不堪的石德成，司马正很是奇怪，在一监区时石德成海豚一样圆咕隆咚,现在却瘦成了纸人。见到司马正,石德成急忙立正敬礼,司马正摆摆手:我早就不是管教了,坐下说话吧。说完,自己在一个旧磨盘上坐下,四周打量了一下这个农家小院。院子不大,地上铺着碎石,墙根栽了葫芦,葫芦秧爬满院墙,一朵朵白花很醒目,却不见一只葫芦,可见都是谎花。石德成双膝并拢坐在马扎上,努力保持挺胸姿势,牢坐久了,很多动作习惯成自然。司马正刀锋般的目光剃过石德成的面颊,石德成打了个寒战,小声说:我知道你找我干什么。

司马正心中暗喜,有门儿!这个行将就木的老囚犯看来要良心发现了。既然你猜到了,说吧,024潜泳逃走前都和你说了什么?六年前水库中那一幕版画一样清晰地刻在脑海里,司马正对每一个细节都一清二楚。

他,他让我给他搓背。石德成回答说。

司马正发现石德成的目光松鼠般窜来窜去,说话声音像蚊子叫。他大喝一声:不对!这声吼,将石德成吓得脖颈瞬间缩回脖腔,片刻又猛地抻出来开始大声咳嗽。石德成的女人从屋内出来,一边给他捶后背,一边惊恐地看了司马正一眼。女人面色灰黑,像几年没洗过。司马正这才想到对方是个病人,自己也不是管教,不能再这样大吼大叫。他起身从自行车上卸下鱼篓,对女人说:给老石补补身子吧,肺病靠养。女人并不接话,抱了鱼篓,将鱼倒在一个搪瓷脸盆里,朝空篓里看看,把鱼篓还给司马正。

石德成还在咳,竟然咳出一些黑色的污血来。

凭良心说话,一监区七十二个犯人,我对你和024最好,没想到你俩却把我害了,你甭咳,我回了,哪天再来。司马正觉得自己眼里盈上泪花,为了不让石德成夫妇看到,他转身骑车走了,走出很远,还能听到石德成地动山摇的咳嗽声。

第二次来石库村,石德成身体已经恢复了一些,见到司马正,他不再立正,搬过一个板凳说,坐下说话吧。待司马正坐下后,他说,你想不想知道当年我为什么要炖一锅河豚鱼?

司马正摇摇头。

我是厨子,我知道那样会出人命,可我把握了尺寸,我只想要石猴子一双贼眼!石德成愤愤地说,他把当年吃成瞎子的村主任称为石猴子。

你们有仇?司马正疑惑地问,该是多大的仇恨,能让一个厨子起杀心。

　　石猴子那双眼呀，该看见的不见，不该看见的什么也落不下，这样的眼睛留着害人。石德成气不小，看出他对石猴子这个村官意见很大。司马正感到好奇：说来听听。

　　石库村有个大夫，叫沙宝善，是个打着灯笼没处找的好人呵。沙宝善菩萨心肠，乐善好施，他有个宏愿，就是重建北山坳里毁弃的慈恩寺，沙宝善说过，石门山应该有座庙。沙宝善为重建慈恩寺一点点准备建材，北山坳空地上存放着他辛辛苦苦弄来的木材。这件事村里人都知道，村民有钱出钱，有人出人，说句公道话，这捐献的木材里面有几棵是村民进山偷偷砍伐的杉木，村民是好心犯了律条，这件事叫村主任石猴子知道了，他起了歹心，想独吞这些木材，便带着公安、木材贩子到山坳里没收木材。沙宝善闻讯赶到时，木材已经装车，石猴子正在数钱呢，沙宝善怎么解释也不行，石猴子硬是把木材卖给了木材贩子。说到这里，石德成咳了两声，平息了一下呼吸，端起碗喝了口水接着说。当时我在场，我见沙宝善满脸眼泪，就差给石猴子下跪了，公安人员本来要抓人的，大概看沙宝善不是故意犯法，就没有抓。当天晚上，石猴子带着办案人员在食堂吃饭，我炖了那锅河豚鱼。其他人我不能伤害，包括没抓人的俩公安，我只在石猴子那碗河豚汤里加了一勺河豚籽，就把他放倒了，现在想想也不后悔，总算替沙宝善出了一口恶气，石猴子也不会再四处撒目了。

　　司马正汗毛直立，河豚籽可是剧毒，这个石德成简直就是个男孙二娘！后来呢？他问，石猴子怎么只瞎了眼睛？

　　这要感谢沙宝善，是他用大白菜捣烂成汁给石猴子洗胃，才救了他一命。

　　这个沙宝善够大度的，司马正说。

　　我说这件事是想劝劝你，能不能也大度一点，沙亮都死了，为啥还要和死人过不去？

　　司马正顿时明白了石德成为什么要讲这个故事，他很肯定地说：沙亮没死，我知道他活着，你也知道他在哪儿。

　　他毕竟死过一回，要是活着就算投胎另生的。

　　司马正心里一颤，重病在身的石德成有这样的看法让他很意外。在一监区的时候，石德成是个唯唯诺诺的胖老头，经常替毕大牙糊火柴盒。

你们当时说了什么？司马正如同一只蜜獾，咬住致命处不松口。

我不能说，我起过誓，我要是说了，就叫一头栽到水库淹死。石德成表情痛苦，面庞聚成一枚脏兮兮的丑橘。

我不会罢休，你知道我是干什么出身。司马正话中带着威胁。

石德成又开始咳，那个灰黑脸色的女人从屋内出来，目光如同黑冰。

司马正起身告辞，走到门口，身后传来石德成断断续续的声音：沙亮是个好人。

过了些时日，石库村的线人打来电话，说石德成去世了，家里正操办丧事。司马正心里一惊，骑上车子就往石库村赶，他隐约觉得石德成死前会跟老伴说点什么。

石家的丧事十分寒酸，灵棚由几领苇席支成，灵棚内石德成的遗体尚未入殓，仰卧在一张门板上，用一床蓝底白花被单罩着。那个脸色灰黑的女人坐在灵棚里守灵，两眼痴痴地望着陶盆里的纸灰，没有眼泪，也不说话，似乎在想着心事。为数不多的几个亲戚在院子里说话，声不大，却能听出话题与石德成之死无关。司马正站在灵棚前，朝石德成遗体鞠了三个躬，又上前在香炉里点上三枝香。然后对女人说：老石走了，您多保重。女人黑冰一样的目光开始融化，流下两行污浊的老泪，这眼泪似乎在等着司马正的到来才流下来。司马正拿出一沓钱塞到女人手里，道：一点心意，收下吧。说完转身离开了灵棚。石德成的死，让追捕024的最后一条线索蚊绳一样烧断了，断得不可接续。

等一下。女人的声音从身后传来。

司马正回过头，一直不说话的女人站起身径直向他走来，女人脸上的泪已经擦去，一身孝服白森森的有些耀眼。他心里有点发毛，女人目光发直，直面而来的架势如同诈尸一样令人惊恐。

有事？司马正下意识摸了摸腰里的手械。

走近司马正，女人停下脚步放低了声音说：老石临死前说了几句话，让我一定要告诉你。司马正心里咚咚直跳，这是他期待已久的结果，人之将死其言也善，弥留之际说的话，不会有假。老石说什么了？他忍不住追问。

老石说他这辈子，毒瞎石猴子蹲大牢不后悔，后悔的是对不起侄子。女人大概担心自己的话被院子里的人听到，把声音控制在最低，司马正只有屏住呼吸才能听清她在说什么。

女人接着说，老石侄子自幼父母双亡，十八岁到沈阳打工，打工没几年，从脚手架上掉下摔死了，老石去沈阳帮助处理了后事，为了侄子的承包地不被石猴子收回去，侄子死亡的消息他一直瞒着村里，也瞒着派出所。侄子死亡赔偿金和转包土地收入，老石一分没花，都存在信用社。女人松了口气：我们日子虽然紧，但这沾血的钱我们不能花，老石临终前几天把这些钱都捐给了沙居士。

司马正不理解，问：老石为什么要告诉我这些？

老石说了，再脏的银子给沙居士，也会变得月牙一样干净。女人说完，转身回灵棚了。

司马正很疑惑，他想不出老石留下这些话的用意。

在村口，遇到拎着一些烧纸的石谷，司马正愣了一下，问：你来吊唁石德成？石谷点点头，我认识石德成，论辈分他是长辈，长辈走了，晚辈来送两刀烧纸。

司马正想，关门乡好几个村居民大多姓石，据说祖上都是河北平泉迁来的石匠，同祖同根，沾亲带故，这不足为奇。

老石无儿无女，以后他老伴日子怎么过？司马正叹了口气，摇摇头走了。

七

石谷的病严重起来，有丹毒症候。司马正劝他去看医生，石谷不肯，他自己熬一种汤药，药味很大，刮南风的时候，浓郁的药味儿会钻进石屋来。

因为开始资助石德成遗孀，石谷的生活变得拮据起来。石德成夫妇没有孩子，唯一的侄子又死了，石谷便开始接济石德成老伴。受石谷影响，司马正来石库村卖鱼也会到石德成家，给这个可怜的守寡老人送几条鱼。他发现这个话语稀薄的女人并不悲观，对未来充满梦一般的期待。快了，她说，沙居士建成育婴堂，接下来就要建托老所了，那时候自己就能住进托老所享清福了。这个孤寡老人为一个遥不可及的梦想而陶醉，让司马正心里多了一份悲凉，沙居士的育婴堂维持尚难，托老所还不得等到猴年马月。司马正问她老石死去的侄子叫什么名，女人说大号记不住，小名叫石虎子。她小声央求司马正不要把石虎子已死的消息透露出去，那样派出所就会注销户口，村里的承包田也会收回。

这个理由很充分，人死了，土地不能没。

红胡子监狱长又来了。他坐在马扎上，甩竿入水后，不谈鱼情，总是分析024躲藏的种种可能。自从石德成死后，司马正对024的调查范围变得更大，他甚至排查了周边几个乡镇所有与财务有关的单位。024珠算好，如果再就业很可能当财务人员，那么瘦小的体格干不了体力活。他向红胡子监狱长说了自己的分析，监狱长习惯性地捋了一下胡子。司马正忽然发现，监狱长的红胡子不知何时完全变白了，这可是个巨大的变化，在此之前，他从没有想过监狱长这圈红胡子会褪色。监狱长退休刚好十二年，红胡子变成了白胡子，他舒了口气，夜晚那个挥之不去的梦魇从此不会出现了。

领导您的胡子变白了，他说。

监狱长松开捋胡子的左手，望着水面上的浮漂道：十二年，024也不会是你当初印象中的024了，这一点你想过没有？就像我这胡子，你如果照着红胡子去人群找我，会找到吗？

这句话令司马正大吃一惊，是呵，自己一直照着当初024的样子去找，难道瘦鸡崽不会长成芦花鸡吗？他拍了拍脑门儿，脑海里浮现出当初024水遁时腋下那道蝎子一样的胎记，自己应该去排查澡堂子，胎记是找到024最好的标志。

监狱长问到了石德成，当听说石德成有个侄子死亡一事一直瞒着村里时，他警惕起来，问：石德成侄子石虎子？这个死者你调查了吗？当初石德成与024窃窃私语，是不是让024冒充石虎子呢？因为除了石德成夫妇，这里没人知道石虎子已死。

这个提示太重要了，石德成为什么要发誓？显然有秘密。

监狱长这次没有钓到鱼，他腿脚大不如以前，坐下起身都是慢动作，但头脑依然清楚，该记住的事情他一点没忘。他说我的愿望你懂，在我有生之年，一定要看到你为石门山监狱光荣册抹去那粒苍蝇屎，否则，我死不瞑目！

司马正瞬间发现监狱长那一圈胡子虽然颜色改变，但胡茬依然茁壮，心里不禁一颤，他摸了摸腰里的手械，用力咽下一口唾液。

司马正想到了派出所民警大奎。他特意准备了几条活鲶鱼，骑上自行车来派出所找大奎。大奎自己一个办公室，正趴在电脑前查看网上通缉人犯，见他进来，头也没抬，说：司马你应该拿鱼去食堂，拎到这里干吗？司马正说我不来卖鱼，是专门来看看你。大奎抬起头：我有啥好看的。司马正将塑料袋装的鲶鱼放到地上说，好不容易打到几条山鲶鱼，想起你喜欢这一口，就给你送来了。鲶鱼还活着，在袋子里乱动。大奎说，无功不受禄，说吧，想给哪个填报户口？司马正摇摇头，装作若无其事的样子道：没事儿，就是顺便打听一个人，听说石德成有个侄子，在沈阳打工，你帮我查查他的身份证信息。大奎说，就这点破事你拿啥鲶鱼呀？一个电话我就告诉你了，对啦，你查这个干啥？警察的敏感让大奎喜欢刨根问底。司马正说，我和老石是朋友，老石死后，就他老伴一个人怪可怜的，听说他有个侄子，就想打听打听，看看这个侄子能不能帮帮老石家。

司马正手机响了，石谷的电话，是苇子打的，苇子说石谷昏迷不醒，问他能不能来看看。司马正一直担心石谷身体，石谷最近糖尿病并发症很严重，腹胀如盆，两腿却细如麻杆，苇子能打电话来，说明情况危急，因为苇子从来没给他打过电话。他让大奎查清后给他发短信，自己急三火四骑车就往回返。

赶回草屋，石谷躺在床上，两眼紧闭，气若游丝，病情垂危。快送医院吧，司马正说，我给胡科长打个电话，求他们出个车。苇子说：别打，石谷不去医院。司马正愣了一下，还是拨通了老胡的电话，说有个病人情况危急，能不能让监狱卫生所医生来看看。老胡大概刚喝过酒，含混不清地问：小石屋里啥时多了个人？司马正说，不是小石屋，是对面的草屋。

老胡喝酒从不影响工作，很快，一辆吉普升过米，监狱的医生护士跳下车，进到草屋开始给石谷检查，听心律、量血压，检查一番后医生诊断说是糖尿病型低血糖，暂无生命危险，但患者有多种并发症，预后不佳，还是尽早去医院，在这里挺着会出大事。尽管石谷清醒时对苇子有过不去医院的交代，但医生的话她不能不听，经再三商量，苇子最后同意把石谷送到县医院治疗。

苇子身体不好，不便去医院照顾病人，司马正便让苇子将石谷身份证、农合医保卡以及日常洗漱用品都放在一个包里交给他，然后坐监狱的吉普车直奔县医院。

进城、住院、例行检查，一切都顺利。夜色降临，送走监狱的医生护士,病床上的石谷在挂滴流。司马正感到有点饿,想起午饭、晚饭都没有吃,便嘱咐值班护士帮助照料一下,自己到大街上打尖。县城大街华灯初放,人车喧嚣,司马正有些不习惯,在石屋住久了,喜欢上了安静,喧闹的街景让他有点眼花缭乱。他到街上一家河间火烧店吃了两个火烧、一盒麻婆豆腐,又为石谷打包一份豆腐脑,回头往医院走。石谷是难得的好人,心地宽厚,待人诚恳,为什么大病偏偏光顾这样的善良之人?不是说仁者寿吗?他想起老家一个邻居,偷鸡摸狗,坏事做绝,活了八十多岁还在村路上碰瓷,这样的恶人竟然无病无灾,成了村中最年长的人。没办法,他想,老天也有打盹的时候。

回到病房,护士正为石谷量血压。当护士抬起石谷右臂缠绷带时,司马正触电一样戳在那里,手中的豆腐脑"啪嗒"落在水泥地上,脑浆一样溅了一地。石谷的腋窝下,一条紫褐色的蝎子十分清晰地趴着那里!

手机铃声响起,是大奎打来的,大奎说他查到了石德成的侄子,叫石谷,家住石楼村。司马正拿着电话不知说什么,脑子里像刚才溅了一地的豆腐脑,分不出个数。他来到走廊,呆呆地坐在长椅上,对面墙壁上是一幅计划生育宣传画,画面是一个子宫中蜷缩的胎儿,刚刚成型,还带着一条尾巴。

夜深了,走廊里灯光一片惨白,像司马正一片空白的大脑。病房里传来微弱的呼唤声,司马正起身来到病房,高高悬挂的滴流瓶滴速很快,石谷已经醒来,软塌塌的手臂动了一下,朝他弯了弯手指,似乎有话要说。他走过去,俯身将耳朵贴近石谷干燥的嘴唇。

把我铐上吧,我就是你要抓的024。石谷声音很小,像蚊子在叫。当年,我逃走后在北山坳山洞里躲了一年,像只耗子不敢见天日,身子像气球一样胖起来,这就是你认不出我的原因。司马正压住火气,问:是沙居士帮你?石谷没有正面回答,喃喃地说:沙居士对我有再生之恩,求求你别难为他。石谷咽了口唾液,眼里涌出泪水,接着说:我对不起你,是我害了你。

十一年来,你总是在做善事,是为了赎罪吗?

石谷摇摇头:我从小有先天性心脏病,因为家穷,错过了手术年龄,县医院说我活不了多久,后来,是沙居士治好了我的病,我记住了他嘱咐我的一句话——行善,能积阴德、增阳寿。

石谷还要说话,司马正直起身,捏了捏有些酸胀的鼻子,转身离开了灯光暗淡的病房。

回到水畔石屋。司马正简单收拾了一下物品，给老胡打了个电话，说自己要回老家岫岩了，想把石屋、舢板、网具都退给监狱。带着酒气的老胡接到电话后匆匆赶来，说你怎么突然变卦了？这差事来之不易呵！司马正说，等对面那个叫石谷的病好后，你把这些租给他吧，我要回家了。

司马正来到当年024水遁的那块沙滩，从腰里解下那副紫铜手械，掂了掂，然后用尽全力将它远远抛入水中。

石屋最后一夜，司马正听到了此起彼伏的虫鸣，有石屋内的蟋蟀，有石屋外田野里的蝈蝈和其他不知名的昆虫，总之是昆虫们的合鸣，美妙悦耳。这一夜他睡得很香，没有梦到那圈红胡子。

原载《长江文艺》2018年第4期

甜蜜点

须一瓜

所谓甜蜜点，指的是在击球的瞬间，球与杆面发生的最佳接触区域。如果击球的部位正好在甜蜜点，我们可以认为能量没有损失，打出的球会又直又远。反之，离"甜蜜点"越远，能量损失就越大。

这是五月的一个春风沉醉的晚上，初升不久的、红黄色的巨大月亮，透过佛光寺的十一层的舍利塔八角飞檐，照耀着山下的湿地公园。湿地公园占地两百多公顷，狭长如日本地图。靠海的那一段，为湿地公园前区；靠天枢山的佛光寺一带为后区。忽然被重视的湿地公园，前区开发得比较早，那里水域更充沛，有几个人文主题园区，黑天鹅湖、芦苇雕塑群、陶然美食长廊、书画休闲岛、古琴竹韵苑等等，节假日尤其人声鼎沸；后区则野气荒芜，沼泽与山石交错，山枯水瘦，游客稀疏，一派天然的原生状荒凉感。所以，在那个年度最大月亮之夜，前区游客灯火喧腾，后区依然是清幽月色统领江山寂静。

但还是有一些与众不同的赏月人选择那里。

一个女人把车子停在后区的一小片木麻黄林沙坡边。已经是汽车断头路了，但有一条石板小路，可以通往天枢山门。她下了车，轻车熟路地走向右侧的一条野草匐匍的草径，草径则通往海边的一条废旧短石坝，仿佛被弃小码头。石坝的两边，乱石交错红树林稀疏。她一直走到石坝的盲端，远方，能听到海潮哗哗，有点单调。她在一方废弃的石料堆边，铺下了一块旅行毯，悠然斜倚在旅行地毯上，不知怎么她手里就有一个苹果。咬苹果的沙沙声，呼应着前方海水的哗哗声。奇异的和谐感，让她笑起来。她打了一个电话：到哪了呀？——快点啊！月亮刚好被佛光宝塔的飞檐挂住了，你再不到，它就离开宝塔啦。

巨大的月亮，由砖红转为粉黄。砖红色的时候，让女人觉得用一根别针，刺破它一下，它就会像没有煎熟的荷包蛋那样，流出浓稠的蛋黄般的月汁。她背靠石料堆，看着它由红转粉黄再转白，并在渐渐瓷白的过程中，又升高了宝塔两层。女人等候的人还没有到。这时，几个提着烧烤架、吉他和啤酒箱的青年男女，沿着废旧石坝，嘻嘻哈哈地也走到了石坝盲端。他们显然也看中了这个海天一色的最佳赏月点，看到已经有人捷足先登，显得集体懊丧。女人看出了他们想挤掉她的企图，说，我朋友马上就到。

三男两女互相张望着，收起烧烤架，怏怏离去。

走下石短坝，他们往西而去。这五个年轻男女，其中一个人，因为食堂饭卡不慎落地，低头寻找的时候，他看到有辆车开进后区，远光灯雪亮开道，车子停在了木麻黄林边。找到食堂卡的小伙子，赶到伙伴们身边还叨了一句：那女人的同伴来了。这些绝了念想的年轻人，把赏月地点，改在了两方莲花塘中间的莲香拱桥。莲香拱桥的百年石缝里，青草劲生。拱桥前方，整个天枢山沐浴在月亮的光辉中。沿山形蜿蜒的寺庙黄泥外墙，在近乎白昼的月色下，新美如画。莲香拱桥的护栏两边，都是基本干涸的池塘，不过，等改造工程推进到这里，这些池塘会恢复水波荡漾，"曲曲折折的荷塘上面，弥望的是田田的叶子，"一个女孩很文艺地来了一句。一个小伙子马上接口，语调是苍茫压抑的鬼腔："沿着荷塘，是一条曲折的小煤屑路。这是一条幽僻的路；白天也少人走，夜晚更加寂寞。荷塘四面，长着许多树，蓊蓊郁郁的。没有月光的晚上，这路上阴森森的，有些怕人。今晚却很好，虽然是超级月亮，却一派鬼气蒸腾……"

女孩子尖叫，夸张踢打用鬼腔变造《荷塘月色》的小伙子。

——月光响亮的白夜啊。一个小伙子在用别的方式，吸引女孩们关注。

这帮有情调的小文青，没有想到两天后，他们看到了全市爆炸性新闻，就是那个时间，那个地点，一对情人在那个石坝盲端被杀。啊，我们看到过那个女人！我们看到了那个男人的车！凶杀就发生在我们身边——就在荷塘那一边！我们可能看到了凶手！年轻人兴奋大于惊恐，他们浮夸地讨论说,其实我们已经提前感受到煞气。那个晚上，那个时刻，绝对是不吉祥的。连女孩都发表意见，一个说，我就说那天晚上的月亮，像个血月亮；另一个女孩说，在西方，在中世纪，人们都相信满月使人精神错乱。疯子的英文单词 Lunatic 就来源于拉丁文中的月亮 Lunar 呀。

当警察辗转找到他们取证的时候,他们说话就挤掉了水分和文艺腔。

捡工厂食堂饭卡的人说,当时弯腰寻找中,感到身后,远远地,是感到有一辆SUV车停到木麻黄林边,雪亮的灯柱还晃到过他,但他没有注意有没有人下来,就追伙伴们走远了。而那个自称看到凶手的小伙子说,他下了莲花桥在僻静处撒尿的时候,看到一个穿自行车骑行服的青年,大步穿过木麻黄林。虽然月亮很亮,但是那人戴着骑行帽、围着骑行面巾,面巾上是黄色夜视镜,看不清脸。个子不高,动作敏捷。不过,他马上承认,湿地公园这条路上,骑行者一向比较多。也许他也是停车撒尿的。他补充说,他身形矫健,绝对是户外运动者。他不再吹牛说,那个男人是凶手。

他的谨慎措辞,后来被小伙伴们认为是恰当的。果然,又过了三周多,五月下旬吧,媒体的长篇报道出来了《超级月亮下的超级嫉恨——一警察对出轨妻子及情人的残暴虐杀》,文章说,女人的丈夫,一个打黑警察,因为嫉恨,用角钢劈烂了幽会中情敌的脑袋,劈掉了妻子半张脸。两具尸体是在次日下午,被一个湿地施工队发现的。凶手对自己的犯罪行为及过程,已经供认不讳。

"那天的月亮,比平时亮百分之四十,也比平时的满月,大百分之十五,但显然,那个年度最亮的月亮,照耀着人间的超级嫉恨"——文章的结束语这样说。

一

彭景甚至不知道那天晚上的月亮是年度最大的月亮。早在几天前,是有媒体在叨叨,年度最大最亮月亮来了。就像过去说的流星雨一样,他没有去注意是具体哪一天,这样自然也就模糊了好时光。妻子小鹿也没评说过一次超级月亮,不然,他想,他会有印象的。午休前,小鹿打来电话,那也就是她的最后一个电话,她说,今晚要给一个孩子上课,在安延区哦,太远了,我干脆下班后,在外面随便吃点,直接去上课吧。彭景说,好,我也加班。小鹿说,那我叫我爸妈也不做你的饭了。彭景说,嗯,好。

但最终彭景也没有加班。本来约好要见面举报辛口村长恶行的卖水暖夫妇,临了说有事不来了。举报人曾致电打黑办控诉,说辛口村两百亩盐场改造招投标是假的。他们去参投,被人莫名其妙打得耳骨爆裂、小便失禁，只好赶快逃离。后来村长中标，转包他人获得暴利。他们才知道村长是当地黑老大。线索转到了司阳公安分局。彭景所在的司阳扫黑大队，准备接待这对义愤夫妇。但是，他们临阵变卦了。举报人放警察鸽子，或证人反悔逃避，也是经常遇见的，更有甚者举报后又畏惧黑恶势力，出卖暗访查证的警察，害得调查便衣被揍得半死。这也是扫黑除恶工作推进艰难的原因之一。报载称，去年，本市"打黑办"受理举报电话近两千次，接到举报信、接待举报一千多单，从中发现涉黑恶线索一百多条。对受害人而言，"黑恶"是他们生活的高度痛点。当然，也有情绪化的危言耸听。很多人一怒之下，举报信第一句赫然就是：某某某是黑社会！信马上就转到打黑除恶这一口了。一查，夸大其辞、虚张声势，不过普通纠纷，无非是气愤不过，就这么来一句泄恨。所以，一激动，就说某某是黑社会，一冷静，就放警察鸽子，反正什么情况的发生，在彭景看来，都很自然。所以，卖水暖的夫妻爽约，他无所谓。既然妻子跟岳父母说了，不做他的饭，他便在分局食堂吃了晚餐，然后，换了便衣和跑步鞋，乘公交车到了云山路口，开始跑步。

云山路，沿着云山山脉，一直通往郊外，单程七八公里长，还有专用的红色塑胶跑道，沿途夹竹桃、三角梅绚烂，有一个地段则是茉莉香气馥郁。所以，时间充裕时，彭景就会在那里跑一个来回。十几公里跑下来，两小时不到。浑身湿透，精疲力竭而身心欣快。彭景是在跑步时蓦然发现今天的跑道特别明亮，进而发现超级月亮。整条云山路，能见度高得简直可以看书。回家后，估计岳父母没有去遛豆包，他就把院子里的豆包直接牵了出来。岳父母不喜欢狗，尤其是土狗。对女儿女婿度蜜月捡回的土狗豆包，非常不满。豆包还居然是空运回来的，在岳父母眼里，这简直是败家子所为。所以，岳父母退休到南方客居，对小鹿夫妇的第一个要求就是，豆包不能进屋！只能栓在院子里。这令彭景不快，但孝顺的小鹿给豆包买了一个尖顶木屋，说，我爸我妈在我们这的时候，豆包就暂住院子里吧。没想到，狗木屋那么贵，让老人又很生气。更没想到的是，小鹿父母退休后的第一二年，还是经常返回北方，天天念叨，北方这好那好，可是，渐渐地，他们回去的时间越来越少，不止冬天秋天在南方，甚至夏天春天也不太回去了。他们适应了潮乎乎、黏乎乎的南方。最后，稳定的南方生活开始了。对此，彭景几乎掩饰不住焦躁。岳母个性天真或喜欢天真，总是不敲门就直闯小夫妻卧室，少女一样嬉笑而入，仿佛不知天下有隐私，而且，她用这种纯真举动，告诉对方，你们肯定也没有见不得人的东西。如此数次，彭景性意阑珊。此外，两人世界被彻底拉扯变形。本来居家过日子，观点看法不一致难免，但是，现在，小夫妻只要有分歧，立刻就变成三打一。彭景在背后厌恶地说，让你爹妈早点滚吧。小鹿说，如果你让我爸妈知道了你的卑鄙心思，你就别想我再跟你回东北看你爹妈！

　　让小夫妻一致生气的是，小鹿父母对豆包的忽视与冷漠。这倒让他们夫妻同心。但彭景一旦表达，小鹿又会不顾原则地维护老人意见。这样下来，老人觉得豆包就是女婿执意不放手。十分可恶。

　　因为家不再如过去那么单纯宽松，也因为忙，彭景经常加班，早出晚归。他经常在单位吃饭，尽量避开日益主政的老人。如果避不了，在家，他几乎不跟他们说话。岳父母也不是迟钝的人，背后就跟女儿告状说，一天到晚不吭气，跟他说话，都是回答你一两个字：嗯，知道，好，行，不要。我们就是保姆，也要一点尊重吧。岳父说，不就是个中队长？这么骄傲要不得！老人家敢于生气，关键是他们明白，回燕小区，是他们女儿单位分的房子。这等于还是住在自己家，反过来，彭景倒有点像外人了。

　　当然，最凄惨的就是豆包。用小鹿的话说，外公外婆过来常住以后，豆包再也没有回屋住了。豆包并没有像小鹿预计的那样，感化老人，相反，老人越来越明显地驱赶豆包，说，赶紧生个孩子！把不该养的送掉！遛狗也是问题。如果女儿女婿忙，请求老人带豆包走动一下，放掉狗屎狗尿——不能说遛。只能从卫生角度出发，不然院子里很臭。他们倒也愿意了。但一般是，豆包一拉掉屎尿，马上就被牵拽回院子。说起来，小区后的电台山走走，风景很不错的。但后来老人听本地人说电台山上，中华人民共和国成立前是个杀人刑场。老人家就坚决反对上山遛狗了，怕阴气重。所以，最多带豆包往农贸市场方向走走。自己不进电台山，女儿也不许去，尤其是晚上，女婿去了，最好在外面撒泡尿回来，必须把山上的邪气什么的祛掉，才能进屋。

　　在那个月亮又大又亮的白夜，彭景跑步完，没进屋，就到院子里解开豆包绳子。一人一狗，直接往小区后的电台山路走去。电台山下燕回小区的房子，是市青少年宫分的房改房，就在电台山脚下。电台山说是山，其实不高，只是一座曲折幽深的平顶山岗。上山的路，曲折如"乡"

字,在仅可两车交会的小山道上,沿途绿荫错落,茂密高大的老芒果树,两边枝叶相拥成穹顶。沿着"乡"字形曲折至极的绿色隧道,一人一狗就到了豁然山顶。山顶开阔寂静,一栋电信旧楼里,几盏加班的灯光昏然欲睡。该单位已经搬迁到新区办公大厦,剩下零星扫尾人员。这栋二十世纪八十年代的平顶旧大楼,前面是一棵巨大的橡皮树,树下是一排停车场。大楼侧面是荷花鱼池和紫藤深覆的假山,一座仿木水泥亭子。沿着观风亭子边的小径,就通往大楼后面大片葳蕤的杂树林子,盆架子树、李子树、苦练子、小叶榕、石榴、不怎么结果的老芒果树、棕榈、旅人蕉、大叶榕树、印度紫檀。树林间血管似的幽微小径边,散落着一些永远有落叶和鸟粪的石桌石椅。看上去它们都很干净,坐下去,肯定满屁股灰。

月光如淡金色的天水,濯洗着明亮寂静的山岗。因为四下无人,被解开牵引绳的土狗豆包,在如水的月光中奔跑跳跃,反复冲锋到树木深处,追野猫惊山鼠不亦乐乎。彭景坐在仿木亭子前的小鱼池边,蛙鸣如堵。池边半浸着几块石头,一块最平整的大石边,是一大蓬斜倚探水的三角梅,另一边是半人高的杜鹃花丛。遮挡性很强,每次彭景都喜欢坐在这里,或两脚踩地,仰躺在石头上,抽着烟,看着天,看着观风亭顶上厚厚的落叶,等着豆包在山岗疯跑几圈,再一起回家。

小池塘里,鱼儿不时在月光中跃出水面。

一瓣白色的杜鹃花瓣,无声地落下,飘入水面。

这个时候,妻子小鹿已经在超级月亮下,命归黄泉。

这是彭景在电台山最后一次遛狗。

二

彭景进门的时候,老人家已经睡了。他知道,老人生活很有规律,一般晚上九点半就上床、早上四五点就起来了。一听到彭景进门的声音,岳母迎出来了,一直看着他的身后,说,你们没一起?

小鹿没回?

岳母说,打她电话,都没人接呢。

小鹿平时私授课,最晚十点就回来了。现在已经晚上十一点多了。彭景掏出电话。电话响一声就转短信了。他说,可能没电了。你先去睡彭景洗澡前后，分别又打了四五个电话，都没有人接。他隐约不安了。可是没有寻找方向，不知道她今晚给哪个孩子上课。偷偷做家教，给孩子上长笛课，是工作之余的私活，同事不一定可问。彭景也不知道，她现在手上还带着几个孩子，只知道，今晚上课的孩子，家在安延区，离回燕小区十多公里。夫妻俩只有一辆车，平时都是小鹿在开。没有车，又没有方向，而且夜已深，不便惊动她朋友同事，彭景只能在家干着急。大约凌晨一点四十分，他打了110，询问安延区一带有没有车祸。对方说有两起车祸，但都不是小鹿开的那种红色海马。

也一直没有小鹿回电。结婚这七八年，这是从来没有过的。即使他们小别扭了，她懒得打电话，也会短信留言，告知去向什么的。彭景越来越不安，电视节目实在看不下去，电话在手里翻来翻去。有一次听到院子里豆包忽然叫起来，以为小鹿回来了，连忙开门出去，却什么人也没有。

早上七点一过，他开始给小鹿的朋友、同学、同事联系。这些都是走动比较多的人，但是，无一例外，他们都不知道小鹿在哪里。到了单位，他找到市局情报资料部门，询问昨晚是否有出现不明尸体的情况，也没有。彭景给青少年宫小鹿办公室打了第三个电话，接电话的人说，小鹿还没有来上班，也没有请假。

彭景感到绝对出事了。他借了车，直接到了青少年宫。办公室的人也热情地帮打了好几个找人电话，但都没有任何消息。自然也打听不到安延区上课孩子的家，但彭景还是模拟着小鹿下班去安延的线路，开了过去。毫无收获。这期间，他不断打她的电话，不通不通不通。家里的老人已经慌乱了，他们不断打彭景电话，因为没有结果，因为烦躁，彭景总是一句话：没找到！或者，别打了！找到我自然会说！就挂了电话。后来，岳母一打通，话未出，哭声就传来了。彭景直接扣了电话。他根本不愿意和他们说自己的焦虑，自己的苦寻，自己的担忧。甚至，老人家越着急，他就越讨厌。这个尚未做父亲的人，似乎还没有能力理解做父母的心。

这一夜比前一夜，更加煎熬。彭景半夜十二点才到家，他没有去遛豆包，直接进了自己房间。岳父母也没有睡，一看到他，他们就急着要听他的想法。彭景把他们关在了自己卧室外，然后他听到了岳母号啕大哭的声音。彭景在里面使劲堵住耳朵，岳母却没有停下来的意思，相反，他听到哭声的空隙，两老人在公开地谴责：没心没肺啊，出这么大的事，还照吃照睡，一点都不担心老婆死活，只顾自己睡个死啊！我们人生地不熟，不然我们早就去到处找人了……

彭景猛地打开门，门开得过于用力，打到墙又反弹欲关，他狠狠踢了一脚门：吵什么？！都去睡觉！

老人呆怔了一下，岳母大声擤了一把鼻涕，直接甩在了地上，说，你倒好，你当然睡得着，我们可是一分钟都睡不着，小鹿到底在哪里？活不见人，死不见尸……

岳父一把捂住了她的嘴：说什么鬼话你！

够了！都回屋！你们明天可以睡到自然醒，我还要上班！

岳父母互相看了一眼，公开交换眼神里的仇恨火焰。但是，他们也是第一次看到女婿这么放肆、这么恶狠狠地对他们说话，一时没有应对经验。女儿不在，这个家似乎马上就不像他们自己的家了。老人又焦急又愤怒，但还是交换着眼色，互相暗示着，回了自己房间。

日久见人心！

变死了这个人！

他们在屋子里也同样恶狠狠地咒骂着。

第二天，他们的女婿并没有按他自己说的那么正常上班，大约是下午三点多，他的领导、司阳分局有组织犯罪侦察大队长老谢过来问他吃中饭没有，他说没有。谢大说，走吧，我陪你到外面吃点面。彭景就和他一起离开办公室下楼，一到楼下，突然地，几个人扑上来就把他按住了。彭景莫名其妙，这不还在分局院子里啊，他挣扎着大喊：怎么回事！要干什么？他冲着谢大的身影喊，谢大！妈的怎么回事啊？！

谢大已经上了车。按住彭景的几个人，七手八脚地搜了他的身，然后把他推进了车里。彭景开始还怒吼了几声，发现大家死一样的沉默。他也不再吼叫了。他知道没用。同时他想，没有什么大不了的，有什么误会解释不清呢。这个时候，他还没有想象力把自己和小鹿失踪联系起来。他很困惑恼火，但并不害怕。彭景到底还是判断错了，车子直接开进了市局刑侦支队大门。他看到重案组的老丁走过来，笑了一下，似乎想说什么，但又泄气了，连带着脸上的笑容，都很别扭。所有的人都不看彭景，熟悉的、不太熟悉的。一拨人没有表情地把彭景带进重案大队三楼的一个空办公室。两个小时都无人进来，彭景独自枯坐着，心里惦记着小鹿的情况。但手机已经被没收,他不知道是不是有好的消息已经传回来了。大约是暮色渐起的时间,门轻声一响,他扭头看见一个曾经和他工作配合过的支队重案队洪彦,吹了一声口哨,一瓶矿泉水就抛了进来。彭景接过的那一瞬间,门已掩上。洪彦青春帅气的脸,消失了。

三

　　早知道接下来会二十多天日夜不能睡觉,那么他在空办公室枯坐的时候,一定会设法让自己眯一会儿。作为一个训练有素的人,他知道越艰难的情况,越要照顾好自己。后来那些生不如死的炼狱日子,让他痛悔独自在那空办公室的发呆枯坐,实在是天大的浪费。

　　大约是晚上七点,彭景所在司阳分局局长老孟和市刑警支队副支队队长何大头和重案大队的大队长老丁,几个走了进来。洪彦也进来了,夹着讯问笔录本。两个年轻警察,给他戴上了手铐。彭景觉得太过荒唐,就像看别人被铐上一样,迟钝地看着自己的手。老孟看了一眼自己的部下,不知道是对谁点头,他点点头,环顾着这间办公室,说,嗯,好好想,慢慢说。政策、流程、工作方式,你比谁都熟。这么熟了,彼此不要浪费时间。

　　我妻子回来没有?!

　　似乎有个年轻的警察,发出轻笑。但因为无人同步反应,那鼻息似的笑声便戛然而止。屋子里却因为这个无人共鸣的笑,氛围古怪。老孟说,我还有个会。何大头没有表情地看着老孟出去,然后把眼光平移到彭景身上。彭景盯着他。彭景和他不算熟,但是,新入职的时候,听过他的两场培训课。何大头个性暴烈,语速极快,自负乐观,雷厉风行,给新人留下不好惹的印象。

　　老丁看了一眼做笔录的洪彦说,开始吧。你先说说5月6日这一整天的经过。彭景说,有我妻子消息吗?依然是无人回应。彭景感觉到了什么,沉默了一会儿,他把自己从早上起床开始,直到晚上遛完狗回去,说了一遍。他说,我现在急着知道我妻子的情况。先把手机还我一下!

　　何大头拍了一下巴掌,赞许地吁了一口气:这表情到位。好。你把当日下班后的情况,再仔细说一遍。彭景皱着眉头,又说了一遍。

　　你妻子说晚上给人上课,你就说,你也要加班?

是。
为什么又不加班了?
反映情况的群众,不约了。
你妻子几点打电话,说晚上不回?
下午,大概一点。
群众爽约,是几点联系你的?
那是短信。我是午休起来看到的。
那短信时间,是比你妻子来电早,还是晚?
我没注意。我反正是午休起来看到的。
那短信比你妻子的电话早到。
你什么意思?
从时间上,你可以告诉妻子正常回家的。即使午休起来看到取消短信,你还是可以回家的。因为你不需要加班。但是,你没有回去。
对。
为什么?
不想回去。这很正常。我去跑步了。
有人看到你跑步吗,在你说的云山路?
也许有人看到我。
跑了多久?
来回十七点六公里,跑了两小时零四分。
记得很准哪。
春节后一直忙着加班,很久没跑长路段了。所以,特别看了时间。
几点到家的?
十一点左右。
你在分局食堂吃完晚饭是几点?
七点十分。
然后,你就去乘公交去了云山路口?
对——不,我还到办公室换了衣服,跑步鞋。还充了点电。手机快没电了。
充了多久?
二十多分钟吧。
那就是说,你晚上七点半离开单位。

差不多吧。

好。何大头指了指手腕，听说你有个运动手环？能记录你的运动路程，时速，时间？

手环丢了。

丢了？！

对。

这个能够证明你跑步时间与路程的手环——丢了？

对。

难得有闲跑十几公里，居然手环丢了，没得记录了？怎么丢的？

等想起来时，发现已经不在手腕上了。我妻子知道我丢了大半个月了。

嘿，你妻子！没错。她当然知道。

从司阳分局打车到湿地公园，半小时够了。是吧？

彭景盯着何大头，又转而瞪着老丁。职业的本能，他确定小鹿出事了，而且他被何大头盯上了。湿地公园？但安延区不在湿地公园。彭景的迟钝空洞思虑丝毫的表情变化，老刑警何大头都尽收眼底。

老丁把一个小塑料袋装的一颗银白色警服扣扔在桌上。

你警裤的后兜扣呢？怎么少了一颗？何大头问。

彭景说，我不知道。但谁都清楚，警裤纽扣质量差，很容易掉。

是啊，就你的掉现场了。

怎么就认定是我的？！

那好，根据现场的"嗅源"，警犬在七八件衣服里挑出了你的衣服。这又怎么解释？

是什么"嗅源"？

老丁把一个带有球形小陶器挂件的钥匙串，放在桌上。隔着小塑封袋，彭景也认出，是他的家用钥匙。钥匙串上的球形小陶器，是小鹿外出旅行买的。彭景一眼就反应过来，小鹿又拿错钥匙串了。因为家里有老人，他经常不带家门钥匙。办公室的钥匙，都在包里。而小鹿每天带，是要在下班去信报箱拿报纸信件。而拿错钥匙的错误，她经常犯。因为他俩进门都喜欢把钥匙串顺手放在鞋柜上，每串都是四把钥匙，又都有同款小陶器挂件，区别是，小鹿的小陶器上的绳子是暗红色的，陶器上写得是"惜福""感恩"；彭景挂件绳子是暗蓝色的，陶器上面的字是：

"知足""常乐"。彭景知道麻烦大了。这是难以解释清楚的。

是啊,拿错了,是啊是啊,她拿错了。拿错了,还在现场掏包秀出来给情人看……

应该是作案人搜找钱财倒出来的……

当然,当然……何大头突然一脚把办公室转椅蹬到柜门边,椅子猛烈撞到柜门,又反弹回来。够了!混蛋!都他妈的圈里人,自己人,玩虚的,太他妈无聊恶心!实话告诉你,谁摊上这个事,未必做得比你好。够了!给我痛快点!下班以后的经过!

我说的是实话。

何大头一把揪起彭景的胸襟:这样有意思吗,小子?!

我想知道我妻子的死活!

何大头一把将彭景揉在椅子上。

四

湿地公园月圆夜杀人案,震惊全城。

人心惶惶,警方压力极大,专案组配置了精兵强将。所以,本地新闻第一次报道时,警方就同步透露了嫌疑人已经被控制,及时松弛了社会神经。三周后,关于案件侦破的长篇披露,就算是给了公众一个明确的交代。可以说,警方是不乐意后续报道再度惊扰社会公众的。但是,如果不说清楚,也就是媒体不发声,各种关于该案的信息也一直在沸沸扬扬地流传。有些个不负责任的外地媒体,道听途说,用外围材料,拼凑报道了一篇《都是月亮惹的祸》,以搏人眼球的小报写法,尽情渲染警察杀人。真是警方哪里痛,它就在哪里下刀子。它突出强调的是,凶手是警察!也就是超级月亮下出轨女子的丈夫,是打黑警察。警察杀人,心狠手辣,读者也觉得理所当然了。

这种被动局面下,警方加大审讯力度,最后被迫召开了新闻发布会,邀请本地几家严肃媒体的采访。案组负责人,详细介绍了案件侦破经过。低调承认凶案嫌疑人是同道。一时,媒体沸腾。也许那天晚上的月亮,实在太大太亮了;也许,那对情人在死前太过浪漫,而死法又太过惨烈;而嫌凶警察冲动杀人后,内疚不安,全面认罪伏法显得良心醒目。总之,各路记者的报道都显得很有激情。多家记者采写到,"嫌凶"出身科班、综合素质强、能力出众，在多起疑难案件中立下赫赫战功，曾获省优警察殊荣，不料一时冲动，自毁大好前程。总之，不论报纸、电视、电台的后续报道，都多角度地切入湿地公园杀人案，令人唏嘘感叹。

冲击波一直在持续。

市青少年宫每一间办公室的报纸，都被大家抢阅。教职员工们被小鹿老师家的报道惊骇到了，尤其，两名接待过上门寻找妻子的杀人犯的老师，她们后来再度回忆都非常后怕，说，当时，她们就感到这个男人像个杀过人的人。有一个老师说，她闻到了他身上的血腥气；也有老师对杀人的冲动，表示同情和理解，毕竟是妻子有错在先啊。

类似的激烈议论，在政府最重要的隆启开发区管委会一间办公室里，也有这样的强烈效应。靠里屋的第一办公桌上，位置空了。它的主人，就是湿地公园里被杀者里的男主角。这个在大办公室里，排名第一的主人，一头白发，却是个青年才俊，做事灵活，尤其善于协调各种力量，偏偏为人谦逊。大学出来，很快就成为市里重要领导秘书，领导意外猝死后，很快也有喜欢他的贵人接棒，把他送到了新开发区的重要岗位，管委会主任助理，一人之下，仕途依然稳当，显然，这是要接主任的班的，但小李很低调，虽然手眼通天，贵人如云，做事却非常勤勉，而且，坚决让大家叫他小李。隆启开发区里许多有仕途追求的同僚、对于他的不良暴死，虽心有戚戚，却也个个满腹复杂猜测。

小李的暴死，感到天塌地陷的是龙庭村村委主任的李天禄一家。

正要午休的李天禄，接到儿子李海狮打来的丧讯，一声惊吼，吓得客厅里卧着纳凉的两只德牧，站起来就避蹿而去。但很快，它们听到了李天禄呛咳似的哭声。他不断地咳嗽，不断地呛咳，这个噩耗像一团乱麻，捅进了他的心窝。他不再有哭腔，可是，泪水直淌。他想问儿子一个究竟，可是，他发不出声音，一动声腔就呛咳。

儿子海狮吁了一口浊气，骂了一句粗话。很明显，如果今天是他被人劈死，父亲一定不会这么伤心。李海山是大伯李天福的小儿子，比李海狮小两岁，从小就聪慧过人，腿勤嘴甜人乖巧，哄得李氏宗亲男女老少都喜欢他，而且书读得特别好。当年李天福被村民打死，李天禄就把他当亲儿子抚养。李海山也最听天禄叔叔的话，不仅如此，这个侄儿，竟然比他自己的三个儿子（小儿子被火车撞死）都像他。李天禄现有四个子女，李宝秧（已嫁人）、李海狮、李海龙、李宝船，两男两女，全部遗传了他老婆的溜肩、牛眼、菜罩鼻子。反观侄儿李海山，和李天禄一样魁梧壮实，连一头麻灰头发、发旋、发量、前后发际线，都和李天禄相似。李氏少白头在龙庭村远近有名，儿子女儿尽管也是少年白发生，却都不如侄儿李海山，袭承了李天禄的白发威武。李海山就是顶着一头麻灰白发，意气风发地考进了西安交通大学少年班。学成归来的李海山没有辜负天禄叔叔期望，不过七八年工夫，不论白道红道，似乎都知道有这么个不可小觑的白发才俊，而他的根，就在龙庭村。李天禄引以为傲，对外人常称我儿子。比如，就在月亮最大最圆的那个晚上，本来李天禄打球后是赴鸡肠岛打牌的，那是一个土豪们的私密赌场。海山一个电话，说，刚调来不久的副市长老林，想招待一个大台商，你要不要来陪一下？当然要，什么叫陪一下，不是去买单那么简单，是一个合理勾连，赏赐你一个亲近权力圈的微妙机会。这是信任。多少人做梦都没有这个机会，海山才有，他会不动声色地安置一切，非常隐秘自然，宾主尽欢，个个自在。人人有收获。

果然，新领导老林对李天禄感了兴趣，愿意多聊聊农村经济发展情况及周边多个配套项目开发情况。海山看起来和老林有很自在的兄弟情谊，还有三个菜没上，海山就直率说自己有早约，得先走一步了。李天禄那天，因为打球，没有带保镖司机。他把车子给了侄儿，海山还谦让了一下。李天禄说，等客人尽兴后，他会让司机开别的车来接他。

这就是李天禄和海山的最后一面。这个晚上，接触到亲切市领导的李天禄一夜难眠。李海山被人一记打烂后脑勺的时候，李天禄在床上辗转反侧浮想联翩，满脑子都是李氏家族金光耀眼的未来。这个开局，实在太诱人遐想了，过去，海山也有制造机会，让李天禄和职能部门的权势者相识，但是，层次相对较低。海山也一再告诉自己叔叔、堂兄弟们，资本原始积累已经完成了，要告别打打杀杀的低级模式，可以尝试正经大业了。是李海山引导叔叔，一边捐助老人院，一边不惜重金进了区政协；也是海山引导，让叔叔接触高尔夫球，开阔眼界，扩大平台，打炮与打高尔夫，毕竟是云泥之别的人生；海山还带叔叔堂哥们去佛光寺拜见过法师，给寺庙送好茶油米；也是他坚决请求叔叔，把手臂上年轻时的粗劣纹身去掉，这点和从日本学艺归来的小女儿李宝船意见一致，但海山照样反对堂妹要给父亲在胸口新纹"艺术龙"图案。宝船妹妹说这是她设计的家族标志、艺术家徽，是图腾。李海山根本不辩，一笑否决。

李天禄就不纹。宝船便给海狮、海龙手下的李氏青年们大纹特纹,倒也很有团队精神。李天禄知道,随着李海山关系的拓展纵深,他们家族会进入全新天地。他还多么年轻啊。

没想到,这小子居然在阴沟里翻船!

那个中午,李天禄把桌面上能摔出响声的物件,统统摔在地上,李宝船刚从日本带回来的一套昂贵的江户杯子,被他用来砸烂了墙上的超大液晶电视屏。李天禄满腔悲愤,他愿意拿任何一个儿子跟李海山换命。这个念头,他一点也不觉得羞愧。他对李海山的陕西老婆更加怨恨。这个西北女子,嘴尖又霸道,一副克夫的狐狸脸。李天禄对侄儿,唯有这一点不满意,现在,李天禄相信,不娶这个西安狐狸脸,海山肯定不会在外面搞这些名堂。那么,海山就不会死。李天禄对海山老婆及十岁女儿,全部恨上了。

龙庭村很多村民却在窃喜难掩中。不是因为李海山的死,而是因为李天禄的悲伤。据说有十来个被村主任打过的村民,憋不住偷偷串门小联欢了。这个近千户人家的大村,上访告过李氏家族状的至少有两百多户,不安分的坏人刁民很多,不过,他们都没有赢。而李家马上就知道谁谁到哪个部门告了他什么,谁谁向哪个部门反映了他的情况,然后,村里连线所有人家的大喇叭,就会听到村主任警告与怒骂这些人:

喜欢告状是不是?去!尽管去告!中纪委、市纪委、茂田区纪委都来查过,国土局的人也来查过,能拿我怎么样?我不也没事?老子有的是钱,谁来查我我他妈轻松打发!钱怎么花,都比给你们这些人强!多告几次,我还能多结识几个能人!去告!赶紧去告!

有几个告状上瘾的刁民,被打断胳膊、腿之后,也慢慢老实安分下来。现在,有毅力告状的人越来越少了,妄议村主任家族的声音,也越来越隐蔽了。村委会的大喇叭里,强调安定团结,严禁拉帮结派,不许交头接耳、议论村是。甚至在结婚喜宴上,谁和谁在一起低声讲话多了,就可能被举报,自己也会紧张。几个喜欢闲嚼舌头的妇女,被大喇叭点名后,以"搬弄是非寻衅滋事"被村委严重警告,扣罚了三八节的礼物———一套浴巾和沐浴露。龙庭村还禁止没事胡乱串门。据说这是村里选举期间实行的新文明习俗,后来,慢慢就强制沿用下来。躲不起、打不过、告不赢、说不得,所以,龙庭村的村民,有点憋得慌。一听李天禄悲伤了,就有刁民忍不住开怀了。

当然，对全市更多的市民来说，这个冲击波，不过是饭后茶余一过性的刺激物。几天之后，他们就慢慢淡漠起这件白夜杀人案了。有人拿那张旧报纸包了单位新分的菠萝，有人拿它垫在屁股底下，坐在马路牙齿上等人。在地下通道里，有个戴着棒球帽的女孩看到一个流浪汉，把那份报纸铺开，然后睡在上面。戴黑色棒球帽的女孩，一眼就认出那张报纸。她读过那篇报道《超级月亮下的超级嫉恨》里面有超级月亮挂在佛光寺舍利塔边的配图，看起来，塔和月亮，仿佛是一座巨大的表盘，固定下了那个凶杀时刻。棒球帽女孩身形俊逸，但脸色苍青，似乎不高兴。她大步流星地走过地下通道里的嘈杂人流，走过躺在那份报纸上的流浪汉。突然，她收了脚步，驻足谛听了一会儿，开始转身往回走。走回地下通道深处。她再度走过了睡在旧闻报纸上的流浪汉，停在他斜对面的一对老艺人跟前。

男的老艺人在弹吉他，音响震颤。他的个子很矮小，穿着敞怀的格子衬衫，里面是白色T恤，弹琴之势有超越年龄的青春洒脱，让他看起来很高大；女的老艺人起码有一米七五，她坐在一张酒吧转椅上，一头浓密灰发，扎着一根麻花辫。她的膝上是一个六角形的旧皮质手风琴。几个月前，也就是今年春节，大年初一的上午，女孩在城南庙门大街下的人行隧道里第一次见过他们。大年初一的清晨，呵气成雾，地下通道行人寥寥。男的老艺人似乎在修理他们的音箱，边修边用口哨在和女老艺人的琴声。打麻花辫的老太婆在拉琴，她闭着眼睛，坐在柱状麦克风前人琴合一，海浪拍崖、恍若无人似的演奏着，莫名动人。是《贝加尔湖畔》。整个几乎无人的通道，构成了琴声极为美妙的回旋。深情感伤的旋律，统摄了通道所有空间。这对七十多岁的老人，怎么演奏这样的曲子呢。女孩感动而茫然地看着通道的两头，似乎希望有人和她分享这动人的琴声，但仅有的几个人却是穿着春节新衣、脸上是熬夜后赶路的疲惫的匆忙过客。女孩在老艺人的小花钵里，放下了一百元钱。他们似乎没有注意到她，老人似乎都不睁开眼睛，不知道女老艺人是怎么知道男老艺人调好了音箱，并拿起了吉他。他们默契地又开始了合奏，依然是《贝加尔湖畔》。

一曲终了，女孩默然离去。几步之后，女孩转身回喊：

嘿——新年快乐！

小个子的男老艺人睁开了眼睛，用吉他模拟人音，回她新年如意。

女老艺人没有睁开眼睛,她谛听着女孩远去的脚步声。

之后,女孩再没看到这一对流浪老艺人。没想到,几个月后,在远离庙门大街人行隧道的中山公园西门,在市府大道的地下通道里,再次邂逅老人。刚才走得太急,行人视线遮挡,正好又是他们的演奏间隙,所以,她差点就错过了。女孩返回,是再度听到了让她熟悉的旋律。女孩重回老艺人跟前。男老艺人记忆惊人,一眼就认出了几个月前向他们问新年好的陌生女孩,所以,曲终他立刻用琴声再度问候新年如意。虽然,新年已经用旧了一半。女孩不由笑了。女孩往他们的小花钵里放了五十元钱,发现里面都是硬币。女孩语气有点抱不平,说,哈,这么少?

男老艺人非常得意地:嘘——藏起来了。

女孩说,你们也喜欢这首歌?言下之意是:你们都这么老了呀。

你经常听我们演奏吗?女老艺人下巴指着她问。

嗯,是呀。每次都是它。女孩在夸大其辞,但是,老人并不揭穿她。女老艺人说,我们能演奏的歌曲太多了,不断地变换。也许,你来正好都赶上它了。

我喜欢赶上它。女孩的脸色比刚才好看多了,开始有了光。但她小声地嘀咕了一句:原来你们并不是特别喜欢它才演奏的。

不不,老人异口同声地指着对方,他(她)喜欢。

女老艺人说,姑娘你过来。男老艺人对女孩,指了一下自己闭目的眼睛。女孩确定了自己的猜疑,女老艺人是个瞎子。女孩走到她的跟前,老太太拿掉她的棒球帽,摸索着女孩的头、脸、胸和腰臀,最后是手。

往北走吧,姑娘,女老艺人说,不要再回头。南方配不上你的美。

女孩离去的时候,听到身后再度响起了《贝加尔湖畔》。

五

何大头厌恶彭景。在他看来,彭景的耍赖很低级,很丢警察的脸。何大头私下认为,这事带来的羞辱感,每个男人都能理解。但是,这种事,要么不做,要么你做得无懈可击。都已经被逮住了,身为警察,再这么死不认账,很无聊也很窝囊。何大头越来越恼火,但审讯的前十天,何大头都克制了自己的脾气,一直没有对彭景动粗,只是不让他睡觉,轮着审。直到押送彭景到中级法院,完成了 CPS 心理测试,也就是测谎测试。彭景没有通过。测试结论为：知情或参与了作案。也就是说，彭景撒谎。虽说测谎结论，不能作为刑案证据使用，但是，何大头对彭景的鄙视，由此到了极点。专案组的耐心也全部用完。事实上，彭景的骨头，也不是专案组想象得那么硬，动粗一周后，彭景全部招供认罪。就是在彭景磕磕绊绊，全面认罪的次日的下午，警方召开了媒体通气会。应对公众舆论，一切都顺理成章了。

作为警察，彭景知道刑讯逼供的厉害，更清楚自己的认罪是在饮鸩止渴，因为他并没有把握自己在庭审的时候，有翻案成功的机会。

一开始，他以为自己肯定扛得住。但是，他对自己太自信了，想得也太简单乐观了。一度，他再次向何大头索要留置他的法律手续。何大头无比蔑视：你他妈不看过《传唤证》了？彭景说，《传唤证》最多只能留置我十二小时，你们却关我十二个昼夜，又拿不出其他法律手续，凭什么还要扣押我？

何大头笑：自己人，要什么法律手续？！

彭景知道自己完了。从中院结束CPS测试回到专案组，何大头让手下直接把彭景反铐起来吊挂在防盗门上。如果他好好招供，双脚下面就有凳子可踩，如果不招，凳子就会突然踢掉，他整个人的重量，骤然全部挂在被铐住的双手上。彭景就会嚎叫如野兽，但马上有人会用毛巾堵住他的嘴。

十来天的审讯，捕捉着东鳞西爪的信息碎片，彭景已经拼出了小鹿被杀案件的大致。他理解同事对他作案的推断方向，他自己都接不住这个球。 只有他明白，他从未想过小鹿会给他戴绿帽子。婚姻跨过七年之痒，夫妻关系早已过了风吹草动的敏感期，甜的，不那么甜了，酸的，也不那么酸了。家庭已经进入平稳的、惯性运行的轨道，甚至可以无人机一样行进。猛然地，妻子出轨了，她翻车的动静如此之大，听上去，他们就是在野合中被杀。即使真凶被捕，妻子以这种方式昭告众人，践踏婚姻，作为丈夫都是难以接受的，是的，这种羞辱感令人窒息，而他还摊到了最残酷的结局：他成了谋杀者。 CPS尚未进行的时候，彭景就在心里对自己说，我通过不了。

5月6日，你是否跟踪了你妻子？

没有。可他心里想的是，我当然要看看。

你是否杀了你妻子和那个男人？

没有。可他心里想的是，我必须杀了他。

是不是你用三角钢，劈死了他们？

不是。他心里闪过的念头是，角钢真他妈带劲啊。

你恨你妻子？

不。可他心里想的是，她竟然如此欺骗我。

……

时间是弹性的，从业多年，彭景第一次感到审讯时间一刻长于百年。那是秒针都缓慢挪动的煎熬时光。彭景像死狗一样，瘫在办公室地上。

彭景说，给我一杯水吧。

老丁示意手下倒过一杯水，但被何大头劈手抓过。何大头踢了踢彭景，示意他看水。说吧，说了喝水。

彭景绝望地垂下脑袋，不再看水。何大头一脚踢在彭景脸上。

既然……你们说，我妻子的现金、首饰、那男的劳力士表都不见了，会不会……只是偶发性的谋财害命？彭景声音虚弱。

这不就是你想引诱的侦破歪路吗？何大头把水杯的水泼向彭景。彭景反应过来，连忙伸舌舔嘴边水珠，又被何大头一脚踹倒。

你以为我和你一样蠢吗？！劫财？劫财有必要下手这么狠？！昂？你是用劫财小伎俩迷惑办案人员，我告诉你，这恰恰证明，你急着掩饰你的泄恨动机！

彭景看到老丁手上又有一杯水。他觉得，极度的渴快要摧毁他了，这一杯水恐怕要收了他。他咬紧牙关。

我问你，老丁说，妻子跟人私通，你恨不恨？

彭景闭眼，算是点头。

用这种方式，被你看见，你恨不恨？！

彭景闭眼点头。

这就对了。你恨，你刻骨仇恨。只有满腔仇恨的人，才会这样出手，把情敌脑子打烂，把妻子打掉半个脸。

彭景猛地睁开眼睛。小鹿被打掉半个脸？！这个信息，刺激到了彭景。原来说的三角钢劈死他们的说法，比较抽象。这么具体地说，被劈掉半个脸，彭景很惊异。这个爱美的女人，没了半个脸怎么走啊。忽然地，彭景心里泛起了轻微复杂的怜悯与痛惜。

浪费我们的时间，对一般人来说，是求生策略，而你这么干，面对兄弟们，就是不地道了！测谎你通不过，不在场证明你搞不出。耍赖你又编不圆。所以，还是痛快了断吧。老丁似乎再要给彭景水杯，但又担心何大头的阻挡而叹息不前。他说，兄弟，何大说得对，你的自尊心、你的感情、你的举动，其实所有男人，也都能理解。

彭景叹气，我是恨，我的确愤怒。我也许真会杀了他们！但是，我确实不知情，我根本来不及生气杀人，他们已经没了……

何大头一拍桌子，你他妈是不是警察？老婆这样了，你会一无所知？

我很忙，也信任她。

屁话！一个有私情的女人，居然能瞒过警察丈夫。你还他妈的是个不赖的刑警——你到底还想玩我们多久？！

彭景没有声音。

两个月前，你为什么和妻子吵架？

不记得了，我们不太吵架啊。也没时间吵架。

你摔了茶杯的那次！你岳父手还被割伤了。

哦，那次，只是有点分歧。关于孩子，她想流产，我想要。

你们也不是一次不要小孩了。

彭景点头。

那为什么这次火气那么大？！

老了，我现在想要孩子了。

恐怕真相是——你知道你的婚姻危险了。你想用孩子控制她，而她不干。

扯什么？！我要知道她出轨了，只会坚决不要孩子——我怎么知道，是不是替别人养孩子？

挂上去！我看你在上面，脑子比较清醒。

六

有一个地方，没有受到这个超级月夜恐怖案件的惊吓。那里，看起来依然是世外桃源。尽管它的一个西南之角，曾经就是龙庭村的一个部分，纤细的牵连，使它就像是龙庭村吹出去的一个美丽大气球，气球里，四千亩的绿草茵茵，阳光明媚，氧气清新，绒毯般的绿地上有凝风的古木、白金色的沙坑，潋滟清澈的湖光，还有灌木缠绕奇石，果岭青葱。

这个国际标准的 27 洞高尔夫球场，就像这个城市的美丽胸针，域外所有的一切嚣耗，都染指不上它，它们抵不上美丽草地上的一个白色球影，果岭上的一阵风过，甚至不如球道上水池里的一圈涟漪。

尽管，死者的叔叔李天禄，那天下午就在这里打过球。是球童汪李婳接待他们的。但这样的交错信息，并非凶讯本身，所以，绿地阳光氧气的球场，丝毫没有受到不吉的干扰。

在高球场，客人们对球童，只重技术不重脸，但阳光高尔夫，还是被国内外客人们公认为球童最美的球场。球童们统一着装，女孩藕色上衣、卡其色长裤、白球鞋。上衣规定下摆扎在裤腰里，白色的皮带，让球童们显得干净又利索。阳光男球童约三分之一，大都又帅又礼貌；女球童占了大部分，个个眉清目秀，举止温柔。阳光球童入职的第一要求就是，微笑。永远的微笑。再大的委屈，也要保持微笑。所以，冲着这一点，球童汪李婳，就是个例外。汪李婳是总教练举荐过来的。她基本不笑。但她的嘴角天生上卷，面颊美丽，这会让人误会，她在微笑。而她真正笑起来的时候，就像高速摄影下的昙花开放，那个猝然绽放的冲击力，令人脑子停摆。所以，当客人打出好球的时候，她未必按规定喊"nice shot"，她只是一挥手臂，灿然一笑，客人就莫名感动，备受鼓舞。但汪李婳并非靠天生容颜征服球场的。她能保持 A 级顶尖球童，不断地被熟客点场预约，和她卓越的球场技能有关。无论是码数计算、球道的熟稔、风向草势判断、摆抓果岭线，她都准确果断。而她天赋的深度知觉感，使她能够在极远处，照样盯准落球，找球迅速。正如总教练说评，一个好球童和差球童，可以有五杆的差距。

传说有一次，几个邻省的大佬在本地交易会的休闲期过来赌球。一个老板，因为输球，不断责骂跟随球童，从三洞一直骂到六洞，最后不让她上果岭，要她立刻滚回去换人。女球童哭着回去了，汪李婳替代出场。没想到，汪李婳迅速扭转颓势，最终还让客人抓了老鹰（比标准杆少了两杆）。这个脾气恶劣的老板反败为胜，赢了几万。最后给了汪李婳两千元小费。这是十倍于平时小费的价格。

即使在 A 级球童里，汪李婳也是最有钱的那一个。出场费高，点场费多，小费高。和她同宿舍的球童，再好的性子，最后都难免嫉妒。因为，对比太刺激人了。毕业于北方科班的汪李婳，又总是独来独往。球童们聚在一起，评议汪李婳，也是一个排毒的休闲方式。但汪李婳似乎领会不到球童们微妙的排斥,她看起来始终心不在焉,或者根本跟不上趟,她定睛看人的时候,眼神总在迟钝傲慢与淡漠天真的混杂中,令人困惑。她似乎也知道自己频道不对,但是,她切换不进来。

球童们议论她最神奇的是一个未经考证的例子。说有个外地老板,经常独自或与朋友们过来打球。有一次,他把球打到六号洞边丘陵地的一个空墓穴里了。汪李婳去捡球。因为比较久,外地老板就跟了过去,看到汪李婳在对空墓穴跪拜低语。听到那个人走近,她才跳起来。这当然是违规了,球童就是必须在第一时间为客人捡回球,哪有时间让你这么玩。那个外地老板也匆匆拜了拜。两人一起回走。汪李婳无语,那个人安慰球童说,我们在别地方打球,这样打扰到墓地主人,也会请求原谅的。汪李婳说,那是我奶奶。那个外地老板吓得差点跌倒。也不敢再多问。他相信球童的话。开发球场后,周边被征地的失地农民,会获得球场优先用工权。球童来自征地村,也很正常,奶奶墓穴在球场,也很正常。外地老板想也许是建设时挖坏了。打完十八洞,外地老板给了汪李婳一个大红包。球童们说,汪李婳不知道用这个方法,骗了多少客人的赎罪红包。议论得多了,领导专门问过汪李婳,说,你爸爸不是外省人吗?汪李婳含混点头,说,都一样。领导疲惫于与这个眼神游移的人较真。大家也都知道,汪李婳的格格不入,汪李婳的扑克脸,一直得到总教练和球场总监的庇护。当年,总教练在东北职业学院任教时,来自南方海边的汪李婳,是班上最小的孩子。老师第一眼见到她的时候,就是在冰天雪地的拂晓,校园练习场,一个小小的孤独的身影,在苦练发球。当阳光国际高尔夫球场练习场把老师聘过来做总教头时,临行,老师曾问她要不要毕业后回南方老家,学生摇头。说她喜欢会下雪的地方。但是两年前,她突然要求回来。在老师的帮助下,到阳光直接做了球童。球场也认为这个女孩是天生的球手。正如教练评价:在发球台上,她能爆发野兽般的力量,在果岭周围又充满想象力。她可以很快转做教练,也完全具备走球童到职业球手的星光大道的过人禀赋,但是,参加过两次业余高球赛,她都表现平平,而且对成绩也心不在焉。

汪李婳的无知任性,就这样一直得到主管们的默契性庇护。人的心理很奇怪,那些终日温存如天使的微笑球童,并没有获得相应的回应,而汪李婳,一个扑克脸,因为难得一笑,反而使大家充满受虐后的欢愉。

这当然是不公平的。

比如说，去年春天的事。本来，来打球的客人就是上帝，得罪客人就是得罪自己的饭碗。客人语言轻薄、伸咸猪手、吃豆腐，一般球童都选择忍耐。但是，汪李姵复仇心切，至少反击过三个客人，这是有目击者的情况下。如果一对一的战争，汪李姵自己是从来不说的。有个高丽棒子，愚蠢地把事情闹大了。一场球下来，客人都要填一张随行球童的服务评价表。分为非常满意、一般、差。按规定，球童一个月内有一个"差评"，直接降级，且半年内，不得参加 A 级球童考试；一个月累计三个"一般"，也降级。被差评者除工资奖金大受损之外，还要向球童长递交书面检讨。

那天是周一，春雨连绵，没有客人。但是，那位韩国人独自来了。안녕하세요（你好），值班球童们问候他，但他点名要汪李姵做球童。雨中行，韩国人几乎每一个洞，都在伺机吃汪李姵的豆腐。他能说一些简单的中国话，但还是借助手机翻译软件，给汪李姵看他的话：我身上带了几百万，你要不要跟我出去？汪李姵掏出手机，把他连手机内容都拍下。韩国人笑眯眯的。在十八洞果岭最后终结，他假装庆祝似的抱着球童狂吻。汪李姵一把推开他，韩国人老练地晃动服务评价卡，威胁可能给的差评。汪李姵一笑。她是突然挥杆的，一屁股打得韩国人踉踉跄跄了好几步，摔在地上。球童头都不回，开着电瓶球车就走了。

等韩国人浑身湿透地冲进球会服务站，咆哮着告状恶劣球童时，汪李姵已经洗过澡，耳朵里塞着耳机在听音乐。球童暴打客人？服务台人员都惊慌了。主管领导们纷至，最后，汪李姵掏出了韩国人的手机照。韩国人被拍手机屏幕上，还有细小雨水珠。汪李姵说，她只是轻轻教训了一下。韩国客人愤怒地出示了他的屁股。那肿得像嫁接了一个球形茄子。球童长、主管都差点笑出来。最后，是一个男球童护送韩国客人回酒店的，因为他开不了车了。很多女球童感到很解气，都在快乐猜测，那个韩国屁股最终烂掉没有。可惜，韩国客人再也不来了。

球童们、球童长、主管们全部站在汪李姵这一边。所以，说起来，这个风景如画的地方，一般俗事，是侵扰不到的。

七

彭景挣扎抗拒到第七天，终于垮了。

招供是个技术活。能说得合理正确，就要有一颗进取的心。比如，凶器。专案组判断出是三角铁，那么在使用的时候，就要给个好说法。一开始，彭景说，我一下子劈下去，他以为是竖劈，大家说不对，要有一个角度。最后，他知道自己受制于现场，是站在一个特殊的角度，斜劈过去的。还有，跟踪线路什么的。最难完成的是凶器与赃物去处。彭景开始说，三角铁扔在湿地公园垃圾桶，专案组人员翻遍了湿地公园后区的垃圾桶，一无所获，气急败坏，回来暴打彭景一顿；彭景改口说扔在现场红树林淤泥地。专案组又组织人力在他说的地方，翻了个底朝天，证明他又是胡说八道。这样，彭景又要付出被揍得底朝天的代价。彭景强迫自己进入角色思考，凶器和赃物扔在哪里是最符合他意志的。终于，他想到了一个地方。去年春天，小鹿和他，带她父母去踏青，在二十公里的竹井镇的竹林农场里有口青龙潭，很合适。因为当地人说，那里是深不见底的。彭景挺懊恼自己这么久才想到这么个好地方，这样，他们无法打捞到凶器与赃物，又无法指责他胡扯，那么，挨打至少可以避免了。

那天准备出发的时候，来了一阵大雨，彭景以为去不了了。没想到，雨一停，洪彦过来带他，说走，去竹井取凶器赃物。老丁亲自开车，何大头坐副驾座。洪彦把自己和彭景铐在一起，坐后座。一行人有点沉默，有点近午的疲惫，也可能跟何大头一看到彭景进来，就狠狠骂了一句有关，调子就定下来了。何大头说，小子，这次你再胡编乱扯，我亲自剥你的皮！

一车人寂寞沉闷地跑了好一阵，穿越市区。临出北门旧城墙，忽然洪彦说：老大，谁坐过这位置啊，一排瑞士巧克力啊！洪彦在何大座椅后背袋中抽出巧克力。何大头说，想吃你就吃，管它谁坐过。洪彦掰了一块，连声说，好吃。有榛果！说着，给老丁、何大各掰了一块。何大头拒绝，说讨厌甜食。洪彦把它给了彭景。彭景也摇头，努嘴指矿泉水瓶。洪彦给他拧开盖子。彭景不知道何大头是否反对，那只没有铐上的黑肿手，悄悄地拿起水瓶静静地喝了。

车祸是三十多分钟后发生的，车子右前胎突然爆胎，老丁本能纠偏，猛打左方向盘，何大头怒喝保持方向！已经来不及了，车辆猛力冲上对向车道，对向车道一辆惊恐躲闪的货车，刮着他们的侧面，喀喀喀摩擦而过，在更多车刺耳的急刹声中，他们的车子猛力撞向路边箱型石头护栏，轰咚地翻了个身，又侧立后晃倒了。车头基本烂平了。一扇右边车门散在地上，一扇车门像纸张一样皱起，满地杂碎，没系安全带的彭景和洪彦被甩在车外。老丁被压在变形的方向盘间，头脸都是血；何大头的脸上也全是血；彭景第一反应是自己左腿剧痛，但似乎能动。洪彦正困惑地看着自己的未戴手铐的手臂，彭景才发现，他灰色的衬衫袖子上都是血，再定眼一看，没有小臂了。彭景去摸洪彦的手铐钥匙，虽然手肘不利索，他还是把手铐打开了。他用牙咬，把洪彦已经刮出一个口子的衬衫，撕了一条下来，扎住他的断臂端，把他扶到安全的路边；彭景再到副驾座，踢开皱了一半的门，何大头似乎痛得有点神情迷离，一脸死白，彭景问他手腿有没有知觉，他含糊点头。把何大头抱拖出来，也拖放到路边，拖得一路鲜血淋漓。彭景再去洪彦的衬衫上，撕了一个布条，把何大头汩汩冒血的大腿扎住，然后，把它架高；彭景用何大头的手机打了110、120报警急救电话。随后，他把何大头洪彦电话丢在他们够不着的沟边。

洪彦突然尖锐地嚎叫起来：我手在哪啊？彭哥——

彭景不睬他。彭景到老丁那，老丁已经昏迷，他也确认了老丁和他猜测的一样，卡在变形的驾驶座里。彭景到后备箱找出警告三角牌，一瘸一瘸地走了二十来米。放置在地上。这是为了防止老丁被二次撞击；何大头在痛楚中看着彭景走远，他当时的脑子里是想，这小子不会回来了。但是，彭景放置好三角牌，还是回头了，手上居然拿着洪彦的断小臂。他把断臂放洪彦和何大头之间，又在何大头口袋摸出钱夹子，拿走了几百元。何大头闭着眼睛，就当自己昏迷，彭景抽了他一巴掌：挺住！睡过去你就完了！何大睁开眼睛。洪彦泪流满面，目光充满恐惧。彭景说，也许能接上。记着！止血带！半小时松绑一次！还有，别让他睡过去！

这一次，何大头眯缝着眼睛，看着彭景一瘸一瘸走远。他当然不会再回头了，何大头想了想，还是匍匐着爬过去，拿起电话，他要下面的站点堵截彭景。但是，洪彦用残余的、同样血淋淋的手，夺过何大头的电话，扔到他们更够不着的地方。

何大头瞪眼看洪彦。

洪彦不断摇头：……不，不是他。

八

　　戴着棒球帽的女孩，今天来晚了。平时她穿过地下人行通道，到农贸市场，一般下班族的购菜人流还没有出现，整个市场人气还弱，水泥台子后面的各色菜贩子、肉贩子、鱼贩子都还在缺少睡眠的恹恹无力中，寡言少语。那些现杀家禽摊子的褪毛脏锅子，也还没有什么大热气。

　　但是，今天来晚了，戴棒球帽的女孩，一踏进农贸市场口，就感到里面吆喝声嘈杂、人头攒动。熟食摊红灯竟亮。女孩照例在日杂铺买了一包鸡肉火腿肠，一瓶矿泉水。然后她穿过市场西出口，往回燕小区而去。她两三天来一次，已经造访这个小区多次了。小区是老式小区，比较开放，保安就像稻草人，总是表情淡漠地任人进出。几栋砖混结构的多层建筑，就在水泥小路的两边，面对面排开，中间隔着两排桄榔树，小区后门一直通往一个部队医院后院。女孩是看着那份报纸，溜达着到回燕小区来的。那份报纸，也就是那份被地下通道流浪汉当褥子铺地上的报纸，写到月夜凶杀案主的居住地，写到了夫妻因琐事的争吵，一个和美家庭的毁灭，还写到了祸根之一的土狗豆包——报纸上，记者没有写土狗的名字，也许记者不屑于写，或者压根不知道。

　　棒球帽女孩第一次见到孤独地趴在院子里的豆沙色土狗时，就觉得喜欢。豆包的毛色和眼睛，太像她小时候的狗狗万岁。一人一狗只是一对眼，豆包就扶栏冲她猛摇尾巴。当时，天色向晚，但一楼的屋内没有灯光，也似乎没有人声，而院子里长在花盆或泡沫箱子里的芫荽、小葱、茉莉花等，明显是无人浇水多时而奄奄一息。狗盆里有干饭，白色的一大坨，就是白色米饭，什么菜汁汤汁都没有。狗似乎不爱吃，风把米饭吹得干硬，水碗里也是干的，都是草屑。但今天，食盆里连干饭都没有了，水碗全部都是空的。而且，院子里还有好几坨狗屎。看来，已经没有人想起来照顾这只土狗了。

　　女孩轻轻吹了一声口哨，小狗一跃而起。女孩悄悄拨开院子门用筷子替代的院子门栓，把小狗牵了，直接往电台山而去。

　　她自己给豆包起了名字，小河。表示跟她姓，因为她的乳名叫河豚，这是小时候，哥哥起的。哥哥们觉得她肚子大大的，眼睛圆圆的，就像一只生气的河豚。他们在乡下就这么叫了,一叫她就响亮应答。因为她喜欢河豚。但是,回到城里,父母一听就尴尬了,反对说,那是毒死人的鱼。女孩说,是气球鱼!

城里,没人叫她河豚。

一人一狗步行到山岗顶。山岗黑沉,路灯被无人修剪的浓荫遮蔽。因为有小河,女孩也不害怕。吃了两根火腿肠后,小河一直想挣脱绳子,表示自己认路,有时走到"乡"字路的第三个弯,她真的就把它放掉,小河就像小马匹一样,站起来然后一甩尾巴,欢腾而去。很快,它又会俯冲下坡来接应女孩,然后,再度狂驰远去,眨眼又呼啸而归。

今天山顶的旧办公楼,只剩下一楼门卫处有暗沉的灯光。一人一狗走到停车场的高大橡皮树树下,女孩又开始给小河喂火腿肠。也许还是饥肠辘辘,小河等不及女孩撕火腿肠皮,不断地拱起前爪拜拜,催促女孩。连续吃了三根后,女孩收起了火腿肠。她把矿泉水倒在卷起的橡皮叶上,让它喝水。

他们再往办公楼后山杂树林而去。随后,小河又带领女孩走向大楼侧面的仿木亭子和假山鱼池。女孩也不知道为什么每次它都要这么走,她当然想不到这是前主人的习惯。小河把她安置在这,然后将获得自由疯跑的时间。未到亭子前,小河停步,它仿佛听到了什么,鼻子在空中转动,雷达一样探寻着,忽然它一跃而起冲向亭子水塘。反应不及的女孩,还在纳闷迟疑中,被它挣脱了牵引绳。马上她就听到什么东西摔进水塘的动静,一开始她以为是小河扑进了水塘,她听到了小河呜咽般的咻咻呜呜的声音。女孩冲过去的时候,看到一个人影正努力从水塘中站起,估计太滑,他再次摔倒,摔在水中。小河急得冲下去,拼命拉拖他。女孩把落水人一把拉起,落水人顺势瘫坐在三角梅和杜鹃花丛掩映的大石块上。他刚才就是仰躺在石块上,被突如其来扑过来的小河,吓得跌进水里。夜色昏暗,女孩看不清落水人的脸。他浑身湿透,低垂着脑袋。小河猛烈摇尾巴,再次扑向那人,冲劲之猛,那人难以招架。他似乎非常疲惫虚弱,闪避小河的时候,差点再次被亢奋的小河扑进水里。他倒在了石块上。

这狗认识你。女孩说。

落水人没有回答。他剧烈地咳嗽着。

是不是呛到了?

落水人摇头。

女孩想了想把矿泉水给他,说,狗喝剩的。

落水人接过矿泉水一口气把水喝光了。但他再次猛烈咳嗽。

你要紧吗,女孩说,我山下有车,我开上来?

落水人摇头,站起来准备走,他示意女孩走开,也像是再见道别的手势。女孩呆望着,紧紧抓着小河的牵引绳。落水人一瘸一瘸地走向树林茂盛的后山。而小河看到落水人一步步走远,信信地呻吟着,跳冲奔突,最后还是大力挣脱绳子,冲向黑暗中的那人,几乎是同时,棒球帽女孩看到前面的落水人,再次倒了下去。

三天后,落水人才在女孩的住处醒来。他睡了整整三天两夜。土狗小河始终守候着他。不时舔他的脸、手。他终于彻底醒来时,是白天与晚上的交界时光。屋外大雨如注,屋子里没有人,光线昏暗。他头重脚轻地起床,到窗边一看,四周仿佛都是芭蕉树,破败的大叶子在大雨里凄苦摇撞。放眼看,四周雨雾茫茫。他不知道这是哪里,不知道这是石廊村的芭蕉屋,它的西面,天晴的时候,可以看到龙庭村李氏宗祠的燕尾式屋脊高飞檐。

九

龙庭村是个大村,分龙头前社和龙尾后社两个部分。一走进龙庭村,不论龙头龙尾前社后社,外人都能看到满村半人高醒目的橙色垃圾桶,尤其是惠民新农村房,家家户户门前的鲜艳垃圾大桶,整齐得跟仪仗队似的,有点滑稽。和橙色垃圾桶相映成趣的是,龙庭村许多年轻人的银白色头发。在村里,只要你看到白头发的男子,哪怕是银发西瓜皮头的青春少年,最好也礼让三先。他们不是护村队员,就是李氏金龙公司的向上员工,俗称李家干部或积极分子。李天禄家族的少白头,已经被年轻人视为财富、成功和威慑力的标志。

李海山的死亡,让龙庭村披上重孝。全村村民,都上李家灵堂吊丧,没有人敢不去,没有人不露出难过与悲伤的样子,也没有人敢笑话李海山的狐狸脸遗孀的不悲伤。当然,也有一些村民心里还真的对李海山有好评,他们认为,在横行龙庭村的李氏家族中,只有李海山最和气,待村民最有礼貌。所以,还是有人真心为他的夭寿难过。但是,做头七的那个晚上，村里活动中心地，青石条围圈的百年古榕树下，居然鞭炮骤响，有人偷偷燃放了两串一千响的喜庆鞭炮。银发队员立刻冲往现场，但是，那里没有人，只有满地喜庆的红色鞭炮屑。这当然是恶意挑衅，李天禄当时就拍案查到要"搞死他"！李天禄在村里的大喇叭里威震山海地怒骂："你敢伤天害理！我敢扒你祖坟！谁干的，三天之内来自首！否则，我打烂你全家做鱼食虾料！"

整个龙庭村，在夜色中寒战无语。

大喇叭里，李天禄暴怒阴沉的声音，在龙庭村上空如空袭警报萦绕。村户的每一盏灯下，村民们相望的眼睛里，交换着不安，也交换着难掩的兴奋。李天禄不是威胁，他做得到。全村人都知道，龙尾村的李美国李英国的母亲、李国威李国豪兄弟奶奶的坟墓，就是被人挖空了，骨骸至今下落不明。而之前，李天禄早就对外宣称，要挖掉李美国家的祖坟。李天禄的哥哥，也就是李海山的父亲李天福，曾是村治保主任，因为争抢工地地材，被石廊村村民陈五良打死。陈五良被判处死刑后，他们一家大小，依然被李天禄家族打骂欺侮得无法安生，两儿两女逃亡在外连春节都不敢回来，大年初一的晚上，陈五良家的芭蕉楼突然大火，一对老人及孙子孙女三个，都被烧死。石廊村民议论说，是李天禄家报复。曾经是石廊村最富裕的、最强悍的人家，就这样烟消云散了。龙庭村李天禄家族是说话算话的。曾因打架，被判刑四年的李天禄，刑满释放后的第二年，通过选举，就接过了姑丈村主任的权力棒。李氏宗亲本来是选定李天福接棒的，但没有想到李天福横死，更没有想到，李天禄当上了龙庭村主任，整个李氏家族很快步入兴旺发达之地，这十来年，李氏家族势力在恩留湾，遮天蔽日。护村队员加上金龙公司的保安，加上村武术协会爱好者（此为区里表彰的农村精神文明新样本）至少有七八十口活力分子。护村队员平时拿着白蜡棍巡逻走动。李天禄的别墅前的保安屋顶，直接有报警灯，平时，还有保安日夜值守。在龙庭村，甚至村周边地区，已经连任三届村主任的李天禄，已然是那里的土皇帝。人称禄爷。

所以，龙庭村民噤若寒蝉。愤怒的鞭炮自然不敌对鞭炮的愤怒。覆盖全村的高音大喇叭里的声音，不是恐吓着玩的。对这个悬念，村民无不心存畏惧，尽管他们感到暗爽，终于有人替大家出了口恶气。三天后，并没有放鞭炮的人去自首。但是，头七之后的每个七，不再有人偷放鞭炮。李天禄儿子们很快查明,整个龙庭村一千多户人家,全部送来了奠仪,包括李美国、李英国家。但是出殡的时候,李英国家没有一个人来。两个多月前,李英国的小儿子、李国豪的弟弟李国威,就把自己烧死在李天禄的别墅前。所以,李天禄的身边人说,他们家也是丧事在身,不便出席红白事。如此,李天禄还是问他的儿子女儿:会不会就是李国豪那个混蛋放的鞭炮?!

儿子李海狮、李海龙说,我看是他!肯定是他!

女儿李宝船一脚踢开了脚跟前的一只德牧:

是他是他——真是他,他一家还敢不来吊丧,主动惹你怀疑?!

海狮海龙互相看了一眼,又一起看父亲李天禄。兄弟俩交换的眼神,就是对妹妹花痴的批判。李国豪宁愿烧死自己,也不愿与她为伍,她竟然还是对龙尾李家痴心不改。而兄弟俩又看父亲,他们知道,在父亲说一不二横行霸道的世界,只有一个地方是他的红绿灯,那就是未出嫁的小女儿李宝船。李宝船是李天禄的掌中宝,不爱读书,说要去日本学习纹身艺术。禄爷就让她去了。花掉了大把银子,学成归来,禄爷又遵从女儿的意思,在市区黄金商业地段,为女儿开了个艺术纹身屋。相对儿子们,宝船的外表最像父亲,而看不见的部分,更是来自父亲遗传,她的意志坚定、脾气暴烈、冲动灵活,还有点奇怪的艺术口味,完全复制了父亲风范。比如,李天禄喜欢穿风衣,戴鸭舌帽,大家都觉得难看,但李宝船说酷,还给老爹买了一件里红外黑的斗篷。李天禄也真敢穿出去,黑老大一样拿捏着自己的步态,威仪十足。

李天禄觉得女儿虽然说得恶狠狠,但也有点道理。说起龙尾李家,李天禄就如鲠在喉。龙尾后社李美国李英国以及他们的父母,是农村最整洁、最勤劳能干、吃苦图强的一类人。这一户人家,不仅是龙庭村改革开放最早致富的,还偏偏男女老少个个容貌俊美,性情温和,乐观友善。在李天福烧砖窑、李天禄忙着村前村后,打架滋事的时候,李美国李英国家已经包养虾池几十亩。十几年来,把小日子过得静好、富足、和美。令全村好人羡慕坏人恨。直到八年前,李天禄一上任村主任,就强行把龙尾李家两口四十亩的虾池充公招标,然后自己家以一亩一百元的价格,向村委会承包走,又以两千三百元一亩的价格,再转包他人。没想到,李美国李英国有个妹夫,在市里一职能部门任要职,助力了龙尾李家的上访,最终法院裁定,强制村委会吐出了这两口四十亩的虾池,归还李美国李英国。已经转包获得暴利的李天禄，恼羞成怒，刻骨仇恨。尽管被迫吐出了虾池，但他从此不让龙尾李家安生。不过，碍于对手上面有人，李天禄也不敢太放肆，但是，四十亩虾池，经常被人小范围投毒，轻微到警察也分不清是严重虾病还是投毒，也不好立案。这样小损失累计下来，四十亩虾池收益就大打折扣。五年前，李美国的儿子李国强，因为酒驾压死了李天禄堂叔家的一个寡妇，一时沸反盈天。李氏家族气势汹汹，一下子来了五六十个人，直接把李国强捆住按在坑里，载满工地沙土的土方车，倒过来就要卸土活埋李国强，一命抵一命。好在警察及时震慑住了现场。终于走了法律程序。李美国家赔偿死者二十几万后，儿子李国强被判刑入狱。一年后，李国强在狱中被犯人所杀，不久，其母自杀，随后其父李美国中风瘫痪在床，靠着弟弟李英国一家照顾。

　　曾经作为龙庭村美好幸福之家的龙尾李家，风光不再。好在李英国的两个渐渐长大的儿子，新技术新知多，聪明又吃苦，慢慢地虾池又开始兴旺。而那时候，随着政府对恩留湾的大开发，李天禄重心转移，开始在抢夺工地平整、地材供应项目上大打出手，追抢暴利。李天禄买了几辆土方车和发掘机，成立金龙公司。那也是龙头李氏家族最威风壮大的时期，李海狮、李海龙手下有四大天王做小弟，四大天王下面又各自带着八大金刚为小弟，据说八大金刚下面，还有更低一级的罗汉小弟。而权力的塔尖，就是李天禄。那时，只要是禄爷看上的工地项目，只要是恩留湾区的项目，没有人敢跟禄爷抢。据说，最大的场面，有过两三百人的工地大战。禄爷总是赢家。如果没有抢到，禄爷的人马就会去阻扰工地施工。久而久之，工地承建商也觉得，交给禄爷，反而安宁。

　　争夺工地、维护工地就必须要实力，豢养小弟，正是势力的保障。而社会上游兵散勇的小混混，很快就发现投靠禄爷势力的好处。在禄爷的保护伞下，他们欺行霸市、滋扰乡里、调戏妇女、放高利贷、收保护费、开设赌场，所有不清不白的勾当，都有了靠山。他们很清楚，有了麻烦，禄爷会处理的，正如，禄爷有了麻烦，他们也会奋不顾身。当然，小弟们自创自收，也减轻豢养压力。

　　日益发达的龙头李天禄家族，不知怎么请了个香港风水师，相中了李美国李英国家的风水宝地，也有人说，是龙尾李家院子前的百年老榕树，和龙头李家的宗祠犯冲，不止危及财富，还会累及子孙发达。所以，李天禄要赶李美国李英国搬迁去惠民新农村房居住。即使村委的补偿款不是低到天怒人怨,龙尾李家也不愿搬。他们说自己不在规划区域里,坚持不搬迁。随后,银发小弟们,忽然来强锯龙尾李家院子前的老榕树,李家自然不干,李家奶奶在门口持刀以死相抗,一边又到市里搬救兵。这个局面又僵住了,而锯树,因为涉及李氏宗祠,关乎龙庭村所有李姓人家兴旺,这样,李美国李英国家就开始不得人心了。有三次,李天禄的八旬父亲,率领本村老人协会几十名老人,到李美国李英国家围坐辱骂,劝他们造福子孙。去参加围坐的老人,每次可以领到面线两斤及调和油一斤,结果,愿意去围坐示威的老人,越来越多。龙尾李家爷爷脾气温和,你围你的,我玩我的,照样听自己的收音机、看电视,但李奶奶个性强硬、傲骨威赫,经常和挡道的老人泼水对吵,最后竟然去李天禄家叫骂,结果遭到银发小弟舞棍轰赶,李家放出猎犬。狗倒是没有咬到勇敢的老太太,但是,老太太把自己给气得脑溢血。直到老太太死去,围坐李家示威的队伍才消散了。这是三年前的事。两年后,这个脾气恶劣的老太太尸骨,在墓穴里不翼而飞。去年村委会开始筹资修路,又规划出新村路,要经过龙尾李家。龙尾李家再次面临迁移。现在补偿款更低了。李英国父子坚决不从。要保住自己的家,自己的老榕树,难度肯定比当年的虾池要难得多。一方面禄爷的势力,已经威震方圆百里,李氏造桥修路捐修寺庙入政协,有各种力量的托举扶持,可不再是当年的粗坯。另一方面,龙尾李家市里的助力,则日益萎缩,还不胜其烦。所以,禄爷知道,敢于对抗他的人,越来越少,尽管,他的仇人越来越多。不过在龙庭村,除了李英国家的两个浑小子李国豪、李国威,还有什么人敢在老虎嘴边拔毛?只是禄爷也没想到,自己的女儿宝船,怎么就弄死了李国威。

十

石廊村的芭蕉楼实际上是指依山脚而建的上下两栋普通民居。那曾经是石廊村民富裕的一个标杆屋。石廊村大部分土地都被占地四千亩的阳光高尔夫球场征用了,所以,站在芭蕉丛中的芭蕉楼西面,就能看到辽阔绵延的绿草如荫。沙坑、果岭、水塘、大树、灌木,在柔和起伏的绿毯地上。在石廊村、球场、龙庭村的三方交界处,有大片杂树丛生的丘陵，山脚有一个自然形成的堰塞湖，人称陈坝水库。这水库已经变成"贝加尔湖"，因为湖边已被阳光高尔夫球场开发成别墅群，据说卖得非常火爆，尤其是环湖这一圈临水的独栋别墅。这些别墅的名字，就叫贝加尔湖畔。在城市的有钱阶层的谈资里，一说贝加尔湖畔，人们第一反应就是阳光高尔夫球场边的独栋小别墅，而非苏武牧羊的北海、西伯利亚的蓝眼睛，那个世上最清澈的淡水湖。

彭景醒来的时候，已经是黄昏。他是被大雨打在芭蕉叶上的声音弄醒的。豆包一看到彭景醒来，立刻跳上床，和他交颈缠摩，尾巴剧烈摇晃。彭景抱住了豆包，有点泪热眼眶。彭景爬起来，一瘸一拐地走到窗边。环绕小屋的是暗沉的芭蕉丛。凄风苦雨中，满目是破败褴褛的巨大芭蕉叶在飘摇翻转。这样的景致，让彭景无比消沉绝望。

彭景在门边，摸到了电灯开关。屋子里有两张床，都挂着蚊帐。窗前有张灰色的电脑桌，桌上，有个蓝色的两层塑料鞋架，杂乱放了十几本书和杂志。彭景随意抽出几本：《图解高尔夫完全学习手册》《高尔夫全程点拨大卫·利百特》。门边，一个折叠方桌上放着灰尘布满的电视机，电视机上斜放着一本书《小狗达西卡》。彭景在豆包的陪伴下，在这个屋子内外，小心翼翼地走了一圈。这房子南边有三间屋子，北面靠山的是一间久无人用的厨房和大厅。三间屋子，除了他睡的这一间，另外两屋都锁着。一个粗笨的木直梯上面，是个放旧农具、杂物的阁楼。屋子看不到任何人，但厨房对面，隔着一个小院子——院子里有好几个打破的大水缸——也就是在土坡更高的地方的小楼里，有灯光、人声，有隐约的铁锅与铲子的碰撞声、拖重物的声音，咳嗽和含糊的呼叫，似乎还有辣椒炝锅的味道，穿过雨幕而来。

大门一响，有人进来了。

女孩依然戴着棒球帽，这次是灰色的。马尾巴长发从帽子后孔出来。她穿着黑色漏着白边的无袖T恤，也许就是黑白两件背心套穿，牛仔短裤，短裤下面是均匀紧实的大长腿，在屋子里的灯光下，长腿白得要超过她脚上那双踩过雨地的白色球鞋。实际上，她的双臂也白皙如玉，如果不是质地紧实，她又动作利索，这样的肌肤，彭景会推断她严重缺少运动。女孩提着快餐、水果和一提矿泉水进来，身上散发出沐浴用品强烈的清香。彭景不知道时间，他没有手表、手机，房间里也没有钟。估计有八点多了。豆包看见棒球帽女孩，欢跃扑过去。

你睡了三天两夜。

女孩把一份快餐放在桌上说，我带过五份饭给你，最后都给小河吃了。

噢谢谢。彭景说，我马上走。

女孩不接他的话，说，这狗和你很亲呀。

我救过一只差点被人宰杀的土狗。那时它还非常小。彭景比划了一下，女孩盯着他的手看。她已经偷偷研究几天了，那双手，现在依然肿胀如拳击手套，手背紫黑。女孩瞟着他的手，嘿嘿一笑，说，所有的狗，都是一只狗。

彭景点头。对，它也是我的狗。

你看出它不是我的狗吗？棒球帽下女孩似乎脸部柔和了一下，彭景感受到那是一个稍纵即逝的笑意。女孩说，它很像我小时候养过的一只狗。

也叫小河？

不，它叫万岁。和小河一样，都是棕色土狗。她转身去洗番石榴和莲雾。我离开我外婆家的时候，哥哥送我的。我一路抱回家。万岁胖胖的，一个多月大，一听人说话，又细又软的小尾巴，在大大的屁股上，摇来摇去。想听懂你的话的时候，它的头会歪左、歪右，软软的耳朵都要碰到肩膀上了。但是，我的双胞胎妹妹很害怕狗，她身体一直不好。我爸爸妈妈就不让万岁进门，它就天天坐在铁门外，挠门，哀叫。我就在里面哭，我要开门抱它，可是我开不来城里的门，它叫得全家人邻居都不能睡觉，楼上住着我爸爸的领导。我爸爸就把它踢死了。后来，我妈说是送人的了。回城的那几天，我天天哭喊要万岁，要回外婆家，要找哥哥。我爸爸被我弄烦了，说，小狗早就被人吃掉了！所以，我学会开城里家门的第一件事就是，离家出走，我要去找万岁，去找我外婆我哥哥。

后来呢？

后来警察送我回家。后来我爸妈合伙打了我。因为我必须上小学了。

棒球帽女孩，看着彭景狼吞虎咽地吃饭。她觉得他身体肯定没有问题了。彭景意识到女孩在专注看他，没话找话地说。这小河，你要好好待它。

当然。所有的狗，都是一只狗啊。女孩在黑暗的帽檐下，再次有轻微的笑容闪过。小河是我拐来的。我上下班经常路过它家院子，我看它又饿又渴，满地屎尿，那家人已经不管它了。

公的母的？

它是女孩。

噢。你在哪上班啊？

广告公司。各种户外广告，灯箱、显示屏、邮递直送。

具体做什么呢，设计？

不会。其他什么都做。拉客户、策划啊、监督广告效用、户外投放管理——你的手为什么这么肿呢？你的腿也……

嗯，彭景说，被绑架了。我已经二十多天没有睡觉了。

女孩瞪大眼睛。

逃债。彭景说，高利贷。

噢，我知道。我有个朋友的哥哥，误借高利贷，两个月前把自己烧死了。

比我还惨。彭景说，这什么地方？

石廊村芭蕉屋，离市里三十多公里的地方，属于茂田区、恩留湾一带。贝加尔湖畔别墅的对面——很安全。

彭景笑了一下，是那种不好意思承认他很在意"安全"的笑。女孩觉得那张淡漠沮丧的脸，因为这点笑意，忽然暖和起来，甚至暖得很令人宽心。

女孩说，芭蕉屋没什么人。这是老房子，后面那栋是新楼。曾经是一个富裕的村民家，后来，这家人被仇家逼得死的死、逃的逃。这两年，因为在恩留湾电子厂、光学厂、纸品厂打工的人越来越多，这家人的亲戚，就把房子出租了。不过……

彭景看着她。

女孩说，芭蕉屋又叫鬼屋。有人说是后面那栋，有人说是我们这栋，经常在初一或者月圆之夜，看到鬼影或听到鬼哭的声音，还有女人突然的尖叫和儿歌声，反正非常恐怖。所以，贪便宜租住下来的打工仔，听到这个说法后，或者真的见鬼了，就会纷纷搬走。

哦？你为什么不走呢？

租期还没到期。和我一起租在这里的人，胆子大。女孩手往窗外比划了一下，她是旁边球场的球童。什么都不怕。

哦。

不过，她最近和男友住在城里了。

你平时一个人住这？

也经常没住，我现在的单位包吃住——你高利贷是怎么回事呀？

放贷人要我还钱，我还不起，就被绑架，强制还钱。

你欠了他们很多钱？

嗯。我妻子不小心做了借钱人的担保人。借钱的人跑了，我妻子也跑了。他们就找我。

你为什么不跑呢？

我不知道这事。妻子没有告诉我。而我还有小生意要做，我离不开。

听说放高利贷的人会剁人指头，很凶。你怎么能逃跑的了呢？

刚好发生车祸。彭景指了指自己的腿。

骨头断了？

彭景摇头，估计脚踝裂了。不好踩。

他们为什么不剁你指头呢？

不知道。也许用电击，也和剁手差不多。

电击？

用高压电警棍，一个指头、一个指头地电，没电了，当你的面再换电池。那个感觉，比剁指头还要命。我实在没钱，不然我什么都给他们。

可是，我在你口袋里找到了六百多块钱。

车祸现场，抢他们的。

那，你有更安全的地方住吗？

暂时……没有。

这样吧，你先住我这，房租你出一半——如果你怕鬼，那就算了。

不怕。六百块钱，你不会都拿走吧？

你要钱干吗呢？你一出门，就被人抓了。我还给你带饭、水果什么的。噢，空调是好的。女孩一指墙上拔了插头的空调机。

好吧，钱都给你。我再给你写个借条，向你借两千或者三千。帮我搞个手机，买个手机卡，行吗？

十一

彭景料到自己会被通缉，他需要保持安静，蛰伏着避过风头，但是那一天，他突然猛跳起来。他坐不住了。

这个叫河豚的女孩，一直忘记给他带他请求的收音机、报纸。屋子里的电视机说也坏了。女孩为自己的健忘辩解说，你要那些资讯干什么呀，都是没用的垃圾。你就安心疗伤吧，不出半年，我包你平安无事。

彭景很郁闷生气，但也无可奈何。你没办法跟一个涉世不深的女孩说更多一点什么了。河豚倒是把手机和卡都给他了，但他一个电话都没有打。他在等待时机。在等洪彦的脱险康复时间，老丁也许也会帮助他，何大头肯定指望不上。还有谁，市局刑侦技术处的同学戴忆果。但这一切，他都需要掌握最好的求援时机。可是，忽然地，他想起了一件事，浑身顿时冒汗。

出事的那个晚上的长跑，大概在跑了两公里多的怪坡附近，也就是游客最多的地方，那也是将拐进新维和小区大门口的地段，他在自动贩售机，投币购买了一瓶宝矿力水特。当时，贩售机前面，一前一后，分别有辆下客出租士和卸货车，挡住了直接走近自动贩售机的线路，彭景是通过一家便利店门口，折走过去的。彭景曾在那社区店买过水，但是，混在买单排队的人流中，很耗时，所以，有贩售机后，他都在那里直接买水。

如果那是二十四小时便利店，根据公安规定，应该在去年底，就必须安装监控安防设置，也就是说，门口的监控探头，可能可以拍到经过的彭景。当然，这只是去途，未必能完全证明不在场时间，因为他可能买了水，再赶赴湿地公园杀人地。而归途，彭景知道在回程四公里处铁路疗养院与丙西村路口，有一个小邮局，那里有个邮储银行网点，如果他有幸跑过押运车的车位，一定会被探头拍到，那么，基本就完成了他不在场的证明。但是，这个可能性比较小，正常的跑步，不会在没有阻挡物的情况下，好好地往里面拐一下。对于银行系统的监控，彭景有数，以前办案查证的时候，他曾打扰过那个网点的负责人大马。他知道银行的监控设置更完善、探头更高清，它的画面存储至少要保持六个月。时间很宽裕，但他估计自己看不到录像资料。作为银行网点负责人，一定很清楚彭景已经被通缉。他不能轻易冒这个险。

而二十四小时便利店的监控资料，一般保存三十天。个别店主会保存四十五天。因为公安只要求保存不少于七日。按通常的三十天算，那个便利店如果有装监控，又正好拍到了彭景，那么，彭景只剩最后一天。这就是他跳起来、根本坐不住的原因。他必须抢救性地去查看那个录像，至少去拿到那一夜长跑的去程的自我证明画面。

他决定当晚九点多就过去。那时候人少。

镜子里，彭景看到自己人瘦毛长，容貌狰狞。即使已经大睡多日，他依然眼窝深陷，山根陡峭，两边的络腮胡子，已经和鬓角头发粘连成片，看上去的确和流浪汉差不多。河豚有给他带来酒店用的一次性胡须刀，当时一拿到彭景差点就用了，但是，他还是住手，对镜凝神。一般而言，只要他不触动使用个人信息的系统，比如银行、乘机、网吧，应该不容易被盯踪。何大头看上去有点邀功心切，心性偏执，面对这起媒体关注的、影响力大、同道作案却中途脱逃的两条命案，他完全可能大范围地张贴通缉令。如果真张贴，会用他哪张照片？不管哪一张，可以肯定，都是胡须刮干净的。所以，保留胡须也许相对更安全，只是，过分邋遢引人注目也不好。彭景彻底洗头洗澡一次。女孩挺乖的，主动给他带来三套沙滩休闲服，格纹大短裤、黑色、白色短袖、无袖T恤，胸口印着椰子叶图案。浴室出来，换上灰色紫细纹的大沙滩裤，套上无袖的白T恤，胸口上一帧大幅的沙滩海螺照，彭景上下打量着自己在想，穿得这样休闲逍遥，到了便利店，店家是否信任他呢？

河豚今天来得早，她进门时，彭景头发还是湿的。两人身边的窗外，落日熔金，芭蕉叶在金色的晚风里轻轻摇曳。豆包或者叫小河的狗，迎接完女孩，又冲下院子追鸡。河豚照例是充满浴后芬芳地进来，屋子里顿时空谷幽兰般清香宜人。哇哈，今天你简直像个街头艺术家！河豚放下一提盒饭，打量着长发后掠的浴后彭景。彭景摸摸脑袋，估计自己头发还是太长了。女孩说，嘿，给你皮筋，你在后脑勺上扎个小辫子！绝对酷！她真的拿出一圈黑橡皮圈。

彭景把她的手按住。

河豚说，好看啊。你有这个气质！

彭景不睬她。早吃饭也不错，开车过去，起码要四五十分钟。

今天我和你一起吃。河豚说，你敢不敢到院子里吃？那样，可以看到高尔夫球场，深绿浅绿的草地，漂亮得会让人想哭。彭景迟疑了一下。女孩马上说，呃那好吧，就在窗口上吃吧。

一人一大盒。彭景第一次在白天的光线里，这么近地看到河豚的脸。他暗暗吃惊，她的脸真是够黑的，包括耳轮。不过，也不得不承认，这张脸相当标致。它有种无畏的神气。从彭景这个角度，那个鼻唇沟，被俊美的鼻梁鼻孔，烘衬得纯真又性感。上唇尖隐约有颗润泽的唇珠，双唇轻闭时，舒畅饱满的下唇有个微微的凹坑，承接的就是那颗上唇珠。不过，它又使这张脸，看上去有点委屈，好像随时会哭起来。但她眼睛里的那份异于常人的清丽黑亮，水钻般，在忽闪间，镭射出烂漫与力量感，它统摄了绸缎般的麦色肌肤，使这张天真无畏的脸，散发着自由自在的魅力。

你的手，消肿了很多，不过好像还会颤抖啊。

彭景点头。他在想晚上是不是要借用她的车。怎么开口呢？

这是红虾，肠子里带沙，一点也不甜，很便宜。我舅舅家虾池里，都是斑节虾，蓝褐色横斑花纹的那种。从小我在那，最喜欢吃的就是斑节软壳虾。我外婆，会把它们用料酒腌制，裹上地瓜粉，过热油一炸，简直好吃得让人发呆。

哦。彭景说。

你不喜欢吃虾吗？河豚说。

我什么都吃。

快餐店的虾太差。外婆家的软壳虾才是绝味。它有一层薄皮，咬开的时候，牙齿间轻轻地炸开，香气和虾肉美味，就从牙缝里爆出来了，你一定要听到那个轻轻破绽开的响声……

河豚停了下来。彭景意识到了女孩的失落，为了掩饰自己开小差，他说，你舅舅是养虾的？

嗯，我外公外婆和舅舅们，有两口几十亩的大虾池。我小时候一直长到上学才离开。然后每年寒暑假我都会回到那里。我和乡下的哥哥姐姐会帮大人运饵料、喂虾、划船。有一年暑假，我舅舅哥哥刚把我带去的第三天，刮大台风，天哪，海啸引发海水暴涨，我们虾池决堤几十米呢，那时我七岁吧，也帮着哥哥姐姐装沙袋，太紧张啦！晚上的时候，风狂雨大浪高，没有电了，只有忽明忽暗的应急灯，外婆搂着我，我看到大舅小舅还在虾池不知道干什么，大哥哥和二哥哥也在帮着搬运饵料，我大哭大叫，觉得他们都会被台风刮走的。我使劲尖叫，比台风还要刺耳，我外婆一巴掌把我打翻。我那么小，被打在淤泥里，都成蚌子了。

外婆威武。彭景笑。

和一般的农村人不一样，我外婆喜欢女孩。她非常疼我，但我从小就觉得我外婆是海盗、恶霸、土匪。她会划船、会修供氧机、会做衣服、会和男渔民打架。紫菜饭煮得非常、非常好吃。她在家，不仅万岁的土狗妈妈爸爸怕她，连家里的猪、鸡、鸭、老鼠都怕她。真的，我外公说，外婆一不在家，老鼠就都跑出来偷吃东西。

彭景第一次哈哈大笑，你妈妈也是土匪吗？

我妈妈，除了长得美，其他一点都不像我外婆，她非常娇气，逢人就撒娇，很爱读书，所以，早早就考上大学进了城，当了英语老师，嫁给我爸爸。不幸生了双胞胎，一下子来了两个孩子，简直把她吓坏了，也气坏了。还好，我爸爸纵容她继续娇里娇气、四体不勤地生活，依然把她当孩子照顾。但我爸爸是一个自私狡猾偏冷漠的人，照顾不了那么多小孩，趁着我妹妹急性肝炎，我妈妈跟我外婆撒娇，说照顾不了，我就被送到外婆家了。在那里，我长出第一个小牙，学会爬和走路，学会叫哥哥、阿嫲。我会讲的第一句话，是嘎嘎，就是叫哥哥。

你把你母亲说得像个孩子。

她真那样！有一次，家里来了小偷，我妈大惊之后，自动和小偷撒娇了：你怎么偷我抽屉的钱啊，我存了这么久，想买个空调啊……她坐地大哭，小偷不胜其烦，只好扔还她一半钱，气急败坏地跑了。我外婆知道后恨铁不成钢地骂：哭？！你跟小偷哭？！看我不一刀剁了他！

果然外婆悍勇。

爸爸妈妈讨厌我，我比我妹妹笨太多。很大了我都不会擤鼻涕，我妈妈拿着纸巾蒙在我鼻子上，绝望地喊，你用力啊用力嘛！这么简单怎么不会？你不擤掉，一擦完你又流出来了！我妹妹很早就会数数字，一到一百。而我，怎么也数不好，逢九必乱，三九、五九可能我就连到二十、七十。在别人的帮助下，好容易数到了八十九，然后，别人一不提示，我就回到了六七十。所以，我永远也数不到一百。而那时，我妹妹，在公园里已经能和老外简单问候对话了。这个问题，我爸爸比我妈妈对我还绝望。这是弱智。我爸爸说。

彭景被女孩的讲述带了进去。他认真看着这个女孩。他看到轻松的讲述下，笼罩着难以觉察的哀伤。河豚自己却笑起来，我第一次完整从一数到一百，是在二舅家。那天，大人去吃喜酒都不在家。大我九岁的大哥，还有大我五岁的二哥。大哥一次次耐心辅助我"九拐弯"，二哥呢，一边嘲笑一边启发。我的笨，让他们很头痛。大哥哥说，如果你能自己从一数到一百，我就去虾池捞软壳虾给你吃。我说，冬天没有软壳虾呀。哥哥说，你数对了，就有！那是冷空气来的冬天，几天都下着阴冷的雨。为了软壳虾，我真的成功数到了一百。大哥哥马上穿上舅舅的连裤大雨衣，到那么冷的虾池里，帮我捞找软壳虾。小哥哥也下船帮忙。海边的风寒冷刺骨，我们三个小孩，就虾池边，哥哥们在虾池里发抖。后来，我的魔术哥哥也来帮助了。那天，只捞到小半碗软壳虾，但是，我吃得非常开心。大哥哥和魔术哥哥一口都不吃，小哥哥吃了两只。他当晚就发烧了。大哥哥也一直打喷嚏。我们都不敢告诉舅舅舅妈，更不敢告诉外婆。我那时候真蠢得无药可救，不知道报告感人事迹，不知道感恩，也不懂心疼害怕。这个事情，一直到我自己到东北职业学校读书，校园里，冰天雪地的一个人，不知怎么地，我突然地就想到了这段往事。一下子，我在雪地里放声大哭，完全止不住。大雪纷飞中，我才醒悟我哥哥们那时多么小啊，十三岁、九岁、十五岁；我才明白，冬天的海水和冰雪一样刺骨冰冷啊。在学校那个冰天雪地的大操场里，我一个人哭得停不下来。我哥哥们在千里之外的南方，听不到。就是那一天，我忽然开窍了。我得回来，爸爸妈妈不喜欢我也没关系。我得守护着我的哥哥、还有我外公和舅舅。

　　女孩讲述的时候，彭景一度又开了小差。他想到了湿地公园杀人石坝上的痕迹，想到了他的学霸同学戴忆果。在大学里，戴忆果也是个话痨女孩，薄薄的单眼皮眼睛里，充满狡猾与自信。彭景又想到要怎么谋借女孩的车，他不由看了下手机时间，于此同时，他看到女孩低垂下脑袋，开始扒饭。彭景有点过意不去，为自己再次忽略了这个救命小恩人而满怀歉意。

　　彭景默默地看着女孩，忍着暂不开口借车。女孩似乎知道他在看她，一直低着头在扒饭。彭景把汤碗推向她，示意她喝汤。女孩站起来，去了卫生间。彭景站起来看窗外，窗外早已一片黑暗，只有芭蕉屋射出的青色灯光，照亮了一小块风动的芭蕉林。

　　河豚从卫生间出来，一切恢复如常，她神态自若。鱼刺，她做了解释。彭景对她笑，河豚也回眸一笑，唇边贝齿如春光乍泄。彭景看着，莫名地有点感动。

女孩开始收拾餐盘。不吃了？彭景说，没吃几口啊。吃吧。我陪你。河豚摇头，其实我不饿。女孩把脏饭盒叠起。真不吃？彭景把她的餐盘拿过来，又把两人已经合并的一次性筷子，随便拿了两根：我吃掉吧。别浪费。

河豚呆看着彭景，他好像没吃过饭一样，三下五除二，把米饭、豆干、虾、青菜，全部扫光。女孩不由心虚：以前，是不是我都给你带少了？你从来没有吃饱？彭景笑，是啊，你把我养得越来越瘦。河豚看出了他开玩笑的意味，由此感到他的温暖友善，而她还有另一种无法表达的触动，她吃剩的饭菜，除了她大哥哥，第一次有人这么不嫌弃地吃光了。她父母都做不到。

彭景说，今天晚上，我可以用用你的车吗？

女孩睁大眼睛。她没想到他敢出门。

哦，或者你送我到能打车的路口，就行。你也可以告诉我怎么走，我走到哪里可以打车。

你要去哪？河豚说，我送你去。

不不，不方便。我大概十一点前能回来。要不，我先送你回你广告公司的宿舍？

没事。我在这等你。真要用车，我还有摩托——买车后，我把它半卖半送给房东儿子了。不过，还是我送你吧。

你是怕我开不了你的车？

女孩看着他。彭景难掩讥讽：

看你的脸，就知道你刚考过驾照。

我天生黑！

放心吧，我车技好。在高速上我经常一脚油门踩到底。极速、安全，从来兼顾。

你在追人吗？

彭景意识到自己失口了，他挑起眉头，偏转脖颈环顾东西，含糊地做了个类似吹牛被揭穿的无赖表情。这一瞬间，让彭景幽微感伤。如今换一个角度回望往昔，五味杂陈。多少年来，他和同道在各种场合出生入死，并不觉得有什么异常。在高速公路上追捕，也确实是什么破车都油门一脚踩到底,让指针颤抖。警察从来没有比歹徒更好的车,只有更差。一般来说他喜欢自己驾驶。高速追踪中,你的指令到驾驶者那,哪怕零点几秒,就是几公里的差距。而且,前后排兄弟们都不系安全带,抢的还是下车那零点几秒的时间差。谁也没有时间去捕捉恐惧,也许最大的恐惧都气化在沉默中。极速追捕中,整车兄弟们死一般的一言不发。最终实现目标,同道们散去,依然是不置一词。现在,身份倒转了,猎人心无挂碍的全力以赴,是职业的诚挚忘情,那种脑子空白似的无私无畏的能量,确实具有毁灭性的力量。这就是普通的猎人生涯,准确说,就是猎人生涯令人后怕的、也是普通的一瞬间。

　　如今,身份倒转,反为猎物,彭景在怀想中黯然,也在黯然中怀念。也许,猎物的身份永远也无法再逆转回去了。

十二

　　彭景把车子开出没有多久,就感到好像有人跟踪。这是直觉。因为路不熟,他东张西望间,总感觉四处有可疑端倪。又想也许是疑神疑鬼心虚吧。农村的地界,路灯昏暗甚至有的地段就是乌漆麻黑,还有各种自由行驶、乱穿马路的摩托车,那些呼啸来去的过往汽车,交汇也不肯关闭远光灯,照得人头晕眼花。

　　进入市区,车速慢了下来,但是,拐进云山路口,很快就车稀路宽了,夜间的旅游大巴也少,但依然能看到夜跑的人们。作为新路,云山路车道和交通划线,黑白分明,改性沥青的路面,车轮在上面碾过滋滋轻快。彭景再次在后视镜上,看到那辆可疑的摩托车。车手戴着封闭式头盔,但他的银色挡风衣,以及身型车型,让他觉得是同一辆车。彭景四处察看,好像也没有别的可疑痕迹,看不出有别的追踪者。如果是警方跟踪,这么长的路途,早该有收网的姿势了吧。彭景稍稍有点宽心。到新维和森林小区门口,他终于看清,那个小店就是二十四小时便利店。

　　彭景把车停在方便上车的地方,透过玻璃墙面,隐约能看到店里有对年轻夫妇在选购什么,一个中年女子在收银台结账。等这些人都出来了,彭景戴着河豚的棒球帽下了车。店门口有张类似通缉令的A4贴纸,也许是普通招贴。因为别无选择,他不细看停留。他就这么大大方方地走了过去。

打扰一下。彭景说，我在找我儿子，离家出走一个月了。有人告诉我，上个月六号，在你们店看到过他。我可以看看你们当日晚上八点左右的监控吗？店员冷漠地扫了彭景一眼。这个，我没权利给你看。

我妻子急得发疯了，昨天刚刚割腕自杀，被送进医院。请你，帮帮我！

店员说，那也得警察带你来。我没权。

彭景掏出两百元：求你！我只看一眼，给我妻子一个交代就好。

看到钱，店员有点不好意思。他的目光在回避钱，口气却软和下来。可能已经没了。我们只能保存二三十天。前面的会被后面的覆盖掉。

彭景把钱塞到他口袋。店员没有把钱拿出来，但他说，我也是看你家可怜。这是违规的。彭景飞快地操作倒时间，店员纳闷，你这么熟悉啊，其他店也找过？彭景含糊点头。他把时间起点放在了当日十九点四十分，这是扩大化的保险措施，因为扩大用时更多，这样，即使在便利店的空调房里，他还是暴汗满身。幸亏有人进店，和店员询问什么。彭景看到自己的手，无法控制地在颤抖。终于，他看见那辆白色卸货车的右侧，滑过屏幕。手抖得更加厉害了，二十点二十七分，一个跑步的影子，在店门口大步走过，一下子，彭景也觉得不是自己。他急忙倒回，再看，再看，衣服裤子，没错，是他本人，但是，那个角度是逆光，面部不够清楚，只是，身形步态衣着，熟悉他的人，应该可以勉强识别。彭景瞬间口干舌燥，他拿起手机拍照的时候，一只手把他手机按掉了。

不可以！店员不知什么时候，就站在他身边，语气又恢复了冷漠。

彭景说，对不起，我给妻子看一眼，看到了，也许她就不会万念俱灰再自杀——求你！

店员说，我让你看，已经违规了。

彭景在他手上，再塞了一百元：找到孩子，我再来谢你！我没有更多钱了。拜托！店员看着手里的钱，换上悲天悯人的表情走开了。他去外面整理货架。彭景拍照的时候，手依然在阵阵颤抖。这是受刑过度后植物神经紊乱后遗症，他咬紧牙关、屏住呼吸，连续拍了很多张。

店员在货架那边说：明天这个时候你来，就覆盖掉啦。

在他道谢离去之际，店员突然阴恻恻地来了一句，你儿子，怎么那么老？

彭景反应神速：这人和我儿子在一起。他在，我儿子就不远。

店员打了个响亮喷嚏，算是送别。彭景一出店门，就看见公交站牌后面的阴影里，有人戴着封闭式安全帽，跨在摩托车上站着。他掏出手机，直接拨打了河豚的电话。安静的山路上，《贝加尔湖畔》的彩铃瞬间响起，摩托车手连忙低头去掏手机。彭景按掉电话，启动汽车。

他的车如离弦之箭，瞬间消失在长坡之下。

汽车开过乡间杂乱的、堆满海蛎壳的土道，辗转回到芭蕉屋外。彭景把车停在芭蕉叶的阴影下。大约二十分钟后，传来了摩托车声音，车子在更远的房屋处停下了。彭景以为自己听错了，以为是其他村民的摩托。但是，很快地，一个长发飘飘的高挑身影，出现在月光下。还真是健步如飞。她径直走到车前，小河冲下台阶迎接她。她抚摸着小河脑袋，过来端详着车前车后。因为车玻璃暗，昏暗的光线下，她看不清驾座上一动不动的彭景。她猫腰靠近车窗。突然，车窗刷地降下，彭景一声怒喝：

为什么一路跟踪？！

女孩吓得后退，被什么一绊脚，一屁股坐到了地上。

彭景推门而出，把车钥匙丢给河豚。

河豚说，你……怎么有我的电话？

为什么跟踪？！彭景说。

呃……开始我是怕你路不熟，走不出村，后来，我有点担心，怕你被那个……高利贷的人抓住……

彭景看着地上的女孩。

女孩在地上看着他。

他弯腰伸手，女孩拽拉着他的手，站了起来。

河豚说，你怎么知道我的电话号码呢？我没告诉你啊。

用你的手机，打了我电话。

啊，狡诈。

好吧。彭景说，赶紧开走吧，今天让你等久了。

我不走了。这有我的床。

临进门的彭景，转身站住。

我的床在你对面。我有权住在这。你不过是我包养的嘿！

彭景仰头看天。

女孩和狗，撞挤开他，进门而去。

月色如水从窗口洒进屋子，清白的月光，隔开了两张有蚊帐的小床。没有空调，夜风倒也清凉，到处都是呱呱的蛙鸣，还有蟋蟀、灶鸡的声音。彭景在床上，稍微欠身，他就能看到外面婆娑不止的大而破败的芭蕉叶。

一下子两人同屋睡觉，彭景很不习惯。小鹿曾说他累了会打鼾，他也有点担心打鼾会不会吵到女孩。各自躺下后，两人一句话也不说。女孩也许也不习惯有人合睡，动不动就翻身，把床搞得叽叽嘎嘎响。在她第二次去厕所回来，彭景说，唉说说话吧，你害得我也睡不着。明天你这么远，会迟到吧？

河豚说，我们不坐班。

那还好。彭景说，我看你也一直睡不着。

忽然又有了新室友，感觉好奇怪。那你为什么不睡呢？

可能最近睡太多了。彭景说。

你去云山路那个店里干什么？

你说呢？

讨钱？追债？

真聪明。彭景笑。彭景说，今天吃饭的时候，你好像说了个魔术哥哥。他是魔术师吗？

不是。他是我大舅舅家的哥哥。他很会变魔术，从小就不断给我惊喜。所以我叫他魔术哥哥。他比二舅家的大哥哥大两三岁。他十五岁就无师自通会开汽车了，后来再大一点，家里的虾料、虾药运输，供氧机设备维修，酒店送货都是魔术哥哥做。后来，他把自己变没有掉了。

什么？

他开车，不小心压死恶人家的人，差点被人活埋。然后，他把自己变到监狱里，再后来，他把自己变没有掉了。死在监狱里。死的时候，和我现在一样大，二十六岁。他把自己变到监狱里的时候，刚刚结婚。后来妻子就改嫁了。

压到恶人？交通肇事，本来就有责任。

是惹到恶人家了。那个女人，本来就是个半癫寡妇。是她乱窜，魔术哥哥才压到她的。但是，他们家的人说魔术哥哥是无证驾驶，还酒驾，警察又很坏，就要哥哥负全责。大舅舅家还赔了二十多万，魔术哥哥还是被抓进去了。再后来就说，被里面的人打死了。大家都说，是那个恶人家买通监狱，叫牢头狱霸打死魔术哥哥的。

既然赔了钱，为什么还要打死人呢？

因为那个恶人家族，容不下我外公外婆一家。他们本来就有旧仇。

什么仇？

以后慢慢告诉你。你今天晚上拿到了多少钱？

还没有——你有很多哥哥？

大舅家，一个，是魔术哥哥，死了。二舅家，两个，是大哥哥和小哥哥。小哥哥也死了。外婆死了。外公痴呆了。大舅妈自杀了。大舅舅瘫了。我还剩一个哥哥。

你在说什么？怎么回事？

每家都有倒霉事——哎，你还要去讨钱吗？

嗯。也许。

我和你一起去。

不需要。

我帮你讨！

够了！下不为例。否则……

河豚一把掀开蚊帐，言语充满挑衅与轻蔑：否则怎样？不交房租？

落魄的人无以对抗这种蔑视。彭景翻身朝里睡，不再理她。

河豚却猛跺床板：否则怎么样啊？喂！

喂——

彭景猛地拍墙：否则——我揍你！

河豚闭嘴了。她感到了对方的怒意。很快，彭景似乎也意识到什么，语气缓和了不少：睡觉吧，谁再讲话，罚款一百！

十三

戴忆果听到电话里是彭景的声音，大为惊愕惊喜：还没死啊你。

彭景出逃一个多月了。专案组布控天罗地网，也派员追往大连彭景老窝。接到电话，一时之间，这个一贯以高速反应著称的技术女警察，居然愣怔了很久，心头各种问题拥堵。戴忆果按掉电话，下楼，走到办公室院子空旷处的树荫下，重新打了回去。

狗命真贱！老丁还昏迷不醒；洪彦接上的小臂，几个手指头还有点僵硬；何大头的小腿粉碎性骨折，桥脑进行性脑出血。也是一番痛苦折磨。算是基本痊愈了。你没事吧？

和他们比，我很好。

也是，不好你怎么救他们。车祸后，何大头就像换了一个人，阴郁寡言，但一心扑在工作上，关于你的通缉令，是他在医院就建议发布的——你打算怎么办？

查出真凶。我没有退路。

难度很大。

是。最担心是流动性作案。兴之所至，抢了杀了就走。

我觉得这也有可能。如果这样，你这种案子，只能等猴年马月的哪一天，突然案发，带出一串。

是啊，那时我的坟头草已经比人高了。

那你也只能节哀顺变了。做个不给组织添乱的优秀死人。

彭景笑。我想要现场全部勘察情况。

戴忆果沉默着。彭景喉头的紧张滑动，让这个敏锐的同学感受到了。

别干吞口水。你知道，我不可能整套弄出来。如果你相信我，我可以跟你说说我的疑惑。

你说。

就现在的材料上看，要说你杀人，似乎也真没有大障碍。你自己也认了。只是我个人，保留了一些困惑。我在现场提取了一个模糊脚印，没有入档。因为它既不能排除，也无法认定。现在，这足迹模型还在我的物证柜里。此外，关于死者的致命伤痕，我认为角钢斜劈，不会形成那样的痕迹，切入角度比较怪。但是，我说服不了他们，大家都倾向于凶器是角钢。当然，你自己也招供是用角钢劈的。

他们教我的。彭景说，这就是你的两点疑惑？

对，但是大家并不认可。也许他们和我，都在犯先入为主的错误。

你的先入为主是什么？

戴忆果笑：我错以为你不会杀人。

我就那么像杀人犯？发我吧，忆果，那足迹模型，你先拍彩照给我，多来几张。还有，尸检报告及照片。另外，现场勘验其他情况也给我，越多越好。

我想想吧。

谢谢你先入为主。但我，还是需要自己仔细捋一遍。

一天后，戴忆果开始发彩照给彭景。

两天后的傍晚，彭景打的去了湿地公园。他希望在游客基本退出的时段里，去查看园区大门口的监控资料。湿地公园的后区坝头，也就是案发现场，他知道已经没有多大去的意义，因为这样一个两条命的大案，刑侦技术人员绝对会把那里翻得透底，那帮人，基本都是戴忆果那样的现场魔症患者，是精微变态的一丝不苟人。看看他们的现场照片、勘验记录和鉴定报告，他就有数了。但他有了自己的疑惑。凶手是怎么进入现场的？他是怎么跟踪受害人的？

按照审讯口供，他的陈述是打的跟踪小鹿，到园区大门口，营运车辆不得入内后，他一路步行尾随妻子的车辆，通往后区（这有点勉强，但是审讯人员解释为前区游客和看月亮的人多，导致车辆慢行，易尾随）进入后区，游客锐减，但仅有一条路通往坝头，而且，是汽车盲道。彭景由车找到妻子，之后潜伏在隐蔽处。当发现男受害人出现并和其妻相聚于大坝断头端时，他随手捡起工地角钢，悄悄走进正在发生性关系的被害人。（为什么没有我的脚印？何大头反诘：你以为没有是吗？是啊，石坝都是风化的粗粒砂岩，石坝石缝里都是牛筋草，所以，你很安心，以为我们提取不到你的脚印，是不是？！）

彭景在村口拦出租车的时候，河豚正乘出租车回村。她一眼就看见了彭景，马上让司机掉头尾随。她感到非常刺激。聊天中确认彭景还会外出，河豚故意连续两天把车留在了芭蕉屋。但是，她把备用钥匙放在了电视机底缝隙里。如果彭景要用车，必定向她讨钥匙，只有这样，她才能知道房客的用车时间。

彭景确实很难抵抗汽车的诱惑，来去多么自由方便。但是，女孩出格的好奇心令他十分厌烦。开着她的车，说不准就被这个满大街监督广告的人发现，你不知道她会扯出什么幺蛾子，尤其像他这样处境危如累卵、命悬一线的逃犯。其实出前前，他还是巡看了一眼，发现桌上床上没有车钥匙，他还走到了汽车旁边，摸了汽车一把。但他到底忍住了打女孩的电话讨问车钥匙的念头。也许正是这样谨慎过头的举动，再次救了他的命。

村口的彭景，完全忽略了后面跟随的出租车。事实上，这一路出租车也太多了，彭景习惯性地回看过几次，都没有注意那辆车和自己有关。

到达湿地公园广场式的大门口时，彭景看到保安亭外四五个门卫保安，一色的浅蓝上衣，暗蓝裤子。似乎在交接班，果然，离去了三个，还剩两个。彭景走了过去，托词和表情和前次在便利店一样，他觉得自己说得更诚恳了。两个保安看了他一眼，其中一个目光有点嫌厌，另一个年纪大的却显得同情，一听情况就渲染说，哎呀，昨天我看报纸，说有一个团伙，专门拐小孩啊！然后打残废分到街头去乞讨，讨不来就打！每天有指标的！

彭景沉痛无言。

那年纪大的保安看了一眼同伴说，哎让他看看吧。反正就那一天。说着，他就擅自做主示意彭景可以看了。彭景点头哈腰地快速查看。七点四十分，他看到了小鹿的车子，五十二分钟后，画面出现了忆果所报车号的黄棕色宝马X5，也就是男受害人驾驶的SUV车。那车后面似乎有一辆跟随车，但是，后随车开到门口，还没有靠近电动栅栏，停顿了一下，就绕弯走开了。之后，是两辆的士车先后进入镜头，下来的都是两三个人。还有自行车骑行者。游客或本地赏月人，三三两两地不断进来，还有小贩。彭景把带子又倒回看，他怎么也无法看清那辆退出监控探头范围的尾随车，他不能确认它是否在尾随宝马，但是，它那个突然的闪退，让他不踏实。彭景又调开了能拍摄整个大门的广场监控探头。他飞快地倒到那个时间点，在这个探头里，能换个角度看到尾随被害人宝马车的汽车，它明显有迟疑和退缩感，但最终它退出了探头监控范围之外。彭景设法放大细看，还是看不清车号，也看不清驾驶者。只能判断是辆银灰色的大众车。

看到你儿子没有？！那个嫌厌他的年轻保安是驱赶的口吻。

年纪大的保安看出彭景的沮丧，热切地说，哎你可以到新开的餐饮区北门看看啊，那边新装的探头比我们这里的高清。

年轻的保安：他在看个鬼！

彭景感到了他的强烈敌意。彭景道谢告辞，只得往北门方向而去。就在他退出保安室的时候，之前出去的一个矮胖保安，不知何故又折返回来，彭景低头搔脑与他交错而过。矮胖保安盯着彭景几乎停步，之后，两次扭头看越走越远的彭景。彭景想自己一头乱发虬须，不可能让他看出什么。但他还是加快步伐,往北面大门方向而去。

矮个子保安还是想起了他。

作为湿地公园保安队副队长,杀人夜正好他值班,赶上了这个相当刺激的事件,让他在亲朋好友战友圈,当了好多天的主讲人。因为警察到场勘验他也一直忙前忙后,奉命代表湿地公园,提供了尽可能的属地配合。不知为什么,办案警员让他和另外一个值班保安,参与了嫌疑人辨认。实际上,他们都否认见到过彭景,但他却由此认识了彭景。彭景的淡尾眉,山根阴暗的高直鼻,还有有点单边耸肩的高大身形,都使他牢记。那之后他每次看相关报纸、电视新闻,他脑子里都有彭景的样子。当他从办案警察老吴那获悉,杀人警察逃跑了之后,无论上下班,走到哪里,只要看见像彭景样子的人,他都疑窦丛生,怀疑是通缉令上的逃犯。办案警员回答他说,通缉令上没有悬赏金,不过,你真的抓到他,或者扭送到公安,肯定可以评上见义勇为,那个就有奖金了。孩子高考也可以加分。这个复员军人出身的保安副队长说,我可不是为了钱!我认人就是过目不忘!

彭景活该倒霉。有些人就是你上辈子世袭的克星。当矮个子保安冲进保安室,确认嫌疑人查阅的是案发当日的监控录像时,他来不及呵斥手下,立刻用对讲机,猛烈呼叫北门保安,描绘了彭景模样,他命令:"截住他!!给我拼死堵住!拿下!"随即,跟办案警员老吴等打出了亢奋的举报电话。可能对方反应不令他满意,他立刻又猛烈拨打110,高声举报:"杀人犯在逃!他已经瘸了!我认出来啦!"他冲着办案警察和110都这么哇啦哇啦地喊。三个保安,顿时为这个意外的情况,紧张兴奋得忘了给进出的汽车开门放行。两个进出的对车司机,彼此狠狠鸣笛。就在这一片混乱中,一个穿着高帮球鞋、卡其布短裤的女孩,拿着电话边走边说地走进大门,刚才她一直靠在保安室外墙上打电话,像是等人,也像是对等的朋友们迟到而生气。

一进大门,这个女孩,开始在灌木道上飞跑。她身轻如燕,步幅轻捷。往北门方向跑了一百多米,就看到了大步行走却一步一瘸的彭景。女孩扑过去一把拉住他,把彭景吓得差点挥拳揍她。女孩说,北门已经关闭,跟我来!

彭景恼怒大于迟疑,他一把甩开女孩的手。

河豚喊:我跟踪你啦!也听到你被人发现了!

女孩不由分说，拉起彭景就离开北门通道，踩着林间小道，折向湿地公园后区。彭景一时理不清思路，刚才在保安室，他已经觉察到危险的端倪，但他无法判断紧急程度，而他对这个女孩，厌烦中也有直觉的信任。所以，他听女孩的。奔逃中，彭景的腿越来越瘸，他怀疑裂掉的踝骨要碎了，他还是咬牙尽量跟上这个疯跑的女孩。跑过木麻黄小林子，也就是汽车断头路，在那个落满木麻黄针叶的红土停车场前，隔着前面两大片干涸荒芜的莲花池，彭景已经看到莲花池对岸山路，也就是佛光寺山门下的路上，有多路的强光手电光在交叉而来，惨白坚硬的强手电光，走得比人群远，它们冲锋在前，横扫夜色黑暗。河豚却看到了那条断头大坝上有几个休闲的人影。她扭头看彭景的时候，也看到了莲花池对岸汹涌逼近的手电强光。

两个方向，都有人扑过来了。

如果池塘有水，哪怕是化粪池，彭景也只能跳下去了。彭景也估计自己无法爬上前面的苦楝子树。回看前区来路，电筒光也在隐约显现。口袋只会越扎越紧，哪里还有退路和藏身之道？河豚似乎看清楚了险境，她左右看着，突然把彭景推往苦楝子树下的长椅，拽他坐下，她一把将彭景的白色无袖汗衫脱掉，铺在长椅前地上，随即把一瓶矿泉水倒在彭景的头发上，湿透，然后飞快地用手腕上的皮筋，为他扎了个马尾。最后她一把脱掉了自己的上衣、内衣。彭景只看到透过树影而下的月光，映照了一对玉瓷般的凝脂曲线，几乎同时，他就被河豚揽拽下地。彭景自己也回过神来，两人默契地叠躺在彭景的白衣服上。彭景斜压着女孩，河豚抱住了彭景的头。彭景竖着耳朵谛听远方的动静，感受逼近的灯光。

瘸子，你的心脏像击鼓传花。

彭景用脸侧堵压着话痨者的嘴。他想听各种正在逼近的声音。女孩把自己的嘴拱到了他的脖颈空隙：你到底叫什么？

你不是叫了吗。

我说真名。

就这么叫吧。彭景感到自己正在松弛下来。他暗暗感动于这个没心没肺女孩的临危不惧。是的，也没有选择余地了，一切都听天由命吧。

女孩说，你再落到他们手上，估计要跺指头了。

嗯，可能会把我露头埋在沙滩上。如果我再不叫人来还钱，海水涨潮就会慢慢淹死我。

这个好玩啊。

唔……嗯。

面对着小路的河豚,看到手电筒交叉逼近,她像考拉一样抱住了彭景,彭景开始吻女孩、深吻女孩。他能感到手电的强光,鞭子一样抽在他裸露的后背上,抽在他街头艺术家的马尾巴发型上。几柱电筒在他们头脸胸肩部交汇,似乎在识别,于此同时,河豚被电筒光惊骇得一声尖叫,半推开彭景,欠身似乎想看究竟,马上又惊恐羞怯地抱紧了彭景。男人似乎只能狼狈地埋头抱紧怀里的女人。几只强光手电,猛然僵住。它们曾经交叉在女孩美丽隐约的乳房上,这样的猝不及防,光柱们似乎也愣怔着回不过神来。沉寂的数秒钟后,有人一声沉喝:走!那几只强光手电,纷乱扫过长椅及苦楝子浓密的树冠,缩撤了回去。

分三路搜!这边、那边、还有那边!

很快,强光手电光柱,往前区方向而去。

彭景起身,为河豚拿过衣服。根据经验,辖区派出所会接到指令,马上在湿地公园周边道路全面设卡,估计佛光寺山门通往主干道的路,已经有了关卡。而且,会有越来越多的警力被调度过来,地毯式地搜索也许马上就会展开。困在湿地公园里肯定不行,撑到白天,只会更危险。看女孩穿好衣服,彭景拱手说,谢了。你赶紧走吧。

我带你出去啊!这里我从小就熟。

恐怕有点麻烦。你赶紧走。

河豚不再跟彭景说什么,直接拽着他就走。他们走过前后荒芜的大小荷花塘,走过通往坝头的路口,走过青石拱桥,走过石料堆。彭景诧异地看女孩把他带往佛光寺庙大门。紧闭的厚重大门边,一个侧小门突然开了。一名年轻和尚出来合掌:阿弥陀佛。

十四

李海山的暴亡所构成的对李天禄的沉重打击,一直在延续。身体健壮几十年的李天禄,竟然病倒了,食欲废绝、卧床不起半个多月,日夜昏睡,起来就两腿虚飘,莫名暴咳至呕吐,有一天突然地天旋地转,即使躺下,一睁眼就天花板倾斜倒转。李宝船带父亲去医院做了各种检查。脑部CT没事,肺部基本正常,有点肝肾囊肿,也不是恶性紧急问题,此外血压高、三脂高，前列腺钙化，不过是这个年纪人的正常毛病，但李天禄就是气息虚弱，他内心灰暗、脾气乖张。用他大儿子海狮的话来说，李海山把老爸的魂带走了。

李天禄病倒的日子里，发生了多件让他心烦的事。

金龙公司说白了，就是靠打砸抢工地工程发家致富的。它们从事建筑项目工地的土方挖掘、回填、运输业务和供应沙石、砖的地材业务。其控制成本和利润的关键点就是，节约土方运输成本，缩短土尾（卸土地点）距离。距离越远，成本越高。因为政府对土方车管理有疏忽，金龙公司就会把平整工地挖出来的土方，就近倒在附近的另一块地上。而这个地块的平整，也是金龙的，这样金龙公司就可以把土方量又算一遍钱，甚至如此继续腾挪，赚第三遍钱。也可能不是，那就是偷倒。这次出事是，李海狮看工地的小弟，糊里糊涂，引导金龙土方车队把土倒在了青港"阿寇"承包的工业园大空地上。他们把惜售的白土竟然倒在"阿寇"地盘了。

白土就是高岭土。工地土方工程，会挖出三种土，红土、白土、废土。红土挖出来，一般是卖给砖厂；白土要卖给土贩子。年度高岭土价格一直走高，金龙公司就很惜卖，挖出来都是存放在无人管辖的空工地。

再说"阿寇"。能够承建工业园这种大项目的，都不是简单属地村民。青港"阿寇"是比禄爷更资深的江湖大佬。所以，金龙遭遇了前所未遇的劲挫，人被打坏了一串，还赔了钱，那些惜售的高岭土也成了"阿寇"的货。政府的工地承建机构，也一致要惩罚金龙违规胡干。反正，龙庭禄爷这一单，无论在黑道白道，在江湖上都是遭人耻笑的笑话。所以，金龙以吃瘪为终结。

紧接着，金龙差点又丢了一个工程总投入六个亿的工地的配套工程。对手还是青港"阿寇"。

这个项目不在龙庭村，实际已经在茂田区的恩留湾和青港区交界了。说起来已经离龙庭的根据地很远了，但是，势力正在坐大的李天禄，还是得到了这个工地。它的土地铲平、地材供应、重型机械、涂料防水都归属金龙公司。没想到，青港区的老大"阿寇"，竟然挑唆项目属地村民要抢回工程。老老少少村民抗议的队伍里，混着"阿寇"的精干手下，竭力阻碍施工、追打工人，反复推倒围墙，还用土方车堵住工地大门。禄爷之前有发过话，说遇到紧急的工地麻烦，可以先斩后奏。他事后自然会处理摆平。

那天下午,"阿寇"势力纠集了几十人在工地追打金龙工人时,禄爷被女儿宝船陪着,在中心医院做脑部核磁共振检查。无法联系。李海狮李海龙按照父亲曾经的指示,启动紧急程序,立刻调度人马、兵器、交通工具。海龙手下一个叫"姜宝"的,一个人就组织四五十个小弟,再加上其他"金刚"调度来的小弟,一骠人马,手持白蜡棍和锄头柄,分乘四辆中巴车威风凛凛地杀向工地。

两拨人马就在开阔的狗尾巴工地上开战。不过,刚开始打一会儿,警察就杀过来了。双方各有伤者,"阿寇"那边有个家伙肝脏还是脾脏破裂了,有个年纪大的,耳朵给劈掉。李海狮这边骁勇的带头小弟"姜宝""宋三棍"被警察带走。最终,工地项目一分为二,这个预估至少一百四十万利润回报的大红包,硬生生地被青港老大"阿寇"抢走了一半。而且,从未有过的,"姜宝""宋三棍"一直弄不出来。

李天禄一直认为,他的两个儿子,合起来不如李海山一个。这个事情,固然是老爸有话在先,但你不能不看对手是谁,就按老方子抓药。不过,他不得不承认,两兄弟也各有长处,李海狮天生虚荣好勇,横行无畏,这个愚忠愚义脑子简单的人,吸引了和他一样死拼敢打、肝脑涂地以为忠义的年轻人;海龙虽然年纪小,但天生一副千金散尽还复来的慷慨。他夸夸其谈,煽动力强,带的小弟,有难必帮。那些李天禄叫不出名字的,来自云南、江西、东北的各种小弟,他都尽力照顾,甚至他们父母开刀,女友人流,李海龙都几千、上万地给钱。这些年来,李海龙手下的几大金刚及金刚们手下的更多小弟,是一支特别能战斗的队伍。最后,按照两年后,六百多页法院判决书的综述,那些聚众斗殴、寻衅滋事、故意伤害、暴力讨债、调戏强奸妇女,大多是老大海狮人马干的,而开设赌场、敲诈勒索、非法拘禁、放高利贷、收保护费,基本都是老二海龙团伙干的。海龙这一串,好像女孩子都喜欢自动跟着玩。

李天禄自己就是嗜血打杀混出来的,暴力绝对是巩固江山的硬道理。但是,也许年事渐高,眼界略宽,野心也大了,年轻侄儿"海山模式"对他的影响越来越大。禄爷悟出,仅仅靠逞强好勇,赢不了大局。海山第一次出手,是在多年前的力挽狂澜。当时,因为违章抢盖楼,李氏家族和前来执法的城管中队直接开战,根本无视赶来的辖区警察与街道工作人员,一路追打得城管人员及临时工们落花流水抱头鼠窜。城管的车被砸了，中队长被打丢了一对门牙，满下巴脖子的血。最后的结局非常圆满，李海狮的两个外围小弟，顶包被刑拘，后来判了点刑，他们的外地父母，得到了不小的经济补偿；李氏合家大小、主力队员个个平安，李氏再强势抢建也无人敢过问，拆迁补偿基本落实；中队长被李家赠送了一对高档烤瓷牙，比原来的烟牙帅气；后来他和警察、街道工作人员一起，中秋节受邀到龙屯村参加博饼，大家不打不相识，成了朋友兄弟，一团和气，结下善缘。而这后面的一切推手，都是李海山。这样结下善缘的人，慢慢累积得越来越多，到这个地球上最大最圆月亮的这一年春节，两瓶XO（四年前是蓝带），四条中华，一箱西班牙橄榄油等配置的礼品包，已经需要多路小弟，送往全市一百五十位有善缘的各类权势人家。不过，这只是"海山模式"的最低级运作。

　　李海龙奔进父亲屋子时，时间点就不对。

　　海龙在忿忿诉说与"阿寇"争抢工地失利后遗症，忿忿抱怨"姜宝""宋三棍"一直搞不出来，这让他在小弟面前很没有面子。这也是老爸你很没有面子了！小子说，你得赶紧把"姜宝""宋三棍"搞出来啊！大家都看着呢，外面的谣传已经夸张成，李家四大金刚直接被拷走，龙庭李家，根本不是青港"阿寇"的对手，再这样下去，名声坏了，别说外面的工地我们搞不到，恩留湾的那个围海造地的大工程，也会没有我们李家的份……傻小子说说，没有注意到老爹刚刚在水池呕吐得满眼泪花、鼻头鲜红、鼻涕短长流淌。

　　李天禄就会想念侄儿海山。海山总是不慌不忙，他总是游刃有余的。再凶险紧急的场合，海山一说话，黑的不黑了，白的不白了，到最后人人心里一团和气做了情感底子。工地争夺战固然是打出来的，但是，如果各路关节都理顺润滑，哪怕对手的协议、意向书早已定下，哪怕青港似的"阿寇"们再横，也未必是龙庭李氏的对手，他们捣鼓不出多大动静。说到底，还是因为海山已死，金龙团队又太恃胜而骄、麻痹大意了。

　　在这个时刻，李天禄接到分管市领导老林秘书小马的电话，简直就像打了一针强心针。这就是李海山最后一夜帮他牵的金线。不过，事情很小，只是那天晚上聊到了恩留湾的阳光高尔夫球场，聊到了打球对身体、对社交的各种好处。小地方初来乍到、喜欢运动的领导老林，挺感兴趣的。小马秘书在电话里问，李董，方不方便，约个场，带几个客人略尽地主之宜？也让他们感受下本地的投资环境的成熟配套。

李天禄其实并不迷高尔夫。他是被李海山忽悠鼓动而接近"绿色、氧气、阳光、友谊"有档次的 GOLF 生活的。毕竟大老粗一个，一看到高尔夫从人到景的仗阵，禄爷由衷自卑。为掩饰卑怯，在那里，穿牛仔裤的他，乱扔烟头，会更加高声大气、颐指气使。脾气坏、档次差、球技烂。这样，他在阳光球场的球童中，名声也不太好。传说李老板第一次到高尔夫会所，还披着里红外黑斗篷，这成为球童们停不了的经典笑话。要李天禄理解海山说它是难以抵抗的绿色鸦片，确实有点难。而海山囿于身份，从不敢放纵自己，要打也更愿意在外地球场打。有女同事问他为什么一手黑一手白，他说自己天生阴阳手，从不承认是高尔夫单手黑。海山的最好的成绩说是七十九杆。李天禄曾给海山一辆车用，海山谢绝，但去年海山生日，李天禄送了海山一套卡拉威球具，海山笑眯眯地收了。李天禄最好的成绩一百一十杆，永不破百，所以，他对高球没有激情，有时就是几个臭时髦的暴发户邀赌，才下场。那些个废品大王、净水器老板和茶行、酒楼老板，跟李天禄水平也差不多，都是不分仲伯的烂队友。大家赌得开心就好。而那些真正的房地产老板、金融富人、商贸大鳄、大企业主、高端律师，是看不上这些低端球手的。所以，在本地球场，人们基本看不到这叔侄同在的情况。要李天禄选择，其实他宁愿到鸡肠岛搓麻将玩扑克豪赌一气。

秘书小马这个电话，让李天禄的低落的生命，忽然激荡，仿佛被充上了电。李天禄从头到脚顿时神清气爽，乾坤归位了，元气在回归。之前因为厌恶儿子嘴碎窝囊一把摔掉的咸粥，忽然又勾起了他的食欲。

小马叮嘱不要其他闲杂人员，所以，李天禄就亲自去约场次约球童。李天禄认真守护这条公关金线，假装自己也高球"吸毒上瘾"，总之是尽心尽力，热情招待。其实，一场球打下来，即使用会员价，也是人均近千元。但是，李天禄很满足，他觉得自己有了新的靠岸码头。这样一来二去的，李天禄觉得好像真的爱打球了，球技也提升了，最好的记录有过一百零七杆。他出现在阳光高尔夫球场赌球的机会，比过去多了。一些球童仍然在背地里嘲笑他，姿势夸张、语气粗鲁，挥杆比杀猪还难看，整个一个暴发户的土鳖坯子。但是，球童汪李婳从不嘲笑他。如果他约到了汪李婳，这个天生带笑、实际淡漠的球童，也会全力以赴帮他赢球。禄爷就会给汪李婳很不错的红包。

十五

彭景一直在琢磨戴忆果发的现场资料彩信。

他对戴忆果的两点疑惑,有本能的敏感,因为很清楚自己不是凶手,他的思路就会自动避开一些错误的歧路弯道。他询问过李海山的基本情况,看起来那是个八面玲珑、仕途青云的家伙,没有明显树敌。他的妻子,案发时,还在老家陕西。调查也显示不出她有买凶杀人的必要和部署,也没有证据显示,她有杀夫之恨。陕西妻子知道很多女人喜欢她丈夫,海山也一向对各种女人友好亲近,甚至连开发区里的保洁阿姨都夸他,这种情商高到随处浪费的人,连她妻子都很难替他把情爱界限划清楚。看起来这是一个温柔又有力量的男人,按理,这种人是特别能卫护自己的生活,不会给错误后果以机会。那么,是流动作案?是侵财导致的杀戮?的确不像,侵财案是没必要下如此狠手,难怪何大头要灌他芥末油,这的确是侮辱警察智商的。

专案组不待见戴忆果的鞋痕,也是有道理的。现场是个户外的开放性公共场合,足迹纷杂,石头坝上,砂岩石裂隙里牛筋草横生,这导致了很多残缺不全的足迹。而戴忆果放弃不下的这个鞋印,只有大半个,而且,它有顺时针向"拧痕"。"拧痕"是由于臀部的扭动,以脚掌为中心轴,向内或外旋转,使足迹的掌心部位出现"麻花状"痕迹。而出现"拧痕"的人,大都是腿或髋关节畸形者,正常人一般不出现拧痕。在没有其他证据呼应它的时候,这个足迹自然就被冷落了。而戴忆果一直不能完全舍弃它,是她认为,"会不会你在置之死地而后快的愤怒出手时,有个身体的猛烈扭转导致?"

戴忆果总是以彭景为行凶对象,来阐述证据痕迹。彭景没好气地说,难怪何大头他们不理睬你。这个残余足印的步法特征,如果我没有判断错,应该是十八岁到二十八岁的偏瘦女性。

戴忆果吃吃笑。那就是说,一个膝关节或髋关节畸形的年轻女人,一口气杀了两只野鸳鸯。

彭景无语。

彭景摆弄着戴忆果无人赏识的那只足迹石膏模型。戴忆果的判断是值得尊重的，但是，确实也很难解释。要赋予这个奇怪足迹有案件意义，就必须设定足迹主人是个力量惊人的年轻女人，膝关节、髋关节的畸形者不可能完成这样的出手，那么就是运动旋转造成的"拧痕"，而一个充当钝器使用的角钢，需要什么的体位和扭动，才能完成两下如此凶猛的斜面劈杀。连续两次？一个女人？那个女人这么深仇大恨？小鹿不至于招惹这样的凶杀，那么李海山，究竟得罪过多么可怕的年轻女人？但这也一直没有证据支持。

绝对致命的损伤痕迹，确实也很伤脑筋。勘验报告文字是严谨的：具有棱边钝器物品所致切线伤，粉碎性骨折和颅底骨折。凹陷性骨折。从伤口照片上看，凶器的力量非常猛烈。彭景就把自己当凶手，想象了一下自己和受害人的体位关系。三角铁，也就是角钢在手，最称手的应该是纵向直劈，直截了当。横劈手法有点古怪，是受制于体位吗？如果他选择横劈，那只有可能是怕伤及妻子，但事实上，凶手还是给了小鹿致命的一击。这不是他想象的半张脸，而是耳后到颧骨，颅底骨折。这是多大的爆发力啊。

彭景不喜欢河豚关注他的状态，尽管这个天真任性的女孩，再次没心没肺地救了他，彭景还是排斥她入侵性的、傻里傻气的好奇心。他不得不时刻防备着她，拿到足迹模型后，他都在下午四点前，重新包好塞回厨房破米缸里。有一天，这女孩居然趁他冲澡的时候，偷偷摆弄他的手机，试图解密。彭景出来大怒，勒令她不许再碰。河豚若无其事地把自己的手机丢给彭景，说："我可没有密码！你看回去吧，我们扯平！"彭景气得把她的手机扔回她的床。

女孩忿忿："可恶！家里只有我，这不是防着我吗！！"

彭景被她"家里"二字用得好笑。但他没什么表情。令彭景没想到的是，和过去相比，河豚反而经常溜班提早来芭蕉屋，积极和他同吃同睡。一周至少两三天下榻于此。实际上，那天晚上湿地公园强烈的肢体亲昵，在彭景的回顾里，多少是有点狼狈尴尬的。他不知道那个女孩到底有多开放，多狂放。他自己因为愁肠百结心事重重，无法在这里更多停留。不过，在芭蕉屋，她倒也睡相老实规矩，并不逾界。有两次天刚亮，彭景看到豆包偷睡在她床上，两个都是蜷手屈膝侧向而睡，很整齐，看上去，就像两个颠顶的孩子。

这天，晚霞刚起，天地一片金红，她就回来了。表情似乎沉闷，一手提着快餐，一手夹抱着一大叠彩印的什么广告，气乎乎地抛掷在桌面上，彭景看它有字典那么厚，拿起一张看，一面是一个进口牌子的什么床垫，一面是房地产广告。吃饭的时候，她告诉彭景，她要把恩留湾那个广告派送员开除。那个家伙已经不止一次把齐崭崭的广告，整叠丢进垃圾箱！按规定是要把广告一一全部塞进到客户信报箱的。这很难吗？！她问彭景。

吃过晚饭，她让彭景按照彩页广告电话号，打电话，表达买房、买床垫意向。你一定要告诉他们，是看到我们的投递广告，来咨询的。河豚说，要知道，一个版人家投入了三四万块，不能让他们觉得钱都打了水漂。彭景只好打。先咨询卖楼的，朝向啊、户型啊、学区菜市场啊，乱问一气；然后，再打床垫电话。关心床垫弹簧。主要是问，人体卧姿的科学曲线的讲究程度，买两床可以优惠多少。

真是天生的骗子！河豚夸奖道，过几天你再帮我们打。记得要强调是看我们的投递广告啊，咨询内容变一变就好了。

你在骗广告主。彭景说。

不算。河豚说，是他们先骗顾客。

你那破广告公司会倒。

倒了我再换一家呗。对了，这个月的房租，你就用打骗人电话顶替吧。

人家有来显的。再打，我会被人当骗子窝点直接给端了！

那你用什么抵房租、伙食费啊？

欠条咯。你再借我五千。我会还你。

相信一个被高利贷追杀的烂人？！女孩笑呵呵的，却一脸不怀好意的阴险：只怕我死了，你都还不起。

那得看你什么时候死了。彭景也破罐子破摔一副烂人嘴脸。其实，说这话的时候，彭景想到的是自己再度落网。恶性杀人加脱逃，他只会死得更快。那还真是还不起了。

十六

洪彦接到彭景电话的时候，那只断肢接回的小臂，比正常的小臂，颤抖得还要厉害。这一个电话，让洪彦几乎泪水满眶。感激、害怕、担忧、焦急,轰然而至。这是出院后的第三天的晚上,父母和他的女友,都在客厅看韩剧。

洪彦借故透气,走出了房间下了电梯。他一直到小区中庭草坪,才给彭景打了回去。这时他已经平静了很多。彭景不在意洪彦的真心感激,他强烈关注的是洪彦说的另外一些信息。一是,何大头在竭力部署追捕,关于彭景出现在湿地公园查案发当日监控一事,何大头与众不同的分析是,嫌犯是故意的,意在松懈解除对他的通缉追捕。正常思维会认为,一个成功的在逃犯,没有必要关心当日监控,如果会关心这个,只能是冤枉的人。但是,你们不要忘了,他是谁,他是一个精明的警察,冒险走这一步棋,树立的就是冤枉形象!让我们麻痹!让我们松懈放弃!正如他在车祸现场救人,这个动机如出一辙!想跟老子玩心计,他还嫩了点!

彭景无语。他早就想过这个问题,也想到了有人可能会这么脑筋急转弯。但是,没想到,何大头就是这样看待他的。彭景无话可说,因为早已预想,所以,洪彦的话,他连应该有的惊愕、愤怒都表达不出来,倒是洪彦自己很气愤:完全是疯了!

洪彦还提供了更有价值的观察。他说,李海山开到现场的那辆SUV,是他叔叔李天禄的。他叔叔是龙庭村一言九鼎村霸式的人物。那天晚上,他叔叔打完高尔夫球,被李海山临时约走的。而李海山在宴席上早退赴约,他叔叔就让他开他的车去。幽会这种事,估计李海山自然也不便用公车,便接受了叔叔的好意。

洪彦说,关键是,彭哥,我注意到,这叔侄俩很相像,尤其是背影。他们都是花白头发,很高很可笑的后脑发际线,还有那对有点魔兽感的招风尖耳朵。肩头也一样圆、有魁梧膨胀感。

你是说,他们俩背影很像?

是非、常、像!尤其是晚上,他使用叔叔的车。

他叔叔叫什么?有结仇的人吗?

李天禄。人称禄爷。他不是有结仇,恐怕是仇人无数!随便问问都是天怒人怨的主。但是,这是非主流侦办思路,何大头根本听不进去。你多说,反而收获轻蔑。而老丁私下也跟我交换这个意思……

兄弟,谢谢你!太重要了。彭景说。

彭哥保重。

对了，还有一个问题。彭景说，案发那天晚上我跑步的回程，在疗养院附近吧，记得有个邮政银行点。如果你身体还行，有空的话，请你过去帮我查阅一下案发当日晚上的监控。他们的押运车位置上，不是有探头吗。我不能确定我经过的时候，是否被摄入。那个位置比较靠里，我估计我没有那么幸运，跑步的人，不会那么偏离正道。除非前面多人挡道。我在对向的那个二十四小时便利店里，偷查到了我自己，他们那个狗屁模拟探头太低档，能看到我跑过，但那个身影，连我自己都辨认困难。

为什么不早说？吃那么多苦！

气晕了，大脑停摆。也被你们打傻了——不过，邮储银行这个完全没有把握，也许会让你白跑。

你让我们白跑的事，哪里会少？凶器一会儿扔在这，一会儿藏在那！满城瞎折腾，连胳膊也快被你害没了。

彭景苦笑。

白跑就白跑吧，最多就是这次回来打不到你了。

彭景出声笑：哎反正你有空再去吧，储存期有六个月。现在才过一半多。倒是李天禄的现有材料，方便马上拍我吗？

我还在病休期，突然过去看卷，恐怕有点突兀。不过，你想了解什么，也许我脑子里还有。

噢，忘了你还在伤假中。李的自然情况，还有你所知道的，都说说。

李天禄，六十四岁，龙庭村委主任，连任两三届了。金龙工程有限公司董事长，茂田区政协委员，区企业家联谊会副主席，区明心慈善会理事。这些年，此人靠争抢工地工程发家，他们家豢养的小弟，人称银发帮。据说，选举村主任的时候，银发帮青年一部分在外围维持秩序，一部分在选举会场门口分发礼物，大礼物包里有毛毯、大米，还有候选人名单纸片。选举外面，据说沉在池塘里有两捆白蜡棍，如果选箱开票出来不是李天禄，就有人立刻冲进选票会场，捣毁选票箱，迫使重新选举。还说，金龙公司注重企业文化，弘扬中国茶道、武术，一个全国武术冠军，经常过来为公司那些爱好武术的员工，传授武术。

彭景阴阳怪气地嘿嘿着。

哎对了，洪彦说，茂田分局打黑大队对他肯定有印象，或者市扫黑办。因为，一直有人告他的状。

我现在还想不出茂田那边有什么兄弟,我敢托付信任,所以,如果可能,这方面,你帮我多收集材料。你的思考方向是对的。

十七

彭景从来就不信神鬼,让一个出生入死、见惯破碎人体的刑警,相信鬼是比较困难的。但是,那个晚上,彭景确实被吓了一大跳,一时之间,他感到自己真见鬼了。

其实,自从彭景的体能,能够支持他起身仔细考察芭蕉屋,他就对这个地方,有种不太舒服的感觉。他从小是在单位大院宿舍长大的,不习惯农居的结构、光线和气息。最不习惯的还是那些几乎环屋疯长的败破芭蕉叶。人在屋子里,随时随地你的视野边缘,仿佛有宽袖女子在窗外哭天抢地。那些无人自招摇的巨大叶子,每一片都跟有魂灵似的,尤其是深夜,婆娑弄影,悉悉索索,天地凄楚。尽管,屋前屋侧,这些磅礴稠密的碧绿,看起来比较有安全感。但是,瞅着芭蕉叶,不信鬼邪的彭景,心里难免凄清无着。

逃亡人的睡眠,本身就如惊弓之鸟,当院子里那个异常声音惊醒彭景的时候,他起身往窗外看,那一下子,他刷地汗毛倒竖:芭蕉丛中,一张雪白骇人的鬼脸上,下面却看不见身子,仿佛就是一张死白脸,在芭蕉叶中上下游动。那脸上能看到三个漆黑的窟窿,分属眼睛和嘴巴位置。彭景屏住呼吸,在适应夜视光线后,他看到了惊悚白脸下的身影,看那身形,比他还要惶恐,因为看它移动之态,明显是慌张害怕的。这时,彭景看到远方似乎有人声喧嚣,紧跟着两个车灯似的光点,往这边而来。彭景不敢看时间,怕手机的光惊动了外面的鬼影。这时,他看到那个白脸鬼忽然变出白褂子飘飘,它在芭蕉林中慢慢飘移向路边。在这个弯月如勾的山村黑夜里,那飘然女鬼,悠悠然站在路边一棵大龙眼树下,侧面对着来路远远的车灯,一动不动。就和彭景预料的一样,那些追到火龙果田边的小道口的摩托车,刹车声和灯光同步凝固,他们和他一样,远远看到黑夜中,大树下一动不动的白色身影。只见那白衣飘飘的女鬼,慢慢转身,又往芭蕉屋步态幽浮而来。尽管彭景看着这个奇怪的鬼的前期变化,但还是被她的步步逼近吓得心跳如鼓。与此同时,田边小路那边的两辆摩托车,猛然迅速地消失了。再看正走到芭蕉屋林边的女鬼，已经瘫然在地，看起来一团浅灰蒙蒙的水生物摊在那里。彭景依然不动，在窗口注视着那团东西，终于，它似乎缓过劲来，慢慢地移步小台阶，往芭蕉屋移动。受制于窗框，他渐渐看不到那东西的行进，也谛听不出什么，屋子的楼板也没有响。但彭景已经确定是人。虽然这一幕十分怪异，但彭景并没有介入的兴致。他悄然退回躺下。很意外地，在混合在蛙声和蟋蟀虫鸣声中，他隐约分辨出呻吟与哭泣声。

鬼居然哭了。彭景哑然而笑。

哭声一直没有停止，抽噎着、呻吟着，听起来凄凉而绝望。而且，并非是女声。彭景又忍了一会儿，起身悄悄开门，轻轻慢慢地走了出去。他看到，那团东西就倒在屋外的四季豆架子边。一大呼隆，像团灰白色的瘪气大气球。彭景一靠近它就看清了，上端是一张儿童白纸浆面具，雪白的尖脸上，眼洞如窟。近看挺逗。看到突然出现的彭景，那人显然惊骇了，整个屁股往后磨挫了一下，他也马上看清来者是个瘸子，危险有限。鬼没有站起来，他似乎也精疲力竭了。

彭景说，进屋喝口水吧。

那人真的起身跟彭景进了屋。他把挂在脖子上的白色长裙脱了，面具也摘了。一个小个子男人，耳朵和手腕边都是血迹。彭景给了他一瓶矿泉水。小个子男人说，鬼屋还真有人住啊。

你这是干吗？彭景指指他的行头。

小个子男人唉声叹气了一声。似乎不想多说。

这白裙子和面具，哪来的？彭景忍不住地笑，也想让来者放松。

小个子男人答非所问。说，也不知他们会对我老婆、儿子怎样。

有人追打你？

小个子男人悲从中来，泪水成串地往下掉，声音却孔武有力：逼急了，我绝对不像龙尾村李国豪那小子，把自己浇汽油烧死就算完了，我他妈的带煤气瓶冲进他家同归于尽！

谁？

李天禄！——你住鬼屋，不知道禄爷？就是他把这屋子里的人，都变成鬼的！

这个肌肉发达的小个子男人看起来很爱哭，而且泪水真是多，还有鼻涕。看得彭景很不习惯。在他前后几波的眼泪讲述中，彭景终于搞清楚了是怎么回事。

这对夫妻，因为恩留湾的产业园大开发，打工族越来越多，便筹借资金七十多万在村口开办了一个大超市。没想到，一年来，简直是个噩梦。李天禄一家，是这个大村庄的土皇帝。二十世纪八九十年代，他就打砸抢横行乡里，刑满释放后，赶上开发建设好时光，他靠贿选当上了村主任。超市一开张，大橱窗就被人砸了大窟窿。夫妻不知道开张要包红包先去敬拜禄爷。这是来购物的村民悄悄告诉他们的。原来这个村，规矩很多，生小孩、结婚、盖房子、离婚、死人，都要给村主任家"一个意思"，表示恭敬和通报。老板娘因为一开张，落地大橱窗就被砸，心里赌气，就不理睬，结果，三天两头有人来找麻烦。禄爷的二儿子手下有好多个头发染成银白色的小弟，隔一阵子，就来强卖东西。比如，四个灭火器，一般合计两三百元，他们要卖给超市一个就四百五。小夫妻开始不知道这些银发小弟的厉害，拒绝。马上超市就断电了，他们直接剪了电线。没有灯，超市一片黑暗，顾客惊叫四起，胆大心贪的就顺走东西。报警后，警察来了，做了笔录，也不了了之。而且，银发小弟公开进店连续失手打坏商品，小夫妻只好认怂了，乖乖买下四个灭火器。不久，他们来推销生长期上就印有"中秋"两字的苹果，一个苹果九十九块，逼迫超市买下五十个。小夫妻说，这根本卖不出去啊！不管。不买是吗，七八个银发青少年，就在朝门口舞刀弄棍，堵住收银台，打骂吓唬顾客。超市没辙，只好讨价还价，买下四十个"中秋"苹果。

开张半年后的一天，这帮银发小弟，突然强行往超市里搬赌博机。超市夫妻大怒，坚决不干。超市店员在推阻中，超市保安被他们打断了胳膊。超市的门面窗户、小夫妻的汽车玻璃全部被砸烂，而且，电线再次被剪断，营业无法进行。小夫妻被迫找房东，考虑交付违约金终止租赁协议，撤出超市，没想到，禄爷的二儿子警告房东，如果敢退还租金，让超市撤走，就一把火烧了他们家的房子。房东吓得哀求超市夫妻千万别撤，因为李家真敢烧。小个子男人转告彭景，这个芭蕉屋，上面那栋新楼，就是多年前一个大年三十晚上，被禄爷的人烧了，里面的老人和孩子都被活活烧死了。说初一十五经常听到孩子的哭声。也有大人煮饭和打骂孩子的声音。

没有报警？

报什么警啊，又没有证据，村安全员说，是他们家人火盆不小心自己烧起来的。实际，谁都知道，禄爷早就要报复他家，因为芭蕉屋的男人，把禄爷的哥哥打死了。虽然这芭蕉屋的男人陈某也被枪毙了，但是，李家这边气没有消，听说，还没有执行死刑，芭蕉屋剩下的家人已经被打得四处逃散，不敢回来。说是李家天天都有人冲过来，不见人就棍子砸、长刀劈，电视、风扇、耕牛、稻谷、锅灶、水缸、碗筷，统统被抢光砸光。天花板也捅烂了。后来是因为家里的老人八十多岁了，实在过不了漂泊躲藏的日子，也想大过年的，仇家不至于还来打闹，这样，就带着幼小的孙子孙女回来试住，没想到，大年三十就被人烧死了。不过，这是十年前的事了。反正，这芭蕉屋，就成了鬼屋。那一家人再也没敢回来。

今天晚上发生了什么事，你要装鬼逃跑？

上周，他们硬装在我们超市里的五六架赌博机，被警察没收了。没想到，那些白发小弟竟然要超市赔偿他二万一千元。简直是疯了，这和我们有什么关系？运行了几个月，钱都是他们赚走，而我们本来就不让他们进来，怎么警察查处了，倒还要我们赔？这太没天理了！

我说没有钱，他们就天天来店里捣乱，乱砸乱拿东西，逼我们交钱。今天下午给我下最后通牒，说今天晚上再拿不到钱，就让我下半辈子坐轮椅。我老婆说报警，但村民都说，报警没用。我想不然再借点钱，赔他们几千块。我老婆不肯，说你越软他们越欺负你！晚上，我们一直紧张到快十一点了。我还想他们是不是随便说的，但我老婆觉得他们会来。临睡，她把她的结婚长裙子和儿子玩的白面具塞我包里，说，万一他们真的来闹，你赶紧骑电动车逃，跑不掉就躲进芭蕉屋装鬼。村里人说，这帮孽种不怕警察，就怕那里。等天亮后就直接去报警。她说，谅他们不敢对女人孩子怎么样。结果，我刚睡下，超市卷帘门就被人砸得梆梆哐哐响，我儿子吓得哇哇大哭，那些银发小弟醉醺醺地拼命踢门叫嚣，超市的卷帘门被踹得非常恐怖。我从后门逃走。骑车的时候，翻到沟渠里。腿和腰部都摔伤了。我只好摸黑往芭蕉屋拼命赶。

李天禄不管他儿子吗？

他？来人惊呼，就是他纵容的啊！不然小弟跟李家混有什么好处？！要不然银发帮威风什么？！禄爷就是真正的黑帮老大！别看他现在当村领导，什么政协委员，什么会长之类，他骨子里就是流氓头子！这些小弟是他的武器。抢选举权、垄断控制重点工程项目的土方、石材、打压外村势力、欺压村民，没有打手怎么行？尤其是抢工地，就跟抢钱一样，谁的小弟多，谁说话就有分量。谁就有钱！那些核心小弟，都住在他们家的旧房子里,平时听说没什么工资,但一打架就有奖金,过年过节还有红包拿。这些小弟在整个恩留湾都很吓人,只要你说银发小弟,都知道是禄爷的人。谁都惹不起啊。有个啤酒贩子,糊里糊涂把啤酒卖到石廊村和高福巷村,听说那里已是李家银发帮的地盘,吓得连夜去把啤酒一家一家统统追了回来。

小个子男人说,从禄爷家大门口出来的三五十米的路两边,谁也不敢停车。只要禄爷和他儿子女儿,看到有人妨碍他们车进出,二话不说,直接用白蜡棍砸车。一辆辆砸过去,砸!你有本事,他家赔你,你没本事,砸你活该!

他到底有多少小弟?

不清楚。听说他两儿子手下,有什么天王、金刚、罗汉啊,反正一级带一级小弟,树根一样,势力很大。重阳节的时候,我看过那些年轻人给村里的老人们表演节目,台上台下,到处都是白头发。然后台上的小白发给台下的老白发递送李家给的重阳节礼物。看起来心里怪怪的——这个地方太可怕了。

你准备天亮去报警吗?

唉,其实报也没用。警察早就是他们自己人了。听说管我们这边的片警,在金龙公司都有股份。再说,我们又是外乡人,无权无势无根基。你想龙尾李家市里还有人,都斗不过他。如果能告赢,李国豪用得着浇汽油把自己烧死吗?

这是怎么回事?

听说两家本来有旧仇。因为,龙尾李家市里有人,把禄爷抢走的几十亩虾池,逼着退还出来。这是禄爷唯一打不过人家。后来,龙尾李家孩子车祸,撞死了禄爷亲戚,开车的孩子,差点被禄爷的人当场活埋。后来,听说,他们家奶奶的坟都被禄爷手下给挖空了。烧死人的事更是非常可怕,听说是李国豪因为虾池经营不利,用四十亩虾池抵押,向人贷了款。没想到这背后真正的老板,是李天禄家。李国豪兄弟经营不利,一时无法扭转败局,资金周转非常困难,他借那高利贷利息,一天就要还三千多!这只是利息啊!还不了,那帮白发小弟就天天上门逼债。而禄爷的女儿李宝船,听说早就看中李国豪。出事那天下午,李宝船约李国豪,两人和一大帮人一起喝酒唱歌,李宝船说她可以帮忙解决,条件是李国豪娶她。李国豪的脾气和他死去的奶奶一样坏,根本不吃这一套。

这里,有人说,李宝船给李国豪下了药,有的说就是他酒醉不醒了。这样,李宝船就在李国豪胸口上纹了一艘船。意思是她就在李国豪胸口上。李国豪醒来一看,火冒三丈。提着汽油,就冲到李天禄家,当着李宝船的面,把汽油哗哗浇到胸口上,然后一把火点燃了。

死了?

能不死吗?有人说他就是自杀,还不起高利贷了,以命结账,不拖累家人;有人说,是喝醉了,只想烧掉胸口上的李宝船纹身。他父亲李英国一气之下,病倒了,好像说是肝癌了。

什么时候的事?

三四个月前吧。以前,他们兄弟俩会来我们超市买东西。都非常帅、非常礼貌非常聪明。我老婆一直说他们完全不像个海边农民。

他们家里还剩谁?

听说只有一个哥哥是健全人。叫李国威。反正这一家人很惨。村里人都说他们奶奶被禄爷家掘坟了,坟墓是空的;爷爷痴呆了,一个堂兄弟与禄爷结仇,被人打死在狱中;大伯李美国瘫痪、大婶自杀;现在,李国豪烧死自己,他父亲又重病住院,这个家,已经完了。哦,他们还有个城里亲戚,有点权势,但听说搞不过禄爷势力,现在好像也不管乡下亲戚的事了。

你报警的时候,警察不相信,怎么办?

不相信?不相信来看啊!我有好多个村民的送货电话,再不信,他们自己去问好了。不过,他们要说自己是警察,恐怕村里人谁也不敢说真话。

我在市里打黑办有个老乡,要不你把电话给我吧。我帮你问问,看他们知不知道龙庭村的事。

肯定知道!谁都知道银发帮就是黑社会!禄爷就是黑老大!

超市老板冲动之下,给了彭景好几个电话,包括他自己的。不过,给完他马上后悔了,说,哎,这些人都是被禄爷欺负过的本地人,好几个人的腿和手,都是打断接起来的,有两个人,都从禄爷儿子胯下爬过的,我是说,他们都能忍啊。我是不是……

小个子男人看彭景瞪着他,嗫嚅着说,我老婆、儿子、我的超市,还在村里。哎……你让你老乡,千万千万别说是我给的电话啊!

十八

　　如果李海山是做了替死鬼，那么，杀人者的显影，就有了另一种方向。李天禄结仇的人太多，梳理起来很麻烦，但肯定会有结果，只是，需要比较大量的走访调查，需要人力与时间。彭景没有这个优势。他集中精力在目击者和湿地公园监控探头画面上思考。根据洪彦的记忆，那帮赏月的文艺青年中的那个撒尿目击者的两次陈述，一次说，看见的骑行者，手上没有东西，一次说，手上好像有报纸包裹的东西。最稳定的部分是：一个全副武装的骑行者，往石坝方向而去，头盔、骑行面巾、夜视镜，看不清面目，他步伐轻捷，一看就是户外运动人的矫健。看不出男女吗？在警察的追问下，文艺男说，男的……呃，我感觉是男的，我看不清……我从来没有想到是女的。应该，当然是男人吧。多高？正常男人高度吧，步伐很敏捷洒脱，我不知道，我在桥下低处方便，他在高处，至少，呃……一米七三四吧。

　　如果，此人是凶手，他是骑车进大门的？不一定，彭景知道，天枢山有条牛车道土路，也可以骑过来，骑到佛光寺下的天枢山脚下连接着湿地公园后区。在湿地公园前区大门口，彭景看到的监控录像，倒是进出都有骑行者，三三两两，也有人落单。大都是拉风惹眼的骑行服，个个是正常偏瘦体型，短时间，尤其是晚上，真是男女莫辨。但彭景还是放不下大门口，那个缩退、远离监控探头范围的那辆车。他觉得疑惑。也是直觉吧，这车可疑。如果仇杀成立，那么跟踪一辆宝马SUV，骑行者是不可能完成的，只能是汽车。彭景心里还是放弃了骑行者。

　　这辆看不清车号和驾驶人的嫌疑车，在监控里只能大致看出是一辆银灰色的大众宝来。宝来车太普通了，河豚的车不就是银灰宝来？小鹿当时也差点买宝来，要不是一个学生家长在卖马自达，积极表示可以多打折，她就买宝来了。但这可疑的线索很难推展，除非请洪彦帮忙调沿途监控。如果宝来跟踪宝马的时间足够长，在沿途某个监控点，留下相对清晰的画面是完全有可能的。如果看清前后车牌号，查出车主就简单了。问题在于，在湿地公园大门口，它和案主的SUV又断了连接，这种无以为继的线索，洪彦、戴忆果都不会理睬他。

　　彭景在苦思冥想中，去接了一壶电水壶水。水壶边，他看到了河豚的车钥匙。最近至少有三次,彭景没有看到她开车走。之前他有问过,她每次的解释不一,有时说是留给你讨债逃难用,有次直接说,没钱加油。而且,还特别加了一句,养你,我现在负担太重了。彭景觉得,第一个理由比较真。第二个理由,他不当一回事。因为,他已经确定这个女孩出手阔绰。冰箱里大都是进口食品,荷兰奶粉、新西兰奇异果、美国花生酱蓝莓酱、澳洲雪花牛肉。看来广告行业真是暴利。他也再次感到这个对自己毫不设防的女孩的任性与天真。要是家里知道她竟然收养一个来路不清的男人,那绝对要地震翻天的。

中午的村庄,在阳光下寂静。彭景在窗上看着河豚的银灰色宝来屁股露在太阳暴晒中,突然有了下去看看的冲动。他坐进了车里。车里哄热,一如既往地整洁干净,最特别的依然是,里面浓郁的米兰清香,这就是每天傍晚,河豚回来裹挟而来的好闻香气,像是沐浴过后的芬芳。几次之后,彭景才断定是米兰的香味。分局院子里有很多片米兰,彭景办公室窗外,也有一小片。阳光越炽烈,那些小米粒般的花儿,就香味越蒸腾,但是,再浓郁,它也是清透的,就像一阵风。它从来不会包裹纠缠人。

车里太热了,彭景推开门,但是,鬼使神差,出来的他,又拉开了后座的车门。他仔细打量着后座,眼睛停留在刚才他在驾驶座扭头看到的一个小疙瘩——在后排中座位安全带扣边的椅缝里,露有一个微小的暗蓝点。彭景把那个暗蓝点抠出来,很像图钉,比分币略小,像个塑料蓝图钉。他拿在手上转,不明白这是什么。最后,彭景打开了车后箱。宝来后箱不大,一个大纸包,放在一个透明提袋里,提袋印着"空调毯"字迹。塑料提袋下是一个折叠的自行车。旁边还有一大盒旧CD片,角落里还扒拉出几个小红木盒。一看就是扔在后箱里基本忘记的物品,彭景把它们打开,居然是很通透的缅甸玉镯,里面有标价签一万两千多。再看深处里还有一个黑金色的小长盒子,盒子看上去像小鹿化妆台摆放那些精华露之类的东西,彭景随手拿过,才发现里面是空的。彭景仔细辨认 titleist boll in golf,高尔夫球?她那个室友的物品?还有一把超级大的黑伞,一个钢质的宽檐帽子。彭景把它理解成奇怪的太阳帽。彭景还是打开了空调被透明提袋里面的纸张包装物,是两件黑色的海青。海青是僧俗二众礼佛时穿的宽袍礼服。彭景苦笑。海青折叠得很整齐。这么多天了,她居然都还没有去还回佛光寺。那天,不是法师给了这两件海青,他们两个绝对不可能逃离湿地公园的关卡。

彭景回到芭蕉屋。

煮了两包方便面,照例打入两个鸡蛋。他吃腻的时候,还可以吃河豚在超市里买的早餐馒头、饺子之类冻品,她也教他怎么用微波炉煎牛排。彭景说,我不吃牛肉。还有一大包的冲饮汤类,鸡肉汤、玉米浓汤等等。短暂的午休之后,彭景又掏出那个足迹模型。

陌生的男人是豆包先发现的,它毫无声息地就扑了出去。豆包的激烈身影,把彭景吓了一大跳。他急忙把足迹模型藏进床下,于此同时,他听到外面人极力克制的喊叫和跺脚闪避的动静,那人喊的是,小河!彭景走了出去,喝住也叫小河的豆包。院子里,芭蕉树阴影边,一个非常高大帅气的男人,正被豆包逼进芭蕉林。看到彭景,他似乎并不吃惊。豆包退回彭景身边。那个男人弯腰把掉在地上的一包东西捡起来,说,我给我妹妹送点东西。

他并不看彭景,径直进了屋,并一路保持着防范豆包的姿态,不时看着豆包。彭景跟着回屋,看他熟稔地打开冰箱冷冻层,把一个大塑料盒塞进去。彭景以为这个男人会注意他,会问些什么,但是,他不仅没有,似乎尽量避开彭景的目光。这让彭景觉得,他完全知道他的存在,甚至对他的情况早就很清楚。但是,彭景又能感觉到来人,心里似乎有事。

你坐吧。彭景说。

男人迟疑着,看着窗外,又看自己的皮凉鞋尖,轻轻摩擦整治着一块并不存在的鞋底疙瘩。彭景有点尴尬。这个男人第一眼看起来很帅气阳光,可是,多看一眼,就能感觉到他有一种羞怯惶然的萎顿感,就像做不来考题、交卷铃声就要响起的沮丧孩子。这个神情,又让他呈现出伤悲的女性气质。真是毁了这一身大好的阳刚帅气。

彭景说,你是河豚的哥哥?

彭景突然想到河豚小时候怎么都数不到一百的狼狈可笑。这是拯救她的哪一位哥哥呢。好像她只剩一个哥哥了吧。来人并不回答他的疑问,潦草地看了一眼彭景,那目光就像风一样,滑过彭景的眼睛。男人说,你要住这多久?

这个问题很棒,彭景觉得,这就像一个疼爱任性妹妹的哥哥应该关注的问题。这个问题,让彭景明白,来人的怪异,不过就是妹妹已经告诉了哥哥自己荒唐的一切,而哥哥反对妹妹这样对待一个莫名其妙的逃债男人。

彭景讨好地说，很快……

彭景在回答自己将"很快离去"之时，忽然感受到一茎什么撞击到自己心房。有点模糊却坚韧尖细。他碰触到了他始终忽略或下意识回避的情感晶芒。现在，出于本能的生存策略，他很乐意给那个帅气哥哥一个爱的错觉，而这样猝不及防的仓促应对，他蓦然检视到自己心里沉着对女孩复杂的、无形的情感铁锚。他更加认为来人是在确认或鼓励那种早离早散的切割，这也让他些微不自在，甚至有点像被人奸情看破、或仿佛自己在拐骗幼女。一下子，彭景也无法直视来人了。但他获得了另一种与他真实身份无关的轻松。

来人轮流看着窗外芭蕉和自己的鞋尖。他并不走，却又不再说什么。彭景说，我不会伤害她，我会很珍惜的。来人抬眼看了彭景一眼，目光再次如风滑过。彭景尴尬至极，说，你们姓何吗？我是说，她为什么叫河豚？

你见过河豚吗？

彭景说，呃，在汤里面见过。冒死吃过一两次。

河豚很可爱。它生气害怕的时候，危险的时候，想自我保护的时候，它就鼓胖壮大自己的身子，就像气球一样。它只是想让敌人住手。如果你不吃它，它就没有毒。

啊，哦。彭景说。

两人又无话可说了。彭景心里想我的天，他为什么还不走呢。

你从哪里来？彭景又找到一个话题。

她不接我电话。来人依然没有回答彭景的意思，他说，麻烦你转告她，我们对她很担心。请她……请你一定告诉她，还是保重吧。

彭景说，我知道我一定。我们只是……那个，我是说，彭景说着发现来人已经直起身子，对于彭景的表白，他含混地点头，潦草地表示了理解。转身他已经走出了屋子。彭景到窗口，目送那个高大帅气的男人，走出院子拐上阳光炽烈的土路，怏怏地走向一辆皮卡车。

摸不着头脑。完全摸不着头脑。彭景回到桌前，想来想去还是觉得自己面目可憎。也许，女孩家里已经吵翻了，做哥哥的，就是来看一眼这个混账的同居男人的。如果是自己的妹妹，莫名其妙跟来路不明的男人同居，做哥哥的、做父母的会怎么想呢？只会比这个好哥哥更尴尬、更恼火、更愤怒。

不过，彭景还是觉得哪里不对劲。

彭景走到冰箱前，打开冰箱。他把来人塞进去的盒子掏出来，打开外面的塑料袋，里面是个盖子不太合拢的大号白餐盒，再打开，里面装满了软壳虾，至少两斤。彭景把它盖上，突然，他看到了白色塑料袋上有一行油性粗笔写的字：虾蟹硬壳宝 李国？之后是一串手机号码。彭景把塑料袋拿出来，细看袋子，塑料袋来自"永旺"水产药业，一行广告手写字体字：您值得信赖的水产药专家。照着光线，他仔细辨认失却的笔画，隐约好像是"豪"字。字的上半部分，被磨损了，看不清楚，但是下半部分肯定错不了，要不就是李国家？应该没有人这么起名字。

国豪，李国豪，这个名字有点熟啊。

十九

否极泰来是有道理的。李天禄算是交了好运。禄爷一宽心，看海山的狐狸脸老婆都顺眼了，亲自去看望她，还随手发放了够分量的福利。禄爷在李海山的牌位下告诉侄儿，说，感谢你最后的帮助。现在，老林和他关系处得越来越不错，老林其实也没有别的爱好，工作之余打点球，调剂调剂。他的秘书小马说，老林最欣赏我的是，义气、嘴严。你放心好了，我不会轻易给领导添麻烦的，只要这个关系在，我们就有真正的靠山。这点钱，值得花。

高尔夫，李天禄过去打得少，也不是很用心，一般都是赌友联系好了场次，他就去了。球童好坏他也不太上心，打不好发脾气就换球童。因为无论政企地位、社会关系还是球技，禄爷都是属于阳光高尔夫进出尚品人物中，层次偏低的。好球童基本接触不到，也就是说，他根本不懂、懂也预约不到A级里的好球童。而好球童不想伺候你，就是有空，也会说，有人预约了。

李海山死之前，李天禄大概有两三次是汪李婳同组的，因为有个火锅城老板，特别能缠磨汪李婳下场。不过，李海山死的那天，汪李婳直接做了禄爷的球童。当时，汪李婳刚刚结束两场球，回到出发台。她的第一场约球是清晨六点多，两个打九洞的客人，这都是过把瘾就赶上班去的老总们；第二场是十八洞的，九点半下的场，两点左右结束。汪李姗刚刚回到出发服务台，李天禄几个朋友进来了。总台以为汪李姗不会同意再接，连着两场，球童今天至少步行了四十公里，精疲力竭了，也挣够了。没想到，汪李姗一个点头，她同意了。喜出望外的总台经理对客人们，热烈感叹小汪的辛苦、技术、服务品质，夸她的抢手。事实上，汪李姗也确实几乎没有随机派单的，都是被客人预约点场的。正是这样，她才有超越一般球童的高收入。总台夸得汪李姗恶心，是对救场的感激，也显然达到了让客人获得天上掉馅饼的莫大欢心。李天禄对汪李姗的感觉不错，正如外地客人评价她，这球童一脸霸道气质，笑起来的时候，美得简直令人感激涕零。李天禄看着她难得的笑，心里确实舒展。

海山死后，李天禄带领三个"钦定"外地客下场的那次，汪李姗也非常给面子。但那天，李天禄很丢人，居然紧张到"挥杆麻痹症"。他不确定自己选的杆对不对，风向判断是否可靠、方向也没有把握，他的胳膊、肩膀、颈部，甚至全身都僵硬了。作为一个市领导的黑暗使者，不知不觉间，他似乎也感到"招商引资匹夫有责"的莫名压力。他想外地客人可能正在暗暗笑话他的土气。他的球童一直提醒他：松弛点，握杆放松放松！禄爷一头暴汗。汪李姗走过来，把他的杆轻轻拿掉，示意他按基本站位，弯腰，让两只胳膊自然垂放于身体前面，然后，跟着她摆动两只胳膊做弯腰拍掌动作。重复了几次，她让禄爷仔细感受自己胳膊的重量。渐渐地，李天禄的胳膊和肩膀悬挂的紧张感消失了。

好了，没事了。汪李姗说，身体越放松，杆头速度才越大。

乒乓球爱好者的市领导老林，下场两次，就让大家看到了他的高球天赋。只是他下场，好像行窃似的有点心虚，不事张扬。他从来不和市里那些大企业界、名流界人士球手入场。他总是安静地和禄爷有时一起来练个早球，晚上没有应酬，也会悄悄和李天禄过来，进入VIP包间连接的发球台，练个晚球就走。他总是避开人多时段。虽然下场，但他的水平，基本不能叫打球，只能算实战演练。虽然悟性高，但想成为一个真正的高球手，绝对需要再花大把时间。老林似乎还特别乐意球童汪李姗跟随。老林喜欢汪球童，禄爷自然热情相让，自己只能另请其他球童。但是，说起来汪李姗对禄爷还真是不薄，有一天，禄爷低劣的随挥动作，居然把自己旋进了沙坑里。他记得，老林做了个夸张友善的目瞪口呆表情，禄爷感到丢脸至极。在老林面前，李天禄虽然殷勤有加，但他还是有意无意以老手自居的。当时，禄爷的球童，咬着嘴笑，从沙坑里把他拉起,汪李姵随口说了一句,你重心过度移向脚踝的外侧,破坏了平衡性,挥杆路径就乱了。禄爷说,有空你指导我啊。汪李姵点头一笑。禄爷有微妙苦衷的,和老林一起来,汪李姵如果有空,绝对的、当然的、她必须是老林的球童。没他的份。所以尽管小费都是禄爷出的。但禄爷根本就没有机会跟汪李姵长进球艺。

禄爷没有想到,汪李姵言而有信,有一天,老林出差回来,想悄悄放松一下。李天禄提前一日,约汪李姵打球。汪李姵说,已经有人约了。周末客人太多了。没想到汪李姵随后打来电话,补偿似地说,你真想打好球,想学好标准的"随挥收杆"动作,我帮你试试。早上六点的早场,我会比较有空。要不你就一个人来打九洞吧,那时客人也少,我可以一路教你,包括你的一直克服不好的过早地把杆头拉向里侧。或者,我推荐你去找我的老师,他在练习场当总教练。

不不,李天禄说,你教。你指导我。

那到时再约吧。汪李姵说,反正我只有早场比较有空哦。

二十

戴忆果回复彭景,他询问的电话号码,曾经属于一个叫李国豪的人。家住恩留湾龙庭村龙尾后社。使用人在今年四月起就因欠费而停机。

彭景暗暗吃惊。这个李国豪,不就是超市老板所说的,不慎借到李天禄家高利贷的倒霉蛋,因为不愿以身抵债,直接把自己烧死在李家门口的人?这样就可以推断,送软壳虾的男人,就是河豚大哥哥,烧死自己的人,就是河豚的小哥哥。彭景隐约记得,当时从昏睡中醒来,他接受女孩盘问时,说自己是高利贷逃债人,那个女孩就告诉他,她的一个朋友因为高利贷把自己烧死了。也就是说,女孩一开始就告诉了他,一个惨烈的故事标题。

这家人,是李天禄的首席仇人吗?那个高大帅气的男人,是凶手?回忆那个家伙的样子,那种不对劲不踏实的感觉又冒出来了。是,他几乎不正眼和彭景交流,如果他带着对糊涂妹妹的同居者兴师问罪的心,应该是咄咄逼人的才合理。事实上,他更像是心事重重的人,他对妹妹的混蛋同居男人,完全没有应该的敌意审视,没有激烈的怒气。他似乎来之前,就处理好了这种相遇的情绪波澜。他是平静的、理性的,是的,他也从来没有回答过彭景的任何问题。他对彭景没有任何好奇心、剖视欲。这是反常的。

那么，这样一个男人，真的是复仇者？他心里有鬼？他真的可以用角钢连续劈杀两个人吗？也不太像啊，彭景有点困惑。那个男人靠在门边、眼光像风一样滑过彭景的样子，就像一个粉饰怯生感的少年，还有一种深深的疲惫，没错，是息事宁人的疲惫无力感。

河豚是次日晚上天黑后回来的，带来三份据说很有名的"找婆冬粉鸭"。还有一提啤酒。显然，她早知道有人给她送了软壳虾，所以，一进屋，就掏出了携带的各色调味品，然后把冰箱的虾拿出来，直接放进微波炉解冻档。彭景说，一次吃不了那么多吧。她说，剩了你明天还可以吃啊。会非常好吃的！所以，很可能我们一点都剩不下。

未必，我的牙有点发软。彭景说。

河豚带来的调味品有面粉、二锅头、孜然粉、生抽和糖。她把解冻后的虾，放进大玻璃碗中，然后投料腌渍，最后是鸡蛋面粉汁。河豚边忙边说，会把你吃呆的！非常非常好吃！不过，微波炉效果不如煤气明火，那种油锅，烧热后，虾一下去，三秒钟，那股酥香气就冲天啦。

彭景说，你大哥很帅。

对。我外公外婆一家，井水好，祖祖辈辈都是人间一流的帅哥美女。

你二哥大你几岁？

二哥？我大哥跟你说什么了？

你也告诉过我，他被高利贷逼死了。

河豚抬头看了彭景一眼，低头拌虾。玻璃大碗还是小，两只软塌塌的虾相继滑了出来。彭景帮她捡进去，一颗水珠滴在玻璃碗上。两人都僵了一下，随即，另一颗水滴掉了下来。彭景不忍看女孩。河豚说，这大玻璃碗是拌沙拉的……

声音是平稳的，但是，又有两颗大泪珠掉进玻璃碗中。

彭景起身，抱住了女孩：

别……再哭，就太咸了。

河豚放声大哭。

彭景一直抱着她。

这一顿号啕恸哭，让女孩像浴后的婴儿，所有的头发都后掠，小麦色的肌肤上，闪动着美丽年华的光泽。洗过脸的女孩，除了鼻尖还有点发红,她已经若无其事。她始终什么也没有说,又开始忙碌美食。拌透腌制好的软壳虾,被她分三份放进微波炉中。她说,如果,你觉得好吃,想自己做,要记住哦,二锅头要最后倒,高火五分钟!

要那么多眼泪,我做不了。我天生不会哭。

彭景揶揄了一句,也是想继续捡起话题,但河豚狠狠地瞪了他一眼。

微波炉酥炸软壳虾,还没有叮地灭灯开门,整个屋子就异香扑鼻。彭景的肚子咕咕直叫,我的天啊,他说,真的太想吃了!

两人喝着啤酒,吃着软壳虾。找婆冬粉鸭也非常鲜美。彭景感叹,的确是人间美食啊!如果这个时候,逼债的人突然冲出来,我一定请他们让我吃完这些虾,要杀要剐随便吧。河豚说,你这话,我外婆最爱听了。不过,如果真的讨债的人来了,只要我在,你一定死不了。

为什么?

因为,河豚狡狯地笑了,因为我会拼死保护你!因为我和我外婆一样,会做最好吃的酥炸软壳虾!

你妈会吗?

不会。

你平时和哥哥们在一起多,还是和爸妈在一起多?

我和我自己在一起。

为什么不和爸妈在一起呢?

因为我讨厌自私的人。

自私?

我告诉你,瘸子,越有钱越有势的人,越自私!他们害怕失去,他们害怕更大的权势,他们见死不救有难不帮,就是害怕失去一点点屁大的东西。

彭景咬到了裂牙,口腔的疼痛闪电,让他一下捂住腮帮。

蛀牙?

彭景含糊点头:让你买牙线,你又老忘。

啊明天!河豚笑,哎小时候,我一个同学妈妈当牙医。他说,牙医能挣很多钱。因为我们每个人,只有一个头、一套内脏。眼睛耳朵手脚也才两份。可是,牙齿就多了,整一个牙齿,就收一笔钱。一口牙可以挣它几十笔啊。我想,我就当牙医吧,钱多,除恶,又干净。只要不要把好牙齿当坏牙齿拔掉,就不会出问题。

彭景缓过劲了,笑道,是啊,总比做骗人的广告商好。

那是当然。做一个拔除坏牙的人,是高尚的。

这和高尚有什么关系。

看来,你的牙齿没有坏透。

好吧。不说你的童年梦了,说说你大哥吧。我觉得他很担心你。

我等下就去找他。

我陪你去吧。

你是想找死,还是找打?

龙庭村我去过。

谁说我要去那地方了?嘿,芭蕉壮士呢。河豚眯眼似笑非笑,海鲜果然壮阳啊。

临出门,河豚再度转身说,瘸子,要不要给你带点牙痛药?

彭景摇头。女孩咕哝着,也是,你吃了那么多。

到了院子里,女孩在下面小声喊:喂,瘸子,牙医要是把你的好牙当蛀牙拔了,他其实会很难过的。

二十一

洪彦给彭景回电话说,他让他看的那个暗蓝色塑料袋"图钉",已经查明,是打高尔夫球的用品:马克(mark)主要用于球手在攻上果岭后,用马克把球位标示住,才可以把球拿离地面。这有利于避免妨碍他球的进洞线,也可以进行清理球上所黏附的杂物。

高尔夫用品?高尔夫?

到底还是陌生领域。彭景开始翻书。河豚的前同居人遗留下一些相关书籍与旧杂志,其实之前,因为无聊,他也有随意翻阅浏览过,但现在,他觉得需要深入了解高尔夫了。连续几天,彭景都在阅读芭蕉屋里的高球类书籍杂志,虽然完全是纸上谈兵,读得云来雾去,但至少,他比过去了解了高尔夫的世界。

几天后,彭景在电话里问戴忆果,如果我当时,是用地上随手捡起的角钢,那么,死者创面会有点锈迹什么的微量物吗?

我没有找到。戴忆果说。我也从来就没有肯定致伤物是角钢。

我想问你,如果凶器是高尔夫球杆呢?它的杆头是金属的。

我想想……戴忆果静默了一会儿说，我没玩过高尔夫，也没有近距离看过球杆。现在，我脑子里，只有一点过往广告图片和影像的模糊印记。它的杆头杆身好像有个角度，豆瓣似的吧？嗯，如果是这样，我想创口边缘体现的致伤物作用面的特征，可能会更合理一些。你给我一两天时间吧。我研究一下。

大吃了一顿酥炸软壳虾后，连续多日，河豚都不见影踪。连人带车都不见了，有时就是发个短信，让彭景自己煮点冻饺子吃。她说他们的一个户外灯箱广告，涉嫌违反广告法，正在哀求工商管理部门，手下留情处罚从轻。还有一家大的广告公司，准备和他们谈合作，也可能就是兼并或者出卖，所以，算账、吃请、请吃、谈判，很忙乱。

此时，彭景很想见到她。在芭蕉屋住了这么久，彭景第一次给河豚打电话。

微波炉坏了，我不能天天开水泡面啊。

河豚说，克服一下下。

哎，这么包养人不对吧？

嘿，好好吃吧，以后你会想念鬼屋泡面的。

叫不回来，彭景也没撤。除了细读高球书，他开始更加仔细地在芭蕉屋搜索，包括爬上那个蜘蛛网尘封的阁楼。他在厨房破败的碗柜边的一个旧纸箱里，找到了两双满是灰尘的鞋子，其中一双是匡威球鞋，二十三码的样子，还有一双是高跟鞋，很新，也是二十三码，看上去比球鞋短。是河豚的吗？彭景感觉码数短了，一比对，果然比戴忆果的足迹模型短。他小心把它们放回去。他在转悠中意外看到遥控器可用电池，把它装进落满灰尘的电视遥控器里。电视依然无法开机，他试了试，按摇控上的电源键，使电视机转为待机状态，然后再按了遥控器上的待机键。电视恢复正常了。显示屏一显影，画面就是高尔夫赛的频道。如果是过去，彭景肯定换频道，但是，现在，他津津有味地看了起来。

电视里转播的是 2010 年莱德杯高尔夫球对抗赛。仓促储备起的知识点，已经让彭景明白，这是每两年举行一次的国际高尔夫球顶级赛事。是美国队与欧洲队的高手对抗赛。确实精彩，引人入胜。

两天后的晚上，戴忆果打来电话。她说，我的分析，不一定靠谱。

因为我毫无高尔夫实际经验，我只是在两个打球的朋友帮助下，用瓜类物做了一些试验。也不是很有把握。现在我只能就录像和照片、文字、行家意见及粗糙试验展开的研究感受告诉你。你不用太当一回事。根据其创缘、创角以及创腔、创壁特征，相比角钢，我更倾向于你是用高尔夫球杆实施了打击。也就是说，致伤物是高尔夫球杆可能会更合理些。此外，顺便告诉你一些资讯：泰格伍兹的击球，在球离开球杆那一瞬间的速度为每秒八十米。你当然没有这么专业的力道。高球行家介绍说，高球杆的杀伤力非常大，一个好的球手，他调度的是身体的核心力量，是靠腰腹力量产生的离心力挥杆的。我们还按老虎的例子，球杆质量远大于球的质量，球杆最末端运动线速度为40m/s，根据物理老师教我们的，设老虎的开球一号木杆1.15米，臂长0.65米，球杆重0.5公斤，则球杆的平均运动速度为32.5m/s，球杆动能为264焦耳。相当于一公斤的东西，从26.4米的高度掉下来砸到人——开瓢容易啊。

好吧。结论？

我倾向于——你使用的是高尔夫铁杆。

彭景说，那个你念念不忘的足迹模型，是在尸体的什么位置？

不是发你位置图了吗？

这个位置，忆果，够高尔夫球杆的挥击吗？

当然。够。很够。

球手右脚蹬地，能够加快挥杆速度。我觉得，你刚才的高球研究，让我更确定了足模顺时针的轻微"拧痕"是怎么形成的。

嘿嘿。戴忆果干笑。

你在想什么？

如果错了，是不是算我带你跑偏了？

如果对了，你要知道知音难遇。

二十二

汪李婳这一周非常忙。因为"阳光国际女子高尔夫赛"，世界一百多名女子顶尖高手参赛，总奖金为二十五万欧元。虽然国际大赛赛时为周五到周日，但大赛的前三天，就有进入高校互动、职业业余配对赛等配套活动与赛事，因此，球场上上下下一片忙碌。有了汪李婳的承诺，李天禄已经两次打她电话，单约早球，都没有成功。搞得李天禄郁闷失落。所以，周日国际赛事一结束，汪李婳用轮休期，处理了比较急的事务，周二上午就回复了李天禄，说周三可以打早球。李天禄喜出望外。周二傍晚，汪李婳又来电，说看天气预报明天有雨，要不要改期？不要！李天禄说，一点小雨算什么？

汪李婳把周二完整地留给了自己。她把车子开到天枢山脚下，然后背着一个大双肩包，进了山门。山门通往大殿的青砖大道上，有三五成群、三三两两的信徒与游客在错落行走；而山门往左是山。古木临照下，有一条上行于巨石苍苍、杂树掩映的石阶小道，汪李婳三步两步地往上跳跑。近山顶处，她来到一块巨大的、斜披于山崖上的、状若斜屋顶的整石前。斜度的平整的巨石上，可以站立二三十人俯视湿地公园。屋顶巨石下有一个竹片编制的单开门。汪李婳站在门前，很快的，有人从里面把竹制门打开了。是个石下通道，里面很幽暗，适应光线后，就知道，那是通过头顶上巨石的一条石下洞穴路。走了十来米后，前方出现光亮。两人一前一后，便走出巨石下的幽暗石道，洞口迎面就是一大片竹林。下午的太阳光，斜着穿过竹林。满地竹子落叶，湛然法师就坐在竹林空地中的一把竹椅上。他前面布满干苔藓的青石悬崖护栏上，覆盖着一本线装旧书，膝上还有一本正在看的。看到汪李婳，他微微颔首。

为汪李婳开门的小和尚，退出这块竹林地。他一直退到巨石高顶边，几步石阶上，有一间稻草铺顶的小木屋子，门楣上写着"阿兰若"。木屋前，窄小的青砖院子里，有几位和尚和男女居士在忙碌着翻晒收拾什么，之后，先后有两位居士到竹林边，跟湛然法师道别，两个都是远远地伏地跪拜礼。然后，默默退开。湛然师父也是微微颔首。

汪李婳在湛然法师前的小竹椅上坐下，说，今天我可以在这玩多久？

湛然法师微笑，你不会再来了。

汪李婳也笑，拉出胸口挂的一个玉片佛像：外婆带我来的第一次，你就给了我这个。快二十年了，我经常戴着。我是不是很辜负法师？

阿弥陀佛。湛然法师缓缓摇头，种子生现行，现行熏种子。

法师，我在想，我七八岁第一次来的时候，法师就一直知道我是谁。

汪李婳把颈链佛像双手托还给湛然法师。湛然法师没有看她。

心垢本来轻浅，却不挡随业流转。湛然法师悲悯地看着穿过竹林的金色阳光，轻缓地吁了一口气：可惜了上根利智啊。法师接过颈链，擦拭了佛像，还给汪李婳，示意她重新戴上。汪李婳笑着摇头，我觉得值得。汪李婳把颈链佛像放在悬崖护栏上的线装经书上，说，那我就从地狱道开始重修吧。

随后，汪李婳打开脚边的大双肩包，把里面的物什一一掏出来。一包一包，是菌菇干货、植物蛋白粉马蹄酥之类素食用品。最后掏出来的是包好的两件黑色薄袍。汪李婳把它们码好，停顿了一下，她的目光停留在她刚才放在经书上的颈链佛像上，她看了看法师。法师慈目悲悯广远。她拿起，又重新戴上。随即，她学着刚才看到的居士们告辞时的辞行礼，有点笨拙地伏地拜别。刚才带她进来的小和尚，从"阿兰若"小屋台阶上下来，把她送往巨石下的通道。

在跨进石下通道竹制门时，汪李婳突然回头看了一眼，湛然法师正目送着她，法师缓缓合掌闭目：阿弥陀佛。

汪李婳的车在市区行驶。长长的木芙蓉大道两边，芙蓉花枝头红白缤纷，地下团团落英红紫绚烂。还没有到下班高峰期，路宽车稀，阳光清透。她恣肆地把车不时开得像溜冰，一路引发了许多受惊的司机叫骂，有司机赶上她降窗怒骂：喝多找死啊！汪李婳就笑，猝不及防的司机，被那个莲花粲然之笑惊艳得几乎车子也蛇形如醉。

汪李婳车子在中山公园西门停下。西门浅灰色的拱顶上，蓝天清澈无垠，绿树间红砖白墙错落，一辆摩托车呼啸而过，后座上的女孩长发和笑声，都有如旗帜飘扬；透过公园铸铁白漆栅栏，能看到公园湖边，绿柳披拂如流苏，轻触水面；错落在绿草地上的刺桐树红花夺目，每一棵落下的花瓣，依然灼灼如血；一个白衣母亲抱举着咿呀宝贝，在桂花树下嗅闻桂花花香；一辆皮卡车里的几大筐卷心菜，新鲜得卷边，她想到了明炉手撕包菜。到处都是生活的美意，静好年华绵延。走过白漆铸铁栅栏，她开始走下地下通道。那对流浪老艺人，也是她惜别的对象。在地道中间段，她听到了旋律，好像是《夏日里的最后一朵玫瑰》。她慢慢走近老艺人的摊子，大个子的女老艺人依然是麻花辫，双眼轻闭；小个子的男老艺人依然是衬衫敞怀，里面是白T恤。照例，放钱的钵子里只有几张五元、一元的。精明的男老艺人可能又把钱藏起来了。汪李婳把牛仔裤后口袋里、买菌菇类干货剩下的几百元都掏出来，轻轻放在了那个钵子里，然后轻轻离去。大约在她走出十来步后，突然地，旋律突变，没错，是《贝加尔湖畔》。她始终不明白，老艺人是用什么弄出了如此逼真的关门声,嘭的那一声离别的门响,一下子抽搐了她的心。她听到了永远的离绪别情,汪李婳不由收脚站定,身后,贝加尔湖畔的旋律,萦绕弥漫震颤了整个地下通道:

……
多少年以后
如云般游走
那变换的脚步
让我们难牵手

……
这一生一世
这时间太少
不够证明融化冰雪的深情
就在某一天
你忽然出现
你清澈又神秘
在贝加尔湖畔
……

汪李婳入定般站着,没有回头。如果不是泪流满面,她就像石化了一样。直到整个旋律结束,汪李婳都没有回头。旋律停止了,身后静谧得不像一个工作日的下午。世界仿佛特别留出了这么一个告别的时空。汪李婳没有回头,她继续往前,走到通道口,强烈的日光从阶梯口洒下,她一脚踏上台阶的时候,终于回望了隧道深处:两个流浪老艺人都站着,手持乐器,面对着汪李婳离去的方向,目送她的远行。汪李婳再次泪水满眶。她大步登上台阶。

二十三

坏消息是,洪彦查了邮储银行的高清监控探头,那个时间段的探头里,根本没有看到彭景跑步经过的身影。洪彦说,就凭这,我们又该打你一顿。彭景很无奈,但是,还有好消息。洪彦虽然病休在家,但他惊人的记忆力,很肯定地告诉彭景,撒尿文艺男在一次供述中说到,自行车骑行者,好像手里拿着报纸包的细长状物。洪彦说,此人的联系电话我记不住,确定要,我就找其他兄弟帮你看。

彭景说,多细多长?

洪彦说,记得没有人追问。他的陈述内容不在领导的侦办思路上,可能就忽略过去了。

彭景生气:万一是他妈的三角铁呢?也不问?

唔,撒尿男是说"好像"。再说,随手捡的凶器,也不可能再随手捡到报纸包吧。

彭景嘀咕,撒尿,拿细长物干什么,又不是打点滴。

还有,彭哥,医生宣布,老丁这辈子就是植物人了。他妻子恨不得亲手枪毙你。

上次不是说感谢我吗?

认识境界提高了:要不是你杀人,老丁现在好好的!

彭景沮丧,但还有更好的消息。实际上,就是这个更好的消息,让彭景不在意洪彦反馈的打击。彭景在芭蕉屋河豚习惯停车的位置,终于找到并拍摄下一个相对完整的脚印,和石膏模型比对后,他没有把握,就把照片彩信发给戴忆果,请求同一认定。戴忆果抱怨着,说像素太差,光线没有表现力,几乎看不清细节。彭景哀求她仔细用心。两天后下午,戴忆果骂骂咧咧地回复说,比对完了,如果没有判断错,它和现场那个大半个、带顺时针方向"拧痕"的球鞋印,从步态特征点上分析,有50%的相似度。只要他乐意,她也可以倾向认定是同一个人。

"是"与"不是"各一半?该死的相似度!彭景得寸进尺:帮我调监控吧忆果,我要案发那一天,被害人借用的宝马SUV去现场前的路线。你帮我看尾随在它后面的银灰色的宝来车。我要它的车号,确认车主。

忆果说,我今晚飞上海,有个华东区专业交流论坛。为了你的破事,我的论文到现在还没有写完!

该死!临门一脚。

少来啦,你到处都是临门一脚!

彭景无可奈何。

临门感烧灼的彭景，再次打河豚电话。河豚说，晚上有朋友生日聚会。彭景说，你已经五六天没回来了，微波炉不拿去修，车子也不留给我用，狗粮也见底了。你饿死我们有什么好处呢？

也是哦。河豚笑，但我保证，这是你最后一次吃芭蕉屋的开水泡面。以后你再想念，也没有了。好好吃吧。

你的意思是——你明天会回来？

嗯，尽量。你想吃什么？

找婆冬粉鸭。啤酒软壳虾。

月色清辉万丈，大地沉潜静谧。从芭蕉屋的窗口，清白的月光像一节火车厢一样，投洒进来，把芭蕉屋的两张小床，隔如两边站台。河豚轻手轻脚地进屋，已经过了十二点。彭景仰睡在自己的床上，一手枕在脑后。他怕热，赤膊着，也拒用蚊帐。浴巾的一角，斜搭在腹部。

河豚看着芭蕉屋月光站台上安睡的人。自从佛光寺师父把他的长发胡须剃光之后，她就觉得他就像换了一个人。那个清晨，他穿着黑色海青，和穿海青的她一起衣袂飘飘走出山门，坦然穿过警方层层关卡之际，她真的觉得这个男人太复杂太帅了。他像黑洞一样危险，也像黑洞一样充满魅力。

其实河豚的汽车声还在几十米外的村路口，豆包就开始兴奋低鸣了。听着车辆熄火在窗外的轻轻关门声，听着小屋轻轻的开门声，彭景一动不动。她终于来了。他看着豆包扑进河豚的怀里，看到河豚嘘豆包的声音。她给了豆包什么东西，豆包趴到她边，啃得嘎得嘎得响。之后，一股浓郁的米兰清香靠近了窗口。彭景闭上眼睛。他希望河豚赶紧睡下，然后，他设法在台灯下，偷拍几张张她清晰的鞋底照片。

米兰的清香不再移动，它停留在床前，久久不散。彭景偷看了一下，月光中，女孩倚靠在"月光车厢"里的椅子上，扭转看向她的身子，如雕塑般流丽。那双富有弹性的大长腿，雪白得简直要反射月光，也许她的脸太黑反衬的吧。心里发笑的彭景闭上眼缝。忽然，他感到脸部、喉结、胸部上有凉凉的器物滑过，它在他的胸、腹肌之间，来回滑翔跳荡，轻轻点刮、滑圈，有点痒，也带来身体的异样，他忍着。那器物在他身上小毛巾被外的所有裸露肌肤上点顿、游走、耕犁。

喂，女孩声音低沉如耳语，却透着坏水，你一个被包养的人，怎么可以这么不敬业？喂，醒醒！那器物钻进彭景的胳肢窝，痒得彭景一把夺过，竟然是一支手臂长的嫩芭蕉叶，仿佛瘦长版的铁扇公主。月光火车厢里的女孩，被突然跳起来的彭景，一把抱摔进小站台。

当那枝芭蕉叶在河豚身上游走的时候，彭景的手通过芭蕉叶，一再感到了自己心房的阵阵震颤。相比她的小麦脸，这个女孩的身子实在太皎洁无暇，难怪湿地公园的苦楝子树下惊鸿一瞥，充满后挫力。苦楝子树下，月光凸显的美丽曲线，仅是一瞬就赫然炫目。这是自带光环的、汉白玉般的身体啊，肩头和乳房下巴之间构成的美丽三角地带，呼应着漂亮紧实的腹部。芭蕉叶在迷人的脐眼徜徉，再下来是纤细结实的弹性腰肢，再下来是矫健柔婉的臀胯、耻骨曲线。如此比例合理的腰腹扭动，蕴含着多大的爆发力，它当然可以摧毁一切。这充满力量感的美好身体，应该获得最高的礼赞。彭景的嘴唇，替代了芭蕉叶景仰之旅。此时此刻，他觉得什么都不重要了。就这样一夜千年地持续下去吧，就这样一无所有，就这样沉冤无期，就这样抱着她，就这样反复和她生而复死、死而复生，挥霍生命的菁华，把自己碾进永恒的生死轮回。

休息期，河豚的指头在彭景的胸膛上轻揉重捻，就像鉴赏珍玩：我至少看到你两次做俯卧撑，小河都跳坐在你背上。怎么训练的？

是你的狗在训练我。

哈，好吧。我真是有眼光的包养人啊。

彭景抚摸着她的光滑肩膀。河豚又笑：

那天在湿地公园，树下长椅边，我感到你已经到了发球台。

彭景已经不再尴尬，说，那时候我就想随便吧，我顾不了了。

那为什么不发球呢？

哦……没想到他们不给我作案时间。

彭景在啄吻着河豚的耳朵。河豚的身体就像风吹过的湖面。

彭景说，真该像球王老虎，第一洞就一杆直上果岭。

你说谁？伍兹老虎？他不是球王。球王是帕尔默。阿诺德·帕尔默。1960年，美国公开赛，在樱桃山俱乐部，是帕尔默第一洞就一杆上果岭，全场打出六十五杆。

我觉得老虎就是球王。他的挥杆时速达到一百二十英里都站姿不变，他的核心力量超群出众。平时他的开球距离，近三百码。

女孩直起身子，有点急：老虎现在是高坛称雄，但尼克劳斯已经是二十五年的高球霸主。说开球，杰克·尼克劳斯曾经一球开进停车场，但最终拿下小鸟球……

河豚声音忽然平静低微下来，她停住了。她看到了彭景眼睛如星光闪耀。谁是真正的球童？谁是广告从业者？谁的面颊是高尔夫黑？

两人陷入了难以打破的静默中。大家都平躺着纹丝不动。

最后，还是河豚开了口：知道"甜蜜点"吗？

彭景有些微的迷惑，但他马上领悟过来，女孩不是在谈情说爱，她指的是高球专业词汇。可惜临时抱佛脚囫囵吞枣，他记不真切了，只好含糊地说，好像是指发球有效位置。

甜蜜点，河豚说，是指在击球的瞬间，球与杆面发生的最佳接触区域。如果击球的部位正好在甜蜜点，能量就没有损失，打出的球会又直又远。反之，离"甜蜜点"越远，能量损失就越大。

彭景若有所思。

他的手掌，一直覆盖在河豚的额头上，轻轻摩挲着。

要珍惜每一个纠错机会……河豚的语音混沌慵懒低微，听上去在喃喃撒娇。彭景心里的怜惜在痛楚地滋长。月光的火车依然停在两边的站台中间。窗外，蛙声零落，星空寂寥，倒是芭蕉叶在簌簌索索哗哗中婆娑起舞不息。彭景揽过平躺的女孩，一直把她抱护在怀里。

女孩手里却多了她刚才那枝小芭蕉叶。芭蕉叶在月光车厢和站台上上下翻转。彭景说，睡吧。河豚说，你不是一直嫌芭蕉叶破败凄凉吗？其实，你看，它小的时候，叶子也是完美无缺的。所有的芭蕉叶，后来都是破的。一生的风吹雨打，谁能保持童年的美好？

彭景觉得自己就是最残破的芭蕉叶。他亲吻女孩的额头、眼睛。

河豚突然起身，赤裸着穿过月光火车厢，掏出背包里的手机。你还一直嫌我给你的手机像素太低，好吧，我决定送你一个像素、音质和这一模一样的手机。你听一下，音质极棒！

别别，半夜三更的。

没事，芭蕉屋，除了鬼，就是我们。一起听吧，都是自己人。

在我的怀里 在你的眼里
那里春风沉醉 那里绿草如茵

月光把爱恋 洒满了湖面
两个人的篝火 照亮整个夜晚
多少年以后 如云般游走
那变换的脚步 让我们难牵手
这一生一世 有多少你我
被吞没在月光如水的夜里
多想某一天 往日又重现
我们流连忘返 在贝加尔湖畔
多少年以后 往事随云走
那纷飞的冰雪容不下那温柔
这一生一世 这时间太少
不够证明融化冰雪的深情
就在某一天 你忽然出现
你清澈又神秘 在贝加尔湖畔
你清澈又神秘 像贝加尔湖畔

男歌手低沉深情的声音,磁颤着床板、磁颤着芭蕉屋。月光火车厢中,纤尘漫舞。彭景完全被这个旋律与歌词带入意境。他抚摸身边的人,旋律中,她的光滑如玉的胳膊与乳房,已经满是战栗的鸡皮。

音质怎样?她说。

非常棒。他说。你喜欢这歌?

我喜欢真正的贝加尔湖,想去看蓝冰!我喜欢冰天雪地。我外婆说,下雪可以杀死很多病毒。会下雪的地方,都是干净的。

瑞雪兆丰年嘛——这像素有多少?

八百万。明天,你将得到它。

太贵重了。我写欠条给你。

不用。记着包养你的人。

彭景抚摸她的脸,忽然感到手潮,他想再确认。河豚翻身趴睡,把脸埋在了枕头里:快睡吧,明天我早班,五点五十前我得到。

二十四

六点零一分,太阳从海平面射出金红色的刺芒,随着金红色的喷薄之光越来越强烈,奶蓝色的天空,流动着平底螺蛳状红底云,漫天头大尾细一揪一揪的云朵,有的尾巴长,有的尾巴短,整齐划一的就是他们的金红色底部,那是朝阳托盘。螺蛳云朵太厚的部位,会呈现出美丽的灰色,整个天空此刻无比绮丽绚烂。这也是汪李婳一天中,最痴迷的时刻。虽然,夕阳的光照有时会混淆朝阳,但是,汪李婳永远不会。她知道,闭上眼睛清浊自分,夕阳的天地里会有一股用旧了的、浑浊气息,而朝阳的长空中,永远是甘甜清冽的。

汪李婳最喜欢的还有球场拂晓的草香。每天草坪维护工都会赶在第一波客人下场之前,把草坪全部修剪一遍,所以,整个球场,就会弥漫着沁人心脾的素色清芳。那是天地间最干净的时光。

从果岭往下看,太阳就像往上斜打光的平射灯,把球道边的树木、沙坑的侧壁、人影,都拉得很长。草坪在越来越强烈的红光中,泛出金绿色的深浅条纹,呼应着水面鱼鳞般的粉金色波光,此时,天上已经是红霞满天,如火如荼。

李天禄有点兴奋:朝霞不出门哪,等打到第九个洞,可能就是满天乌云大雨了。带雨伞雨衣没有?我这可是新球包!

李天禄今天着装簇新,宝蓝色德国的 Golfino 高球上衣、白色长裤,后裤兜还塞着白手套。浑身上下都是运动名牌。天色刚亮,他的车子就进了阳光球场大门。一拐上球会上坡道,远远的,门口值班的球童,就向他挥手甜蜜致意。禄爷一下车,过来帮他背球包的球童就热烈夸奖:李总,今天真帅!禄爷心情大好。预约的球童汪李婳,也站在一侧,虽然没有赞美他,但是她笑了。她眼看别处,一抹温婉浅笑,若有若无,神秘中透着一点自家人被赞美的羞赧。禄爷看得心尖都酥了。这就是最大的肯定。果然,办理手续的服务总台的小妹,又再证实:哇!酷毙了!李董。你现在太有范啦!

今天客人很少,正如服务台小妹所言。下场一路望去,旷远的云水之间,晨霞万里,偌大的球场上渺无一人,茵茵绿毯,绵延铺展着伸向远方,一只野兔飞奔过绿地,闪进杂树林。朝阳喷薄中,天海磅礴,球道边山崖青葱迤逦，沙坑如雪。烟蓝色的湖面，被刚刚腾出海面的太阳光，打上了一道道斜照的树影，那是被拉长几倍的树木的身子，球童和禄爷的身影，也被倒印在丝绒般的球道上，细长如铁线人。禄爷被这样的天地尊卑倒转的光线迷惑了一下，心里生出小小的感动。他殷勤地给汪李婳带了一罐燕窝、一盒澳洲鲜奶。汪李婳谢了，把它们放进自己的斜挎工作包里。禄爷说，丫头，今天我会给你双份小费！你不要舍不得教我啊。

汪李婳似笑非笑，但她确实一路指导得格外用心：……这个洞，主要的威胁是，正中那个长三十码的大沙坑，即使不入坑，坑边斜坡的长草区，也非常麻烦。所以，开球超过二百六十码的炮手要小心，不过，你现在还没有这个力道。

这个洞吧，看起来有点设置不合理哦，和前一个一样都是三杆洞，距离都是一百七十码左右，但是，和前一个洞相反，这个是从高往低打。选杆你可能要相隔二号，甚至三号……

这杆可以用左曲球来救。用二号铁试试？必须先让左曲球低飞，让它穿过小树林之后，让球有劲道拉起向上，到果岭着陆……

彭景是突然被什么东西唤醒的，可能就是他自己悬而不安的心。

半夜里，他终于熬到怀里的河豚睡熟，假装去洗手间，一下床他就提起了河豚的球鞋。他把自己黑色的T恤轻轻铺在台灯下，把她的鞋底朝上，在鞋边放下一支笔，商标朝镜头，以利戴忆果做比例参照。他拍了正面、左右、上下四面的侧光照片，一口气拍了五六张鞋底印。然后，再把鞋子小心放回去。

这件事情做完，彭景如释重负，简直有点扬扬得意。一分钟不到，他酣然睡去。他睡得很沉。天色刚亮的时候，河豚起来，他浅醒了一小会儿，模糊中看到赤裸上身的女孩，牛仔裤才提上，拉链未合，豆包就扑她的腿。河豚蹲跪下搂狗。两个一样高的女孩，在交颈拥抱。豆包似乎把鼻脸埋在女孩的颈窝，一人一狗，久久不动，宛如雕塑。彭景觉得又像是梦境。他再度沉沦于睡梦中，睡梦中，一阵米兰香，抚摸过他的嘴唇，还有木门开启和关闭的响声，以及豆包眷恋的咻咻哀鸣，一切都在梦中。

彭景再次醒来，已经是天光大亮，苍穹青灰。至少是河豚离去至少一个多小时之后了。他当然不知道他错过了漫天泻红流金的美艳朝霞。稍微思索了一下，彭景依然眼帘沉重，差点又被困意埋没。听到豆包在他床前哀鸣着，似乎想上床。彭景闭着眼伸手抚摸豆包，脑子渐渐清晰，猛然地，如醍醐灌顶，他一跃而起，跳下床，光着脚直奔到桌上翻找一本杂志，他记得那杂志上，有贴块圆形贴纸："仅供阅览，请勿带走。"下面是阳光高尔夫球场的预约电话。彭景边打电话，边飞快地穿衣，套鞋，冲出门外。

请问：李天禄先生，今天早球吗？

对方很快回答：是的，先生。您需要什么帮助吗？

李总的球童是谁？

汪李妪。

彭景狂奔在清晨的田野上，一步一瘸；豆包在他前面飞跑，又不断地回头接引催促彭景加油。彭景希望村口就有路过的出租车，私家车也行，不，摩托车，什么车都行！彭景觉得自己太他妈迟钝了，习惯性地按部就班思考，简直蠢不可及！居然还猎取女孩足印，到了这个时候，还需要如此多此一举吗？想想吧，女孩其实把什么都亮在明处了。我的天！

她是来告别的！

好好吃吧，这是你芭蕉屋的最后一次泡面。

八百万像素，你明天就能得到它！

不用，记着包养你的人。

要珍惜每个纠错机会……

天啊！我的天，她正在矫正她的"甜蜜点"偏差！

彭景强行拦下一辆鲜花饰顶的打头婚车，而且美丽的新娘听说是警察，竟然喜悦地同意豆包也上车，尽管新郎愁容隐约。彭景控制着狗，脑子里在全部复原案件。李天禄那天在球场就被河豚盯上，她也许一直在等待这个机会。禄爷计划是去鸡肠岛豪赌，他本该死在上鸡肠岛的松林步行道上，但临时被李海山改变计划。不知变化的球童一路尾随，直到晚宴地。当换车的李海山走向禄爷的车时，球童在夜色中未发现目标错误。宝来一路跟踪宝马SUV到湿地公园，在大门口，宝来车狡猾地避开监控，当SUV驶向公园荒芜后区，有备而来的球童，立刻换自行车追赶。通往后区，只有一条汽车道。当李海山走向断头大坝时，球童确认杀机已到。她手持球杆,悄然逼近。两情缱绻的李海山,把整个后脑勺留给了球童做球。为什么要杀小鹿呢?小鹿一定在叫喊,地上还有拨了一半的电话,拨了两个字"11"。是报警吗?小鹿经常做事一根筋,完全可能在情绪冲动下,做出损人不利己的选择,引来杀祸。

彭景觉得自己太自负、太迟钝了。螳螂捕蝉黄雀在后,球童看他一清二楚。他竟然还满嘴谎言,很不屑地糊弄着、算计着以为涉世未深的天真对手。

为什么好端端的,女孩和豆包结缘?

为什么她从不怀疑他简陋的逃亡解释?

为什么女孩从来没有对他家庭有正常的好奇心?

为什么每一次历险,女孩都出手相助?

为什么她在危险中,总是超然地镇定自若,视死如归?

为什么她的哥哥一脸隐情讳莫如深?

为什么她对高尔夫如数家珍却说自己是搞广告的?

为什么她说我们是你死我活的关系?

为什么女孩对他如此包容爱护?

为什么她要说,拔错好牙的牙医,其实很难过?

太傻了我!彭景叹息。

二十五

四辆婚车接连冲进球会大门时,惊呆了阳光高尔夫俱乐部大门保安。呼啸的婚车队,也把坡道上值班迎客球童和来打球的客人们都看傻了。彭景跳下车,直奔里面球会出发服务台:警察!请带我马上找到汪李婳!

服务人员显然对这个着沙滩裤的光头男人很疑惑,尤其是他身边还有一条黑棕土狗。他们索看证件。来不及带!彭景怒喝:情况紧急!涉及李天禄客人的生命安全!他们在哪?!

一个总台人员怀疑他是精神病。但值班领导说,既然结婚新人都相信他,我们也相信他吧。毕竟人命关天。球场同意用球车带彭景去找汪李婳。

此时,李天禄汪李婳已经在六号洞果岭。在六号果岭的斜前方,很容易看到龙庭村和石廊村交界的杂树丘陵地带，再过去，就是堰塞湖陈坝水库改造的"贝加尔湖畔"，湖畔都是一栋栋红瓦尖顶小别墅楼。

　　李天禄满脸喜悦而迎逢的憨笑。今天，这个冷漠霸道的球童，是如此温柔又美好，美丽的贝齿，不时回应着朝阳之光。她轻声细语地介绍着、手把手地指导着他，如何确定风向、把握草势、抓果岭线。李天禄即使接连犯错，她也恬淡温柔，给足了暴发户尊严与面子。李天禄暗自思忖：球童终于知道了老林是什么人物，也终于知道了我禄爷的魅力。

　　这个洞，职业球手都叫它狗腿洞。左边是陡坡杂树林，右边是球场唯一的悬崖峭壁，球道不容易看清。上次和林先生一起的那次，你在发球台上，把球直接打进了树林里。当时，我不是你的球童，也不好建议什么。不过，你今天上果岭这三杆都非常漂亮。

　　六洞果岭上，球童递给禄爷推杆。就是这个时候，汪李婳隐约听到了远方球车道上的人声，球车在驱驰。似乎有人在叫喊什么。李天禄没有注意，他手持推杆，正全神贯注地琢磨球线，把球推进洞。这个距离有二十码，以他的水准，三推都不可能成功。这就是禄爷脑子在快乐运行中最后思考的一个问题。

　　他身后的汪李婳，从他的崭新球包抽出了七号铁杆。

　　球车不能开进球道草地，开车球童很死板机械。彭景在六号洞最近的地方，下车冲向果岭。可以说，他是看着河豚一个漂亮的随挥动作，收杆横过肩头之际，李天禄已栽倒在地。天地间，果岭上，彭景看到了潇洒遒劲、姿态优雅的女子挥杆。球童听到也看到了彭景，因为彭景的叫喊，让这一杆的劲道有所折损，她决定再补一杆的时候，被扑过来的彭景一把抱住。两人一起摔在丝绒般的果岭老鹰草上。

　　李天禄脸朝下，已经像一具尸体。

　　彭景打了120，打了110，打了洪彦电话。

　　绿草茵茵的果岭上，河豚和彭景面对面站着。马尾巴高扎的女孩，手持球杆，英气逼人、姿容俊美。球场的工作人员，正在往这里赶来。更远的阳光高尔夫乡村俱乐部门口，警车已经到达。

　　怎么知道我在这？球童说。

　　你偷的杂志，封面贴着"仅供阅览 请勿带走"。下面有地址电话。

　　河豚笑。

　　你拦我，意义不大。

剩下的事,交给我吧。彭景说,我会连根拔掉。替你哥哥们、替所有被欺侮的人,找回公道。

球童指着左前方:从这往下看,山林里有个被人刨掉的空坟,那是我外婆的。尸骨至今找不到,但我知道,她还在这里。她非常固执。每次路过这我都在想,我要在这个地方,打出甜蜜点最正的这个球,那样,我外婆就看得到。她绝对会用本地话大喊:Nice shot!

彭景点头。

雨开始下了,越下越大。

球童伸手,她的食指,像涂唇膏一样,圈抹着对面彭景的嘴唇。那手指似乎在探测告别的其他可能性。彭景略有犹疑,但旋即一把搂过女孩以决绝的深吻,回应着球童。豆包在他们腿边跳脚,想参加拥抱。

拥吻中,河豚把她的手机塞进彭景的沙滩裤大口袋:

对不起瘌子哥哥,终于还你清白自由了。

这就是你要送我的手机?

不然怎么叫一模一样呢?

彭景抱紧女孩。他知道,人们正在围近,也许已经就在他身后。雨中,河豚在耳语:"甜蜜点"失误的球杆,还有劳力士表、项链,都在球会的集体宿舍里。彭景回以耳语:

嗯。回头,你自己告诉警察。

二十六(尾声)

汪李婳杀李天禄案,案件性质与情节的激烈程度,都不亚于几个月前警察嫉恨月下情杀的劲爆,类似于高台跳水,但是,这个案子落水的水花,小到了最低程度。有外媒将此报道为"球童杀土豪案",本地警方也睁一只眼闭一只眼。由于凶犯对案情以及对超级月夜误杀经过,均供认不讳,凶器、赃物都面面俱到,案子毫无阻力、毫无悬念地终结,之后按程序走公诉、走审判流程去了。

李天禄头骨爆裂、脑袋受到重创,下半截瘫痪了。老天似乎恶意地保存了他清醒的头脑和半条老命,就是为了给他、给李氏家族一个梳理反省这十几年暴虐涂炭百姓的机会。但即使禄爷只剩半条老命,在乡里依旧威势不减。扫黑警察关于龙庭村黑社会势力的调查取证工作,推进得比预估的艰难,很多村民看到警察模样的陌生人,转身就关门了。直到球童汪李嬷被执行枪决的那天。当日傍晚,龙庭村民活动中心的老榕树下,忽然出现了第一束鲜花。随后,又出现了三束花,还有带着狗尾巴草的,后来出现了一个白色的高尔夫球和一整枝的蓝紫色的牵牛花。次日,更多的东西出现了:芒果芭乐,各种水果,还有冥币、糕点。那颗高尔夫球被人放进一个新竹编小箩,变成了两个,随后,箩里小白球变成三个、四个、五个,越来越多,球漫出了小扁箩。巨大的老榕树下,摆放着越来越多的小白球。龙庭村和石廊村村民,经常借口看自家林地,进出球场,顺便捡球。捡来的球洗净后,会以三五元、十元的便宜价格再卖给打球者,补贴家用。不少人家,囤积了上百个。

　　大树下,越来越多的高尔夫球,宣示了哀思对象,也宣示着村民越来越坦露的愤怒。大树下,人们看到了共同的心愿,也看到彼此的力量。人心在老榕树下微妙地连接呼应。抑制邪恶的气场,悄然出现。而这种公然祭奠的冒犯行为,竟然没有被村里的精神文明大喇叭追责。

　　村民认为,这就是一个邪不压正的信号。

　　渐渐地,越来越多的知情人,开始悄悄帮助便衣调查的警察,越来越多的受害人主动联络扫黑警方,尽管多名知情人要求以秘密证人的方式作证。扫黑警察也在马不停蹄地推进。这座盘根错节、黑色触须正伸向权势与荣誉阶层的黑恶蚁穴,渐渐松垮。虽然,阻力重重推进艰难,但是,彭景等扫黑兄弟们,在艰苦鏖战了一年多后,终于收集好扎实证据,撬动了根基。

　　在大逮捕行动的那天凌晨,警方调度了刑侦、特警、派出所等十一个小组、三百多警力实施抓捕围捕。李海狮、李海龙兄弟公然持枪、大刀、白蜡棍、弓弩等与警方激烈对峙,双方各有负伤。

　　经过四十七天的持续开庭,一审法院最终形成的一审判决书就有六百七十三页。它涉及一百六十七个证人、四十八个被害人、五十三名被告人。近五厘米厚度的一审判决书,就像一本大《辞海》。

　　以被告人李天禄为首的黑社会性质组织,盘踞在茂田区恩留湾一带,通过实施违法犯罪活动,欺压残害百姓、称霸一方。李天禄、李海狮、李海龙、李治奎、李治忠、付良明、张鼎、赵勇全、余亮、陈四来、李巍、李有光、贺进、贺红均有违法犯罪的前科劣迹。多名成员有持枪犯罪记录。

该犯罪团伙依仗组织势力，干扰基层选举，非法介入市、区重点项目建设，动辄以暴力手段谋取经济利益，严重破坏当地的社会管理、经济秩序，涉嫌持枪寻衅滋事、故意伤害、聚众斗殴等严重刑事犯罪。该团伙长期为非作歹、鱼肉乡里，对多数被害人形成严重的心理强制、威慑，致使多数被害人受到侵害而不敢报案。该组织犯下了一系列违法恶性案件，给本地及外来人员造成严重心理压力和精神恐慌，影响了百姓的正常生活，严重影响了当地的社会治安，使政府的公信力遭到破坏，影响了政府对当地社会的管控，致使当地的社会、经济秩序，遭到严重破坏。

为了便于对组织的掌控，被告人李天禄以金龙公司为掩护，采取四级管理模式，被告人李海狮、李海龙直接听命于被告人李天禄；被告人李治奎、李治忠、付良明、张鼎则对李海狮、李海龙负责；余下被告人赵勇全、余亮、陈四来、李巍等，又对上级"四大金刚"负责。其中，被告人李海狮，侧重通过打架斗殴、寻衅滋事等暴力方式，争夺利益，争抢工地等日常管理秩序运作与维护；被告人李海龙侧重通过赌场放贷、娱乐场所控制、强收保护费、暴力讨债、非法拘禁、敲诈勒索等方式，获取各种非法经济收入，豢养打手小弟。

经审理查明：被告人李天禄为首的黑社会性质组织，共实施了聚众斗殴、干扰选举、寻衅滋事、敲诈勒索、非法拘禁、强迫交易、故意伤害、妨害公务等犯罪违法案件共计五十一起。以上事实，有以下证据予以证实：

……

证人李世杰陈述（卷28 P39-42）……李天禄刑满释放后次日，抢夺村民张金球儿子的地材供应工程，打掉张金球六颗牙齿……

证人李二香陈述（卷22 P17-19）……龙尾后社李过年的母亲出殡的时候，李天禄父子去现场摆场子打架，因为李过年牵头和几个村民写了告状信，质问红树林补贴款，为什么村民一分钱都拿不到。当时，那个场面吓得请来的法师都没办法念经了，直到李过年全家人跪下认错……李旺来儿子结婚的时候，没有给禄爷家发红包报喜，迎亲当日，李天禄儿子派人送来了两个白色大花圈……

证人林珍英陈述（卷20 P12-17）……那些土方车的土乱洒，全部流进虾池，村民李英国就阻挡土方车，叫他不要污染虾池。马上，李天禄家大儿子，叫来了五六个带锄头柄的人，李英国的摩托车一下子被打成烂铁，他也被打得满脸是血，最后不得不跳进虾池逃跑……

证人苏清柱陈述（卷26 P7-10）……因驾驶十八米长货车到龙庭村高远纸品厂载货，出来后被一辆黑色小车挡道，其触碰该车期望报警引出主人移车让道，结果冲出七八个银发青年，砸烂货车窗、踩断其胸骨，最后找人赔礼道歉才放行……

证人黄学莲陈述（卷26 P10-12）……其夫走在村委路口，一辆白色小轿车开过，后视镜剐到他的手臂，其夫骂了一句，吐了一口口水（其实根本看不出来）。他不知道是村主任的老婆开的新车。晚上禄爷叫其夫马上到他公司去。其夫不敢不去。其见其夫深夜未归，就过去寻找，其夫已经在公司车辆办公室，被几个银发年轻人打得脸部红肿，他们要他把车后顶舔一遍，把唾沫舔干净。其火冒三丈大骂禄爷，拉起其夫就走。没想到，禄爷上来就是一耳光。其与其夫都吓呆了，没想到，李天禄女人也打……

证人胡松林（卷27 P41-43）……恩留湾区几乎所有工厂的工业废品都是李天禄妹夫在垄断回收，乾龙电子集团（港资企业）不卖工业废品给他们，乾龙负责人的路虎车就被禄爷手下的银发帮给砸烂了。砸车小弟，被抓后很快就无罪释放了……

证人陈东美……

证人屠小英……

证人李英国……

证人李国威……

证人陈四海……

秘密证人1……

秘密证人2……

秘密证人3……

……

罄竹难书大概就是指这样如山的控诉证言了。在这本厚如《辞海》的判决书里：

李天禄数罪并罚被判处十八年有期徒刑，罚金一百二十七万；

李海狮数罪并罚被判处十五年有期徒刑，罚金四十四万；

李海龙数罪并罚被判处十四年有期徒刑，罚金四十四万；
………

在监外执行的李天禄，成天在床上用他半个身子与受损的脑袋瓜愤懑追怨：这一切，就是因为李海山不在了。如果他还在，谁敢撼动我龙庭金龙？作恶者从不思量多行不义必自毙的老话，而账总是要还的。他当然不知此次，警方矢志不移要彻底捣毁李氏黑恶势力的恒心与毅力。

从北京飞往伊尔库茨克航班上，五个结伴旅行的声乐学生总在关注一个独行者。这四女一男大学生模样的旅行人，在候机长椅上，就注意到了那个落落寡合的中年男。他沉默、阴郁、礼貌，耳朵里始终有耳机线。有个耳尖的姑娘，告诉同伴，他在听《贝加尔湖畔》。因为目的地一致，且看他腿脚不便，年轻人热情拉他入伙同行。双方在伊尔库茨克下榻地不同，但在奥利洪岛，年轻人再度和他相遇，并下榻于同一个推窗即景的、屋顶积雪的小旅馆，随后，他们又一同前往奥利洪岛北部。女大学生们对这个深沉而瘸腿的同胞，母爱友爱情爱各种温暖关注。男人似乎更加退避。他耳朵里始终塞着耳机，一副谢绝打扰的姿态。一月份是贝加尔湖旅游的淡季，游客很少。湖面已是厚冰。就这么几个中国人伴行在冰天雪地的贝加尔湖畔。如此朝夕相伴，男人依然是沉默寡言，用语淡漠简省。

第三天，他们乘破冰船登上奥利洪岛北部。看到蓝冰的时候，大学生们欣喜欲狂，在冰上飞旋追逐狼嚎。中年男子趴在蓝冰上，对准冰下，拍了好多照片。后来他仰面看天，一动不动。一个活泼外向的女大学生，迈着欢乐的舞步，突然弯腰，摘掉男子耳朵里塞的耳机线，塞进自己耳朵。女学生对同伴欢悦叫嚷：又是《贝加尔湖畔》！

中年男子牵牵嘴角，轻浅的笑意，只是礼貌地告慰对方：他没有生气。

后来，他们一起倚靠在巨礁旁等候日落。他们一起面对逐渐灰蓝中泛出微红的天空，看着冰面上反射着越来越浓烈的橘色。远远的前方，横亘在天空与辽远湖面间的山脉，也由灰湖蓝色转为灰棕、深棕色，天空则泛出的大片金晖，原先灰蓝云系，也转为漫天丝状红雾，长空如火如荼。年轻人欢呼尖叫，小伙子、姑娘都含着手指，在打响亮的唿哨。

他们相约，明天一早，要看贝加尔湖畔的日出。

他们的中年同伴，早已经避开年轻人的喧腾，独自走向巨礁的另一边。

次日，曙光初白，许多浅灰色的条状流云，还不及撤出夜场，旭日已是红光开道，漫天是奶色蓝天，洁白的轻质晨云，为日出准备了最纯净的美好天空。

中年男子并没有欣赏日出的打算，当热情活泼的女学生们，把这名同胞强行拽出屋子时，太阳已经出来了。金色的晨风从贝加尔湖的冰面吹来。大学生们的歌声是突然袭来的，男大学生的口琴，一下子就把孤独者导往他熟悉的心路，女学生们善解人意及专业乐感，把旋律诠释得温暖深情而丰富，在纯净辽远的冰雪中，折光闪耀着无限的忧伤。小旅馆俄罗斯女主人置身队列，在帮打节拍。

在我的怀里
在你的眼里
……

多少年以后 如云般游走
那变换的脚步 让我们难牵手
这一生一世 有多少你我
被吞没在月光如水的夜里

本来一直在耳机里听着男歌手歌唱的人，猝不及防地和这些显然专业的合唱女声相遇，他的心忽然就紧缩起来，紧缩着、不断紧缩着，就像被高压警棍电击，随后那颗孤独焦裂的心就爆燃了。那清澈、甜美和声所刻画的意境里，他第一次听到了球童包括但不止于爱情的对无数美好生活的憧憬与向往。

……
多想某一天 往日又重现
我们流连忘返 在贝加尔湖畔
多少年以后 往事随云走
那纷飞的冰雪容不下那温柔
这一生一世 这时间太少
不够证明融化冰雪的深情

小旅馆门口，靠在积雪堆满的木护栏上的男人，一直面对冰金色的湖面朝辉。那些特意献歌于同胞的美好学生们，不能分辨他是在欣赏歌声、欣赏冰雪朝阳，还是在欣赏在晨风中欢乐追逐的几条狗。没有人注意到，男人的墨镜下面，一颗泪珠沿着鼻梁无声滑落。

原载《当代》2018年第2期

离地三尺三

吴　君

一

黄娟娟进到快递公司之前并不知道一个叫李成库的网络红人，因为她很久没有看过报纸，除了在窗口给病人拿药，她很少与人交往。

而这个红人李成库有个儿子叫李回，在快递公司做事儿，他是接下来黄娟娟将要打交道的人。此刻李回正烦着呢，因为《深圳特区报》《深圳晚报》正铺天盖地追着他们一家的行踪，主要目的就是要了解李成库还能活多久，他们一家的户口是否有机会随迁过来，为了深圳户口，李成库付出了什么。要知道每个标题都写得很恐怖，李回比任何时候都想离开这个家。

虽然快递小店的玻璃门看起来明亮轻盈，可体重没有过百的黄娟娟推起来，还是显得吃力。她进门的时间是下午三点十五分，夕阳正照到李回干净的额头上。黄娟娟听见了熟悉的报时声，这是深圳交通台小梅的，这声音黄娟娟听了十几年，似乎一直在陪着她。要知道现在与黄娟娟相伴的东西已经越来越少，包括陈宣，她只能通过网络和他说话。比如前一晚，两个人谈到的摩拜单车。黄娟娟说这家单车帮都市人找回了浪漫，而陈宣说，真正骑的多是没有车的底层。

这一刻的李回在柜台里正在给一个纸箱子封胶布。交通台的路况报告，刚刚提到西乡大道到大铲岛路段大堵车的讯息，连坐在车上的周杰伦也得通过交通台向歌迷道歉。李回忍不住想起自己在这条大道上奔驰的情景，那真是一个爽，谁也挡不住，连差佬也拿他没辙，他总是笑着把身后的差佬甩出很远。到了去年，除了差佬和快递，深圳关外的摩托也开始少了。眼下谁能开上这种车，才算是真的酷。李回的生活里只有这一件开心的事了，其余的，都是他不愿面对的。许多时候，李回想开着自己心爱的车，从西乡大道出发，一去不复返。当然，每次这样想的时候，心里免不了被什么东西揪得痛那么一下，因为他不愿意离开这条大道和恒生医院这些与他有关的地方。

胶布缠了三圈之后,李回用黄色的切刀断开并完成了一个凌空翻转,快递单准确拍在了箱子正面。一系列动作表演性地做完,他感觉到不远处女人的眼睛还是没有移开,而且越发像个烙铁,从左到右把他的面颊烤得发烫。李回用余光看到此女性三十几岁,皮肤白皙,小小的一张瓜子脸上带着愁容,一时间觉得面熟,却又想不起在哪儿见过,正想着,听见黄娟娟对着他叫了一声帅哥。

李回观察的人几乎都是美女或者开靓车的。他的理想是等有钱了买辆跑车,色彩炫酷,音箱外挂,走一路响一路,他不仅要打击那些磨磨叽叽的男人,还要吸引整条街上的美女。全部是摇滚,他只要摇滚,只有那种置之死地而后生的震撼,才能彻底表达他的心。眼下走到李回面前的黄娟娟显然哪种都不算,她属于放在人群里难以辨认的女人。如果不是因为工作需要,李回真想叫对方一声阿姨,或者什么都不说,只是冷冷地把对方手上的快件接过来,以示自己和这些俗人的区别。

药房工作的黄娟娟曾经当过气质美女,刚到深圳时还参加过读书月的演讲,虽然没有拿到名次,却被人叫过才女。她当年的风光再没有人提及,原因是当年那批人有的离开,有的已经不在人世。她漫长的十五年只能守在药房,除了同事,甚至很多人都没有机会看到她的脸和白大褂下面的身材。有时黄娟娟会安慰自己,没人认识也好,她可以尽情享受自由和孤独,这不正是自己追求的生活吗?可到了半夜醒来,黄娟娟还是忍不住反思,原来岁月无情不是说着玩的,当年怎样的海誓山盟都可以不算数,那个人在电闪雷鸣的夜晚向她求爱,求黄娟娟不要回老家,要原地不动等他。黄娟娟可没有说过半句喜欢对方的话。当时的黄娟娟还不知道自己能不能留在深圳,哪敢随便和一个没户口的人恋爱啊。尤其想到路两边的大货车,黄娟娟会更加动摇。街上连个路灯都没有,难道她的天空就只是黑暗和狭窄吗?街两边光秃秃的,树还那么矮小,何时才能享受到绿树成荫呢。这个地方与别人嘴里说的深圳完全不同,她不知道那些人羡慕个啥,到底哪儿好了。可每次过完年,黄娟娟又得回到土了巴叽的西乡大道不远处的小胡同里。这样的街道和自己简陋的单人房竟成了隐私,她谁都没有告诉,如同家丑不可外扬般不敢与外人讲。这样的房间竟然被一个人见过,就是眼下恒生医院的院长陈宣,也就是当年追求过黄娟娟的男人。他还说过，为了黄娟娟，他可以去死，他求她不要离开医院，他求她再等几年，他要把书读完。当年陈宣还是个实习生，他来到恒生医院，本来只实习一个月，到时盖个章写个意见便可万事大吉，他却要求三个月，原因是他在食堂吃饭的时候见到了黄娟娟。见第一面时他说话就有点儿颠三倒四，人也变得不正常，一起来的两个同学瞬间明白了陈宣的心思，哄笑着逼陈宣承认，他们猜测这是陈宣对深圳向往的具体体现，或是临时起意，打发无聊的实习生活。直到陈宣没有回家过年，留在了医院，只是为了陪伴值班不能回去的黄娟娟时，同伴们相信陈宣不是闹着玩的。这一年是2003年，尽管过年期间整个深圳人烟稀少，每个人都很孤独，独在异乡为异客的黄娟娟没有失去理性，她不允许自己找个和自己一样处境的外省青年，虽然陈宣拿了他身上仅有的一点钱，买了鱼和肉与黄娟娟过了一个还算丰盛的春节。黄娟娟清楚这都会过去，她知道自己不可能与这样一个学生气十足的男孩结婚。她从来没有预感过绝望后的陈宣会奋发图强，成就一番事业，终于在十五年后，辗转到了最初实习的医院做了院长。而药剂师黄娟娟十几年如一日，待在不变的空间里，除了接过患者递来的药单，她没有机会看到其他人。她与陈宣有过两次擦身而过，对方竟没有认出来。他一定忘记黄娟娟了，或是想不到她还守着诺言留在这里。黄娟娟不好意思叫住对方，只有心酸地看着对方潇洒风光，被医院的小护士们茶余饭后谈论和追捧着。

　　之前发生的一切，黄娟娟都不愿意想，有时她宁愿用睡觉来逃避这些事，随着时间的流逝，她开始走不脱了，虽然她梦想过另外一种生活，可那样的生活总是离她特别远。

　　黄娟娟是在失眠的夜晚发现陈宣微博的，于是她起了一个并不起眼的名字，悄悄加了对方。陈宣的微博似乎注册很久了，粉丝却很少，也没有关注任何人，涉及的领域不是医学，而是不断变化的西乡街景，其中还有黄娟娟所住的盐田街和牌坊。原来他没有变，还是那么长情。他说过这里太好了，以后一定要回来，他要求黄娟娟等他。黄娟娟觉得有必要提醒对方，在她想着要离开深圳的时候，他曾经给黄娟娟寄过一封信，还附了一张枫叶，他用毛笔字在上面写了一个吻字。就是因为这封信，黄娟娟选择了留下，也正是因为没离开，她失去了很多机会，包括进到更好的公司，或者回老家过一种安逸的生活。当然，黄娟娟告诉他这些的时候,不能让他产生她有抱怨的意思,更不能低三下四,好像求他似的。

眼下的陈宣总是那么高高在上遥不可及,黄娟娟观察了一段时间之后,开始试着去那些西乡的照片下面点赞。她发现对方总是后半夜上线,有一次她用私信和陈宣说上了话。她感觉对方可能喝了酒,两个网友聊得很开心,接下来的半年时间里他们就用这个方式联系。黄娟娟想不起自己是在哪个地方转的段,怎么就谈得这么深入,连对方出趟差也会在微博里告诉她。

黄娟娟眼下要通过李回寄出的这份特殊的礼品就是给这位陈宣的,除此之外,她不知道还能怎么做,跑到他的办公室叙旧吗,显然不合适。两个人的样子都变了,陈宣变好了,而她却老了,除了让对方失望,什么都没有,她可不想因为让对方心情不好,而把大事耽误了。关于这个计划,她犹豫了差不多近半年时间,如果不是因为女儿要上学,她不想走这一步,也不想透露身份,原因是自己离婚后还带着女儿,她担心对方见了她的样子失望,甚至会窃喜,庆幸错过了。当年陈宣说过她眉清目秀。黄娟娟的自尊心不容许自己当面去求他,她要等对方主动来帮她,就像当年他主动帮她从一楼提热水到她的宿舍让她冲凉。

她总在想怎么办,都这个年纪了,不能再拿容貌说事,黄娟娟想啊想,终于想出了办法。她要送对方两样东西,让他看见后马上回想到他们的当年,让他明白自己是有过承诺的。

黄娟娟要送的礼物是珍珠红和一封当年陈宣亲手写的信,他暗示黄娟娟等他回来。陈宣没有酒量,喝了一点就醉了,他试着来拉黄娟娟的手,黄娟娟没让,他伤感地求黄娟娟等他,他一定要回来找她的。现在工作的事情已经迫在眉睫,容不得黄娟娟再犹豫,否则女儿上学会受影响,还有接下来保障房的申请。如果不是这个原因,黄娟娟知道自己不会走这一步。她希望陈宣慢慢猜出她是谁,想起当年自己的话以及应有的负责。黄娟娟知道,如果再调不进来,她前面含辛茹苦的十几年的留守便得归零,结果是人财两空。她自己倒无所谓,大不了就这样过下去,也没有什么所谓,可为了女儿,她必须让自己抓住陈宣回来这个机会,把工作的事解决了。随着年龄的增长,黄娟娟的机会越来越少,否则她又怎么会对着李回甜甜地叫了一声帅哥呢。

二

　　1997年出生的李回虽然年纪不大，皮肤白嫩，比起其他伙伴，他显得成熟而老到，眼神里毫无当下小鲜肉们那种阴柔细腻。其中的原因，除了会粤语，路熟，他还在深圳出生。正因为如此，迄今为止李回在工作上没有遇过麻烦。他知道，即使遇到，他也能轻松解决。别人认为天大的事儿，对他李回来说都算不了什么。他可以指着医院后面的菜市场，骄傲地说，原来这一片是空地，外省人在这里种过番薯，然后他又指着一片别墅说，那里曾经是片海，填了，李嘉诚长江实业开发的，当时的价格特别便宜。没有人当面反驳他，可在心里还是讨厌他说话的口气，外省人？好像他真是本地人，把自己搞得多了不起一样，谁认啊。如果真是本地人，用得着当快递吗，光收租就够了。李回并不知道别人的想法，因为没人告诉他，他没有朋友，所有心事都放在手机的记事本里。他认为眼下店里的人不配做他朋友，也不配知道他的想法。这是李回刻意追求的效果，即神秘感，他需要与父亲祥林嫂式的唠叨强烈地区别开。任何时候，他都想证明自己和父亲李成库不是一回事。李回人生的二十年，多数时间都是在深圳这样一个国际化大都市度过的，而其他人呢，不过从内地某个小村子过来。在蓝天店没有一个人的经历可以和他比，为此李回对待客人总是低沉着声音，用粤语问一句，寄么嘢？他需要快点收好，还有两个快件收货打包，约好了客户，他要在十分钟之内赶到地方。想到这里，他忍不住看了眼外面的摩托车。

　　那是一辆红色加长款的日本铃木王，据说是当年走私货转了正，虽然旧了点，开起来却威风得很。随着一段时间的清理，女式摩托，甚至是貌似儿童使用的电摩都差不多看不到了，李回的这款就更是难得一见。正因为如此，李回跑得就比较勤快，收入自然也就比其他小伙伴多出一小截。李回这辆豪华车是公司配给他的，用于每天接收盐田和固戍两个社区的业务。虽然顺通公司不小，但李回所在的蓝天分店却不大，加上李回只有六个快递员。作为顺通的员工，李回没有止步快递，而是小小涉足了送餐业务。这种打擦边球的行为，已被同事暗中告过状。话说随着各家快递业务遍及大江南北，走进千家万户，蓝天和其他门店一样，也已奉命匍匐在许多单位门前，虎视眈眈对着未来业务跃跃欲试，如近在咫尺的深圳恒生医院。而这个地方是他出生地,眼下父亲李成库正住在里面,他已经做完了最后一次化疗。

李回口头禅是无所谓,什么都无所谓。他觉得这句话特别符合自己的气质,简直绝配,而"哇噻"和"我嘞个去"太过娘太过庸俗和大众,而他李回不走寻常路,怎么可能与那些普通人为伍呢。他觉得这个样子非常帅酷。如果在古代,他觉得自己更适合当个侠客,每天穿梭于大街小巷,与任何人都没有交流,而无所谓这句话非常符合他所追求的深怀绝技而从不暴露身份的隐士形象。

李回引以为傲的是他不仅在香港回归这一年出生,还是在大名鼎鼎的恒生医院,比起其他那些在乡下黑诊所或是接生婆手上完成的小伙伴,李回不知道有多骄傲。对于李回的出生,他的父亲李成库曾经兴奋地告诉他,那一天阳光灿烂,百花齐放,无疑是个良辰吉日,他觉得无论如何都要把儿子和国家大事扯到一起,否则对不起老天的安排。李成库总是在儿子耳边叨叨李回出生那年的重大意义,导致了李回产生幻觉,他觉得未来绝不是眼下这个样子,这个又穷又破的家只是他暂时安身的地方,也是他将来写自传提到的地方,他的好日子还在后头呢!到时候,他有享不尽的荣华富贵。尽管李回没有像父亲李成库那样把这件事挂在嘴上,但他放在了心里。李回担心再往下说可能会把父亲在李回归和王归两个名字间徘徊过这件事也挖出来。没有叫王归是因为李成库常常被队长骂龟儿子,这么一想,他觉得那绝对不行,儿子的名字必须神圣而有意义,正像自己的名字李成库那样响亮。为此,李回多次原谅父亲,他认为父亲李成库平生做的好事就是为他起的这个名字。李回从小到大经常被人问,名字很特别啊,谁起的呀。李回听了笑笑不答,或故作谦虚地说,一个符号而已。如果有人说,你家里肯定有读书人,李回便告诉对方说,是父亲起的。说这句话的时候,他没有像其他小孩那样,用爸爸或者老豆(广东话爸爸)来介绍李成库,他觉得只有这样才配得起自己的名字。他知道,再说的话容易露馅,甚至涉及父亲李成库的职业,他不想任何人知道父亲只是兴业纸品公司的一名保安。如果不是弟弟写了作文被老师发现,电视台找到店里采访他,李回永远都不想暴露自己父亲李成库的职业,那会让他抬不起头,也不想暴露自己的家,那是一个永远也收拾不干净的出租屋。

从小到大李回都在西乡一带混,固成、后瑞、兴围,他了如指掌,连这些镇与镇之间方言的区别李回都听得出来，因为李回小的时候就在工厂玩儿。父亲在兴业看门，母亲则在玩具厂上班，两间厂距离很近，骑个单车不用十五分钟。李回每天都可以看着大卡车排成车队，从厂里开出去，还有工人们穿着工装在厂里排队吃饭排队洗澡，他和小伙伴则最喜欢在灰尘中追赶汽车。直到高考的前一年，他和同乡回到老家。那个时候，他才开始上正式旷课，而不像之前那种偷偷摸摸。这种自由自在、没人管束的生活，他逃开了父亲的长吁短叹，看不见了同学的白眼，感觉太舒服了。虽然手机可以上网，可是他喜欢网吧里的人气。那里的网吧从不检查身份证，还有快餐饮料，累了就在里面睡。有一次他试过在里面待了两天两夜，出来的时候，他感觉外面的街道、房子都变了，连家乡话他都听不懂了。后来他对人吹嘘这件玄幻并穿越的事件时，遭到了鄙视和不屑，认为他这些不值一提，很多人在网吧待过一周都没说过什么，你小子也有资格炫耀吗。李回自以为是地认为老家孩子比较土鳖的认识应该改了，因为留守儿童手里还是有钱的，过得不差，而穿得一般，手机是二手的倒是李回。虽然老家的网吧和西乡盐田街的差不多，没有太多的不同，可他还是喜欢西乡。李回认为西乡老街有味道，像他这种人待的地方，而老家分明就是一个垃圾场，没有父母口中的庄稼和蔬菜，更没有什么亲戚。房前屋后，除了被风吹起的干树叶和脏纸，他什么也看不到，也找不到一个人说话，甚至村里那些狗都不理他，它们的眼睛都没有在他身上停过。李回准备好的发型、格子衫一律没人多看，李回一天也不想待在那种陌生的地方，甚至他已经讨厌家乡话，哪怕是那些同龄的孩子也是那么陌生。高考结束的当夜，李回便坐上了回深圳的火车，如果不离开老家，李回认为自己会疯掉。而父亲李成库还不知道儿子的情况，还到处跟人吹嘘我们家李回跟别人不同，要上大学，与街上那些小混混可不同，他将来是有大出息的人。

听到这些，李回都特别生气。很多时候，李回都试想如果李成库和自己不是父子关系，自己会不会搭理这个男人。甚至，有时候，他会怀疑自己是不是这个父亲生的儿子。为此，李回不想随便和父亲李成库说话，也不想告诉李成库自己回老家的情况。反正他已经决定不想读书了，他就是要把责任推到父亲身上，他最终的目的就是让李成库不要再指望他完成光宗耀祖的大业，爱谁谁吧，只要不是他就成。所以，李回怀疑父亲是害怕听到他的拒绝，才用生病这种事来逃避他，或者想把当家做主这么重的担子压给他的。

山东人李成库躺倒在病床之前,他每天都知道自己该干什么,学政策,做义工,通过老乡找各种关系,挖空心思想调进户口。在他已绝望的时候,机会终于来了,他在下班的路上抓住了一个抢包的,被评为见义勇为的保安员,如他所愿地获得一个入户指标。可是很不幸,在他受伤住院的时候,被检查出得了癌症,还是晚期。这样一来,李成库已经没有办法按公司的意思对着镜头讲大道理了,而是把希望早点办好户口,让孩子在深圳参加高考这样的话说了出来。

听到这个消息之后,李回感到胸闷,又不知道怎么发泄,他不明白怎么会发生了这样的事。他甚至最先发出的是一阵冷笑,他觉得父亲是故意的,就是想让他读书。父母进城近三十年,除了变老变得更加胆小和悲观,强迫他读书,其他什么都没有变。这些年,他们全家只能住在各种没有窗户的出租屋里,虽然最近两年,母亲学着其他人,把出租屋隔成了几间,租给其他人,这样就可以把自家的房费省出来。有好几次,李成库看着黑漆漆的墙壁对李回说,我们家住大房子就靠你了。

李回白了一眼父亲,站起身,摔上门出去了。他觉得父亲太欺负人,自己做不到的事,非要让儿子完成,凭什么呀,难道就是花了一笔钱,送他回老家读个高三,参加高考就可以给他施加这种压力吗?

李回在回老家的那些天,总是想念深圳,这让他的身上又多了份同龄人没有的气质。他体会了别离的滋味,不是想父母,而是想深圳,他发现自己离不开这个地方。所以当父亲李成库在家里埋怨深圳的时候,李回就会怼父亲,深圳没请你来,是你自己坐了几天几夜的火车,生生把自己塞给这城市的,他们又不欠你什么。他不许别人说一句深圳不好,哪怕是自己亲人。李回看见父亲愣在那里,说不出话的样子很痛快,他就是要打击父亲,让父亲对他失望,最好是讨厌他这个当儿子的,把他赶出家门,这样的话,他就解脱了。

听到儿子这么顶撞自己,李成库非但没有生气,还笑了,说,你看你看,这些道理我就是不会讲,原因是没读到书嘛,我说我没看错吧,你就是厉害,和我不一样。你只要一认真,谁也不能跟你比。

李回听罢,心烦得要死,他不愿意父亲这么看好他,于是他对李成库赌气道,你怎么又来这套,告诉你了不要指望我。

李成库心里知道说了会被儿子顶撞,可还是幽怨地说了,我是看好你的。

李回说，用不着！

你去哪儿？李成库的声音追着李回。

李回看了眼桌上的晚饭，向外走去，接近门口时说，出去玩。

你不好好读书吗？李成库的声音微弱得厉害。

不读！

李成库躺在病床上，身体一天天消瘦，连站起来的力气似乎都没有了。有好几次，李成库特别想起来跟着李回，陪着他去学校，求求情，劝儿子复读，可是他做不到了，他只能闭着眼睛慢慢张开嘴，什么也说不出。

李回见了，慌起来，难道父亲这算临阵脱逃了吗？李回一肚子的话找不到人说，满腔怒火发泄不掉，变成了一个硬块滞留在体内。李成库，你还有做父亲的样子吗！李回在自己的日记里画了三个感叹号，他太不甘心。他认为如果在古代的话，李回必然是个很讲信誉的斗士，而父亲刚好相反。他感觉自己握住的拳头正高高举起，最后落到了一片温暖的棉花上，让他沮丧。他不喜欢父亲这个类型的男人，如果不是因为父子这层关系，他可能永远不会搭理这样一个男不男女不女的人，要么打，要么就彻底输掉。让他明白作为一个男人应该有尊严地活着，而不是像现在这样，不明不白就把事情扔在这儿了，到底谁管家里的事，难道不提了就应该他管了吗，好像万事大吉了一样。李回想让父亲明白，这户口是用命换回来的，不值得炫耀，更不能用这个方式逼他去完成后面的事情。为了躲避李成库停在他脸上的目光，李回找到快递公司上班，并迅速结束了试用期。机遇来自前面的一位老兄把病人家属从医院开出的药耽搁了一天，病人在此期间去世，家属大闹了医院也闹到了店里，还声言要把事情放到网上并告到法院。吓得这位快递员连工资都没拿便连夜离开了深圳。这件事李回并不能脱得了干系，唯一的知情人便是此刻站在李回面前的黄娟娟。

因为读书的事，李回一直生父亲的气，李回心想，有本事你去考大学，然后当白领，不要强迫我。他觉得李成库吹牛也就算了，烦就烦在他总拿李回说事，比如李成库说，我们家李回即便考不上北大清华，怎么也能上个中山大学吧。这样的话，传到了学校，让李回成了笑柄，没脸见人，只好继续旷课。除此之外，李成库喜欢巴结人，只要面对外人，他就愿意攀老乡关系，如果对方是河南的，他就说自己老娘也是河南的，如果对方说自己是河北的，他立马说自己从小就在河北待过。在别人面前恭恭敬敬，连腰也弯着，脚上立正，本来工资就不多，还总是拿出一些请保安队长吃宵夜，甚至派出所的人也讨好，买了酒请人家去喝。父亲对家里人抠得要死，这么多年过去，连个像样的海鲜都没有吃过。有好多次，李回觉得自己肚子里寡得很，可又不知道想吃什么。即使和同事一起点餐，比如同时送来的辣椒炒肉，李回也是取了自己那份，端着饭盒坐在快递店门口的石阶上，眼睛看着行人吃，跟谁都不啰唆。差不多李回的一日三餐都是外卖，有时回到家，嘴里干得要死，显然是味精吃多了，这是母亲丁维清告诉他的。可是说过这句话的母亲，再也没有好好地给他做过一次饭，有两次把白菜都炒煳了，因为她的心都放在了李成库那里。他最想吃父亲做的菜，尽管李成库做得很少，但特别好吃，好像下了特殊材料，变戏法般的把一些普通的饭菜做得吃过就忘不了。李成库对家里人一直苛刻，有时母亲偷着给弟弟买包零食，被李成库发现，会唠叨两天，说什么主食才有营养，零食容易吃坏身体，不长个子之类，其实是心疼钱。有一次弟弟生病，非要吃，父亲李成库不得不买回一斤熟的小龙虾，用白色塑料袋装了，香喷喷倒在盘子里时，李回看见弟弟流出口水，母亲也张大了嘴巴，李回鄙夷得连一个也没吃。那种东西除了酱料，没什么肉，而弟弟张着两只沾了油渍的手，地上床上乱窜，整晚上都开心得不行，好像吃的不是食物而是兴奋剂，害得全家人都跟着失眠，他们太喜欢屋子里这种又香又热的感觉了。

  李回对这个弟弟不太喜欢，不仅两个人的年纪差得太远，没什么感情，两个人的性格也不同。李回从来不带这个弟弟出门，他担心有人会把这个孩子当成他的小孩儿，当然，从来没有人这么直接说过，但李回不这么想，因为他做事老成、稳妥、神秘，被人猜测很正常。直到有次看见李成库喝醉了酒拉着一个片区的差佬说，不要看我现在这么穷，将来会有钱的，不会太远喽，因为我儿子将来会特别厉害的。李回听了，很烦，想冲上去，揭穿父亲，他觉得有必要跟父亲把话挑明，说自己就是不喜欢读书，也没想过读大学。

  李回总是希望做点什么事让父亲多关注弟弟而不要总盯着他，可是总是想不出来。让他帮你们实现理想吧，我没这个本事。李回在自己的日记里连着写了几次这样的话。

李回有过一段时间挺用功，可是被同学打过之后，不想读了，尤其是中考之后，他已经不喜欢课本上那些东西。只是李回不告诉任何人，他愿意读三国水浒还有金庸写的那些。里面的人物过得多自在啊，从来不用上学，也没有生病和唠叨，自己吃饱全家不饿，那样的生活多好啊。

李成库一直不知道儿子的情况，直到儿子毕业后上了班。接下来李成库变成了自责，他逢人便说如果儿子一直在深圳，不用回老家考，肯定没问题，大学毕业就可以把户口调进深圳，否则李回将与他一样，只有打工，老的时候还得回去，那这辈子的工就白打了。每次说到这里，李成库都会鼓动起喉结，眼睛会湿漉漉的，让李回也跟着不舒服。

李回说，白打就白打了，那又怎么样。他喜欢这样一种姿态。他用这个方式与父亲沟通，目的是让父亲不理他，最好是打他一顿，或者将他扫地出门，这样的话，他就不欠着谁了。李回最怕李成库像祥林嫂那样，把如果儿子留在深圳，高考肯定没问题这句话念叨个没完，让他心烦。

这之后，李回更加不愿意面对父亲也不愿意回家了。他常常在想象中看自己，灰色的外套配上夸张的行囊，如同一个永远在路上的关羽，在特定的时间内，骑着心爱的摩托在西乡大道和航程大道上驰骋飞奔，他常常感觉到胯下是一匹与他同样勇敢的神马，他时而翻山越岭时而横渡长江，他不想刚刚找到感觉就停下，而要一直跑下去。李回总是幻想有朝一日，他驾驶的摩托在堵得水泄不通的大道上突然升起，随后在惊讶的表情和喊叫声中，拔地而起，在城市的上空自由翱翔，而他直奔着彩霞的方向而去，在上空看着自己的地盘。这时他甚至想流泪，原来自己是这么不舍这个地方。

李回从来没有对任何人说过自己的这些白日梦，他不想与任何人来往。他觉得没有人懂他的心，父母、弟弟、老师、同学、同事全部都是凡人，无法与他对话。看着身边的人，他感觉自己的心与他们离得很远。

家里没有发生这些事情的时候，李回并不愿意干活，他最喜欢把自己摆成一个大字，放到楼顶，眯着眼睛去看天上的太阳。被暖暖的阳光照了一会儿之后，他就睡上一个下午。这样的时候，李回会做梦，梦里的他变成了富二代，父亲是个大老板，母亲则成天宝宝宝宝地围着他叫，让他不得安宁。他的左右手分别拿着"iPhone 8"和"iPhone X"，游戏可以随便玩，王者荣耀被他打了通关，兴奋得一路叫喊，终于爽到了他射出了所有，身体变成了凉凉的一束，被晾晒在太阳下面，如同不远处谁家晒的鱼干。他是被嗡嗡的苍蝇给吵醒的，脸的上方徘徊着两只著名飞行物，应该是被不远处那些品种齐全的海产品吸引过来的。李回发现自己底裤已经湿透，无论如何都得站起来了。他估计这个时候，正是放学的时候。他在阳台上又走了几步，像个勘探人员那样，把目光望向几处，南面是福永，那里的宝安机场正有一架又一架准备起航的飞机；西面是大铲湾和红树林；北面则是火得让人担心的前海；而李回家住的地方盐田，则没有什么变化，除了社区的人把牌坊涂了层新的颜色，还是各种紧紧挨在一起的出租屋。站在高处，李回看着半空中纠缠在一起的电线，想了一秒钟，如果着火了，救火的车能开进来吗？要是他的摩托可以飞的话，那就好办了。想完了这些，李回随便伸了个懒腰，拎起书包，慢慢地跨过几家天台，回到自家楼道里了。路上，他顺便摘了两根天台上不知谁家的黄瓜，藏到口袋里，他准备晚点儿的时候蘸了辣酱吃。

　　打工之后，他不能这么做了，他的爱好改成观察美女。只是环境所限，在医院这种地方，他只能看见一些愁眉苦脸的病人和家属。通常这些人不是他找的，而是跳进他眼睛里的。比如有次他看见一个女孩，从门诊室出来直直地向他走来，对着李回的眼睛，脸上挂着微笑。李回突然觉得像是看 3D 大片，人被定在原地不能动弹。直到女孩子走到不远处来个直角转弯，并打开一辆车门，钻了进去，随后一溜烟飞向了远方。李回像是魂被那女孩带走一样，浑身散了架，整个人瘫软无力，差不多忘记了接下来要干的活儿。他不知道这女人到底美在哪儿，连胸都没有，还是个细长的单眼皮，就糊里糊涂地把他的心带走了。这什么情况啊，让他好几天不能回过神。半年之后他开始怀疑是不是遇见了鬼，或者出现了幻觉。因为他总是这样，包括一觉醒来，他会认为父亲还跟过去一样，家里根本没有发生任何变故，整个上午情绪都很高涨。直到快到中午时他开始烦躁，不得不面对现实，他要去换班了，让母亲回到盐田街的家里休息一下，顺便给父亲熬中药、做晚饭。还有一次，他看见一个相貌清瘦的女性突然倒在门前，李回差不多起身想要施救，快走到眼前时又放弃了，他没有胆量，害怕被纠缠上。蓝天店的门前，如同一个舞台，可以见到很多事，有类似的事情很正常。再说了，他当时还有份快递的离婚协议书要交给一个女人的丈夫，女人拿了钱请李回把她丈夫的表情拍下来。她的女儿也来过医院，只是嫌椅子脏，从头到尾站着说话，她询问女人还有多长时间，如果还没发生大事，她就要出去旅游，不想再等了。李回终于听明白，女人住了很久的院，家里都知道她活不了太久，所谓大事就是死。看见女儿这样，做母亲的眼泪汪汪，脸上全是乞求。女儿见到了，开始有点嫌弃，最后显出不耐烦，骂骂咧咧，一出门就迫不及待掏了香烟点着，并与两个女孩打闹着上了的士。女人的丈夫也来过，车放在了医院外面，车上坐着一个年轻女孩。他一进到病房，便皱起了眉头看东看西，没人知道哪张床上的才是他要看的人，他像是检查工作的领导。五分钟不到，这人便拿着手机，把电话贴在耳朵上，跟每个床的人点头示意，并向走廊走去，很快便进了电梯下了楼。男人对着电话急切地说来了来了，宝贝儿别催了。李回跟了这人半天，本以为他会给家属订个长期外卖，李回跟在后面想把手里的宣传单和菜谱递给他。李回每个月如果能拿下两个大单，就可以到欢乐谷去坐过山车，他喜欢那种驾着一条巨龙，在天上飞来飞去的感觉，特别刺激，尤其是云彩最漂亮的时候。

老板，订一份吧，又不贵，每餐二十元，每天五十元，有肉有蛋，比医院里面还便宜。他跟在男人的右侧，嘴里不停地用粤语说着。

男人接过单子，看也不看，用普通话说了句，谢谢，然后把广告折了起来，走了几步扔进一侧的垃圾桶里。

看了这个男人的表现，李回很生气，主要是对生病的那个女人。他不能理解这个女人为什么这么傻，总是给自己订那种最便宜的饭菜。所以他在日记里写了这样的一句话，如果我是女性，不会像她那样守着一个窝囊的男人。很快他便发现自己针对的不是那个陌生的男人，而是自己的父亲，虽然他从不花心，也没有钱花心，和别人不同，他把钱多数都用来供儿子读书了，可是他总是那么让他崩溃。

父亲生病之后，母亲好像变了个人，再也不是那个什么事情都计较的女人，过去她总是偷着从厂里带回各种布料，有时还会沾沾自喜，这让李回看不起，母亲太喜欢占便宜了。而现在她已经没有心思想这个。包括对李回的态度，似乎是李回之前的调皮害了父亲生病一样，这让李回很是委屈。母亲不愿意与他交流。而对待丈夫，她则像是对待神一样，她学会了撒娇，还在脸上涂抹些东西，导致房间里充斥着刺鼻的香气。

在过去，她只是硬邦邦的女人，从来不对人说句软话。李回听说这是女工们对付老板和管理人员的武器。

想起之前李成库破天荒和李回探讨女人话题时说，别找你妈那样的。

李回吃惊地看着父亲两秒钟后，眼睛转向别处，不再说话。

李成库看了眼厨房，用普通话低声说，不温柔，没文化。

李回看了眼外表粗糙的李成库，心里说，还文化，也不看看自己用得起吗。他越发觉得父亲和自己不是同一个人类，父亲总是心比天还高，命比纸薄。比如说户口问题，就让他浪费了太多的心血，却没有结果，和其他打工仔不同，李成库从头到尾就没有挣了钱回老家的愿望，他从踏上深圳土地的那一刻就想留下来，让子孙后代在这块土地上生生不息，从此改变家族的命运。而在他感到无力的下午，他把自己的愿望小心翼翼地跟李回谈了。他认为儿子天生就是块读书的料，说出来的话有思想，将来必成大器，将来李家的事情便有指望了。比如他曾经对李回说，等你将来出息了，还要带着弟弟回老家看看，纪念一下你爷爷奶奶，告诉他们，你没有辜负全家人。虽然他不再提高考的事情了，可是让他有出息，光宗耀祖的任务还是没有变。

李成库还想往下说，李回已经在被窝里面炸了，他从脚下摸到裤子，放在被子里穿上，然后光着上身从椅子上取了衣服，搭在肩上，他在系皮带的过程中骂骂咧咧，他说自己可没这个本事，谁爱做谁做，自己不懂那些什么宏伟大业，他的愿望就是在网上打游戏，去欢乐谷坐过山车，或开着自己的座驾在深夜的西乡大道上飞奔。没有接单的时候，李回喜欢跑进有空调的医院里面逛，权当散步。哪个科室哪个楼层有美女，他全部清楚。直到父亲生病，他没有时间瞎逛了，而且连一刻钟都不能耽误的时候，李回才觉得命运在捉弄他，过去他从来都是看热闹，而现在，他每天都要在中午十二点十分前换下母亲。李回隐隐感觉老天不想让他放纵，除了不能再睡懒觉，还不能让他那么自由自在地看别人笑话。为此，他更恨父亲，他竟然用这个方式让他担起家里的重任，而他李回还没有玩够呢。

为了让李成库对他彻底死了心，李回最后只得摊牌，他对李成库说自己回老家这一年根本没有上课，除了打架，多数时间都在上网，不是在哪儿高考的问题，而是自己不想读。

李回看见李成库低下头，瘫在椅子上，不再说话时感觉很爽。

三

　　黄娟娟刚才这一句帅哥，叫得殷勤而讨好，她以为可以让对方热情起来。

　　李回只是麻木地抬起头，黄娟娟向对方招了下手，凑上来。对于黄娟娟的讨好，李回并不领情，他心烦着呢。从黄娟娟进来到出门，李回爱观察人的毛病又发作了，他从镜子里打量了下对方，既不是富婆也不是美女，无特别之处，正常对待即可。李回回应对方，大姐，你要寄件吗？李回很失望，原因是黄娟娟刚才叫的那句帅哥好听极了，甜得像个小女孩，还是古代那种美人。可整个人和声音还是有差距。

　　听了李回这样称呼她，黄娟娟强压住心中的不满，不好发作，只能把声音变回粗声大气，寄包裹。

　　李回说，填单了没有，如果不超重，本市十二，出省加钱，现金微信还是支付宝？

　　没等黄娟娟回答，李回便从大腿一侧的口袋里摸出一张四联单，带着自己的体温，拍到柜台上，说不会手机下单就用这个填吧。黄娟娟听了，很不舒服，心想，还真把我当成中年人啊。接着，李回习惯性地去瞄了下黄娟娟手上的购物袋并指着柜台说，放上来吧。说完，他转过脸，弯下腰去找纸箱。再抬头时，李回看到了眼前的两瓶珍珠红，李回有些吃惊，这种酒他没见过，甚至也没听过，这个可能不行，你还是拿回去吧，现在管得很紧。

　　过了年可能来不及了，如果寄不成，我也许就离开深圳了。黄娟娟可怜巴巴地说。她话里有话，想要挑起李回的好奇心，与她搭讪几句。

　　李回每天就是见人，几乎不用动脑子，照做即是，不想多问，主要是没心思研究。此刻，他的任务很明确，就是做事然后对客人说谢谢走好拜拜，脑子在下班前清零，李回不喜欢在脑袋里存放那些不愉快的事。李回指着墙上的一张告示说，你看一下，酒、化妆品，一律不能快递，你还是问问其他公司吧。

　　黄娟娟平静地说，问过了，不行才找到你这儿的。

　　李回礼貌地说，我也没办法呀。

　　黄娟娟声音温柔起来，帅哥帮我动动脑子嘛。

李回两手一摊客气地回绝,抱歉这个我还真帮不了你。

黄娟娟诡异地笑了,她意味深长地说,你又不是没干过。

李回心里虚弱,可他还是装出沉着的样子,眼皮不抬,说,什么意思,我怎么听不懂你这位大姐的话。

黄娟娟听到对方叫自己大姐,心里堵堵,脸上却没有表露,语调夸张,没什么吧,做一件是做,做一百件就是马云刘强东了,你大可不必这么紧张。

李回表现老到,他摊开双手,表现出无奈,说当然了,如果我是老板,那可以,寄什么都可以,现在则不行,老板没发话,定好了规矩就是要执行的,谁违反都得罚,严重了还得炒,无一例外,不仅如此,入职时交的押金和当月的工资都归公司所有了。李回耸着肩说,大姐你看为这点事儿你不至于让我丢了工作吧。

黄娟娟看着李回,说,如果我不是给你十二元,而是两百块,连收据发票都不要呢?

李回听了,四下看了看,半天没说话,压低了声音问黄娟娟说,寄什么地方?

黄娟娟把早已填好的四联单从包里取出,放在李回眼前。

李回看了下,睁大了眼睛,说,你是填反了吧。

黄娟娟说,没有填反,贴在上面像个快递样子就好,不用电脑登记,送到马路对面,门诊后面的小楼,三楼院长室。

李回紧绷的脸瞬间松弛下来,早说啊大姐,大姐您把单子收好,本人愿意帮您送过去,一百块就够了,剩下那张您留好,下次再找我,这赚钱的活不丢人,我非常乐意利用空闲时间做点助人为乐的好事儿。说完,他从黄娟娟手中轻松地抽走了一张,大姐,我不算贪心吧。

黄娟娟没有说话,而是从李回手里抽回了钱,放在手上说,如果那么简单,我自己坐个电梯上去就可以,五分钟都不用,直接放到他办公室,一分钱都不需要花,用得着麻烦你这位大兄弟!说完,她重新把二百元放在李回的面前。

李回犹豫了下说,好好,听你的,这样可以吧。他觉得眼前的黄娟娟求他却看不起他,还叫他大兄弟,真把他李回当农村人了。要知道自己身高一米八,相貌堂堂,除了比同龄人看起来老成一些外,基本算个帅哥,哪个进来寄件的客人敢把他当农村人,有的人甚至还会喊他老板,眼下怎么就成了大兄弟呢。原来此人跟自己那些老师同学一样喜欢奚落人，他们总是把他当作外来者，完全忽视他在深圳出生这件事，有一次，李回说自己是深二代的时候，被几个同学打了一顿，威胁他一周不许来学校，否则会再挨打。李回每天吃了早餐后只好在盐田街上游游荡荡，也就是这次之后，李回开始旷课。李回不愿意读书的主要原因就是不喜欢学校。他觉得还是外面好玩，比如盐田街，还有与北帝庙相连的那条小巷子，一块钱一个的油炸饼，他一下子可以吃八个。

那次吃过小龙虾之后，李回尝试过把弟弟培养得可以和他沟通，寄希望他好好学习，然后让弟弟去承担光宗耀祖的大业。为了这，他给弟弟买过几次书，还教过他一些成语典故，可是总是不见效，感觉弟弟还是傻乎乎的样子，一点希望也看不到。弟弟总是特别幼稚，永远学不会保守秘密。比如有几次李回带他去看电影，被他说了出去。父亲李成库说，看电影可以，你不能带他去看黄色录像。

李回无语，找不到话来顶撞，他觉得父亲不懂他，自己怎么可能是看黄色录像的人呢。父亲这么看待他，让他很伤心，他感觉父亲分明是对他失望了。再说了，现在哪里还有放映厅。

李成库见李回没答，以为说对了，想借机再多讲几句，他眼睛看着别处，嘴里嘟嘟囔囔，不要让他像你那样，连个中专都没读上就出去打工了。

现在只要给钱就能读中专好吗，再说，如果我想读，你有钱吗？

李成库坚定地看着李回说，我肯定供得起你。

我不稀罕，你自己好好留着吧。这次李回躲闪了。

李成库说，我要那钱干什么？我想让你有出息。

你还是另请高明吧，我就是没出息。李回耸耸肩膀。

李成库说不出话，喉咙瘪下去，又鼓起来。李回说，是我不想读，不是那块料，我只是希望他有点情趣，而不要像你那样每天除了是是是，好好好，没有尊严。

李成库脸涨得通红，他和儿子总是说不了几句就得吵架，这次是李成库苦着脸说，对不起，是我害了你。

李回说，告诉你了不要再说，怎么又来了，我从来就没有被谁耽误，是我自己不想读，我愿意去打工。他不敢告诉父亲，即使在老家那种地方，也有校园暴力，活着回来就不错了。他担心这种话说出来，父亲会更加自责。话到嘴边咽了回去，读了书找不到工作也没用，还不如早点出来。李回的语速很快，他已经感觉到背后是父亲哀怨的眼睛。

四

此刻，李回无比强硬地对着面前的黄娟娟说，两千元，一分钱也不能少。

什么？我听错了吗？黄娟娟笑着问。

李回微笑，心里想你不是有钱吗，还跑我这里炫富了，那我成全你。他越发愿意用这种调侃的口气来说话。

黄娟娟笑着道，大兄弟，我们不开玩笑了，二百元，我不用说都知道你会有心理压力，必须用快递，你知道我的意思吧？不仅仅送到那么简单，还要请对方当着你的面来检查一下有没有破损，你告诉他这是公司规定的，然后你看看他的反应。说完，黄娟娟有意瞄了下店里另一个男孩。

李回知道黄娟娟不是外行，而是和他一样，是个爱观察人的老手，对于眼下的李回只不过是囊中取物也，也许他李回稍一犹豫即将到手的钱就会落进别人口袋。

高中毕业的李回并不知道什么叫墨菲定律，而中专毕业的黄娟娟知道，她不仅懂汤头歌和药房，还知道这个医院的前世今生，和这两栋连体大楼的每个开关和监控在哪里，所以选择快递显然是明智的，一是好接受，二是不容易暴露。可她竟然梦到，寄给陈宣的酒瓶子碎了，信和枫叶已经浸透，所有的字糊成了一片。这本来是她梦里的情景，现场围了许多人，在窃窃私语，到底是谁的，寄给什么人的，这也太不小心了吧，必须得赔呀。眼看围观人数越来越多，连警察也到了，最后这酒竟然冒起了浓烟，随时要爆炸变成人们想象中的蘑菇云。黄娟娟是被吓醒的，她大叫了一声，捂着胸口坐到了床上。前一晚的黄娟娟差不多一直守在电脑前，她在看陈宣的反应。等了很久，黄娟娟也没有看到对方发出一个字。黄娟娟对自己这么做开始后悔了，有必要这么矫情吗，万一有监控的，把这个东西拍到了，还会当作典型，到时候将给陈宣带来很多麻烦。如果对方已经有老婆了，过来接陈宣回家，看到这个快递，然后说想打开看看,而陈宣不愿意,结果他的老婆执意要这么做,最后,僵持不下,只好让对方打开了,这封信呈现在了两个人的面前。黄娟娟想了很多种情况,她不知道自己是什么时候睡着的。

事情发生得跟梦里的情境太过相似,虽然没有浓烟和爆炸,黄娟娟感到恍惚。她分不清哪些是现实哪些是梦境,甚至有些地方吻合得令黄娟娟感到害怕,她的心乱跳着,她的身体已经东倒西歪,站不住,接近大堂时,她终于远远地见到了一群人站在一起,正对着故作轻松的李回。

李回还是第一次见到这场面,内心惊慌失措,表面还要假装镇静。黄娟娟预感此事与自己有关。她不知道身体是怎么挪移的,她闻到了一阵阵酒的香气。此刻,她最担心陈宣突然下楼,询问发生了什么事儿,生气地离开,彻底不理黄娟娟了。那自己就彻底暴露了。

这时人群中出现骚动,是值班的保安员,他得意地看了眼正一脸惊恐的快递员李回,说你不能走,怎么好像没事儿一样,我问你,这是寄给谁的?你为什么一直没走,你现在要去哪儿?

李回故作镇静,我的业务就在这栋楼里怎么了,再说快递还没送完呢。

保安说,少废话了,我又没问这个。

李回说,那我得送件去了。

保安指着李回的鼻子说,怎么了,我问你寄给谁的,还是我没说明白,要不把你们老板叫过来看这事怎么处理。

围观者开始说话了,是啊,要让他们公司赔,不然谁敢相信,太不负责了。

也有人说,这是给谁的啊,瓶子都烂了,如果是给我,肯定早帮他喝掉了,哪里要等到现在。有人哄笑,眼睛明显向后楼望过去。

站在不远处的黄娟娟见状吓得躲到了一侧,她的手不停在抖,费了很大力气才发出一条短信给李回,请他快出来,过了两秒钟还没反应,已越发心慌,感觉手表坏了,时间过得太慢,她感觉再晚一点儿,李回就有可能把她说出来。

李回看见黄娟娟远远地向他招手,他即刻明白了对方是在帮他,于是他迅速抓起了地上的纸箱,捧在怀中,挤出人群,奔跑起来。李回一路上好似踩着棉花,他感到两边的树和楼房跟着他一起摇晃,他已经不知道自己身在何方。好在黄娟娟及时把他拉到铁门拉到一半的大排档坐下，随后她招呼服务员，给李回点了份牛肉汤粉，然后为自己倒了杯茶，说吃吧，我知道你早饭没吃。

李回放下手里的箱子，看着黄娟娟笑了下，说确实没吃，谢谢，不过你什么意思，是不是还有类似的惊险工作？直说吧，只要有钱，都能办。

黄娟娟忍着心痛，脑子里想着那封信正变成了其他颜色，她强装笑脸，有啊，不过，我问的是这一桩你完成得怎么样。

李回放下被酒染红的箱子时，发现自己的手流血了，还隐隐有些愉快的疼痛。他猜测可能是被里面挤出的碎玻璃扎的，像是扔炸药包一样，他把箱子横放在了两个人中间。

李回知道躲不过黄娟娟的质问，他故作轻松地说，我放在那里可是好好的，根本没有坏。

黄娟娟问，放在哪儿？你难道没有交到收件人手上？

李回看着小妹端过来的粉，愣了半晌，用筷子夹住了一个肉丸放进嘴里才说，没有啊，我先打电话，他没接，后来再打，他接了说在开会，问我是谁，我告诉他有快递，他让我把东西放在传达室，说忙完了才去拿。

然后呢，这东西无端端没人碰自己就破掉了？黄娟娟冷笑。

李回听出黄娟娟是在讽刺他，瞪了眼睛，说什么意思，你的意思是我故意打烂的？

黄娟娟说，我打电话是救你，否则他们会把你扣下来，然后把你交到派出所，而不是让你在这里教训我。

李回脸色发白，回敬道，哎哟，那我还不识好歹了，应该对你说声谢谢是吗。说完，李回重新冷着脸，从口袋里掏出二百元，拍到米粉汤前，说，这碗十元钱的粉是你点的，不关我事。我只想跟你说一句，碰上你这种人算我倒霉，我还有活要干，懒得跟你啰唆了，再见。

黄娟娟说，那我的这个快递就没下文了吗？

李回看了下表，已经一个小时了，他被这件麻烦事弄得心烦，起身，指着黄娟娟的脸说，告诉你我免费的工作完成了。李回一字一顿把话说完。

黄娟娟说，他说了开会，你为什么不等，或是联系我，问我应该怎么办？

李回把脸侧向一边气呼呼地说，你又没有特别交代，我怎么知道？

黄娟娟说，我多出了近二十倍的快递费给你，还说过到的时候请他检查，你是怎么做的？这难道不算是特别交代吗？

李回故作轻松地玩着手机，差不多要哼歌的样子，他不愿意再想这件事。

黄娟娟倒也不说话，眼睛一直看着李回的脸，她要锻炼自己沉得住气，她可不能就这么算了。

李回已经烦了，说，我没有说自己有理，钱也退给你了，你不会是想讹我吧？没有想到你原来是来敲诈的，我真该好好听同事讲讲那些奇葩客人的故事。不过，我告诉你，收起你的坏心思，我可没那么好对付。说完话，李回撸起袖子，故意露出手臂上的一段文身。

黄娟娟看着李回，壮了胆子，你以为我怕吗，搞那种东西的人多数是胆小鬼，有本事在别人身上来一刀啊。不敢吧，只好对付自己，让自己痛是不是特别有本事呢。黄娟娟连自己也不明白这些话会是自己说出来的。

李回被黄娟娟这么一说，呼吸变得急促，说你这位大姐很对，但是我不想跟你浪费时间，我知道你寂寞，但我不是鸭，更不想做你的小白脸。

黄娟娟冷笑，你也够格才行啊。不过你愿意做我们可以商量啊，如果你赔了我的烟酒就放过你，否则我不会放过你。

李回故作轻松，我查过了，十年前那个酒十二元，到现在也不超过五十元，还好意思让人赔，随后他又瞄了眼黄娟娟的上身说，哈，你不会真的看上我了，然后缠着我吧？李回不怀好意地笑了。

黄娟娟冷着脸，我可是说正经的。

李回说，反正我赔不起，你知道，我本来就是违规接的这单快递。

黄娟娟说，你也知道这是违规了吧，可你为什么要接呢？这种事已经不是第一次了吧？

李回说，难道是我强迫你寄的？别忘了这件事是你求我的。

黄娟娟表现得非常老到，说，好，你赔不起，你家里人呢，你父母总可以赔得起吧。

李回来气了，说，我又不是童工，还得找家里人解决，告诉你，我没有家里人。

黄娟娟说，既然你可以负责，那你说吧，想怎么办？

李回说，你的酒太便宜，连做假的资格都没有，如果碰瓷，告诉你，如果让我动了这个念头，倒霉的可是你。

黄娟娟盯着李回看了五秒说，信不信我可以直接投诉你。

李回说，可以呀，愿意奉陪到底，我倒要看看公司把我怎么样。见李回一副无所谓，黄娟娟一字一句地说，如果我说药的事呢？

李回已经紧张起来，什么意思？

黄娟娟说，你难道没有调包别人的药吗？

李回站了起来，紧张地问，什么药，你别胡说。

黄娟娟从包里取出手机，你如果不在乎我可就不客气了。她微笑地看着李回。想不到电话迅速接通了，传过来的声音把两个人都吓住了。

您拨打的是投诉电话，请问您要反映什么事？李回还是第一次听到公司投诉部门的声音。

李回慌乱中去抢电话，你不要这么没脑子，把我工作搞丢了，这对你没有任何好处，纯属损人不利己知道吗？

黄娟娟说，好，既然我损人不利己，那我就把事情办到底吧。黄娟娟对着电话说，你好，我投诉你们的快递员。

这时李回急了，伸出手抢过黄娟娟的电话，说，好，我承认我之前说错话，咱们有事私下商量。

黄娟娟一把夺回说，我本意就是叫你过来商量的，可你什么态度？

见黄娟娟把举起来的手机放下，李回说，我这回可以走了吧？说完，站起身准备脱身。

黄娟娟再次对着电话大声说，我投诉20167号快递员李回。他没有按要求把快递交到收件人的手中，导致包裹完全损坏。

已经向外走的李回停下了脚步。

黄娟娟笑着说，你走呀。

李回说，你当时为什么会选择我做这个事？

黄娟娟说，你难道没有调包过别人的药？

李回惊得睁大了眼睛，心跳加速，直到黄娟娟把话说完，他才强撑着把自己装货的大包扔在地上，重新坐在椅子上说，也好，我今天要奉陪到底了，说吧，你到底想干什么？

黄娟娟说，我只要你离开现在的快递店，转到其他店上班，烟酒的钱我不要了，投诉我也可以撤下。

见李回没反应过来，黄娟娟继续说，我这是为你好，不然会一直有人追问这件事。

这时，李回转了转细长的眼睛，屁股重新坐回原处，他端起壶给自己倒了杯茶，微笑着说，大姐，您那份贵重物品到底寄给谁的？里面还有封信吧？

黄娟娟过了半天才结结巴巴地说，一个好姐妹。你凭什么拆看客人的信？

我凭什么，所有物品都要经过检查知道不？虽然你是偷着塞进来的，可我也知道。同性之间还用写信？还是亲笔的？什么年代了还用这么原始的办法，挺浪漫啊。还好姐妹呢，是个男的吧，而且有身份有地位。虽然没写名字，只写了一个房号和电话，我知道这个人在你心中的地位很高，然后你们关系不一般。是不是那种关系？李回露出诡异的笑。

黄娟娟说，当然不是你想象的那样。

李回说，我想象什么了？骗鬼呀！这应该就是传说中的行贿吧？不过太便宜了，还有接下来的性贿赂吧，或者早已经发生过了？

黄娟娟脑子轰的一声，大叫，请你不要胡说。

真的不是吗？这时李回从手机里翻出一个电话，要不然，我把电话打给这个先生问问？不是你要把这些东西送给他，在这种形势下是想陷害他吧？

见黄娟娟的脸色大变，李回站起身拍着桌子说，你还敢在这里说假话？不是你非要走快递，担心暴露吗？见黄娟娟说不出话，李回如同打了鸡血，说，你不是投诉了吗，还逼我离开，你装得可真像呀，我差一点就被你骗了，好吧，现在我去把你快递的事告诉那些围着的人。你的收件人本身有责任吧，我可以找到他，当面对质，让他帮我做个证，我是几点几时到的，有没有给他打过电话，他又怎么盼咐我把包裹放在楼下传达室。有了这个，你投诉的材料就完整了。

听完这些，黄娟娟肠子都要悔青，她看不出李回还这么有头脑，黄娟娟努力装作淡定，说，算了，不追究了，只要你不去我们医院说这件事，我可以去你公司做个解释。

李回步步紧逼，解释什么，把我收钱的事告诉他们？还有你之前知道的那些事？

黄娟娟慌乱中说，不是不是。

李回电话响了，他看了一眼之后向外走去，快走到门口又折回来，上下打量对方说，我是不是可以提条件了？不然，我们把箱子打开看看吧，我们一起来读读这封信，看看还有多少字可以看清楚。

五

　　李回观察的人里，首先包括父亲李成库，他时而忧心忡忡，做梦的时候父亲经常把自己哭得像个婴儿。有好几次，李回坐在床上看着做梦的父亲，他想推他一把，让他不要再哭了，又怕醒了以后，父亲缓不过来，一整天都压抑。李回希望父亲再睡一会儿，转成一个甜的梦。而母亲丁维清，在丈夫生病之后好像变了个人，常常冷着脸对李回，或无缘无故发火，李回预感母亲可能更年期提前了。这么想的时候，李回忍不住看了眼弟弟，他更加灰心了，等他长大不知要到何年何月，到时候这个世界会发生什么都还不知道，谁又能完成父亲的心愿呢。很多时候，他想跑到一个空地上大喊几声，让自己好受一些。

　　李回对父亲李成库说，大哥你何必这样，你老老实实打一份工，用得着巴结人吗，难道你还能当市长市委书记啊。李回看不起父亲的时候就用这个口吻说话。

　　见李回这样，父亲李成库说，李回你以后不要这么说话，让人不舒服，主要是那些管事儿的人听了不舒服，我们在别人的城市里，所以我们要夹着尾巴做人。

　　什么以后，我现在就这么说话了，还别人的城市，哪有什么别人啊，这就是我的城市。

　　李成库愣了下，说，好，是你的是你的，整个地球都是你的，我再也不会跟你操心，没机会了。李成库摆着手一副不想再说话的样子。在那个时候，李回还不知道父亲已经知道自己得了癌症，他希望儿子李回在他离开这个世界之前，能懂事，有能力照顾好家里人。

　　李回不喜欢父亲这样说话，也太不吉利了。李回从来都把这个地方当成家，如果深圳不是他们的家，哪里才是呢？他早已经看不惯老家那些人和那些事儿了，现在如果谁让他回老家去生活，他宁愿去死。如果不是看见父亲总是睡不好觉，他还想再补两句，让自己痛快。有必要吗？还有，知道李回不能读书的时候，李成库自己交了两千块去参加成人高考了。为此老婆丁维清还与他吵了一架。李成库安慰说将来能赚回来，母亲丁维清说,什么是将来呀,谁看得见?人家那些大学生都留不下,凭什么你就行了?说完,母亲不争气地哭了。过了一会儿,见没人理,她又说,现在,你能学得进去吗,四十几岁的人了,每天累得半死,书一打开就开始打呼噜。李成库的理由是积分入户。

什么积分入户?李成库的老婆丁维清小学毕业,不懂得这个,说这要等到什么年月啊,我等不起了。

李成库在老婆面前故作老练,这些都是工分,懂了吧,一年半就可以挣到,然后再考个电工证,几项加起来就够了。

工分?口误还是恶搞啊,简直莫名其妙嘛。李回冷笑,就这水平也能调进来?完全拉低了深圳整体水平。他觉得自己和父亲没话说,根本不属于一类人,如果能好好说话必须有个翻译和调解员在中间,虽然不至于爆炸,但绝不能说到第三句。父亲说东他必说西,父亲说好的,他一定反对。他想让父亲知道人不求人一般高,无欲则刚这个道理。当初他总是与父亲吵架,现在他只能压抑自己。那些书里看到的,手机上学到的,都成了他李回自己的道理,化成一股洪流,在他的身体里横冲直撞,不得安宁。李回甚至话题都想好了,如果父亲再把他当大人,照顾弟弟,为李家光宗耀祖,他就把在学校受欺负的事说出来,让父亲再也找不到话,看他还敢不敢提读书的事。李回曾经要求自己好好读书,可是他做得不好,除了不愿看见老师同学,一看见书,就犯困。李回对数字没感觉,而是喜欢语文,他最愿意挑别人说话的毛病。

李回这副样子让人看不惯,首先是弟弟,他把李回和父亲写进作文,说李回没礼貌,对父亲态度不好,这让李回很没面子,他觉得弟弟是个白眼儿狼,吃了他那么多好东西,还不念他的好。因为李回喜欢咬文嚼字,也得罪过店里的同事,他们私下说他装,每次李回送快件回来,正热闹的同事即刻不说话,只用眼神交流。李回心想,装就装了,怎么了,你们还不会呢。

李回不喜欢和家里人走得太近,他觉得那样会让他浑身不自在。可不知道什么时候开始,他心疼起了弟弟,李回怀疑是父亲生病之后。有时弟弟求他买本课外书,过不了多久,他会把单下了,在弟弟早晨醒来之前,偷偷放到他的枕下。他不想和弟弟交流,有什么好说的,李回平生最讨厌的事情就是煽情。李回的心情特别复杂,有一刻他想把弟弟喊醒,和他说话,有时想帮弟弟改个名字,就叫李鹏城。这是深圳的另一个名字。李回觉得弟弟可以完成父亲李成库的愿望，而他已经做不到了，他彻底不爱读书，也彻底不能指望自己了，甚至在父亲住院的前一天李回还在赌气，因为李成库无缘无故把李回小学得过的奖状拿出来看，李回刚好推门进来，却又不能马上出去，他在房间里转了两圈，取了溜冰鞋，赶紧跑了。他只想塑造一个混不吝的形象，突然见到父亲这样，他的心乱得要死。

　　此刻，他不止一次想要离开家到父亲看不见的地方，可是他舍不得恒生医院、破破烂烂的盐田街，他觉得这里才是他的故乡。只有他可以看到自己的家，看到自己出生的地方，他才觉得心安。

　　李回准备了那么久却一直没有机会去理论，他早就想让自己松口气了，不然他担心自己会憋出病。在学校他受到排挤，说他是个外省人，回到老家又被人嘲笑和追打。如果父亲真的和他争，李回知道自己必赢无疑，只要他伸出手和腿让父亲看看自己这些年攒下的伤疤，哪些是小学时被人打的，哪些是初中哪些是高中的就够了。为此李回有些担心弟弟，如果他将来回到老家怎么办，受了欺负怎么办，他太像个娘儿们，总是那么软弱，作为父亲你为什么不教儿子敢冲敢杀，只有这样，他才不会在任何地方受到欺负。他想过等有钱了，去盐田街那家最贵的文身店，在伤口上面文出玫瑰或是雄鹰，遮住自己的羞辱，他还要开着超大号的摩托，在西乡大道上驰骋，什么红绿灯之类，一律不在话下，没有任何人可以阻止他前行。虽然他在深圳出生在深圳长大，可他不敢理直气壮地说自己是深二代。如果自己不是深二代谁又是呢，标准是什么，难道只有钱吗？因为没有读大学，他连初中和高中同学都没有了。他不想加入任何群，更不想别人知道自己在哪儿，眼下做着什么事儿。如果不让他在深圳读书，一开始父母就不应该把他带到这个城市，让他看见这里的蓝天，又让他知道深圳比老家好上一万倍。

六

　　黄娟娟感觉这些天越发像警匪片，每时每刻都过得惊心动魄。她知道自己惹上了麻烦，可这突如其来的变故她从来都没有预料到。她很清楚怪不了任何人，完全是自己错估了形势，黄娟娟连生气的力量都没了，原来自己情商真的不高，否则怎么打了十几年工还没有解决调动，失败的人生也不过如此了吧。此刻,她已经来不及感慨,而需要迅速地做好应急预案,等会儿对方进门,她要把手机放在隐秘的角落偷偷摄像,她觉得只有全程录下来,才能控制对方。

所以李回进到房间的时候,她需要让对方多说话,甚至是重复。想到网上说到的那些案件,黄娟娟脑子里幻想了很多个场景,包括对方一进来便反锁了门把她抱到卧室施暴,任她再是呼救也无济于事。

黄娟娟把卧室的门锁上,坐在客厅,她知道该来的是躲不过的。想到这儿,黄娟娟不再懦弱了,她站在阳台向下张望,一分一秒地等着,如坐针毡,甚至以为自己看错了时间,她觉得墙上的那个钟故意在开她的玩笑,每次跳动都是错乱的。包括李回敲门的时候,黄娟娟竟然看见时钟突然跳了两次。

李回没有从正门进来,而是从另一个楼梯口上到天台,又穿过几栋楼,走到她这里。李回推开门后,对着正在发抖的黄娟娟说,借我五千元,我急用,保证以后还给你。

黄娟娟做好了心理准备说,这件事你错在前是不是?

李回说,是的。

黄娟娟说,你这是勒索知道吗?

李回说,知道。

黄娟娟说,那你还这么做,不怕我报警吗?

李回说,如果你有困难,可以不借。

黄娟娟说,剩下的钱两天之内我拿给你。

李回平静地说,我可以打个欠条。

黄娟娟指着台面上的信封说,数好,这是一千元,其他我再通知你,纸和笔都在那里。她故意与李回保持了一段距离。

李回半蹲着,写好欠条,站起身来,拿起台面上的钱,说声谢了,转身出门离去两分钟后又折回,已经锁上门的黄娟娟吓得浑身发抖,原来对方是回来拿落在台面上的车钥匙。

听着对方下楼的声音,黄娟娟走到阳台,看到从另一栋楼里出来的李回向大门口走去。黄娟娟拿了件衣服,戴上墨镜跟了出去。

坐在的士上的黄娟娟等了很久,才看到李回快速跑进医院后便失踪了。

黄娟娟筋疲力尽回到宿舍,躺下,脑子已经乱成了一锅粥,一会儿是李回一会儿是陈宣。迷迷糊糊刚睡着,便听见电话铃声大作,是李回,他说在门口,请你马上把门打开。

黄娟娟手脚发抖不听使唤,费了很大的力气,才穿上衣服,说咱们到天台说话吧。

楼顶上晒着谁家没有收起的被子,正在微风中摇动,远处是楼房上各种广告在闪烁。黄娟娟感觉自己的嘴唇已经发抖了,问,怎么回事,不是说好两天吗?

李回说,你的投诉已经上到了公司总部,他们不仅要拿我做典型,还要公开此事,要求我向你公开道歉。

黄娟娟连连摆手,喊叫着,我不用我不需要。说完黄娟娟感觉自己差不多快虚脱了。

黄娟娟做了一晚上的梦,先是跟踪一个男人时把车开得飞快,迎面而来的货车把她撞倒在地,并拉她到乡下,随后听见有人通知她没考过,村里很多妇女站在一起取笑她,黄娟娟向着村口跑,喊着我不回去,可是他们把她拖到一个泥塘边。黄娟娟吓醒了。

第二天,黄娟娟把头发剪短并染了个颜色,换上一套便装,她给女儿打了一个电话,她对着电话说,你在家乖乖的,听外婆的话,下次妈妈回去给你带好多好多礼物。她认为自己要对女儿做一个告别,那个家伙肯定是个碰瓷的,她自己显然被他盯牢难以脱身。她下一步不知道怎样,不如来个痛快,她一直都想这么做了。也算个解脱,这是她一直以来的愿望。

黄娟娟躲在角落里,想看看李回的行踪,等了很久,才发现了李回,他已经换下了工装,整个人也似乎瘦了一圈儿。黄娟娟跟着对方走进了癌症病区,随后,他进了一个病房。

不知道过了多长时间,李回离开了病房,病床前换成一个有些憔悴的女人带着个男孩。走廊上,她遇见了医院的同事,对方看着变了样子的黄娟不敢打招呼,离开了还回头看,对着一个同事指点着什么。

黄娟娟没有躲开值班的护士,对方奇怪地看着黄娟娟怎么一天过来了两次。

黄娟娟不好意思地说,过来看一位朋友。

哪个床的呀,需要帮忙吗?护士问。

见黄娟娟不说话,护士安慰道,别说了,是不是昨晚走的那个?唉,在这儿太正常了。如果是朋友建议你还是少过来,心情容易不好,这边可都是没有几天的人了,看了容易做噩梦。

黄娟娟点点头,脑子里还是李回的样子,问,在这里有没有奇迹发生呢?

护士说,因为生不如死,很多人不愿坚持,不过那个十四床的李成库不同,他熬到了连我们医生都不敢相信的地步。

黄娟娟心跳到了嗓子眼,什么意思?

护士轻描淡写,户口呗,他为了把户口迁到深圳来,正在和死神赛跑呢。

黄娟娟还是没有明白,什么意思?

对方说,2016年这个病人因为见义勇为获得了入户的指标,本指望全家可以随迁,只是很不幸,他被查出了肺癌晚期,其实他早知道,只是瞒着家里人。现在他的癌细胞已经转移到骨头上,做了多次化疗和放疗,换作其他人早放弃了,毕竟生不如死。医生说只能活三到六个月,而他还在坚持,目的是把手续办完,这样的话,他的老婆孩子便有了着落。报纸上天天跟踪他到底拿到入户的资格没有,像是现场直播。为了实现自己的目的,现在他使用了远超医学上界定致死量的吗啡。他老婆每天拿着风筒吹他的腹部,来缓解他的疼痛,因为他坚持的时间太长了,已经买不起自费的靶向药,全靠医院设置的微信扫码捐助和病友家属旧药支持。

黄娟娟似乎忘记了自己的事情,她问,有希望吗?

护士摇头说,除非奇迹发生。

黄娟娟短信里有一条是快递公司发来的,说公司非常重视您的投诉,经调查已经开除了李回,并将罚款全部赔给了黄娟娟。

黄娟娟听完愣住了,想不到她为了自己的事,人生第一次送礼,便把别人的饭碗砸了。

黄娟娟准备到住院部去找李回,她知道现在他用不着偷着跑过来照顾父亲。黄娟娟认为自己需要做个补救,她准备好了两千块钱和水果,慢慢把自己移到病房的门口时,她却发现李成库的病床上已经换了一个新面孔。于是黄娟娟给李回发了短信,对不起,事情我知道了,有什么可以帮到你的吗?

李回的电话马上打了过来，他说，不用了，你应该看到网上怎么骂我父亲吧，说他见义勇为是为了入户口，连坏人都是老乡扮演的。我父亲的确平时胆子很小，平时见了生人都不会说话，但抓的那个坏人是真的。有很多人骂他，说他在政策之前生的二胎，这样的一个人，凭什么调进来，让老婆孩子占用深圳人的资源和创造的财富。

　　黄娟娟问，怎么才几天就变成了这样？

　　是啊，我父亲根本不敢在医院住，不断有人进来采访，其他病人都有意见了，要我们快点走，说不要把这里当成演戏的地方。

　　黄娟娟问，你父亲现在怎么样？

　　有网友闯进医院，质问我父亲，现在已经没人再关心他的病，原来我帮着联系的那些过世的病友家属撤了，那是病友剩下的药，包括社会捐助也快没了，上一次那个药就是拿给了父亲救急，我真的没有想过害人。

　　黄娟娟说，那你们接下来怎么办？

　　李回说，出了这件事之后，很多药厂不再理我家，捐助也已经越来越少。

　　黄娟娟说，对不起，我的确不是故意的。

　　我倒是觉得离开原来的同事也不错，他们只要见了我就问你父亲还活着吗？我不想听见他们这样诅咒父亲。李回停顿了一下，又说，对了，让我离开这里，难道不是你的目的吗？

　　黄娟娟有些不好意思，对不起，那户口呢？

　　李回说，公安机关不可能给我们开这个口子，对其他人也不公平，我父亲都能理解。

　　黄娟娟问，你们搬到哪里去了，我们怎么找不到？

七

　　黄娟娟提着水果和药，找到李回一家的时候，已经没有机会见到这位网络红人李成库。李回也不能与父亲理论了，上次准备吵架的时候，李成库住院了，这一次，李回想要道歉的时候，李成库干脆离他而去，再也不能回来。李回在脑子里打过多次腹稿，他可不想在父亲面前流泪，他想对父亲说句对不起，主动承认不该找理由旷课。他不愿想起自己躺在太阳下面睡觉的情景，那样的日子，是他不愿意回首的。本来，他和父亲可以就读书这个话题聊聊，可是他一直没有说出，也没有来得及告诉父亲，自己刚报了一个技能培训班，本来想拿到证的时候再说。

　　李成库是凌晨四点走的，那个时候，家里人都睡着了，包括一直陪着他妻子丁维清。李成库看着渐渐发白的天空，闭上了眼睛，他觉得天亮离开才吉利。而离开之前，李成库的身体不仅直了起来，还变得异常灵活，他悄悄下了床，借着外面的一点月光，他静静地把房间整理了一遍，包括把小儿子折进去的衣服袖子翻过来，两只鞋摆放在门口，这样，小儿子一起床就可以看到，而不用找啊找，在家里耽误太长时间。他还在小儿子的裤袋里放了十元钱，只能这么多，这样他会认为是自己的，否则他会起疑心。这一天是周五，等儿子回来的时候，事情已经发生过了，那个时候，他的身体已经被丁维清联系好的老乡安置妥当了，儿子也不会受到惊吓，这个房子就还能住下去。然后再经过周六周日两天，难受就会减轻一些，也就不会影响到儿子下周的上学，毕竟读书是件大事，耽误不得。

　　临睡前，黄娟娟的微博里跳出一条私信，是陈宣回来了，他给了黄娟娟一个笑脸。
　　黄娟娟忍不住问，李成库的药费也有你一份吧。黄娟娟已经步步逼近。
　　陈宣发来一个鬼脸，说侦查得很清楚啊，适合当差佬了，人才啊。
　　黄娟娟见对方不接招，便有些尴尬了，只好跟着人才这个话题说，医院不是正在发展特色送药送病历业务吗，可否早一点开始啊？
　　陈宣问，看起来你很清楚嘛，是啊，已经招兵买马了，你又有什么好的建议或人才推荐吗？
　　黄娟娟说自己预测未来五年，超市、商店将会消失，取而代之的将是快递，衣物清洗、替人祷告、家属接送都有人来做。黄娟娟说，所以我想推荐一位亲戚，从小在西乡街长大的男孩，除了路熟，懂广东话，更重要的是他喜欢这里，这辈子都不愿意离开西乡，尤其是不能离开这家医院，或者他和这个地方的什么人有过一个约定吧。黄娟娟已经话里有话。
　　陈宣说，但愿你的预感都可以成真。不过，想这辈子都不离开这条街的人，应该是个怪人吧，这个世界上哪有不变的事和人呢。像是担心黄娟娟不高兴，陈宣马上跟了句，相信你在深圳一定有好多亲人。

黄娟娟眼圈发热，是啊，我本来是有亲人的，可是失散了。黄娟娟在电脑上不断打出陈宣的名字，再删掉。泪眼中，黄娟娟仿佛看见当年那个执着的年轻人，心里一阵阵绞痛，看着那封信模糊得再也看不清一个字的时候，她已经清楚地知道，她和陈宣的缘分终于尽了。他们失散了，连最后那一点点凭据也被收了回去。两个人在网上说了很多话，已经到这份上了，只差一层纸了，他都没有问黄娟娟的名字，也没提出过见面，显然他早已知道了黄娟娟的存在，可是他已经不愿意相认了。

黄娟娟躺在床上发了很长时间的呆，她不知道下一刻该怎么办，是不是应该删掉陈宣的微博，让自己重新开始，过去的岁月里，他消耗了她太多精力。很快黄娟娟又收到了另一条私信，在这里工作了十年，无须签订任何合同，你已是医院长期的员工，没事的时候可以学学劳动法，行动起来吧，就连抑郁也会跑远的。

黄娟娟不敢把电话打过去，她知道自己害怕什么，更明白这是两个人最后一次联络了，她不能再耽搁了，他只是在送别的路上陪她多走了一程。

也许是太累了，黄娟娟的睡意突然降临了，她希望尽快进入梦乡，明天还要早起呢，因为一切都要重新开始。她觉得首先要写个计划，然后开始行动，包括为李回申请送药业务，这个事情她显然更内行些。李回说过喜欢恒生，出生证上那个鲜红的公章，让他看不够。黄娟娟想要帮帮李回还有他的弟弟，至于什么理由，随李回怎么理解都行，黄娟娟甚至愿意与李回的关系再近一些。

父亲李成库离开之后，无所谓不再是李回的口头禅，他想找个相反的词，他试过在乎，在意，可都不对，都缺乏力度，不合他的心。眼下，他需要一个最准确的词，来缓解他的疼痛。他觉得自己丢了工作，也是压倒父亲的稻草之一，所以让李回后悔的是，不应该光顾着说出来痛快，对父亲李成库冒出那样的一句，你太软弱，没个性，不像男人。对于儿子最后的指责，李成库没有回答，生病之后，他处处让着李回，无论如何他都认为自己欠了儿子一个未来。

而对于这一点，李回有不同意见，未来是自己创造的，别人帮不上，哪怕是自以为能力高强的父亲。

过了很久之后,李回才在母亲填的一张表格里看到父亲的资料,李成库,男,十六岁到深圳,四十五岁在深圳去世,在深圳工作生活共计二十九年。李回把这些记在了日记里。

很快李回便发现了问题,一共才两行字便出现了三次深圳,他认为这是母亲有意为之,她分明想用这个方式把深圳和父亲的名字连在一起。

原载《人民文学》2018年第4期

婴之未孩

计文君

一

太过戏剧性的事，很难让人相信是真的。譬如，外卖小哥敲门，递进来的除了一盒披萨，还有一个婴儿。

甘田自己都能听出自己讲述事情经过时语调发虚，难怪那位年轻的警官狐疑地看了他一眼。被寒风皴红了脸颊的外卖小哥，看上去诚实可信多了，他说婴儿当时就在甘田门口的纸箱子里哭，他就抱了起来。

甘田所在的怡景SOHO，像他这样租住在这里真"SOHO"的不多，大部分还是些小公司、事务所和工作室的办公地。九点前后，电梯使用的高峰期，去查监控的那个警察也没能发现什么有价值的线索，记下两个报案人的电话，抱着婴儿穿过挤满走廊看热闹的人群，离开了。

甘田关上门，呼出口气，在心里骂了句脏话，然后开始吃尚有余温的披萨。

甘田在心里骂的人，是老赵。

老赵"胁迫"他参与演出了这场荒唐的"弃婴"大戏。当然，这份"胁迫"是以哀求的形式进行的——为了你卿姐，拜托拜托……

甘田与苏卿相识的时候，她既不是他的卿姐，也不是老赵的妻子。

算起来甘田与苏卿认识，也有十多年了。那时他研究生刚毕业，还在报社工作，主持每周一期的"心理健康"专栏，但作为根正苗红的文艺青年，喜欢跟各种搞艺术的人混在一起，过着很不健康的生活。

那天是在中国美术馆，甘田和几个画家去看朋友的朋友的个展。他们到的时候，开幕式刚结束，办展的画家正忙着应酬请来的大人物，甘田就没过去寒暄打扰，他略有些无聊地四顾，一幅色调阴沉的抽象油画前，站着月白衬衫烟蓝色长裙的苏卿，熙来攘往的展厅一下空旷安静起来，只有她慢闪秋波，遗世独立……

这一幕是十九世纪名著小说中的经典场面，虽然经过二十世纪出版和影视的反复蹂躏，成了被抛弃的俗滥桥段——如今女主的出场方式，即便不是醉酒呕吐，至少也得摔个嘴啃泥，但在二十一世纪初的那个春日上午，与甘田的青春期苦闷相混杂的阅读记忆调动出了潜意识深渊中的欲望之龙，携云裹雾，扯雷闪电地扑向"伟大爱情故事"的女主角。

没想到故事刚起个头儿，就完了，也并不令人低回——他的女主角从绝代佳人退行为花样姐姐，没用完七十二小时。

甘田在这七十二小时里，和苏卿吃了两顿饭，喝了一次咖啡，进行了长达五六个小时的单独谈话。当天中午，甘田成功地组织了一次饭局，并且不落痕迹地把苏卿罗织进局——其实难度不大，甘田还在思忖如何搭讪时，就有两人共同的朋友和苏卿打招呼，介绍巴巴等在旁边的甘田和苏卿认识了。中间隔了一天，苏卿应约而来，两个人在咖啡厅聊了一下午，然后一起去附近的"海棠花"吃了晚饭——这是甘田临时提议的，饭店就在咖啡厅附近，更为重要的是，那些朝鲜姑娘唱歌跳舞时，可以让甘田歇一会儿，他真的有点儿累了——听苏卿那"迟迟不肯逝去的青春"，听累了。

苏卿的故事一直延展到讲述的那一刻，她即将从艺术学院舞蹈研究所博士毕业，刚刚结束与美学所某位W姓文化学者的一场虐恋，她的论文选题是《霓裳羽衣舞》研究，她知道答辩没问题，还知道自己会留校，不过不是留在舞蹈所，而是留在研究生院，也好，她本来对学术，就没什么兴趣……

饭后甘田送苏卿回宿舍，经过元大都遗址公园的海棠花溪。

繁花满枝，停止说话的苏卿，扬起弧度完美的下颌，神情忧伤目光迷蒙地看着花枝掩映的路灯，人面花影，如此迷人，但甘田那一刻就非常确定，苏卿和他不会有什么"伟大爱情故事"了。

但甘田和苏卿，依然保有着对彼此的浓厚兴趣。

作为资深文艺男的甘田略带沮丧地退场了，但作为北大心理学系硕士、职业咨询师的甘田始终都在。他很科学地理解自己：这一对象曾刺激他大脑腹侧覆盖区多巴胺旺盛分泌长达几十个小时，继而在高浓度血清素作用下某种与之相关的记忆被写进了自己的尾椎核——这是大脑中与奖赏、愉悦和成瘾相关的区域，一旦记忆被写入，很难改变……甘田当然不会对抗自己的生物性，但也不会纵容自己的生物性——苏卿那么好看,那就看看喽!

苏卿的兴趣,仅限于那个始终在场的甘田。

他们时不时还会见面喝咖啡吃饭聊天。童年阴影分离焦虑俄狄浦斯那喀索斯,聊什么都能让苏卿频频点头,她几乎是在用生命来认同人类心理学发展的历史,完全是一本行走的心理病例大全。后来甘田离开报社,成为甘泉心理咨询中心的咨询师与合伙人,那些为他带来社会影响的文章和书里,有不少苏卿提供的鲜活案例。甘田给她的化名是略带揶揄的"马丽",苏卿却对此颇为自豪,恨不得告诉所有人,她就是"马丽"后面省略的那个"苏"。

出生在二十世纪八十年代门槛上的甘田,竟然与喜欢画两笔水墨的老赵,跨越年龄和审美的障碍,摒弃世俗的偏见,成为了颇为亲近的朋友。十几年交往下来,苏卿的力量还占多少,甘田自己也说不清楚了。

苏卿把老赵带到了甘田面前,宣布他们要结婚,同时附赠了一个惊险的情节设定:苏卿的母亲为女儿下嫁,要和她断绝关系。

老赵接过苏卿的设定,说了一场让人抚掌击节的"单刀会"。老赵千里奔赴中原,靠着一副自己画的《雪梅长春》——岳母作为地方梨园名角,代表剧目叫作《秦雪梅》——赢得了老人家的青目。

"其实我画得不好,业余水平,来北京进修就是想混进专业队伍嘛——岳母她老人家什么没见过?她是性情中人,看我真,人老实,被感动了。"

老赵通篇没提苏卿父亲。甘田熟知苏卿的家世背景童年经历,苏卿母亲在苏卿很小时就离了婚,独自把苏卿抚养成人,退休后才找了个老伴儿——生父三十年未通音讯,继父则根本不会置喙苏卿的婚事。

这位来自浙江金华下辖的义乌市佛堂镇的老赵说的"书",对设定诠释精准,对人物渲染入骨,还能曲终奏雅——甘田当即就替苏卿感到了庆幸。

老赵呵呵一笑,起身去上洗手间。苏卿垂着眼帘,把咖啡里的冰块搅得哗哗作响。"他让我觉得安全——不像你,"她眼皮一撩,幽怨地看着甘田,"你很好,只是,你无法给我安全感……"

她幽怨得如此郑重、认真——甘田惊讶、困惑了几秒钟,随即哑然失笑——原来只在心里发生过的事情,也是有后果的。老赵甩着湿淋淋的双手回来了，苏卿不看老赵，继续盯着甘田，甘田只能配合地低了头，希望能被苏卿解读为难过。

甘田为此没有去参加苏卿盛大的婚礼，却去了婚后老赵夫妇小范围回请亲近朋友的饭局。酒桌上，甘田略微夸张了自己的醉态，祝赵哥卿姐白头偕老。

自那日之后，甘田对苏卿的称呼变成了卿姐——这是一种提醒，也是一种规训。潜移默化，苏卿渐渐对甘田的眼风口角，有了姐姐的意味。

只是苏卿那"迟迟不肯逝去的青春"，甚至越过了婚姻的城墙，依然无休无止地蔓延着。老赵外表憨厚内里聪明，还有几分好玩儿，最让人叹为观止的是，他总能接得住苏卿给出的各种情节设定，绘声绘色地把故事讲下去。

苏卿这些年一直在研究生院做行政，工作上漫不经心，私下里却没少折腾。兴兴头头地开始忙活一件事，没过多久就会有一个必不可做的理由让她停下来，然后再开另一个头儿——从音乐剧到网络大电影，从泰国菜馆到瑜伽工作室……从来没有真的做成功过一件事，可也没有真的失败过，老赵跟在后面，把苏卿留下的"烂摊子"，收拾成别样风景。

前几年视频网站给网络大电影补贴，传说有人不到百万的投资靠点击分成挣到了一两千万。苏卿算是研究过《霓裳羽衣舞》，再加上也是天生丽质难自弃，就招兵买马组班子拍网大《长恨歌》。很快她就跑来跟甘田诉苦：碰到的全是骗子——制片编剧导演全在坑她，"云想衣裳花想容"变成了"卿想过瘾人想钱"，眼看近百万预付款要打水漂，苏卿又憋屈又心疼，哭得梨花带雨。

甘田已经能很笃定地安慰她，没关系，赵哥出手，天下我有。

果然，老赵出手，调整项目，拉着苏卿拿自家钱招来的人马，去义乌拍了部名为《鸡毛换世界》的微电影，因为表现了吃苦耐劳的义乌人靠实干，从"鸡毛换糖"的小生意做成了"世界小商品之都"的大生意，不仅制作时得到了市政府和当地企业的支持赞助，做好后到处去评奖，从县到省各级宣传部的奖得了个遍，还得了国内三四个电影节微电影单元的奖。自己家投进去的钱收回后略有盈余，制片人苏卿此时已经忘了胎死腹中的《长恨歌》，高高兴兴穿起礼服去走红毯了。

老赵宠溺苏卿，苏卿享受宠溺，人前人后都是蜜里调油般的恩爱。这些年，甘田因为同时充当着两个人的"知心朋友"，所以颇为了解一些这场婚姻中不足为外人道的微妙。甘田的核心职业能力之一就是为人保守秘密，他太懂得"出口"的价值与功效。老赵一般很有分寸，苏卿荷尔蒙上脑时，甘田就会精准释放一些信息，收到警告的苏卿，也就自己调整了。

苏卿活得像一只转笼里的仓鼠，皮毛润泽，身形漂亮，每日奔跑，为笼子飞快旋转而兴奋，有时停下来，疑惑地四处看看，随即又开始奔跑……徒劳，却不知道徒劳，苏卿就这样懵懂地超脱着，生机勃勃地消耗着，也是不知老之将至……

苏卿和老赵，一直没有孩子。

苏卿一直在生孩子这件事上糊里糊涂的，先是有点儿不想要，后来有点儿想要，但那点儿"想"都没打败对鸡尾酒的"想"和对孕育过程的恐惧，就又算了，这一算了，就过了四十五，索性也就真算了。

老赵自然不勉强她。

苏卿突然生出要孩子的强烈渴望，源于受了刺激。

去年，当初与苏卿有过一场虐恋的那位W先生，不知道怎么惹毛了某位前妻，那位女士开始在微博上图文并茂地痛说"革命家史"——她在任期间，如何与流氓丈夫以及"小三四五……"顽强斗争。苏卿的一张旧照也享受了一个"荣耀编号"，那张照片是她很早给《时尚芭莎》做平面模特拍的杂志用稿，上世纪末的时尚，眼妆堪比熊猫，身上也就几缕纱。支持正房立场的粉丝留言中，苏卿获得的点评中唯一不带脏字的是，像一只廉价的鸡……

苏卿自然气疯了。虽然甘田说反击没有意义，但又不忍看力挺妻子的老赵弄错路径提油救火，就找了两个熟人做的公号来做文章——反正苏卿并不忌讳旧事重提，她怒的是自己的盛世美颜被作践。公号的文章角度并不直接与旧事相干，重点在于要用几十张照片告诉全世界她事业华丽丰饶，生活精致幸福，美貌与高贵天长地久。编辑在和苏卿沟通时，提了一句孩子。苏卿当即要找个孩子来抱着拍照，甘田玩命儿给拦住了。

这件事很快也就过去了，阴影却留下了——标配都没达到，苏卿花笼月罩的优雅生活，突然显出底里那层轻飘飘雾蒙蒙的虚无空洞。

甘田以前所未有的郑重严肃警告苏卿，别冲动。收养孩子是巨大的责任，你先去福利院做义工，接个孩子回来过个周末试试——苏卿没有去试，甘田还特意问了几次，健身美容组织饭局……总有各种事情耽搁着，去不了。

一年过去了，甘田以为苏卿养孩子的欲望，已经通过在手机上养青蛙朋友圈晒蛙儿子寄来的明信片替代性满足了，没想到几天前，老赵拎着一瓶芝华士跑来，让他帮忙为他卿姐"捡到一个弃婴"。

一个名叫曹小倩的艺术学院研一女生，给老赵生了个孩子。

老赵倒了杯威士忌，递给甘田，"小姑娘画工笔的，有点儿灵气，那次'新水墨'论坛她帮忙会务，去我画室玩过几次，我他妈有次喝多了，就——啊哈……后来那孩子来找我，说怀孕了，想打掉，我就给了她钱，她去了，不知道是体质问题还是紧张，血压太低，孩子也有点儿大，大夫怕出事儿，没敢做，让她休息几天再去，我就让她在宋庄住着了。后来我一想，既然打掉有危险，干脆生下来算了。休学一年，我给她十万块钱。她同意了，在宋庄，帮我照管画室的肖阿姨还可以照顾她，那儿什么都有，她闲着还能画画。现在孩子生下来了，快俩月了，她还在月子中心住着，她急着放假前回学校办复学手续……"

甘田问："卿姐——知道多少？"

老赵说："这——我真的不知道。面儿上，她什么都不知道——你卿姐多聪明，比我聪明多了——我也不知道，她的不知道是真不知道，还是装不知道……但我至少得做到，能让她装不知道吧？说实话，我真是为你卿姐才费这心思。孩子都成她的心病了——其实我周围朋友，十几家，人家都没孩子，过得好好的。可她心思到这儿了，谁有什么办法？我怕她再弄得跟艾冬似的——女人想不开，后果有多严重，你清楚！"

甘田没接话，他不想和老赵讨论艾冬，但心里知道老赵说得是老实话。老赵的两个儿子跟前妻生活在美国，他自己到底也没太大基因传递的焦虑。

老赵继续给两个人倒酒，说，"还有，曹小倩从来没有说过这孩子是我的，我也没有问过。算算日子，够呛！"

甘田呷了口酒，"生下来没做亲子鉴定？"

老赵说："无所谓啊！我大爱无疆！"

甘田差点儿被那口酒呛着，笑着摇头。

孩子是谁的，不重要，但如何来的，很重要。总不能直接抱回家吧？

好歹有个故事，大家都好接受——老赵连央告带作揖，甘田只能答应了。

二

有人千方百计在生，有人无缘无故要死。

甘田边吃披萨，边打开了电脑，在电脑上登录微信，点进心理咨询中心的工作群，看见他们正在讨论选题：北大博士坠楼自杀，这一消息从九点开始出现在热搜实时榜单上的，再看死者名字，工作单位……一口披萨噎在嘴里，他呛咳着，去厨房吐了，漱口回来，再看。

群里的讨论还在继续。

他们是专业心理咨询机构的公号，不能听见自杀就说抑郁症。甘田早就称抑郁症实际是一种并发症，是症状而非疾病本身——背后有需要探寻的致病机理。只是最近自杀的消息也太多了些：他们的公号"灵台方寸"已经从"人际边界"的角度分析过陕西那件寒门博士的自杀事件；他们找到了塔勒布的"反脆弱"理论去谈中年失业技术男的离世；等到创业失败的IT精英自杀离世的消息接踵而至，他们只能带着浓烈的抒情性写了篇"求求你，别在沉默中松手……"

他们央告那些正无声无息地经历内心灾难的人，人生是场修行，不要提前离开，仅仅是上周的事情——此刻，大家显然有些词穷。

甘田揉了揉僵硬的脸，敲了句话：咱不跟这个点了，这是我师兄。

群里沉默了，片刻之后，有人发出了双手合十的表情，有人用文字劝他节哀……甘田推开了电脑，拿出手机，却拨不出电话。

所谓"北大博士"当然是标题党，离世的大姚毕业十好几年了，早就是教授、博导、系主任了，只是他任教的那所外省高校不像"北大"两个字看起来那么刺激。甘田不知道大姚怎么会走这一步，还没有深入报道——就是有，甘田也不知道能信几分。与大姚最后一面，是前年甘田为自己的书《自恋时代》做宣传，到了大姚的地盘儿，他热情招待……大姚谈笑风生，跟在学校时一样能喝，喝多了和甘田唱在学校一起做乐队时写的歌——甘田没见过大姚的妻子，知道他有个上中学的儿子……甘田看着联系人目录里"大姚"两个字，还有后面那个再也不会拨出去的电话号码。

需要静一会儿的时候，偏就不得安生。

老赵接二连三打来电话，让甘田去派出所。

按照老赵原来的剧本，甘田报警后，警察接走孩子，他假装从甘田那里听到消息，跟到派出所，同时通知苏卿，他们夫妇作为辖区爱心居民，代为照看婴儿——这就可以把孩子抱回家了。警察和民政部门会有正常的流程，公告寻找弃婴父母，需要六个月，寻找未果后会移交福利机构或合适的收养家庭——老赵已经为收养的事情请了一位律师。他告诉甘田，接下来的事情，他就可以自己处理了。

没想到第一步就卡壳了。

跑到派出所的老赵热情似火，警察叔叔冷静如水，女警带孩子去社区医院检查身体了，而且听到消息，跑来愿意照顾孩子的辖区居民有三家——竟然会面临竞争，老赵一边打电话让苏卿带齐证件再来，一边要把甘田搬出来，跟人讲先来后到了。

甘田心绪不佳，但也不能眼看老赵弄巧成拙剧情失控，在电话里跟警察说了两句，警察嗯嗯地听着甘田对老赵身份的确认，然后说孩子要是身体没问题，从医院回来再确定照顾的人家，估计要到下午了。

老赵不肯离开，蹲守在派出所，甘田和警察都只能由他。

甘田平稳了一下情绪，开始看同事发来的新选题。甘田现在主要的工作就是巡回讲座和写作，不再接待来访者，咨询中心的日常管理由他的合伙人负责，咨询师和来访者预约都在那边，不过公号文章还是要由甘田来负责把关，他写了两条意见，同意了新选题，然后开始修改周日要用的讲稿。

言辞几乎是以天为单位折旧的。再新鲜多汁滋味丰富的表述，都会被传播迅速榨干其表达力，隔夜就成了甘蔗渣一般的陈词滥调。甘田似乎每天都需要发明新的说法。这种感觉就像用手掬水，意义不断从言语中流失，就像水不断从手缝里漏掉一样，每个指关节都因为徒劳的用力而变得酸疼——甘田颓然地扣上了电脑，抓起手机刷完微博刷微信。

有人在校友群里发了条链接，大姚所在学校协同家属发表了声明，公布了当地公安机关现场勘查的资料，以及医院出具的死亡证明，根本不存在所谓的"自杀"，只是一件单纯的意外。无中生有的谣言给逝者亲人造成了巨大的情感伤害和精神痛苦，当事人将运用法律武器追究造谣传谣人的责任。

甘田想起爷爷奶奶那辈人，对自杀有种避讳说法——"寻无常"。意外，不是自己去寻的无常，而是被无常寻到——悲哀是一样的，只是不必再劳烦生者去寻找原因了。

甘田丢开手机，又打开电脑——早晚都会被无常一把揪住脖领子，带离这个世界……他盯着PPT首页那句：认识你自己。那个"自己"，就是"抓娃娃机"无数色彩缤纷的毛绒布偶中的一个，等着被无常的铁手一把抓住，带离——再不同，还是一样，不认识只怕感觉还会好点儿……自嘲却给了他灵感，就说"抓娃娃机"——今年的流行新宠……甘田上网搜图片，开始修改PPT。

老赵又催他了。

下午四点，甘田的脸阴沉得跟外面的天一样，戴着防霾口罩出现在派出所。老赵一直蹲守在派出所，手里捏着他们夫妇的身份证、户口本、工作证、结婚证、房产证，告诉甘田，苏卿去搬救兵了。很快苏卿回来了，带来了一位金牌育儿嫂和一位街道居委会大姐，三个中年妇女开始车轮战，加上老赵不停搜索出他们这对夫妻的各种丰功伟绩，把手机举到警察脸前逼着人家看，甘田感觉自己连口罩都不必摘了。警察权衡之后答应暂时由老赵家代为照看婴儿。

苏卿又惊又喜地抱着孩子，甘田怀疑她的热情到底能维持多久。苏卿对刚签完字的老赵，笑着说："给我拍张照片，我发给艾冬看。"

甘田心里咯噔一下，幸好老赵善解人意，笑着跟警察打招呼说保持联系，向居委会大姐致谢，扭头拍着苏卿说："咱先回家，先回家。"

甘田躲到一边，给艾冬发了条微信："我一会儿过去找你，行吗？"

她很快回了一个字，"好。"

育儿嫂已经把孩子接了过去，老赵让苏卿开车带居委会大姐、育儿嫂和孩子回家，他送甘田。

甘田不想跟老赵继续纠缠，说自己不回家，要去的地方很远。

老赵"喊"了声，"亦庄，对吧？走吧，路上我有事跟你说。"

甘田只得上车了，摘下口罩，说："现在，我听见你说有事，就头疼。"

老赵一边系安全带一边说："头疼也得听！我现在已经后悔要这个孩子了。"

甘田没有应声，心里隐隐有股怒气开始翻滚。

老赵叹了口气，"你知道，我是老实人，谎话说不圆的……"

甘田从鼻子里嗤地喷出一声嘲讽的笑。

"哎，我不是说我傻，我不傻。就是因为我不傻，我才知道老实最好。我从来不跟人抖机灵，不跟自己找别扭，你说，我怎么会把自己弄到前有狼后有虎，进退不得的地步呢？"老赵懊恼得拍了一下方向盘。

"你活该！"甘田嘟哝了一句，把副驾驶的座椅向后调低，半躺了下去。老赵点头承认"活该"，然后开始絮叨悔不当初。

某种意义上，老赵也的确是"老实人"，心底的欲望都是烂炖肘子红烧肉一般，不刁，不险，不复杂，显豁坦白，结结实实——这倒让他的俗气，甚至在某种意义上，变得有几分不俗了。

几天前他还笑眯眯地打着如意算盘："曹小倩1995年的，自己还是个孩子呢，本来这是件坏事，现在，坏事变好事了！她生下孩子，等于帮我个忙，我接下这孩子，也等于帮她个忙，你呢，帮她、帮我，还帮你卿姐个忙……多好啊！"

老赵各得其所的大团圆剧本，上演的当天，剧情就脱轨了——派出所的麻烦已经不算什么了，这次是情节脊椎断裂——曹小倩想要回孩子。

曹小倩打来电话时，老赵还在派出所里，不能多说，只能哦哦地应着，说见面说见面说。老赵分析，也许不是真反悔，是觉得十万块少了，想涨价……

甘田心里的怒气渐渐平了。五点不到，已经是暮色苍茫了，北京四环也进入了"晚高峰"，车速缓慢，老赵开始推演事态发展的各种可能性。有种木木的悲哀从胸口沿着喉咙升上来，钳住了甘田的舌头，让他说不出一句话来。

老赵一路自说自话，但也解决了问题——至少解决了情绪问题。"我明天去跟小丫头聊聊。价钱可以谈，但讹诈我不接受——不行就回家跟你卿姐跪着呗！"老赵将车停在逸郡小区门口，焦虑彻底消失了，"到时候你得救我——"他忽然顿了一下，"哎，你小子——你无所谓，别伤着艾冬……"

甘田急了，"凭什么我就无所谓？！再说，不是我要保密，是艾冬不愿意让人知道——尤其是卿姐。你没说漏嘴吧？"

"我的嘴，有一个保安队轮流把门。"老赵笑了一下，随即叹了口气,"艾冬不容易——她想得多,也正常。你小子对人家好点儿!"

甘田被气笑了,"你还有脸跟我说这些!"

甘田没容老赵回嘴,拉开车门走了。

艾冬是苏卿的朋友,从中学同学交往到年届不惑,也实在是缘分深厚。

甘田的职业生涯,让他彻底怀疑女性之间是否存在真正的友谊。他眼中的苏卿和艾冬,也不例外。第一次见到艾冬,是去年春节前,那天下雪,苏卿召集的饭局,一群人聚在"九十九顶毡房"吃烤全羊。

召集饭局,是苏卿重要的生活、工作内容,甘田说苏卿可以出本《饭局指南》了。她常态性的饭局大概有三个分组,一组就是甘田所在的"蓝颜知己单身闺蜜组",老赵通常不参加他们这个组;另外就是"金钱艺术组",主要是老赵的两个圈子,画家企业家,但苏卿这个女主人却是必不可少的;还有几对夫妻,几家逢年过节要聚一下,甘田称他们为"贤达伉俪组"。按照内在逻辑进行分组,对保证饭局谈话质量和愉悦气氛非常必要。"蓝颜知己单身闺蜜组",绝不会夹进来一个醉心于谈论儿子大小便的新晋妈妈;飘零京华、酒后不管谁的肩膀都能靠着落泪的女文青,也绝不会给"贤达伉俪组"的酒桌带去尴尬和不安。

苏卿的饭局兼具娱乐和实用功能,不少人在这儿办成了不少事儿。那晚第一次出现的艾冬,是有事儿才来的。艾冬所在的影视公司在做一个心理咨询师题材的剧,需要专家意见。苏卿一指甘田,现成的专家。艾冬和甘田互留联系方式的时候,苏卿已经开始讲孙媛媛最新的段子。

这个活在苏卿段子里的孙媛媛,甘田"认识"了也差不多十几年。虽然实际上从未谋面,却宛如熟人一般。苏卿学着孙媛媛如何逼一个留在宿舍里的男生回家过年的:没买到火车票——我给你买飞机票,回去看妈妈,妈妈一个人把你带大不容易。最后男生被逼急了,才说了实话,妈妈最近有了一个和那男生差不多年纪的同居男友,男生不想回去过这个尴尬年——你说她是不是"圣母"?

甘田笑了一下,无意间看见身边的艾冬神情冷漠地看着面前的一盘银鱼拌苦菊发呆。那晚,甘田对艾冬的第一印象是寡言,无趣——不知道这样的人做出的情景喜剧会是什么样——好在她不是编剧。

过年期间,艾冬和甘田在微信上聊过几次剧本。过完年,甘田按照她发的地址去了国贸附近,在满是玻璃幕墙的高楼中间,怀疑自己是不是找错了地方,给艾冬打电话,她让他坚定地按照定位走,最后在一家基金公司的顶楼,看到了她。

那天,艾冬接到他,没有寒暄,领着他快步穿过走廊,看也不看他,说了一番话:甘田的作用是衡量剧本设定中有没有"硬伤",同时提供一些"心理咨询师的日常"。她知道甘田不认同现在的有些设定,但编剧不会改的,所以关于剧情不必发表意见……甘田那一刻几乎扭头要走了。

编剧是两个九零后的大学生,小黑和小白。听着小黑嘎嘎笑着,说出男主的台词——心理咨询这行是告诉所有人"你有病,我能治",是介于传销与邪教之间的一种骗术,甘田又一次萌生站起来走人的冲动。

这部剧名为《心理分析师》的情景喜剧,大部分是段子垒起来的,但每集的情节设定有些心理悬疑的意思。甘田后来才发现,他当时对那种过于夸张的轻贱自己也轻贱别人的说话方式不习惯,当真了,其实剧情、人设都很温暖,属于"治愈系"喜剧。作为对甘田"忍辱负重"参与剧本修改的回报,网剧播出时,每集结束后都附有一段甘田的文字,深入浅出地对剧情中涉及的心理学概念和知识进行正解。此时作为总策划的艾冬,在甘田眼中的形象已经彻底改变了,她成熟,睿智,有趣,能很深入地谈话,言语间偶尔尖锐得让人不适,却泼得出收得住,一起共过事之后,会发现她待人做事其实很有分寸——甚至是善良,温厚的。

艾冬的寡言与无趣,原来只是在苏卿的饭局中。

艾冬后来再没去过苏卿的饭局,也从不在甘田面前谈论苏卿。苏卿见甘田时会故作不经意地问一两句与艾冬合作得如何——甘田莫名觉得苏卿似乎有些介意艾冬,究竟介意什么,却无从猜测。偶尔甘田会玩味着自己的发现,窄窄的缝隙里,藏着深不可测的渊薮……

甘田从未想过和艾冬会有更深入的交往。

甘田选择交往对象,首先充分尊重自己的生物性——所有物种都在基因驱策下依据本能好恶选择交配对象——甘田认为自己的标准真实自然清新脱俗。但人类的交往远不只交配那么简单,所以首要原则并不是唯一原则。从大学开始,接下来将近二十年的黄金岁月中,甘田只有过两三个算是较为稳定的女友,最长的一个维持了两年,甚至有那么几天,甘田还和她讨论过婚姻的可能性——那时甘田已经羞于去想什么"伟大爱情故事"了。但他是专业人士，知道潜意识的深渊里"风雷怒，鱼龙惨"，到底可能性也没变成现实性，两人还是一拍两散了。

那些年年岁岁来来去去的花，甘田自己也记不清了，只是感觉出现在他身边的女孩子出生年份越来越晚，直到在酒吧跟一堆来历不明的人迎接 2017 年的到来，一个半醉的女孩揪着他浅灰色毛衣的高领，凑到他脸跟前，笑说好喜欢他这样的"禁欲系老干部"，甘田挣扎着把在脖子上摩挲的小手拉下来，喝了口酒，压了压惊。等聊到女孩是千禧年出生的人之后，甘田决定站起来先撤，在回家的出租车上，检讨了一下自己三十七年的人生。

几天后艾冬请他参加庆功会——《心理分析师》第一季收官，成绩斐然。甘田到了才知道艾冬有意让他提前到了一会儿，补签该剧周边产品使用剧中甘田文字的合同——反正生米煮成熟饭了，产品已经卖了大半年了，钱呢，多少就这样，艾冬笑着把笔递过来，你就从了吧！

那笔钱的数额多少驱散了昨夜检讨人生后产生的虚无感，甘田那晚喝得有点儿多。也许是酒的关系，甘田跟坐在他身边的艾冬说了对"老干部"一词的不适，艾冬笑着看他，"今年'老干部'多火啊！人家是夸你呢！你扭脸看看四周这垂涎欲滴的嘴脸，我但凡一撒手，她们嗷的一声就扑上来了！"

"那你就别撒手！"甘田接这话，纯属习惯成自然。后来发生的事情，被酒精在记忆中剪辑成了蒙太奇——他在酒店房间里醒来，艾冬在床前穿衣服，扭脸看他，"好好睡——明天你要是能醒就去吃早餐，走的时候把房卡放前台就行。"

甘田等到房门关了，都没有完全反应过来。他睡意全无，跟跄着爬起来，警犬一样搜罗着房间——他在卫生间发现了物证，一些碎片性场景浮出来，多少让他感到一点庆幸和欣慰，没丢人就好……甘田喝掉半瓶矿泉水，回到床上呼呼大睡到次日中午。

甘田永远忘不了次日醒来，自己离开时的心情——不知道为什么有些灰溜溜的，说不出哪儿不对劲儿。他很少对自己的情绪有这种不确定感。这种感觉竟然若隐若现延续了一个月。艾冬和他之间唯一的联系，是春节时甘田发了个拜年问候，艾冬礼貌地回复了他：新春大吉，万事如意。

按照甘田的心性,那就算了。但年后苏卿的饭局上,那位"性别流动"的艺术家黑泉在讲人类存在五十六种性别分类时,甘田又想起了艾冬,略带刺探意味地对苏卿说:"你那位闺蜜艾冬,也是外雌内雄。"

苏卿认真地看着他,"这话怎么说?"

甘田从她的认真里,看到了一丝成分复杂的忌惮,故作淡然地说:"就是感觉。女人的强势,多少都带着恃宠而骄的气息,她没有。"

苏卿一笑,说:"我给你讲过艾冬的事儿,心大到漏风,神经比电缆还粗。"

苏卿段子里出现的人太多,如果不是孙媛媛那样多季播出的系列剧,甘田根本弄不清楚谁是谁,如风过耳,不会入心。幸好当日饭局里有新客,苏卿就又讲了一遍艾冬惊世骇俗的淡定离婚事件。艾冬发现在北京打工、借住在家里的表外甥女——女孩子的妈妈是艾冬的一位远房表姐——有了妊娠反应,问清楚肇事者之后,不声不响立刻跟老公办了离婚手续,搬了出去。

艾冬那位刚刚升任副部长的前夫,也是被幸福冲昏了头脑,在朋友圈发了孩子的百日照,点赞的还好,太多乌龙祝福,导致他几分钟之后删了这条朋友圈。也有热情过度、直接给艾冬发祝福微信的,自然没有回复。估计他也没想到艾冬保密工作做得这么好,只能给苏卿发了条微信,说明情况。

苏卿那时候才知道的真相,立刻打电话又急又气地冲艾冬叫喊:"这么大的事,你连我都不说?"苏卿是艾冬和前夫的"大媒",当然有资格发火,但艾冬淡定地告诉她,过去大半年的事儿了,别提了——她忙着在弄一个关于心理咨询师的情景喜剧,她问苏卿这个业余八段心理专家,有熟悉可靠的真专家介绍一个……苏卿那一刻惊得不知如何接话。

甘田知道,苏卿的认知自带滤镜和修图功能,壁虎通常会被她描述成五彩斑斓的变色龙,个别情况下还能启动 VR 功能,她会言之凿凿地告诉你,她看到的是恐龙。艾冬离婚,苏卿觉得应该是遭遇了一条新西兰大蜥蜴,但艾冬的反应却是躲开了一只蟑螂;苏卿冲上去要帮她包扎截肢后血淋淋的伤口,艾冬给她看的只是胳膊上被蚊子咬了个包……虽然明知道苏卿手握"仙女棒",随时可以让任何人或事"变大变小变漂亮",但这次苏卿描述的艾冬,却跟甘田自己的感觉颇为一致。

三

甘田本能地对自己与苏卿的认知"一致"产生了质疑，或者，是涌起了要命的好奇。他直接给艾冬发了条微信：周末有时间见吗？

艾冬回应得更直接，时间，地点，加上三个字：你来吧。

逸郡小区距离甘田的怡景公寓三十多公里，好在时间是下午四点，路上还算通畅，小区很安静，水里飘着红叶李星星点点的粉白花瓣，不知道为什么，甘田竟然有点儿忐忑——很久没有这种对未知的兴奋了。

开门的艾冬，穿了条藤蔓植物图案的长裙，厚重的金和妖冶的蓝，仿佛从光泽闪烁的黑缎子上凸出来，她赤着脚，午后的阳光在只拉开半幅的窗帘后兀自明亮，屋里便显得暗影重重，暖烘烘空气里有浓烈的香气，甘田在玄关脱鞋子的时候，她捂着嘴打哈欠，说午睡刚醒……

甘田站起身，把她推在墙上开始吻……不全是冲动，更多的是要摆脱正莫名其妙冒出来的紧张——艾冬就像在他怀里融化了一般，软得几乎要四散流淌，甘田有一瞬间感觉自己像只贪婪笨拙的熊在吸吮蜂蜜……她也像蜜一样有香气和甜味，有黏稠的质感，却无声无息，包裹缠陷得他动弹不得——这激起了他带着几分怒气的好胜，以完全失控的力度，从她喉咙里逼出低低的一声呻吟……

甘田发现怀里的艾冬完全成了另一个人，那种让他无措的娇，想疼惜呵护又想暴虐摧残……更让他头昏的是她的羞，真实而复杂的羞，甘田甚至有些无法理解。窗帘在房间里制造了黑夜，她依然紧闭着双眼，甘田捧着她的脸，用力阻止她扭开，他能感觉到在他掌心里滚烫的脸颊，急促的呼吸……他松开了手，她就缩到被子里面去了，像潜进水底一样，甘田只能跟着潜进去，再次捉住她……

甘田很久没有这种沉溺的感觉，没什么力量能让他从那张床上起来——甚至饥饿，还是艾冬听到了他饥肠辘辘的声响，嗤地低笑了一声，欠身起来，说去洗澡吧。甘田洗完澡出来，擦着头发走到亮着灯的餐厅，闻到了食物的香味。

艾冬显然梳洗过了，换了件珊瑚色的过膝薄毛衫，依然光着腿，穿着双宝蓝色绣花布拖。甘田额头微微有汗，就问，"你这儿暖气还没停？"

艾冬端了一个砂锅出来，说："冷了不舒服，开了空调——"她放下砂锅去调空调的温度,甘田看着餐桌感慨,"这是变出来的吧?"

艾冬回头一笑,说:"我有家养小精灵。"

那个瞬间,艾冬像被某种神奇的光照亮了一样,没有一样可堪称道的五官放在一起,如此生动迷人……她那份羞又来了,抬手撩了一下刚垂到锁骨的短发,一声不吭地先坐下了。

甘田从艾冬那始终不会彻底拉开窗帘的家里离开时,感觉自己像《聊斋》故事里山中遇仙黎明登程的书生,忍不住会疑惑自己的经历是个梦……

艾冬在甘田眼中再次上演"变形记",基于今年夏天的一次"意外"。

甘田说起苏卿从"截肢"到"蚊子包"描述,他是当笑话讲的。艾冬当时还笑了笑,说苏卿就是心理学上的"民科",曾经非要给艾冬做什么"家庭关系排列",听她聊心理治疗,本身就是心理创伤。不过苏卿也是中了你们的毒——她顿了一下,矛头从苏卿转向了甘田——广泛传播这种碎片化的专业知识,缺乏相应的界定条件,用她母亲的话说,磕一个头放三个屁,行善没有作恶多。

甘田傻乎乎地反驳——传播专业知识,是让大众有健康意识,治疗当然还是需要专业医生的,多简单的道理,小学生都懂吧?

艾冬回了句,"有病不治,常得中医"。

甘田知道,再争下去那就是真傻了,他抱了抱艾冬,告辞走了。

甘田离开时,浑然不觉有什么问题。事后回想,他抱艾冬时应该能感觉到,她的身体已经变得冷且硬了。

那时候他们不像后来那样日日联系,三天没有艾冬的消息,他有些牵挂,想约她一起过周末,微信电话都没回应,到了晚上,甘田开始觉得不安,猛然想起一个细节:几乎从不做饭的甘田,在艾冬家过于热心去帮厨,划破手找创可贴,拉开厅柜抽屉,看到过一个蓝白相间满是暗红字母的药盒,当时就觉得眼熟——那是法国产的"fluoxetine hydrochloride"……艾冬家就她一个人,不可能是别人的药!剧里对心理咨询各种半真半假的戏谑和嘲讽——她也许曾经寻求过专业帮助和治疗,甘田作为业内人士,不难判断她大概率会遇上什么,上医罕见,下医遍地,所以才会有那句:有病不治,常得中医……

甘田冲到了艾冬家,把门砸得四邻皆惊,物业和保安都来劝他可能

-270-

人不在家，甘田只能拿出医生身份吓唬人了。有家邻居是攀岩爱好者，拿出了专业绳索和防护，甘田从楼上正对那家的阳台，拿着同时借来的哑铃，坠到艾冬家的阳台，砸碎玻璃，撕开纱窗，进到屋里，闷热的房间里，发现了已经昏迷的艾冬……

艾冬被送到医院的时候，血压血糖都低过了临界值，脱水，电解质紊乱，心跳呼吸微弱——甘田身上绳索装备还在，匆匆赶来的医生看了护士拿过来的报告，就问他是野外遇险吧，这么热的天，失联几天找到的……

艾冬苏醒后，说自己失眠了一晚上，第二天躺着想睡，还是没睡着，就吃了几片阿普唑仑，只几片，空调定时，想好好睡一觉，不知道躺了多久，一直迷迷糊糊的，再后来就不知道了……

她轻描淡写地把一次精神崩溃说成无心无知造成的意外——在过去的四天三夜里，除了送那几片药时喝了口水，她什么都没吃没喝……

艾冬不住向甘田道歉、道谢，甘田阻止她，说："别说了……"

艾冬说："好——对不起……"

甘田一下哭了，他把脸埋在病床边——原来心疼一个人的时候，胸腔里真的会有鼓胀起来的痛感。

艾冬低声说："别这样，别这样……"

两个人很快都平稳了情绪，沉默起来。甘田的手机响了，两人同时激灵一下，甘田忙说："刚才，你在里面，我有些怕，又不知道要通知谁，你亲近的人，我知道的只有苏卿，但你反复交代过不让她知道……我给赵哥打了个电话！"

艾冬显然松了口气，甘田的手机还在响，老赵的声音已经在急诊观察室外响了起来，艾冬示意甘田，甘田应了声，老赵应声进来了，一头汗，"怎么回事啊，艾冬！"

艾冬笑了一下，"没事儿了，赵哥。麻烦你跑——"

老赵文不对题地接话，"我没跟苏卿说，她'腻心倒向，倒撒里西'……"

老赵的家乡话完全是外语一般，他常用这两个词说苏卿，因为很难在普通话里找到合适的语汇描述苏卿那种极端自恋且毫无逻辑的敏感、烦人与傻气。甘田笑笑，艾冬也笑笑，老赵看看他俩，嘿嘿嘿地笑出了声。

那次"意外"之后，艾冬在甘田心里变得有些"特殊"，他也没办法辨析清楚这份"特殊"到底是什么，只是不知不觉，两个人在一起的日子越来越多，不在一起的日子，三餐少问一次，那顿饭就跟没吃一样。而这四五个月，他推了三次苏卿的饭局，自然也就没见过苏卿，直到今天在派出所，苏卿抱着孩子，头一个想起来的是拍照片发给艾冬——甘田忽然很挂念艾冬。

艾冬家里扑面而来暖且香的空气，拍打掉了甘田的一身寒气。

他脱下短靴，站在暖烘烘的脚垫上，拉开冰凉的羽绒服。艾冬穿了身有着雪白兔毛镶边儿的浅灰色珊瑚绒裤袇，让她看上去像只毛茸茸的兔子，她的手藏在长长的袖子里，站在几步之外，指着地上的棉拖，看着甘田笑。甘田踩进拖鞋里，伸手把她拉进怀里，用牙拽下手套，凉凉的手指捏她脸，她躲不开，就把脸藏进了甘田的怀里。艾冬平素妆都很薄，但今天她略微浮肿的眼皮上，涂了绯色眼影，可还是没遮住哭过的痕迹，甘田问，"怎么了？"

艾冬没有回答，反而问他，"你，今天，很不好过吧？"

甘田愣了一下，艾冬从他怀里溜走了，进了厨房，在里面问他："薏仁粥只剩一碗了，给你做面条吧？把黄鱼蒸了还是吃糟带鱼？有酱牛肉，对了，腌渍的海瓜子还有，上次你说味道很好……"

甘田挂好羽绒服，走进厨房，从背后抱住了艾冬，艾冬又垂下了头，甘田在她纤细低垂的脖颈上轻轻吻了一下，艾冬躲闪着，"这么冷，跑这么远……"

甘田说："那给我吃点儿好的！"

艾冬笑着挣脱，去开冰箱门，"都是剩菜——没有好的，你那么晚才说，我也来不及出门……"甘田伸手把冰箱门合上了，"你的家养小精灵呢？"

艾冬的额头抵着他的下巴，低声说："我把它们解放了。"

甘田搂住了她，把脸靠在她肩上，叹了口气。艾冬的手到了他的背上，温存地抚摸着，甘田借着这双手的力量，缓缓吐出了一路吸进去的冰冷污浊的空气。

餐桌上的玻璃花缸里，大捧雪一样的满天星，围着一打粉色重瓣康乃馨。

甘田把花挪到一边,铺上餐垫。去酒柜里找酒的工夫,艾冬已经把菜端了过来。两只青瓷荷叶盘,一盘码着刀工颇佳的酱牛肉,一簇雪白的葱丝,几滴麻油,一盘糟带鱼,透明的玻璃碗里是腌渍的海瓜子,另外一大盘洗净的生菜,给他的是一碗热气腾腾的西红柿鸡蛋面,自己的是一小盅薏仁粥。

甘田找出了瓶"灰雁",艾冬起身拿了只大号洛杯,丢进去几块冰,递给甘田,说:"你自己喝吧,先吃口热——"她的话没说完,甘田已经灌了一大口伏特加下去,冰凉,滚烫……艾冬不说话了,看着甘田,甘田立刻放下酒杯,大口吃起了面条,又是烫又是吹,哧哧哈哈,吃得山呼海啸,终于把艾冬逗笑了。

那笑容稍纵即逝,甘田也无气力再表演了,他又倒了杯酒,慢慢喝,目光挪到了满天星上。艾冬说:"孙媛媛,今天来了。"

孙媛媛和她的花,是这两年艾冬生活中无法解释的奇特存在。孙媛媛抱着花出现在艾冬面前时,开口叫师姐——从年龄上"姐"还能解释,这个"师"就不知从何说起了。艾冬是影视所的博士,孙媛媛是美学所的硕士,而且两人读艺术学院的时间没有交集,孙媛媛毕业两三年后,艾冬才入学。八竿子打不着的一般校友,只在苏卿的饭局上见过几面,没有任何交往,这两年却情深意长地年节生日给艾冬送花——情人节送红玫瑰附赠巧克力,三八节送意大利雏菊附赠香水,中秋节送马蹄莲附赠活螃蟹,生日送洋牡丹附赠水果蛋糕,春节送郁金香附赠冻带鱼……

甘田知道孙媛媛和她的花,是"七夕"过后,他到艾冬那儿,看到餐桌上的花瓶里放着一大束粉色的绣绣花。甘田笑说:"哦,不喜欢鲜切花,从不过这些莫名其妙的节,看来只是跟我说的。"

艾冬就跟他解释,她说话时手指碰了碰绣球的花瓣,很快缩了回去,说真不懂孙媛媛是怎么想的……艾冬的小动作,一下让甘田生出了警惕之心。他在大脑里启动了搜索引擎,当然,他所能搜索的资料库,全是苏卿的段子。

第一条当然是那个"不便回答姐"的名号。

当年美学所副所长崔亮闹婚变,据说"小三儿"是刚进校门的新生,苏卿刚留校,单身宿舍就在女寝一楼,按捺不住八卦之心,在宿舍楼里乱窜,跟各专业新生套近乎,可巧正问到本尊,孙媛媛说,"你这个问题,我不便回答。"

苏卿大囧亦大乐,独乐乐不如众乐乐,怀揣兴奋、震撼逢人便讲,苏卿对自己的原创经典珍爱异常,至今在饭局上若有新人入局,必会拿出来讲这一保留段子,因反复加工越发纯熟,每次包袱抖开依然响亮。

向下拉,甘田发现条目竟然那么长。

孙媛媛顶着绯闻进校门,院领导做她思想工作时"舌战群儒"——说她是崔亮婚姻破裂的结果,不是他们婚姻破裂的原因,崔亮分居六年,婚姻早就名存实亡,女方完全是因为自私和贪婪才无理取闹,"小三儿"做得理直气壮,寸步不让,不畏繁难地找到诸多女方疑似出轨的证据,对簿公堂时陪着崔亮上法庭;法庭不管这些破事儿,判决离婚,财产一分为二——判决书涉及财产分割部分让人叹为观止,从房子汽车存款大额保单到榨汁机饮水机吸尘器蓝牙耳机……孙媛媛执行的"一分为二"不只是比喻性质的,还有操作层面的,据说崔亮搬家那天,人们看到了很多被开膛破肚腰斩残肢的家电家具;在哪儿跌倒一定要回到原地爬起来,当年被免职的崔亮调离了,她也毕业了,可两口子一前一后都要杀回来,崔亮回来当科研处处长还能理解,2012年艺术学院研究生院面向社会公开招聘中层,孙媛媛放弃企业高薪,回来竞聘成了学生处副处长。各种变态晒娃,一直晒到电视节目上去,她那有着"最强大脑"的儿子,不是超人,是"雨人"……

虽然从苏卿嘴里几乎听不到同性的好话,但对于这个比她小七八岁、现在成了她直接领导的孙媛媛,苏卿话里话外的厌恶与反感简直无以复加。苏卿嘴上是必不肯承认的——承认似乎都是抬举了孙媛媛。然而孙媛媛夫妇却在返回艺术学院之后,成为了苏卿饭局"贤达伉俪组"的常驻嘉宾。甘田此前没有多想,看见那捧花,他猛然意识到,此前艾冬毫无悬念也该是隶属于其中的一对伉俪。艾冬描述和孙媛媛的关系时,有意无意忽略了一个必然在场的关联人物——她的前夫。艾冬离婚后,饭局里肯定跟着新人换旧人,而孙媛媛送花也是从那时开始的。

艾冬并不舒服,说像是有人把手伸进了自己的内衣,可她却没有拒绝——人家也是好意,大老远跑来,能给她吃个闭门羹么……就是几朵花,又不是炸弹。

这些都是借口,甘田知道,她要么不能拒绝,要么不想拒绝,但不管不能还是不想,这几朵和她的过于有着深度纠缠的花,对于艾冬,说不定真就是炸弹。

那天他离开的时候,伸手把那束绣球塞进了垃圾袋,带走了。中秋节的花也是如此处理,艾冬都没说什么。

甘田盯着那捧花,喝了口酒,"她不是逢年过节才来吗?"

艾冬说,"她今天来,说了老赵、曹小倩和孩子……"

按照孙媛媛的说法,她对曹小倩有着特殊的责任。

新生入学后不久,曹小倩向她求助。学艺术很花钱,家里供不起,小倩就自己挣钱,做过一些不好的事情。她考上了硕士,离开了那个地方,以前有人拍过她一些东西,现在有陌生人用来勒索她,要她在北京继续做——她感觉自己只有死路一条。同寝室的学姐看她哭得惨,又什么都不说,就说学生处的孙老师人特别好,帮过不少学生,你去找她试试?

孙媛媛听完,又是愤怒,又是感动。无助女生绝望前伸出的信任之手,她一定要牢牢抓住。孙媛媛让曹小倩放心,学校这边不会有问题,但这件事必须报警。孙媛媛后来从警察那里获知,因为现在人员流动性大,那些"皮条客们"也利用社交工具建立了转让分享"资源信息"的交易网络。虽然不知道警方联合办案的最终结果如何,但曹小倩停用了此前所有的社交账号、更换了新的手机号和邮箱号,纠缠也就停止了。孙媛媛替她在研究生院安排了勤工俭学的工作,上学期平安过完。孙媛媛陪父母在海南过春节,过完十五才回来上班,曹小倩的休学手续已经办完了。

孙媛媛本能地觉得不对,虽然医院证明、班主任、系领导签字都没问题,但因为是曹小倩……孙媛媛打了曹小倩的电话,电话那边的曹小倩一切正常,说在老家养病,请孙老师放心。孙老师还是不放心。此后曹小倩倒是很懂事,定期给她发微信,说自己治疗的情况,还拍自己的画给她看,说如何急着回学校……孙老师才渐渐真的放心了。

今天看见来学校办手续的曹小倩,孙媛媛满心欢喜地拉她去办公室,她局促不安不肯脱鸭绒袄——孙媛媛立刻觉得不对劲,她闻到了哺乳期妇女身上遮掩不住的味道。小倩只给孩子喂了几周奶——照顾她的肖阿姨劝她的,不喂乳房会憋发炎的,满月后她就在网上查了各种靠谱不靠谱的办法回奶,折腾了半天还是无法阻止人类作为哺乳动物进化出来的生物本能……瞒不住了，曹小倩就哭着说了是老赵要她生的这个孩子。

孙媛媛肺都要气炸了——有钱就能不拿人当人吗？毕竟老赵不是胁迫女大学生卖淫的犯罪分子，孙媛媛虽然义愤填膺，到底也没有直接冲到派出所，当场揭穿道貌岸然伤天害理的老赵，闹个天塌地陷。怒归怒，方法还是要考虑，让曹小倩给老赵打电话，先要回孩子，其余的事情，她来处理。

孙媛媛坚定地认为，苏卿和老赵收养这个孩子，是最坏的选择。最好的选择是小倩不抛弃孩子，已经错了，就不能一错再错——当然，这对小倩的要求有些高，但孙媛媛愿意鼎力相帮——她可以代为抚养这个孩子，以后等小倩自立了，想要孩子就接回去……如果非要送养，也应该寻找更合适的家庭，总之不能把孩子放在品性不好、不负责任、甚至可能伤害孩子的人手里——苏卿一旦知道老赵与曹小倩的关系，根本无法善待孩子——天下哪有不透风的墙啊……

这是孙媛媛的原话——艾冬复述的过程中，强调了几次。

艾冬情绪还算平稳，说着话，还慢慢喝完了那盅薏仁粥，甘田就问，"曹小倩明确说了，这孩子是老赵的？"

艾冬愣了，"孩子不是老赵的？"

甘田叹了口气，"很可能不是——我也闹不清。孙媛媛来找你干什么？"

"曹小倩打电话的时候，老赵和苏卿已经在派出所争孩子啦，老赵说明天跟曹小倩见面说。孙媛媛说她气得要死，曹小倩哭得可怜，保证明天去把孩子抱回来，也不能太逼她，想想能说这事的人，只有师姐——她就跑来了……"艾冬嘴角噙着点儿笑，说着，两行泪却流下来，甘田吓了一跳，忙绕过桌子，搂着艾冬，艾冬自己也意识到了，抽了张纸巾，擦了泪，"我这是怎么了？"

甘田没有说，只是轻轻地摩挲着艾冬的后背，艾冬靠着甘田，看着桌上的花，"孙媛媛这花，带着典故的，她给我解释，康乃馨是母亲节给妈妈的花，满天星在英文中有个别名，叫'baby' breath（婴儿的呼吸）……"

四

有过一个婴儿，在艾冬的身体里，停止了呼吸。

甘田不止一次听苏卿描述曾经陪一位女朋友做引产——妊娠七个月，意外摔倒，胎死腹中。带着表演基因出生的苏卿，比比划划怎么都无法充分表达目睹那一过程带给她的震撼，最后由衷恐惧地摇头说，坚决不生孩子——太可怕了，太可怕了！

甘田现在知道，那个朋友就是艾冬。七年前，北京那年十一月初下大雪，雪大到压断了树枝，艾冬摔倒在自己家楼下……为什么要下楼呢？

是啊，为什么要下楼呢？艾冬回声似的重复了一句，艾冬的表情凝固了，刚溢出眼眶的那滴泪挂在了睫毛上，都没有往下掉……那一刻的安静，像绷紧的琴弦，甘田紧张无措地等着，不知道下一秒是铿然一响，还是啪地断掉……他的紧张却落在了空地里，艾冬睫毛抖动，那滴泪落到了腮边，艾冬抹了一下，一笑，不说这些了，你喝酒……

甘田又灌下去一杯酒，腾然而起的却是一阵羞愧。刚才追问的那一句，实在是蠢得不可理喻。说来奇怪，和艾冬在一起的时候，那个作为职业心理咨询师的甘田总不在场。没出那件"意外"之前，他还傻不愣登地问过艾冬，怎么会那么淡定和大度地离婚？

艾冬回答：你们发明了那么多说法，"丧偶式婚姻""亲密关系无能""婚姻到深处，看见的全是自己"……你是专家呀，还问什么？想知道具体细节？

那件"意外"之后，艾冬依然什么都没说。甘田知道，要是没有合适的契机，问了，多半还是会被"自己的话"噎回去。

今天明明是个契机，可甘田用一句追问错失了。

积攒了一天的不良情绪，经过酒精的加温，蒸腾成云，遇上挫败感这股冷空气，也就化作了泪雨纷纷。甘田小时候爱哭，这让研究基础物理的父亲和研究语言学的母亲感到既困惑又好笑——如此严谨理性的两个人，怎么生了这么个宝贝？在医院抱错了吧？甘田长大后自然很少哭了。他不知道自己在艾冬面前是怎么回事——哭两回了。

一晚上都哭了的两个人，在对方的怀抱中完成了对自己的安慰。

艾冬裹着浴袍、包着粉色干发帽从浴室出来，坐在梳妆台前，拧开一个深绿的瓶倒了些水拍在脸上,扭头看到依在卧室门边的甘田,她伸手扯下干发帽,甩了甩短发,双手上下翻飞朝脸和脖子抹着各种东西,同时说:"快两点了,睡吧,可怜巴巴地站着干什么?"

甘田走过去,故意用小孩要糖吃的口吻说:"一起睡。"

艾冬如祈祷般双手合十,让面霜在掌心的温度下微微融化,从镜子里看着赖在她肩头的甘田说,"睡不好的——乖啦!"

这是他们之间说晚安的方式。

甘田知道,艾冬说过,身边有人就无法入睡;但甘田还知道,如果他习惯成自然,完事儿之后自己洗洗睡了,她同样会无法入睡——虽然艾冬没有说。

甘田快快转身去了另一间卧室,开着房门,能听到艾冬在用吹风机吹头发。空气里有了薰衣草的香味——那是她滴进加湿器里去的精油味道⋯⋯最后,从她开着的卧室门里透出来的那块光影也消失了⋯⋯

甘田被艾冬的哭喊惊醒了。

他忽地坐起来,还以为是自己做梦,直到清晰地听到了艾冬在哭喊"妈妈",他跳下床,跑进了主卧,打开台灯,艾冬剧烈地扭动着身体,好像身上捆着绳索,哭喊着,枕上一片湿——汹涌的眼泪从梦境穿透到了真实世界。

甘田没有立刻叫醒艾冬,而是抱住了她,哄孩子似的轻声应着,摩挲着她的后背,艾冬的身体扭动渐渐停止,她在他怀里醒过来了——她没有动,眼泪还在流,但僵直的身体在甘田的怀抱里软下来⋯⋯

艾冬慢慢滑下去了,想挣脱甘田的胳膊,甘田却没放开,左手从身后拉过枕头,换了那个被泪水洇湿的枕头,艾冬躺下,立刻扭头把脸埋在枕头里。甘田起来,拉了一点窗帘,天已经亮了,浊浊的白色里投进了看不见的光线,开始退让给越来越澄澈的蓝⋯⋯

甘田唰地拉开窗帘,关了灯,室内反而暗了下来,甘田回到床上,靠床头坐着,看枕上的艾冬,她仿佛感觉到了那目光,从枕头转过脸,仰视着他,"有一次,晚上跟妈妈睡,我迷迷糊糊的,睁眼看见妈妈就这样坐着,正低头看我,心里觉得好幸福⋯⋯"

甘田伸手摸摸艾冬的脸,有点儿烫,艾冬从被子里伸出手来,拉住了甘田的手,慢慢地跟他讲了刚才的梦。

梦里的艾冬是个弃婴，捆在枣红碎花的襁褓里，被一个陌生女人抱在怀里，身后不远处的楼上，是熊熊燃烧的大火，巨大的火舌舔到了楼上阳台的玻璃，玻璃炸裂，有人正从楼上掉下来……不远处就是艾冬家的院子，强盗正在翻墙，他们手里的刀寒光闪闪，父亲母亲都在熟睡之中……艾冬能看到一切，却无能为力，她焦急，愤怒，悲哀……但只能哭，叫喊无法达意的咿呀……

藉由这个梦，记忆深处的一些事情浮了上来。艾冬说，二十年前，有个弃婴被放在曲剧团的大门口。

艾冬并没有亲眼看到那个弃婴，只是远远看到了那个枣红碎花小棉被裹成的襁褓，从一个看热闹的人手里，传到另一个人手里。

艾冬记忆里，有两件同时期发生的事，还有尚未撕掉的时间标签。

1996年12月的某一夜，她被巨大的爆裂声惊醒，冲天的火光映红了她的窗户，艾冬伸头出去看，曲剧团职工宿舍楼的西北角朝天烧着一大团火。次日上班的路上，看到三楼敞着一个黑洞，四楼五楼的墙体上留着火舌舔过的焦黑痕迹，救火车离开了，警车停在河堤上。失火的三楼房间里，还有一对男女烧焦的尸体……1997年1月1日那夜，有贼翻墙进入了艾冬家的院子，钳断了院子大门的锁，偷走了锁在车棚小屋里的一辆摩托车和两辆自行车……

曲剧团宿舍楼的双尸案，最后定性为婚外情引发的相约自杀，两人吃了安眠药，打开了煤气罐，不知从何而来的一点儿火星儿，引发了殃及邻人的大火；而艾冬家的盗窃案，警察再也没给他们任何解释。

弃婴的事，发生在这两件事之间还是发生在家中进贼之后，艾冬记不大清楚了。反正那个寒意凛凛的冬日清晨，艾冬远远地看着"大白瓢"接过了那个枣红碎花的襁褓，抱着，拍着，大腔大嗓地喊："……多齐整的孩子，恁看看……"

"大白瓢"，是母亲口中那个女人的绰号——母亲也是听来。在比邻而居的人们还互相知道名字的时代，几乎每条街上都会有个特别的女人，至少艾冬居住过的那些地方是这样，她们顶着艾冬不明就里却又能准确领会其所指的绰号，譬如"小寡妇""黑牡丹""大白瓢"……

"大白瓢"就是——苏卿的母亲。

艾冬似乎有些碍口，说得有些艰难。其实，甘田早就知道。甘田第一次从苏卿嘴里听到她母亲这个谐音相当不堪的绰号，惊讶之后，就是心疼和难过——很容易想象苏卿会有怎样的童年与成长。

甘田的沉默,似乎造成了艾冬犹疑——不知道该讲下去,还是就此打住。甘田此刻也不知道应该让她讲下去,还是就此打住——他把艾冬的手拉起来,放在自己的胸口上——他也不知道自己这么做,究竟想表达什么意思。

艾冬讲下去了。

艾冬是独生女,又很听话,自小被父母娇惯,唯一一次挨打,是高一暑假,跟着苏卿去了一次歌厅。母亲气疯了,拿着鸡毛掸子打的,本来躲在房间里的父亲听着不对,出来拉开妻子,抱着女儿去了医院。艾冬养伤的那段日子,都和母亲一起睡——她睁开眼睛,看到母亲靠床头在看她,这记忆,幸福伴着痛楚。

开学就是高二了,母亲不准艾冬再和苏卿混在一起,苏卿来叫艾冬上学,艾冬母亲直截了当地让她不要再来找艾冬。苏卿只是不再去艾冬家,但在学校还是照常找艾冬,艾冬会犹豫,苏卿坚持,艾冬就屈从了,跟着她一起上厕所买零食去操场上看男生踢球。晚自习后,常有些已经不上学混社会的十七八岁的小痞子,在学校门口等苏卿,艾冬跟苏卿一起出校门,苏卿过去跟他们说话,艾冬赶快骑车回家。可有一天有个小痞子过来抓住艾冬的车把不让走,让她跟他们一块儿玩,苏卿就站在旁边笑。

艾冬跟他们僵持了很久,最后抓起书包,丢了自行车,转身就跑。看她没有按时到家,父亲骑车来找她,艾冬看见父亲一下就哭了。父亲找过去,苏卿和那群小痞子就跑了,艾冬的自行车倒在地上。自此,父亲每晚都来接她。

按照艾冬母亲的预言,苏卿就该一路堕落下去,悲惨不幸才合情合理。然而自己女儿本科只考上了省内的大学,而苏卿不仅考上了人人羡慕的北京舞蹈学院,竟然比自己的女儿更早读硕士读博士,甚至更早结婚,这还有天理吗?

直到苏卿在艾冬读博士之后,为她介绍了一个让艾冬母亲满意到喜出望外的女婿,愤愤不平的抱怨才在艾冬耳边消失了。原本睡到半夜会焦虑得一下坐起的母亲,平和了下来。艾冬怀孕后,母亲终于有了扬眉吐气的感觉——毕竟苏卿没有孩子。艾冬怀孕四个月,母亲摩拳擦掌跑过来照顾女儿，到北京的第二天，就因车祸去世了。母亲去世后三个月，艾冬摔倒流产。

艾冬摔倒是因为下楼拿牛奶。但她不是一定要去拿那盒牛奶，当她穿羽绒大衣时，还是她丈夫的那个人在家，问了她一声干什么去？她说下楼拿牛奶。他没再说话。如果她当时对他说，你去把牛奶拿上来，他也会去的。

但艾冬没有说。她说，他都应，只是不会立刻行动，通常三到五遍之后，才会磨磨蹭蹭地起身去做。艾冬发过脾气，气哭过，两个人冷战长达数日。可这终究是小到不能再小的事，难道因为这样的小事离婚吗？母亲那天就是看到女儿说了三遍之后，女婿说好好好，就是坐着不动，自己才要出门去买菜。艾冬拉住母亲，说他会去的，母亲说谁去都一样。不熟悉路的母亲拐错了几个路口后，被车撞倒颅内出血，去世了。

母亲去世后，艾冬再也不说他了。那天她下楼时，在电梯里想到了自己会摔倒，会失去肚子里的孩子，甚至和孩子一起死去——母亲说一定要结婚有孩子，因为这样在父母离开后，你才有自己的亲人啊……她哭了。如果不是泪眼模糊，也许她不会看不到防滑垫的边缘离台阶的边缘还有一段距离。她真的摔倒了，那栋楼在她眼前倾斜了一下，她被丢进了一个黑匣子，啪地一下盖子被合上，明亮的天空就消失了。

她生了一回孩子，但孩子的死亡早于出生。

没人知道她是如何度过接下来的几年，包括她自己——不动声色地在那个黑匣子里待着，不惊慌不喊叫，瞪大眼睛，虽然什么都看不到。第二年，父亲查出了肿瘤，艾冬把父亲接到北京治疗，她在医院附近租了间房，那时候她就很少回家了。照顾父亲的那两年，艾冬雇了两个护工，还是累得在医院昏倒摔断了门牙，但其实还好过，真正难过的是送走父亲之后，必须回家。

她从那时候开始服药，这是心理医生所能给她的全部帮助。医生和药物至少让她行动如常，只是经常感到呼吸困难。那位远房表姐家的女儿出现了，艾冬非常热情地把她留在了家里。有个外人，艾冬在家时会觉得呼吸自如一点儿。她对那女孩非常好，还带着她去了苏卿的饭局。苏卿曾提醒过她，那是个年轻女人，不是个孩子。艾冬没有接茬儿。于是，两三年之后，苏卿预言的事情发生了。

艾冬知道这件事会发生，甚至祈祷过它的发生。

艾冬流产之后，他们的夫妻生活基本就没有了。不是他的原因，撕裂的疼痛甚至出血，惩罚着艾冬的不诚实。他虽然沮丧，但还是平静地接受了，从来不曾抱怨。他是学者，稳重，踏实，正派，自律，专业能力过硬，仕途顺利，除了上班，开会，参加严格选择过的社交聚会，他都待在家里，在书房或者客厅里，捧着一个过时很久的苹果平板打一个过时很久的游戏：植物大战僵尸。

艾冬也是那时候离开的电影出版社，去了现在这家影视公司。她不需要坐班，看本子、大纲或者写策划案时，她就跑到亦庄这套房子里来工作。这是艾冬原本为父母买的房子，现在，成了她一个人的家。

艾冬与苏卿果真是缘分深厚——冤孽纠缠的缘分。

甘田忽然想起苏卿给他含糊其辞地讲过一个人，这个人总能让她觉得自己不好，其实那个人什么都不如她，甚至还很不幸，不知道为什么，就是让她感觉自己不好——是不是很病态？

甘田当时很职业地回答说，那人一定拥有什么你没有却很想要的东西。

这一刻，甘田猜想，苏卿说的那个人，应该是艾冬。

甘田俯身抱住了艾冬，艾冬欠身迎着他，他揽着她坐起来，艾冬靠在他胸口，感慨地说了句："你说得对，果然什么都不会忘。"

甘田经常在巡回讲座中说这段话：你经历的一切都不会被真正遗忘，都堆在你的生命里，堆成记忆，堆成行为模式，堆成潜意识，堆成集体无意识，堆成阿赖耶识……它们需要被你看见，因为它们实实在在对你的每一个当下，发生着作用。更为神奇的是，当你凝视它们的时候，它们的形状、颜色是会改变的，它们改变，你的自我也会跟着改变，所以，你可以修改自己的命运，不只改变未来发生的事，甚至还能改变已经发生的事情……

艾冬看他讲座录像时笑着摇头感叹，与其说甘田是个成功的心理咨询师，不如说是个成功的文字工作者。这话比"江湖骗子"柔和、好听一些，但意思还是一样。甘田有一种被欺负了的憋屈——真的生气了，反而不会去反驳、斗嘴，甘田当时半天没有说话。

这段话当然是在为下面的广告做铺垫——心理咨询就是帮助你看见自己，从而改变命运。这话的确和那些到处流散的"鸡汤文"差不多，但甘田知道自己在说一种很深很深的东西——他隔着重重叠叠别人的生命经验，靠着有限的悟性，隐隐约约触碰到了一点点，但他知道那东西真实存在，玄妙无比，力量强大，只是他无法言说，说出来，就成了这个样子，像用漏勺舀水，真东西都流光了，只剩下湿漉漉的徒劳与误解。

甘田心里升起了一阵焦灼，为自己此刻的无能为力。艾冬借着她的梦里，看见了那个属于"过去"的异质世界，时间的速度不同，空间的重力不同——如果她发现，在那里让人生生死死的东西，如铜墙铁壁般的坚固不可摧毁东西，已经烟云般消散了，那么她的每个当下，也会随之消散……

他感到自己怀里一下空了——他的胳膊疲惫、无力，像搂着一团随时会散开的云，不敢松开，也不敢箍紧……

艾冬停顿了半天，又说："你说得对，但却又不是你说的那个样子。"

她又是长久的沉默。甘田听到这句话，浑身一凛，这时他才感觉到好像有一股流动的力量，从她身体里缓缓地渗透出来。甘田已经麻木僵直的胳膊，最初只是觉得那蓬"云"开始有了重量，下意识胳膊会用力，去承接那份重量——她也许正在经历自己曾经千百次描述却从未真正遇到的那种时刻——所谓的看见与改变……他任由那股力量施加到自己身上，渐渐地，他感到了她柔软而有弹性的血肉之躯，又回到了自己怀里……

窗外的蓝天澄澈明亮，冬日的银杏树在大风里挥舞着几近赤裸的枝条，最后几片枯叶也被甩在了风里，翩跹飞舞着，远远地离开了，一束阳光斜斜地落在床头，甘田低头看着艾冬，她闭着眼睛，额头绒绒的碎发在阳光里是金色的，没有脂粉的脸是洁净的米黄色——薄粥淡饭般平和，温暖，可亲……

五

甘田和艾冬的温馨周末，还是被苏卿和老赵打扰了。

虽然醒得早，却起得迟，两人的早午饭就合二为一了。艾冬订的"新农家"的菜，每周六送到，艾冬在厨房收拾，甘田从冰箱里找了片面包塞进嘴里，一边嚼一边顺手点开了朋友圈，刷了一下，看见苏卿连发的两条，呆了。

苏卿显然被那个婴儿唤起了所有关于母亲与孩子的诗意想象,她或怀抱婴儿,或俯身摇篮,各种姿势的柔光美照,九宫格排列,接连两发,配图文字是泰戈尔的《仿佛》:"我不记得我的母亲,但是在初秋的早晨,合欢花香在空气中浮动,庙殿里晨祷的馨香,仿佛向我吹来母亲的气息……"另一段文字是林徽因的《你是人间的四月天》:"你是天真,庄严,你是夜夜的月圆……你是一树一树的花开,是燕在梁间呢喃,——你是爱,是暖,是希望,你是人间的四月天!"

苏卿十几分钟前发的,那颗空的小小心形后面密密麻麻两三排名号中,还有老赵的微信名"爱卿",甘田把手机递到艾冬眼前,说:"我真要给这两口子跪了,什么情况?老赵搞定了?"

艾冬扫了一眼他的手机,继续收拾箱子里的菜了。"配菜的这小姑娘越来越有心了,今天送来的有马蹄,冬笋,还有这个——"艾冬举着一只巨大的荔浦芋头,"给你做芋头蒸排骨吧。"

甘田应了一声"好",收回手机,低头点开一张照片,苏卿身穿米色玫瑰轧花缀满白色蕾丝的家居服,怀抱粉蓝色婴儿被裹着的孩子,对着镜头盈盈微笑,苏卿的笑脸母性充盈满眼疼爱,仿佛镜头就是婴儿的脸,而她怀里抱的婴儿,只能看到额前一簇泛黄的胎发。

艾冬关上冰箱门,凑过来看照片,那泛黄的婴儿胎发让她叹了一声,说这头发让她想起了高一那年春天,苏卿养小鸡雏的事。

艾冬和苏卿一起放学骑车回家,拐上护城河河堤的时候,看到一个平板车上放着席篾子围成的笼子,里面叽叽啾啾的都是黄绒球一样刚孵出来的小鸡雏。苏卿被吸引了,停下来,伸手捧起一只,扭头笑着对艾冬说,好可爱……艾冬推着车,隔着几步的距离,说走吧。

一块钱可以买六只。苏卿动心了,艾冬说,不要买,你会养死的……苏卿说不会不会……看着她小心翼翼地捧着三只鹅黄色的小绒球放进自行车的前筐,不敢骑车,歪歪斜斜地推着,下了河堤的陡坡,拐进曲剧团的院子里去了,艾冬心里有些难过——为那三只注定了悲剧命运的小鸡。

后来着火的宿舍楼,那时还没有盖,苏卿家住的是平房,她找了个装苹果的纸箱子装小鸡,几天之后,那只纸箱装了小鸡的尸体,丢进了河堤下的垃圾堆。艾冬远远地站在河堤上,看着苏卿站在一大堆垃圾旁边掉眼泪……

艾冬的描述极具画面感，甘田忽然觉得那个场景对于苏卿具有某种象征意味——关于孩子的整件事，污浊不堪的人性，经过廉价戏剧情节的炮制之后，弥散出的那股腐烂腥臭的味道，就像很久没有清理的堆积如山的垃圾场，而苏卿身处其中浑然不觉，满心印度庙宇里的馨香，在她自己花开月圆的人间四月天里大抒情……

说旧事的工夫，艾冬已经把排骨洗净芋头削皮滚刀切块儿，她开始收拾青菜，挥手把甘田从厨房里赶了出来。甘田有意把手机丢到了客厅沙发上，在屋里踱来踱去，然后才意识到此刻的感觉就叫百无聊赖吧，他忍住没去拿手机，踱进了艾冬的书房，看到铺着毡条的案子上有几张艾冬的字，上面写着，"随物婉转，与心徘徊"，甘田怔怔地冲那八个字发了会儿呆，放下了。

封闭的阳台上，快长到屋顶的大株凤尾竹下面，放着一张高几，上面放着艾冬的笔记本电脑，旁边烟灰缸里的烟头快满了，甘田给自己找了个活儿，清理了烟灰缸又放回去。摆弄了一会儿案上的几件文房，不知道新旧，只觉得有趣，好几方镇纸，其中有寿山玉芙蓉雕的一只睡猫，娇憨可爱，仔细端详，那猫细眉细眼与艾冬有几分神似，自己看笑了，就握在手里去给艾冬看。

艾冬正在把萝卜切丝香菜碎切，甘田就靠着门站着，她加调料拌好，似乎犹豫了一下，又丢进去几粒松仁，抬眼看见甘田，笑了，"你怎么跟条小狗似的？"

甘田摊开手，"你怎么跟只猫咪似的？"

艾冬把手里拌好的萝卜丝装盘，说："猫统治世界，狗只配流口水！"

甘田有些着迷地看着艾冬，忘了自己想说什么，艾冬把盘子递给他，"端走。"

午饭后，两人窝在沙发里，晒着冬日暖阳，重温那部动物出演的《猫狗大战》，一边像猫递爪儿一样，随着剧情进行物理性"人身攻击"，甘田觉得很快他们就该互舔互嗅互相理毛儿了……这时煞风景的手机唱起了歌，甘田只能丢开艾冬的手，去接电话。

"对不起，兄弟，实在没办法，发了N条微信你都不理我……"老赵在电话那头儿呼哧带喘地说。

甘田忍不住问："你干吗呢？"

老赵正撅着屁股"装货"呢，小区保安弄了个手推车过来帮他，老赵说苏卿昨天也不知道下了多少单，孩子冲奶粉的水都要专门买。老赵喘匀了气，说甘田得救他——拦住孙媛媛，不然晚上她就带着曹小倩杀到家里来了。详情参见微信。老赵最后又说，"我才知道，孙媛媛非常佩服艾冬，你问问艾冬，怎么说才管用——要不，让艾冬劝劝她……"

甘田冲口而出，"想都别想！搬你的水去吧！"

老赵上午溜出去见了曹小倩，明白了事情的关键竟然在孙媛媛那儿，虽然他实在不理解世界上怎么会有这种莫名其妙管闲事的扯淡人，但危机迫在眉睫，他就打电话给孙媛媛，正好她在研究生院加班，老赵就过去了，当面谈，想弄清楚她的真实目的，没想到孙媛媛跟他讲的全是大道理，唯一的合理推断就是，孙媛媛的目的就是要这个孩子。

要是苏卿不知道，老赵也许不会这么坚决——现在不争也得争！可老赵拿什么争？孩子要是他的，倒是有他说话的分，可他敢说吗？孩子要不是他的，他连说话的分都没有——甘田匆匆浏览了老赵前言不搭后语的十几条短信，大意如此。老赵虽然说的是请甘田帮忙，其实真想动用的是艾冬对孙媛媛的特殊影响力——这是他今天才知道的。甘田和孙媛媛连面都没见过，怎么劝？清楚这事儿会让艾冬难受，有些说不出口，含含混混假装捎带着提一句。甘田接连收到老赵好几个拱手磕头表达央求的表情，他又气又无奈地笑了。

艾冬刚才起身进了书房，甘田放下电话，走进去，看到艾冬站在窗前抽烟，明亮的阳光里，烟雾不是那么明显，她把手机拿给甘田看，同样央求的表情，老赵也发给了艾冬，但没说一个字。

甘田看着艾冬，艾冬说："孙媛媛就是愿意那么说——我只是她道理的例证，善良，宽容，大智慧……砖头似的词儿，堆起来能把菩萨的莲台压塌。"

甘田此刻才想起来，昨天艾冬几次说是孙媛媛的原话——孙媛媛的话里充满诸如此类的"大词"和"大道理"，甘田本能地质疑会有人用这些词语和道理建构真实的人生——他开始认同老赵的小人之心了："孙媛媛会不会是自己想要这个孩子？她的儿子不是"雨人"吗？"

艾冬摇头，把烟蒂摁灭。"苏卿乱说的，那孩子很好，只是有些内向，我见过一次——"艾冬顿了一下，"不知道曹小倩真心想把孩子给谁？"

甘田见她没有耽溺于情绪，着实松了口气，笑问："孙媛媛和苏卿，你一点儿倾向性都没有吗？会不会，跟孙媛媛更好一点儿？"

艾冬摇摇头，"我不是上帝，我不知道——谁能选择父母呢？听天由命吧。"

甘田忽然想起自己的父母，他们都不怎么管他——父亲是因为忙，顾不上，母亲呢，除了顾不上只怕还有点儿看不上。甘田的所有决定他们都不欣赏，但也不反对，由着他，不勉强。亲子关系是他这一行当的基础问题，明天年会上的讲座，第一个核心章节就是讲这个。他颇为感慨地对艾冬说，怪不得那句话深入人心，懂再多的道理，还是过不好人生。

艾冬不以为然地笑笑，"这是自作聪明讨巧的话。过不好，不是道理是假的，就是懂是假的。"

两个人说着闲话，也都明白，老赵的哀求，不能置之不理。甘田晚上就要赶到会议中心报到，接下来几天都有讲座和活动。艾冬想了想，给孙媛媛打了电话，请她周日带曹小倩去听甘田的讲座——甘田是苏卿的朋友，又是专业咨询师，大家商量一个伤害最小、让所有人都好接受的方案。艾冬挂了电话，看着甘田。甘田把她揽在怀里，说："我知道。"

艾冬忧伤地靠在他胸口，没有说话。

会议中心多功能厅里，千人会场，座无虚席。甘田整了整领结，深深吁口气，听到主持人念完介绍，在掌声中上场，鞠躬。身后是大屏幕，头顶有灯，光打在他脸上，望下去观众席就成了黑压压的一片。

孙媛媛和曹小倩也应该在人群中，刚才去接她们的同事告诉甘田接到了，安排了座位。这里的座位每一个值三千九百八十元人民币，今年是国际实用心理学大会的第四年了，他们习惯称之为"年会"的这个大会，既不为学术交流，也不为挣钱，而是组团推广。前三年因为场地的关系，限定六百人，今天突破到一千，还是早早报满了。这些人从全国各地跑来，三天参加六个不同咨询机构多名咨询师的十二场讲座和体验活动。甘田被安排在第一场，不是因为甘泉咨询中心是今年的东道主——从第二年起甘田就做开场了，而是因为甘田是偶像派咨询师。

甘田在台上会有轻微的兴奋，但这种兴奋的外在表现是让他显得比平时更沉着，更有掌控感——他很享受这种感觉。当初给那部网剧提供资料时，甘田给艾冬看他讲座现场的录像，艾冬笑他，英俊却显得单纯善良，眼神忧郁得让人心疼，仿佛在说，我了解你心底的痛苦，跟随我，你会获得平静喜乐……宛然布道台上的丁斯梅戴尔牧师，让女信众陷入多巴胺迅速分泌带来的迷醉里。甘田只说了一句"大家好"，掌声又响了起来，还有人在大声叫他的名字。甘田笑了，说："冷静一下，不要召唤我身体里那条自恋的龙……"

两个小时的讲座结束，甘田再三谢幕，有人帮他收拾了鲜花和礼物，他匆匆跑进洗手间洗脸——见孙媛媛和曹小倩之前，他得把脸上的粉底洗掉。

孙媛媛与甘田的预想基本吻合，容貌平常，衣饰得体，细看之后，甘田发现，孙媛媛浑身上下充满"向上的斜线"——额前向上吹起的斜刘海，微挑的眉梢眼角，始终含笑向上的嘴角，浅灰色薄呢套裙剑领斜插的驳头，胸针上那根"穿心而过"镶满水钻的爱神之箭，斜裁的腰线和裙摆……仿佛她有一股收敛于体内的蓬勃的"气"，统领着这些"线条"昂扬向上，而这些"向上的斜线"又似乎在无声地召唤人相信、跟随。于是，她的那份平易的底子是紧张有力的。

跟在她身后的曹小倩的神情略显呆滞，耷拉着眼皮，微张着嘴，有点儿抽离地四顾打量，仿佛她是陪孙媛媛来的不相干的人。这是个皮肤白皙的女孩子，眼睛大得比例失调，矮矮的个子，哪怕身上有着遮掩不住的奶腥气，依然给人未成年的感觉。

会议中心休息室里沙发规整、厚大，坐下去脑子里就会浮出"亲切友好会谈"的字眼儿，孙媛媛开口也是谈判的口吻。甘田听了两句，打断了她，"孙老师，我没有立场，也不是任何人的谈判代表，如果我还可能会对小倩有一点儿帮助的话，就是帮她弄清楚自己的想法，然后做一个最不坏的选择。现在这种情况下，没有好的选择，怎么选，都是伤害……对吗？"

孙媛媛颇为无奈地笑了一下，"您真是专业人士——措辞严谨。"

甘田笑了笑，说："这件事，只能让小倩做选择——谁也不该把意志强加给她。我能给小倩唯一的建议是，不知道该怎么选的时候，按照自己的心去选，哪怕以后觉得错了，只要当时不曾委屈自己的心，伤害就不是最深的……"

曹小倩盯着甘田，咬着嘴唇，把他说的每个字都吞下去似的。在她的注视下，甘田有些说不下去了——真实的人生困境里，怎么可能不委屈自己的心？

曹小倩张了张嘴，没说出任何话，眼皮抖了抖，泪水滚了下来。茶几上放着纸巾盒，曹小倩抽了几张擦去泪水。她抽纸巾的动作坚定有力，甘田忽然意识到，自己对曹小倩很可能产生了重大误读：刚才注意力全在孙媛媛身上，而且先入为主地有了"弱小者"的成见。

孙媛媛一脸哀其不幸怒其不争，看着曹小倩，叹了口气，转过脸，看着甘田，"甘田老师，您别生气，我也不是有意冒犯，您的说法我不能同意。我的工作要跟这些年轻学生打交道，这种不负责任的毒鸡汤，造成的麻烦和悲剧已经够多了。"

孙媛媛拓展了甘田对人性的认知，原来真的有人可以用预制板一般的大词和道理填充血肉之躯，听着她义正词严地分析对与错，公允精准地衡量罪与罚——要命的是，她的道理都对。她并不狭隘，保守，那些普世价值是所有人的共识。她也并不麻木无情，言语是无味，但那些粗糙简陋的话语缝隙间，恣肆滴答着她由衷的痛心与难过。说到后来，她声音微微颤抖，有了丝哭腔，"老赵昨天说我多管闲事——这是闲事吗？这是不平事啊！他欺凌弱小，不拿人当人！他想过小倩的一生，孩子的一生吗？苏卿会成为合格的母亲吗？他们夫妻俩——我不说他们多丑恶，至少三观不正，适合收养孩子吗？好，我不评判别人的人生，三观如何，收养孩子都是他们的权利，我尊重——天下需要爱心的孤儿多了，偏要在一个已造成的悲剧上再加上一个可预见的悲剧。我也不判断苏卿，这件事里，她也是受害者，她要是像我师姐艾冬那么善良，无私，我何苦出来多事？她有多刻薄狭隘自私虚荣，我比任何人都清楚，我就是不愿意说而已……"

孙媛媛也哭了，曹小倩慌乱地扯了纸巾递过去，低声央告地叫着"孙老师孙老师"，喊着喊着，曹小倩又落泪了："都是我不好，孙老师，您别难过……"

"不怪你，小倩，"孙媛媛擦了泪，握住曹小倩的手，"是我没有保护好你，让你又受这么大的伤害——我没想到人会坏成这样……"

甘田彻底投降——眼前执手泪眼的两人宛然被恶霸欺凌了来要求公平正义的孤弱母女，甘田敢再说一句不赞同的话，那就是为虎作伥的帮凶。

甘田几乎是赔笑说:"孙老师,小倩,都平复一下情绪,平复一下,咱们不谈这事儿了,不管对小倩还是孩子,这都是大事,仓促做决定不好。冷静下来好好想想,总会有办法的。没必要激化矛盾,孙老师你也不必过分担心,老赵他们,只是代为照看孩子,不是他想如何就如何,有国有法还有警察呢,你放心。"

孙媛媛擦干了泪,笑了笑,"我也不想激化矛盾,毕竟都是熟人。这件事,小倩也有错,但我们要看大是大非,不该要求一个完美的受害人吧?我只能全心全意站在小倩和孩子的立场上,墙和鸡蛋之间,我只能选鸡蛋,对吧?"

甘田见她笑了,暗自松了口气,也就不去分辨什么墙和鸡蛋了,打着哈哈又说了几句闲话,送她们走了。曹小倩没有再说什么,只在离开时很有礼貌地说了声"甘田老师再见"。甘田也不知道是不是自己多心,总觉得她波澜不惊的大眼睛里闪过了一丝嘲讽的光。

甘田一个人在休息室里回过神来,意识到自己今天的表现弱爆了——在孙媛媛强大的操控面前连招架之力都没有,简直是职业生涯的耻辱。甘田拍了一下自己的脑门,原地转了两圈,连声感慨:"我操!我操!我操!"

老赵家的天,这回一定要塌了。

甘田没脸打电话,发了条微信:哥,兄弟学艺不精,完败!

想了想,又追了一条:艾冬也没戏——想别的招儿吧!

老赵回了两个字:收到。

六

甘田再次见到老赵,已经是半个月之后了,苏卿的饭局。

甘田站在大堂等艾冬,忽然看见老赵、苏卿,还有育儿嫂和孩子一起进来了。老赵拎着折叠的婴儿车,进大堂打开,育儿嫂把孩子哄好,放在婴儿车里,接过苏卿脱下的大衣,苏卿推着婴儿车,身着乳白色针织紧身连衣裙,踩着高跟鞋,笃笃笃地走向订好的包房。

甘田半天才合上嘴,走到老赵跟前,老赵摇摇头,笑着说:"秀一会儿,我就带孩子回家。"

甘田问:"搞定了?"

老赵苦笑:"孙媛媛?搞不定!"他突然眉毛一扬,开心起来,"不过我没事儿啦!"他装出的苦相遮掩不了得意的底色,"你小子让我想别的招儿——我一个老实人,能有什么招儿?实话实说呗!就全说了——除了我和那谁那啥……这个没说,打死也不能说。我说过你卿姐聪明,如今我真是服得五体投地!那是真聪明!你能想象吗?孙媛媛真带着曹小倩去我们家了。幸好她还知道顾忌小倩,没提那事儿,可坐在我们家客厅里巴巴给所有人上人生课啊。知道你卿姐如何表现吗?冷静,大气,孙媛媛说什么就听着。抱走孩子?可以!抱哪儿去呢?这天寒地冻的,折腾孩子不合适吧?再说,我们在派出所是签过字的,咱们该怎么办就怎么办吧。"

跟孙媛媛斗法的事儿,就这样归了苏卿。老赵聘请的律师,已经在准备计生部门、民政局等相关机构需要的各种证明文件,苏卿说照常进行——什么都不用管,有她呢。

甘田笑着摇头,看见艾冬在门外下车,推门出去了。

艾冬还是因为工作上的事来的,甘田自然也就接受了苏卿的邀请。跟着艾冬下来的,还有个年轻的男孩子,他一鞠躬,说甘田老师好,甘田才认出是那个编剧小黑。小黑有礼貌地让了一步,让艾冬和甘田先进门,艾冬顶头看见老赵,有些惊讶地笑了,"赵哥,在这儿兼职当迎宾,是吗?"

老赵点头,"是啊,上有老下有小还有一败家媳妇,难哪!"

这时育儿嫂推着孩子出来了,艾冬不解,甘田低声说苏卿开场秀,结束了。

艾冬跟老赵招呼一声,带着小黑进去了。甘田被老赵叫住,低声说,"对了,我说弃婴的主意是你出的——我没这脑子!你卿姐肯定不会问,她又不傻——我怕万一说起来……哎,也没这万一,谁也不傻!走吧!"

甘田还没进包房的门,就听见满屋子的笑声,一看见他,众人笑得更厉害了。甘田知道不会有什么好话,也就不问。扫了一眼屋内,这个局里经常会出现各种牛鬼蛇神,不管是间歇性单身还是"一言难尽"的,反正都没伴儿,人员更新频率很高,像甘田这样十几年深扎的,除了那位"性别流动"的艺术家黑泉,还有他一位同校师兄言继东——艾冬今天带小黑过来,就是为了见言继东。

今天来的，还有位好几年没出现过的笔名为"满意"的女作家，甘田先跟满意打了招呼。满意招手笑说，"我还当他们这帮坏人哄我呢！还真给我留了个有颜又有才的。"

只剩下满意和黑泉中间一个空位，甘田只能过去坐了，扭脸看黑泉今天穿了裙子，恭恭敬敬地叫了声："姐！"

黑泉说："对了。"

言继东笑对苏卿说："你听这声姐叫的，天生的'小奶狗'。"

满意求科普，甘田笑着看了眼艾冬。"'小奶狗'是那种黏人、年纪小的忠犬男友，"他扭脸看黑泉，"姐，你收养我这条流浪单身狗吧？"

言继东指着苏卿说："你不是苏卿的忠犬'八公'吗？这么多年——"

黑泉笑着囔："言继东，你才是八公，文艺范秋田犬——甘田是哈士奇。"

众人的笑声中，满意幽幽地说了句："身体里藏着只泰迪的哈士奇……"

甘田迅速扭头看了她一眼，满意跟他眼神对视的时候，似乎看到了他瞬间的惊讶慌乱，有些不快地嘲讽地笑了。这时苏卿跟艾冬说话："亲爱的，你刚才没看见，我们家公主社交首秀……"

满意接口说："主要是没看见你们家公主的SILKCROSS，推出去要带保镖，人家不抢孩子抢婴儿车，更值钱。"

满意的嘲讽，在苏卿听来是羡慕和嫉妒，大度地笑笑。甘田知道，满意一定是以为自己介意苏卿——无缘无故她不会这样。甘田在脑子里紧张地搜索满意经常出现在饭局的那几年，是不是某个晚上自己和她怎么样了，实在想不起来了……他又认真看了一眼满意，他研究的目光想必被她误读成了关切，不觉展颜一笑，甘田的头轰地一下大了。

甘田苦恼起来——他倒不是怕满意，是怕言差语错，让艾冬不舒服。苏卿还在慢悠悠点菜时，提心吊胆的甘田就想赶快结束这个凶险的饭局了。

这个饭局最终还是成为了大型车祸现场。

先是言继东生撞甘田，甘田认怂，躲了，只算是小剐蹭。

凉菜上齐，大家为喝酒又争执一番，甘田心里有事，坚决要保持清醒，装模作样咳嗽两声，说吃了头孢，不能喝酒。言继东不干，说好不容易逮住你小子一次，我这口气憋了快一年了，正好，有冤报冤有仇报仇——拿命来吧！"

甘田一头雾水，他和言继东是在苏卿饭局上认识的，也只在苏卿的饭局上才会见面，他自忖并没有得罪这位学长，就一脸无辜地看着言继东。

原来让言继东生气的是甘田书中使用的一个案例。言继东看着甘田，"自杀就是抑郁症？这种低劣、浅薄的技术观念，贬损、侮辱了林江的死！还用我告诉你吗？心理咨询是什么？那就是一种扭曲和逃避！是对道德、价值和信仰危机的扭曲和逃避！一切都可以简化为技术性的心理问题，从而不用再面对深刻的人性问题！对于真正的理想主义者，对于有信仰的高贵灵魂，你不懂，不相信，不理解，可以！你闭嘴好不好？你根本不知道林江所说的'爱的怀抱'是什么意思，你还在那儿长篇大论地说什么缺少亲密关系支撑——你好意思你？！"

甘田默默地听着，并不回嘴。

苏卿趁言继东喘口气的工夫，淡淡说了句："差不多得了。"

言继东立刻偃旗息鼓了，临700补了一句："你的书都读到狗肚子里去了！看见了你也不信——真的会有一颗鸡蛋，为了信仰和自由意志，殒身撞墙！"

房间里一片安静，只有服务生给每个人上汤盅时发出的杯盘叮当声。

满意在甘田旁边轻轻地叹了声，"我在墨尔本乡下待了几年，真是与世隔绝。你什么时候开始写书了？写的什么书？"

甘田没有回答。苏卿掀开汤盅的盖子，似笑不笑地看着甘田，替他回答了满意，"他写了本《自恋时代》。真有意思，最近老听见人说鸡蛋和墙，还都认为自己是鸡蛋——甘田，你再写本'大家都是鸡蛋的时代'吧！"

甘田知道苏卿在敲打他"弃婴"事件和孙媛媛带来的麻烦，起身，端起酒杯，"卿姐，师兄，我错了！"他干了一杯。

黑泉嚷嚷起来，"老言，冒着生命危险的道歉，够真诚了！"

言继东也站起来，隔着桌子跟甘田碰了一杯酒，这事儿算翻篇儿。

满意的身子凑过来，"你给你卿姐认的这个错，莫名其妙哦。"

黑泉也把身子凑过来，"亲爱的，跟你有关系吗？你酸溜溜的干什么？你看艾冬说什么了？"

甘田被一真一假两个"女人"夹着，看对面的艾冬。被黑泉拉进话题里的艾冬与甘田对视，笑着说："我这阵子对鸡蛋和墙都过敏。"

苏卿眉头耸动了一下，盯了艾冬一眼。甘田后背一麻，幸好艾冬这时正向言继东介绍小黑。

《心理分析师》第一季豆瓣评分 7.1，国产网剧算是难得了。第二季准备上线，已经在做宣传，小黑和小白这回不只是编剧，还在里面出演戏份颇重的咨询工作室的两个实习生。言继东那个名为"片面"的谈话节目在文青中间有些人气，艾冬笑问："言老师，有没有兴趣跟我们的黑白双煞聊一次？"

"你知道我——"言继东咽下刚放进嘴里的芥末鸭掌，被辣到了，拼命吸气，喝了口白酒，拿纸巾擦着眼泪，"我很怀疑，能跟他们碰出什么东西。"

"不碰怎么知道？"艾冬笑道。

苏卿对言继东说："没碰都哭了——我看还是别碰了。"

言继东放下纸巾，捋了捋头发，"我看了你发给我的那两集，我平常不看这种剧，我说了你们别不高兴啊——就是段子，搞笑嘛，这么浮躁的时代，娱乐至死，到处都是这种东西，没价值。"

小黑一脸正经地问："那您笑了吗？"

言继东喝了口茶，"笑了呀！开车超速被抓，企图催眠警察那段……"

小黑说："这就是价值呀。应该是《被背叛的遗嘱》里吧，昆德拉说的，幽默是一道神圣的光，它在它的道德含糊之中揭示了世界，它在它无法评判他人的无能中揭示了人……"

言继东提起了精神，"哦？你觉得你们剧引起的笑，可以和拉伯雷的巴奴日引起的笑，相提并论？"

小黑嘿嘿一笑，"这要是在您节目里，我回答是，别人肯定说小黑你以为你是谁！名字都跟狗一样，太不要脸了！弹幕肯定这么发。"他突然收了笑，正色说："我觉得是一样的。言老师，您知道庄子说的'卮言'吗？您肯定知道！"

言继东说："我还真不知道——什么言？"

小黑拿起面前的酒杯，"卮，就是酒杯。就是有些东西，就像倒进杯子里的水，倒进倒出，杯子是空的。庄子说，卮言日出，和以天倪。段子也许是这个时代的卮言，老天说不定也能往我们的杯子里放上一两句话。"他放下酒杯,萌萌地扭脸看着艾冬,"艾冬老师,我想喝酸奶。"

艾冬宠溺地笑了,招呼服务员去拿酸奶,言继东又笑又叹地捋了捋头发,问艾冬,"你哪找来的?"

艾冬笑着用目光示意小黑回答,小黑说,"我就是在微博上写段子,好多人转——后来艾冬老师找到我们,吐槽别人还能挣到钱,这也太爽了吧?"

艾冬补了一句,"他和小白都是清华的,大四,马上毕业。"

言继东往后靠在了椅子上,一副泰山北斗的架势,看着甘田说,"前两天我碰上一个咱们学校的孩子,给我讲了半天佛家的'中道',今儿又碰见一个清华的给我讲庄子,现在这些孩子都怎么了?大名校生哎,你们是要给民众、给社会带去真理的人。我们那代人这个年纪,感兴趣的是个人和体制之间的紧张,精神自由,反抗异化,到了你们这代,就是精致的利己主义者……"

甘田笑说:"你就比我大两岁,什么你们这代我们这代?"

小黑往酸奶盒里插着吸管,惊讶地抬头,看看甘田看看言继东,"言老师,岁月到底对你做了什么!"

大家都笑了,黑泉招呼大家喝酒,扭脸对甘田说:"明年初他们家老赵在我那儿有个活动,你来凑个热闹呗。回头我把主题发你——你得好好谢谢艾冬,以前都是有病的找你,现在没病的也粉你!"

甘田笑着看了一眼艾冬——他发现刚才言继东和小黑说话的时候,苏卿有些落落寡欢——朝苏卿举了举酒杯,"我该好好谢谢卿姐,不是她,我也没机会认识艾冬和小黑他们。"

黑泉突然想起了什么,"对了,苏卿,你认识的那个孙媛媛,她老公是叫崔亮吧?还是个红学家?"

苏卿不屑地一笑,"本来是搞文艺理论的,后来也不知道怎么写了几篇《红楼梦》的文章——怎么了?"

黑泉说:"你能跟他说个情吗?他快把我们一孩子给难为死了。对了,甘田你也认识,就是杰森,夏生的干哥哥——这孩子只怕也要跟夏生一样去找你了。"

黑泉啰里啰嗦说崔亮是杰森承接的某个文化项目的审核专家,总是否定杰森的方案,弄得小孩儿都快抑郁了。

苏卿冷笑了一下,"真是一对恶魔夫妻!我在他们那儿可没什么面子。"

黑泉也没再往下说话,继续招呼大家喝酒。满意已经喝多了,浑身上下都是戏,凑到甘田耳边长时间低声说着墨尔本家里的布置北京的空气谁谁谁现在在哪儿……甘田都快躲到黑泉怀里去了,黑泉一手揽过甘田,一手推了一把满意,"你也矜持点儿,咱们毕竟是女人,啊?"

苏卿冷了半天脸,终于噗嗤笑了。小黑叼着酸奶的吸管,大声说:"是女生,不是女人,姐姐们都是女生!"

苏卿笑软了。言继东问他,"女生和女人有什么区别?"

小黑说:"听起来感受不一样。言老师,我说了您不要不高兴啊,您就是从来不顾忌别人的感受——我看过您的书,看不进去。甘田老师的书里有一句话,写作就是穿着语言的衣服当众表演自恋。但那个表演的动作得经过设计,是有艺术美感的,您就是很陶醉地在那儿抚摸自己的身体,就算穿着衣服,也让人受不了,对吧?至少,很没有礼貌!"

甘田笑喷了,小黑一脸天真无邪,说出这么狠的话来,最后还略带茫然地看看大笑的众人,傻傻地跟着嘿嘿笑了。

言继东放下酒杯,"写作不就是表达自我吗?你除了自己还能表达什么?"

苏卿看着他,"你急了。你犯得着跟一个小孩儿急吗?"

言继东尴尬地一笑,"我没急,我就是不理解。"他看看苏卿,指着小黑说,"改天,咱们单独聊!"

艾冬的激将法生效了。甘田看着艾冬,两人相视一笑。

甘田略微放松了些。

满意一直别他的车,甘田在黑泉的掩护下躲开了;苏卿和黑泉轻轻一碰,连漆都没蹭掉;言继东轮胎漏气被小黑追尾,两人挪车自行解决——甘田以为几场小事故就能完此劫,没想到,真正的撞车在后面呢。

艾冬只是出于社交礼貌,问满意最近在写什么。满意回答得也很含混。没想到没能过瘾的言继东借着酒劲儿开始批评中国的文学创作,从百年前的鲁迅胡适开始,一直捋到眼前人。

服务生上主食的空儿,苏卿对艾冬说,"好好的你招他干什么?"

艾冬说:"大家跟着学习一遍中国现代文学史,也不错。你都母仪天下了,这点儿耐心还没有?"

甘田耳边砰的一声巨响，艾冬与苏卿就这样猝不及防地撞在了一起。苏卿的脸沉了下来，艾冬也转开脸，不看她。甘田知道坏了，苏卿的埋怨没道理，艾冬的尖刻，同样没道理——可两人生气，却各有各的道理。

言继东的批评还在继续。"……额的村俺们屯我爷爷我奶奶我姥姥我的父亲母亲，再往后，一地鸡毛，再往后，"他把手朝满意一指，"你们七零后这茬儿，一地鸡毛……"

黑泉噗嗤一笑，他的笑声很孤单，他愣了一下还没反应过来是怎么回事，满意抓起面前的水杯泼向了言继东，破口大骂。甘田跳起来把满意摁下来，满意搂着甘田，哭得无比委屈。苏卿被殃及，乳白色羊绒衫从连衣裙深深的V领里露出的雪白脖颈都溅上了浓茶，她惊叫一声站了起来，言继东抹了把脸，连声说"神经病"，满意却死死搂着甘田的脖子，哭着喊，你就看着别人欺负我……大车相撞，油箱起火——烧死的是路边的甘田。

艾冬看都没看甘田，起身拿着包，小黑抓起自己的帽子戴上，抱起了艾冬的大衣，艾冬走到苏卿身边，"我们先走。"苏卿点头，艾冬回身冲正掰满意胳膊的黑泉挥了挥手，顺便对狼狈尴尬站着的言继东说："言老师，一起走吧。"

言继东哦哦地应着，拉起外套跟他们一起走了。甘田听到走出房门的言继东对小黑说，"这才是没有礼貌。"

小黑嘿嘿嘿的笑声，过了很久，还在甘田的耳朵里回响。

一冬无雪，大风驱散了雾霾，却带来了难以抵抗的低温。甘田冲出饭店的时候，羽绒服的拉链没有拉好，风灌进去，身体就像被浇了冰水般，寒彻肺腑。他拨打着艾冬的电话，通了，一直没人接。鳞次栉比的饭店招牌，霓虹闪烁，甘田有些慌乱地四处张望着，胸口的寒意开始蔓延，握着电话的手心里却有汗——谢天谢地，艾冬终于接电话了，甘田一边说话，一边用冻得僵硬的左手拉好拉链。

绕到后街，远远看到艾冬和言继东在饭店后门背风处站着抽烟，艾冬冲他招手，甘田就走了过去。言继东还没跟他说话，手机就响了——是他叫的车到了，他跟司机说着话，丢了烟头，踩灭，拍了拍甘田的肩膀，走了。

甘田看不清艾冬的表情，艾冬捡起言继东丢的烟头，走到身后几步远的垃圾箱，摁灭了自己的烟头，一起丢了进去。她让甘田叫车，去她家，自己回饭店去洗手。甘田想提醒一声，艾冬已经推门进去了。

甘田叫的车到了一会儿，艾冬才出来，两人上车，艾冬果然说，进去碰到了正在女洗手间照顾满意出酒的黑泉——幸好她穿了裙子。甘田不知道该如何接话，艾冬也没再往下说，靠在了他肩上。车里的暖气渗进了衣服里面，甘田感到身体的寒意褪去了。

七

一簇向日葵在艾冬客厅茶几上的陶罐里盛开。

甘田问："孙媛媛又来啦？"

艾冬整理好玄关的衣服和鞋子，应了一声，进卧室去换衣服。甘田把自己丢进了沙发里，暖过来的身体里开始升起疲惫。

黑泉与他合力才把满意的胳膊拽开，从甘田的脖子上挪到了黑泉的脖子上。甘田脱身后，抬头看见刚结完账的苏卿，站在那里看着包房的门发愣。小巧的下颌，肌肤没有丝毫松懈，脸庞轮廓依旧紧致，只是没有了那年海棠花下的完美线条，不知从什么时候开始，那线条变得如此生硬，紧张里透着吃力，平白让人生出会崩裂的担心——即使拥有足够的手段从物理层面彻底击败衰老，岁月何曾无痕……她回过神来，碰上甘田的目光，笑了一下，垂下眼，说了句"真没意思"。

她那漫长的青春，也许终于在这个晚上的狼藉中，谢幕退场了，让位给了那辆据说深受英国皇室钟爱的大牌婴儿车；或许恰恰相反，正是今晚登场的那辆婴儿车，让她的"青春"在狼藉中谢幕了……甘田的目光落在了孙媛媛送来的向日葵上。艾冬出来时，卸了妆，穿着那身浅灰带兔毛镶边的珊瑚绒家居服，甘田看见她，就坐了起来，她过来偎在他身边，一起看着向日葵说话。

孙媛媛是来给师姐报捷的。老赵让黑泉的公司签了曹小倩，要给她做个展，衍生品开发同时进行——生产厂家铺货渠道都是现成的，老赵自己的企业，能提供一条龙服务。孙媛媛说一码归一码，两件事不能互为条件。邪不压正，老赵只能答应过完元旦就把孩子交给孙媛媛，还说什么都不用准备，孩子用的东西一并移交，他们留着也没意义。让孙媛媛欣慰的是，曹小倩一直很听她的，愿意向好，不是自甘堕落的孩子。

虚虚实实，真真假假，这场"夺婴"斗法的战况究竟如何，消息越多，甘田反而越糊涂了。说到孙媛媛，他心有余悸地感慨了一句："那就是个控制狂。"

艾冬一愣，说太夸张了吧。

甘田说："你刚才说的是她的原话吧？这话的潜台词——不听她的，就是自甘堕落——这不是控制狂是什么？她操控人的力量很强，很可怕——我对操控很敏感，在她面前连招架之力都没有。"甘田有些激动地指着向日葵说："她的手段很高明——你也觉得不舒服，她把手伸进了你的内衣，可她的花还是摆在这儿，你也无力抵抗！"

艾冬不以为然地笑了，"你这是职业病。按你的逻辑，我今天对你的那位言大师兄，也是操控。"

甘田说："是啊，很成功，但你不是控制狂，因为你不会以此为乐，你知道边界。而且，要是能和他像成年人那样正常沟通，你也不会这样。"

艾冬叹了句，"像你那位言大师兄，能顽强地让认知模式停留在青春期的人，实在也不多，我这辈子还见过一个，就是苏卿。"

甘田笑笑。莫名有些替苏卿难过，真要被迫把孩子交给孙媛媛，只怕苏卿会受不了——那个婴儿对苏卿的意义，不是外人能理解的。艾冬仿佛看穿了他的心思，笑了一下，"不用担心你的卿姐，我觉得这事儿不会这么结束——大反转是宇宙的终极规则。"

甘田说："现实又不是影视剧，剧情随便编。"

艾冬身体往后撤，靠着沙发，似笑不笑地看着他。两个人都攒着从饭局带回来的情绪，再说下去一定不愉快，甘田为躲她的目光，歪倒在她怀里，向下滑，枕着她的腿躺着。

艾冬没有说话，甘田有些不安，拉起了她的手，放在自己胸口。

"言继东今天说你那番话，内里有些东西，也许对你很重要。"艾冬似乎在斟酌措辞，甘田的胸口开始起伏，艾冬的手挪开了，也就没再往下说。

甘田真心不喜欢那位为"真诚"代言的师兄言继东。

但他还是跟着艾冬去了言继东和"黑白双煞"的碰撞现场，如愿以偿地看了一场小黑小白"双虐"言继东的戏。俩小子虽然年轻却懂得适可而止，小白还很聪明地用揭底牌的方法消解了言继东的狼狈：如果在现实中，您的真诚一定会被大家喜欢，但您也知道，这是节目，大众既要消费您的真诚更要消费您的真诚受挫，我们冒犯您、吐槽您，是因为在这场游戏中，我们必须扮演这种惹人讨厌的角色，其实，我们内心知道，您所说的有些东西，非常值得尊重。

作为该剧的专家顾问，甘田心情愉快地对着话筒说了两句"生命是场修行；没有任何道路通向诚恳，而诚恳是通向一切的道路……"之类的套话。作为主创团队的老大，艾冬接着他的话说的："所谓生命是一场修行，讲的就是省察和寻找。真实不是一种态度，诚恳也不是一种德行，都是需要不断学习不断修炼的生命能力——这种能力不是你想有就能有的。也许穷尽一生，我们都未必能抵达真实和诚恳，但近一分，痛苦就会减退一分，生命的美妙就会显现一分……"

中规中矩的话，甘田不知道为什么，觉得艾冬话中带话，这个念头一起，瞬间摄影棚里气压都不正常了。

接下来的几周两个人都很忙，年底了，也很自然——甘田自己清楚这份"自然"中有多少"不自然"。推了《心理分析师》团队平安夜的聚会，啃着披萨握着手机跟陌生人玩了半夜"狼人杀"，准备睡觉时，看到艾冬发了条语音，点开了听：很热闹的环境，几个人在喊"甘田"，艾冬笑着说听见她们呼唤"老干部"了吗？让你不来！这一群嗷嗷待哺的。后面附了张聚会照片，里面有小黑小白还有公司几个女孩子。

已经是一个小时前了，甘田就回了个"么么哒"的表情。艾冬"自然"没有理他，他也就洗洗睡了。次日醒了，发微信，问早安。艾冬还没理他。等到十点钟，打电话过去，没人接——继续打电话，直到中午艾冬终于接了电话，甘田一听声音就知道坏了。她不让过去，说没事儿。等到甘田赶到的时候，敲门不开，甘田发了条语音：别逼我破窗而入啊，楼上大哥我认识。

艾冬开了门，扭脸往里走，关上了卧室的门。客厅拉着窗帘，满屋烟气——她以前只在书房抽烟。甘田看了眼地板上的烟灰缸，茶几上反扣着平板电脑，过去拿起来，看了看暂停的画面，冲着卧室嚷了句，"关弹幕保智商，你不知道啊？有没有常识？"

艾冬说的话，剪出来才一分半钟，关于她的弹幕不算多，难听的也就几句："这大姐是谁呀？不想听！厌恶这种鸡汤……"甘田抱着平板坐在卧室门外面地板上，笑着说："至于吗？这还有夸你深刻的呢！你专挑骂你的看。"

艾冬没有应声，甘田的手机收到文字微信："谢谢你。现在我难堪得根本无法面对你——你走吧。你不用劝我，我都明白。放心，我没事的。"

甘田当然不会走。艾冬这次"不好"，视频弹幕，是个诱因，但是个借口般的诱因。甘田很清楚，自己才是艾冬这次"不好"的真正原因。甘田清理了烟灰缸，开窗通气，又关上窗户，时不时凑到门边跟艾冬说两句无聊的笑话，就这样耗到了晚上。

天黑了，甘田敲了敲门，"我饿了，出来给我做饭，我吃完就走。"

门开了，艾冬出来了，赤着脚走进厨房，甘田看见茶几上有半瓶威士忌，直接倒进艾冬用过的杯子，喝了一大口，走到亮起灯的厨房，靠在门口看着低头洗菜的艾冬，艾冬握着手里的一只青萝卜，哭起来，甘田没有说话，水哗哗地流着，那只青萝卜在她泛红的手指间抖动……甘田犹豫了一下，走过去，摁下了水龙头，从她手里拿下萝卜，弯腰抱起她，放到了客厅沙发上，坐在地下，把那双冰凉的脚抱在怀里暖着，看着她哭。

甘田盯着艾冬眼睛，用话剧腔充满感情地说："你什么也不要说，话语是误解的根源。你们这里的人啊，在一个花园里种了五千朵玫瑰，但是他们却找不到自己想要的东西……"

艾冬含着泪，噗嗤笑了，"真不要脸！"

甘田也笑了，"你从未见过如此厚颜无耻之人吧？"

艾冬穿上拖鞋去做饭了，甘田的笑一时收不起来——把《小王子》翻出来当台词，他也实在是竭尽全力了——心里升起了溺水般的无力感：艾冬那话是对的，真实是种能力，不是你想，就能有的……

甘田拉艾冬去黑泉艺术空间，参加他跟着凑热闹的跨界艺术活动。

甘田当天的任务很轻松，不到十分钟的展示，还有签售，结束了他们一起去吃附近那家"铁锅炖大鹅"。进门碰见老赵正应酬来宾，打了招呼，两人先"瞻仰"了一番大展厅里老赵的"抽象水墨画"，偷笑是"鬼打架"，走进旁边的小展厅，里面全是工笔，画的都是幼崽状态的动物，小猫小狗，幼虎幼豹……艾冬赞了一声丝毛的功夫很厉害，甘田却觉得眼前这些大眼睛毛茸茸的小动物很像一个人,这时候他看到了标签上作者的名字——曹小倩。艾冬踱向里面,一幅幅细看。老赵匆匆进来,拽着甘田出来,直接把一道霹雳搁在了他头上——他们今天请的嘉宾有艾冬的前夫,他们是夫妇一起来,苏卿已经去接他们了。

甘田蒙了,老赵说句"我找人处理",匆匆走了,甘田一扭头,看见艾冬笑着看他。甘田就知道还是得自己处理了——他拉起艾冬的手,"我饿了,咱们去吃铁锅炖大鹅吧。"

"吃什么大鹅?刚吃的炸鸡堡还没到胃里吧?"她说,"你不还要上台装神弄鬼吗?"

他把艾冬拉进怀里,能感到她的身体在微微颤抖,他搂着她,低声说:"我想走。"

黑泉急火火撞进来,避之不迭地连着哟了几声,甘田和艾冬分开了,黑泉笑了,"真好,两人跟幅画儿似的——预警啊,前方高能,非战斗人员撤离!"

甘田看看他身上的藕荷色薄呢闪光缎镶边的西服。"姐,哦,哥——黑泉老师!"他总算找对了称呼,"啥意思?"

黑泉拉起艾冬,"宝贝儿,跟我走。有人约架,咱得躲,免得溅一身血!"

甘田跟出来,被黑泉娇俏的兰花指挡下了,"小奶狗,你楼下待着。"

黑泉拉着艾冬上了楼梯,甘田开始四处寻找老赵——他在主展厅的一边,和一个穿玫红背带裙的女孩子说话,甘田走过去,一下子都没认出来化妆后的曹小倩,短发上有一个小却醒目的玫红蝴蝶结,她朝甘田一笑,转身离开了。

甘田上去给老赵一拳,"你干吗不早说——早知道我就不参加了!"

老赵也急了,"谁想到你带——"他压下了提高的嗓门,"艾冬过来……对吧?"老赵无奈地摊手,"吓死我了——差点儿挖坑把自己埋了!"

甘田担心的是艾冬,其他人担心的是领导尴尬。

好不容易说动领导来的——很轻松的活动,非常正能量,文艺批评家该在文艺现场嘛……苏卿今天要和孙媛媛决战,领导是她的"核武器"。

艾冬说的"大逆转"看来真的要出现了,甘田冷笑了一声,"这位领导还自带三姑六婆属性,真够闲的,管你们这种破事儿!"

老赵笑起来,"核威慑,不能真用——用了那就是人类末日。"

甘田无心管他们的破事,去吧台要了瓶苏打水,一个人慢慢喝,看着越来越拥挤热闹的大厅。前呼后拥的一群人进来,甘田不用细看也知道是大人物到了。他喝光了苏打水,捻出那片柠檬,吮了口,咂着那股酸味,想着艾冬,心里越来越不安。他丢了柠檬片,穿过人群,走上楼梯。二楼大厅也许是空调没开的缘故,温度猛一低,看见一排装着雕花门窗的房间,他走过去,听到一间里面有人声,敲了敲门。门开了,摇篮边的苏卿和一个女子同时抬头,甘田看看开门的育儿嫂,尴尬地笑笑,"走错了……"

他刚想退走,孙媛媛的声音在他身后响起,"老赵,你答应得好好的——"

甘田扭身,老赵比比划划颠三倒四地解释着,孙媛媛杀气腾腾地走过来,甘田忙闪到一边,给她让路。老赵、曹小倩、甘田都站在门口,苏卿淡然说,"都进来吧,关门,进凉风了。"说着,她拉上了摇篮上面的蕾丝帐子。

屋里七个大人,存在感最强的还是那个小小的婴儿——除了那顶带蕾丝帐子的摇篮,还有那辆据说价值数万的婴儿车,小毯子,大包尿不湿,各种干湿纸巾,奶粉和专门的水,以及各种甘田不知确切用途的东西,她的气味,战胜了茶与熏香,充溢着整个空间——显然,她还是除了甘田之外所有人在这儿的原因。

"卿姐,你这是什么意思?"孙媛媛压低了声音,却气得声音颤抖。

"我没意思——"苏卿离开了摇篮,毫不退让地看着孙媛媛,口气很轻,语带双关地重复了一句,"真没意思。"

孙媛媛看看房间里的人,深吸了口气,"好,我现在就带着小倩去派出所,有错认错,知错改错!"

身后的门又开了,黑泉带着崔亮进来,黑泉表情做作举止夸张地瞪眼转头,"怎么了怎么了?活动马上开始,得下去了——领导找夫人呢?"

摇篮边的女子听见这话,抽身离开,苏卿这时突然对她说了句,"你小姨今天来了——这是你小姨的男朋友。"她指着甘田。

所有人都愣在那儿,甘田头嗡地一下,那位夫人正走到甘田跟前,浓密的睫毛忽闪一下,冲甘田一笑,"小姨夫好。"

甘田竟然脸热了,"卿姐,你别乱开玩笑——"他顿住了,因为看到了苏卿的神情，虽然严肃正经，可眼睛里有一抹恶作剧的好玩儿，下一秒就会噗地笑出来——甘田脸上的热褪了下去，他笑笑，什么也没说，平静、认真地看着苏卿。

他们对视的当口，黑泉凑过来，"说的是我，我才是你小姨夫……"他们笑着出去了。

崔亮克制着怒气的声音响起来，"管不了，别管了。"甘田扭脸看他，他嫌恶地看了一眼低头在旁边抠手机的曹小倩，"你管得过来吗？"

孙媛媛委屈地看着他，"你说过支持我的。他们不讲道理——"

"道理，道理，地球按你的道理转吗？"崔亮猛地提高了声音，摇篮里的孩子一下哭起来。育儿嫂忙过去抱起来哄。曹小倩一直低头在摆弄手机，崔亮忍无可忍地说，"按道理这种道德败坏的学生早该开除了！"

孙媛媛执拗地站着，婴儿的哭声也停止了，没有人说话，楼下的掌声响了起来，活动已经开始了，崔亮过去强拽着孙媛媛走了。

曹小倩扭身也出去了。

甘田再度望向苏卿，苏卿目光中玩笑意味的笃定，正在沙化，发现甘田的目光，她迅速低了头。她低头的那一瞬，空中仿佛遥遥响了一声轻而远的小锣，那是静夜思忖时倒吸的一口凉气，呀——

老赵和甘田出来，楼下暖场演出还在进行，一家幼儿国学班的孩子拖着奶腔在唱《弟子规》。甘田走着，淡淡地问，"你跟卿姐说的，我和艾冬……"

老赵立刻赌咒发誓说没有，突然，他停止了辩解，以攻为守，"我告诉你，你要是不想那啥，你就别招人家——艾冬很可怜，你这是欺负人。"甘田的神情让老赵意识到自己情急之下会错了意，顿了一下，推甘田，"哎，你怎么啦？"

甘田说："我也不知道我怎么啦。"

这场名为"真我"的跨界活动，包括了画家的画展、独立音乐人的实验音乐展示、概念舞蹈家的先锋舞剧片段，以及甘田带来展示性心理分析体验。

大家跟着极简主义音乐"内观真我"，全场昏昏欲睡，甘田抓住黑泉问他把艾冬藏哪儿了。艾冬在楼上黑泉办公室里，甘田起身说上去看看——黑泉揞住了他，总共几十分钟的活动，死不了人！

接下去就是甘田上台展示心理咨询中常用的"发现真我"的"空椅子"疗法。甘田的展示，是专业戏剧老师帮助他排练过的一段表演。不知道今天怎么了，他几乎不知道自己在说什么，甚至一度对着空空的椅子，愣了十几秒。幸好台词烂熟到凭借发音器官的肌肉记忆就能流出来，才勉强把这个环节糊弄过去了。

接下来的舞蹈展示，是舞剧《道德经》的一节，黑白两条交互缠绕的绸子后面，没有太大身体动作的舞蹈演员，脚下的位置变得繁复迅速，两条绸子完全靠他们身体的牵引支撑，始终悬着……舞台中后部一米左右的圆台上还有一个半裸的男舞者，他动作变换很慢，需要极强的身体控制能力，近乎杂技……众人的动作越来越快，男舞者依旧很慢……音乐住，众人围成了一团，黑白绸子落地，高台上男舞者姿势定格……大家还未鼓掌，轻柔的音乐又起了，大幅的红绸子从楼上缓缓落下，红绸上有字，是并列的两幅。在下落时分开，又慢慢闭合……

音乐继续，两幅红绸被分开，苏卿把自己打扮得像从陈逸飞的画《玉堂春暖》里走下来似的，深朱暗碧两色相拼的苏绣窄褙袄八福裙，怀抱苏绣"百子图"缎面小被子裹出的襁褓，被一个身形挺拔卷发披肩的男子扶着，款步走向舞台中央……黑泉上台，介绍那男子是舞剧编导，编导接过话筒，开始解释舞剧的架构，就是《道德经》的章节。今天展现的是第二十章，"……众人熙熙，如享太牢，如春登台，我独泊兮其未兆，如婴儿之未孩……"寻找"真我"之路，就是再次变成还不会发出笑声的婴儿。他感谢今天难得的助演嘉宾——苏卿怀中美丽的婴儿。大家鼓掌声中，听到婴儿响亮的哭声。

苏卿转身，育儿嫂在台侧伸手接过了孩子，很快哄不哭了。此时领导上台，早有工作人员抬上文房，他展毫写下了"婴然"两个字，送给那个还不会笑的孩子，作为礼物。老赵夫妇上台接受礼物，黑泉退到了台下。

甘田早站起来，拉住黑泉说，"签售环节取消——我得上去。"

黑泉白了他一眼，低声说，"开什么玩笑？粉丝门口排队呢！别装情痴情种了——艾冬没事儿，有说有笑，好着呢！"观众鼓掌，黑泉丢开甘田，上台了。

甘田转身走向楼梯，愣住了，他看见艾冬正从楼梯上走下来，步伐有些小心翼翼——非得穿那么高跟的鞋！甘田紧走了两步，艾冬留心脚下，今天她穿了件一字领的宽松羊绒裙衫，领子滑到了一边，几乎露出肩头，她下到最后一阶，伸手拉了一下领子，抬头，甘田已经站在了她面前。

艾冬笑了，"吓我一跳——结束了，是吗？"

甘田说："是。"

黑泉正在宣布接下来的环节是签售，甘田犹豫着，艾冬望着他，"别想了，再想更糊涂了——"

她的眼睛里有亮晶晶的东西在闪，甘田猛然想起了什么，抓住艾冬的胳膊问，"你最近是不是一直没吃药？"

艾冬笑了一下，眼泪滚下来，"你呀——"

艾冬挣了一下胳膊，甘田没有撒手，她也就由他抓着——那眼泪，只是眼泪，还是症状——甘田不知道，迎着那泪眼，他说不出什么话来。

大厅里是活动结束时惯有的混乱，嘈杂的人声遮盖了原本就没什么存在感的音乐，嘉宾离开，存衣服的柜台前挤作一团，工作人员很快搬光了观众席的椅子和舞台，那幅墨迹斑斑的红绸突兀地悬在大厅中间，摇摇晃晃，等签售的人抱着书排出了蜿蜒的队伍……

艾冬抽出了自己的胳膊，推了推甘田，"去吧。不着急，我等你。"

原载《十月》2018 年第 5 期

天 元

蔡 东

三个人也不知道怎么就来到海边了。

何知微回想起来,先是在餐馆,点了一桌子新派粤菜,接着看电影,电影散场了去超市闲逛。逛超市的时候,他妈在每一处试吃区流连,先后品尝了固元如意膏、酸奶、牛排、红提、酱猪肘、凉拌云耳、沁州黄小米粥,她一手捏住牙签,一手擎着一次性纸杯,审时度势,动作机敏。食物被切成极小的方块,饮品也只勉强盖住杯底,但何知微还是很疑惑,怎么能吃得下呢。跟着母亲一圈圈地走,何知微没有叹息摇头,也没有不耐烦,他只觉得抱歉,一种不晓得该向谁说的模糊却广大的抱歉。带着这莫名的歉意,他张开手指伸进陈飞白的指间,很快,她温热的手指落在他的手背上,掌心紧抵着掌心。

刚接到母亲时,他向陈飞白介绍着,我妈,夏,姓夏。他介绍得不太流畅,被介绍的人难堪地扯出一丝笑意,陈飞白有些惶惑,尽量自然地问好,夏阿姨好。

一次短暂的母子相聚,母亲随团赴港澳旅游,游完了顺便到深圳探望儿子。已经不是头一回来了,但这次不一样,何知微提前向女友透露,她是为了看看你。陈飞白笑笑,还要面试呀?话一出口就低下头,仿佛失言了。他听见"面试"两字,心想这可是你先提的,有心抓住机会继续说,见她懊恼又回避的样子便退缩了,再说下去也是无趣。好几回了,他刚起了个头,她就往别的话题上引,他想拽回来,拔河一样,最后变成两个人你一句我一句,各说各的了。

三人沿缓坡爬上观海台,这里地势比海平面高十几米,是望海的好地方。深秋,天高水清,海边聚集了大群水鸟。鸬鹚、白肩雕、红嘴鸥、黑脸琵鹭,何知微一一指给母亲看。陈飞白补充说,迁徙鸟是从西伯利亚飞过来的,在这个海湾经停补充体力,最终的落脚地是澳大利亚。何妈感叹,真远呀,做只鸟也不容易的。

他们准备往下走时,不远处的海边聚集起一簇人,还有警灯一闪一闪的。何妈说，怕是有人出事了吧？溺水还是昏倒，要不要去看看呀。说着，她自顾自加快了步子，两人在她身后跟着，一起往闪灯的地方走。

不是人出事了，是一头抹香鲸搁浅在了海湾。它身上的渔网已被施救人员割除，据说专业人士也正赶过来，可以利用声学驱赶手段帮它游回深海。有人表示并不乐观，这种情况一般就只能等死了，不多打扰，让它安安静静地走反而更好。

鲸鱼庞大的身躯只有一小部分泡在水里，它一动不动，也没有发出任何声响，默然地受苦，这景象触目便伤怀，一下子把人心里的软弱钩了上来。

围观的人来来去去，天色渐暗，总这样看着也徒劳，出不上力，何妈提议，咱们回家吧。

沿着栈道走到头，再拐上柏油路走几百米就是海怡苑了。一路上没人说话，快到小区门口时，陈飞白突然停下来指着地面上的花砖，说，这里也是它的海。

何知微明白，话里的"它"是那只抹香鲸，何妈似乎也听懂了，没接话，也没多问什么。

何妈住了几天就回去了。何妈在的时候，厨房里三个燃气灶都很繁忙，推拉门上的玻璃蒙着一层蒸汽，客厅的电视一天到晚开着，屏幕一亮一亮，屋里像聚集了很多人，人烟阜盛的样子。现在只剩他俩了，陡然就静了下来。两人如蒙大赦很是享受了几天清净，气氛也愉悦，两人之间存在的问题像被风和日丽的好日子融化了，又过了一阵子，那道坎儿才实实在在地浮凸出来。

雪下得很大，扑在地上，地是一下子变白的。海水还没有结冰，雪落在海面上，倏地被吃进去。雪不停地往下落，漫长如时间本身的大雪最终覆盖了海水，白色一层一层积起来，冰和霜和雪凝成的纯白向四周铺展，他从没见过如此安静又如此荒凉的白色。

醒来时，窗外的雨声正变得疏落。何知微半坐起来，拨开窗帘，看到桂树的枝丫挨着玻璃，叶子经了一夜雨水，青碧青碧的，是一种湿透了的带着重量的绿色。秋天的冷雨带来潮气和寒意，他把胳膊缩回到被子里，愣怔了一会儿才想起来那是个梦。梦里，他侧躺在床上，看到雪花被风扶着,从半开着的窗户缓缓飘进来。

雨停了一会儿,又开始下。雨珠滑过叶片,沿着叶子尖滚落下去,不见了,耳边传来它们在地上摔碎的声音。接着是气味,食物的香味充盈在空气里,提醒他今天是周末,枫木餐桌上照例会摆满新鲜现做的食物。

不对,现在她不该在家里,她该在盈泰证券的会议室里面试呢。昨晚早早躺下,两人都没睡着,他又问她,两年前你的机会很好,学历够,最难的几轮专业笔试都过了,最后就是问些程式化的问题,怎么会挡在这一关呢?

她说,你看看墙上,墙上落满了树枝的影子,一晃一晃的,外头在刮风。

树影在墙上摇摇晃晃,风一大,树影就碎了。他看了一会,下床走到窗前拉严窗帘,说,早点睡吧。他不再出声,躺着躺着,额头上那根静脉又凸起来了,从额头向上延伸到发际,接着往头发里走,走向和质感都无比分明。接着,他的头发站起来了。他不知道自己有多少根头发,但每到这样的时刻就能感受到每根头发的存在,它们跟静脉一起往上扯着头皮,头上像长出一只刺猬。

心里有事,头疼,疼着疼着睡着了,睡得并不踏实,做梦,下大雪,先是看不见路了,后来,雪把海都盖起来了。

你没去面试?坐在餐桌前,他忽然没了胃口。蛋挞刚端上来,烤焦的表皮下蛋浆翕动,像在喘气儿,桌上还有牛油果三明治、冒着热气的茶和一束豆绿色的桔梗花。

坐下坐下,蛋挞,三明治,全是热的。

这些明天做就不行?不都下定决心了吗,跟于贝贝也说好了,等着她又要抱怨。

别说于贝贝了,你闻闻这壶果茶,有几层香味?

褪去水分和颜色的干果被滚烫的水重新叫醒,他辨识出树莓、蓝莓和橙皮的香气。外面,雨已经停了。他看看表,说,还来得及,我给她打电话让她把你往后排,现在就去,赶得及。

她站起身来,说,于贝贝是我同学,要打也是我来打。她走到阳台上,把手机放在耳边,很快她耸耸肩膀,他知道这是表示电话没接通。过了一会儿她不见了,他探探身子,见她已经在一盆酢浆草前蹲了下来,他一口咬掉大半个蛋挞,跟生气一样地吃起来。

她在阳台上喃喃自语,据她自己描述,这是给每盆花草打招呼,遇到特别喜欢的还会多说一会儿,到木架最边上那盆玛丽玫瑰时她就改用英语聊几句。

电话真打了吗?隔着窗户,他喊了一句。

真打了,没接通。贝贝是考官,没法接电话呀。她走进来,说,别想了,今天不就是休息的吗,好好吃早餐,下盘棋,再去菜市场买买菜,优哉游哉多好。

为了好好吃早餐,为了优哉游哉就不去面试,值得吗?

她抚摸着餐桌上的花瓶,花瓶口浮雕着一圈梅枝,瓶腹到瓶底下凹着一道道风琴褶,她的手指沿着褶往下划,脸色也一点点暗下去。

他没再往下说,安抚性地拿出棋盘,问,对弈还是打谱?她把皮墩子搬过来,说,你打谱,我在一边看。

依然是吴清源初到日本时跟濑越宪作下的那盘考试棋,每一手都很熟悉,他摆得却很慢,两人细细地玩味着每一手,享受着每一手。他俩都生在围棋热的年代里,从小学棋,一帮孩子谈论起"六超"来就两眼放光,死活、手筋、定式之类的辞典也钻研了不少,后来才明白,围棋不可能也不应该成为普通人皆可追逐的时髦,渐渐冷下去是对的。而他们到了这个年纪也不再执着于棋力的精进,只是单纯地喜欢下棋的感觉,只有棋,没有别的,甚至没有自己,一念不生的时刻美妙而珍贵,生活中还能让自己进入沉浸状态的事情真不多了。每次摆到黑棋往白棋那里一靠,两个人都要倒吸一口气,为如此奔放的妙手感叹,后面的呼应更加精妙,效力连绵不绝地涌过来,即使自己永远下不出这样深含韵味的招法,只要想到有棋手曾这么下过,就会生出特别的满足和喜悦来。

他忽然说,看看我们的榧木棋盘、蛤碁石,选的时候,你说一定要本榧的,棋子落下去声音才好听,要是咱俩都在公司里录文稿,只能摸着树脂棋子,在一块塑料布上摆一摆。

今天,他怎么也沉静不下来。

她以为面试的事情已经蒙混过去了,没想到拐个弯又回来了。她不言语,他继续摆棋。她听到的落棋声,是在木头上弹了一下才落定的。棋子离开人手,立在棋盘上,温润生光,光是收敛着的,很端庄,恍若从棋子的深处向外透出来。有的光是带着响声的,这个光清净,一点儿也不闹,她想。她偏偏头,换一个角度看,柔和的光又浮荡成了一团烟气。

你不能录一辈子文稿吧。他坚持往下说。

她坐在一朵云的阴影里,听见雨声又响起来了。

石榴、白菜苔、莲藕、芸豆,都收进了袋子里。她不知怎么就离开了家,走着走着,走出了雨天的灰色,走在通向菜市场的小路上,满眼的甜柿、绿甘蓝、红椒、紫茄子,明艳清鲜地从塑料袋和拖轮车里露出来,这些鲜妍的颜色显得街道和人脸更加黯淡。她进了菜市场,沿着一家家摊档走过去,遇到合意的就停下来,弯下腰挑一阵子,从市场出来时,她觉得自己是把一个富丽的秋天收进了袋子。

这些应季的蔬果跟鲜花一样好看,能把他哄高兴吧,想到这里,她是笑着走进门的,边走边喊,何知微。

屋里已经空了,一种熟悉的带着凉意的孤寂感沿着脚背和小腿往上爬。每逢他出差,她一个人在家时,房子就不像房子了,像只剩一点残茶的杯子,从里到外冷透了,在屋里待上一会儿她的皮肤就开始发紧。

何知微走得很匆忙,取了几件衣服,衣柜门都没关严,棋子也没收起来。本该明天动身的,要前往的地方是榆林,有沙漠和古城的西北小城榆林,多年前王家卫曾在那里拍摄过《东邪西毒》。

海边的夜晚总是来得早一些,不远处就是跨海大桥,白日里刚健的桥身线条在夜色中变得浑浊,直到两排灯带亮起,勾出大桥的轮廓。入夜后,海怡苑的很多扇窗子依然没有灯光透出来,俗世居家的气息很稀薄。住户大都在附近的投行和证券公司上班,他们跟何知微一样,准备操作上市的公司在哪里,人就停驻在哪里,家倒像个临时居所了。

站在窗前往外看,能看见一大片海。眼睛看不见的地方还是海,海往更远的地方伸展。海上的云朵低低的,像撑不住随时会坠进海里的样子。看着看着,雨来了,开始是稀疏的雨点,越下越稠,直到织成细密的纱幕,风刮过来,雨丝斜着往一边倒,欲断未断的样子。小区旁边的空地正在修建一个大型城市综合体,快封顶了,横幅也打出来了,红底白字的横幅拦在楼体上,被塔吊上的白光一照,上头的字迹清清楚楚。一串吉利的数字,是售楼电话,还有更醒目的加粗字体,是楼盘的名字,陈飞白看在眼里,转头看看棋盘,心像被什么东西硌了一下。

陈飞白不知道该怎么描述于贝贝。她俩一起在英国读书，又一起回国找工作，常年合租房子，很多喜好也一致，都喜欢铃木保奈美的笑容，喜欢TVB九十年代的电视剧和情侣档，郑伊健和陈松伶，罗嘉良和萱萱，可陈飞白心里又清楚，除去这些契合的部分，她们间最主要的是差异，她跟于贝贝是完全不同的两种人，哪里不同呢，这样说吧，几个人一起练网球，陈飞白不知怎么回事就被挤到了最边上，而于贝贝则是那个不知不觉就占据正中间大力挥拍的人。她们相处多年，热过，冷过，岁月蹉跎中终于把对方变成了自己的某种恶习，当然更多的时候，在这个人情淡薄的地方，她们要为彼此充当最后一个庇护所。

听脚步声就知道是于贝贝上来了，她的出现总是充满力量，让陈飞白产生出强烈的感觉：这是一个以半生牛肉为主食的人。

还没坐稳，于贝贝就连说好几个"量身定做"，你知道吗，不是业务助理，是项目经理，聘任条件比着你定制的，你来都没来，怎么了，又怎么了？

没等她回答，于贝贝已在房间里转了一圈，问，小何呢？

陈飞白说，出差了，闹着别扭走的，落地时报了个平安，接着一周没有一个电话。

于贝贝叹口气，又是因为工作的事吧，别犯轴了，你好不容易才跟他凑到一块儿去，多少年了呀，人跟人结缘不易的。

陈飞白第一次遇见何知微是九年前的盛夏，一个闷热的午后，在高三七班的教室，他是那场冗长的高考经验分享会仅存的记忆，所有关于他的画面她都记得清清楚楚，他说话的样子、拿笔的姿势，她都记得。她曾无数次地向于贝贝描述，鼻梁像竹野内丰，真挺呀，脸上的表情游游离离的，有一丝古意。于贝贝对"古意"表示茫然，她就换了个说法，一张少年的脸，眼神却是沧桑的，像在发愁又不是为什么具体的事情发愁。于贝贝只好点点头，佯作理解。那天介绍完经验，班主任笔墨伺候，其他几个人都写下劝学惜时的字句，只有他例外。她一直盯着他看，写"长恨此身非我有，何时忘却营营"时，他拧着的眉头间全是愁苦，写到"小舟从此逝，江海寄余生"，随着笔毫在纸上提按使转，他整个人突然就舒展了。就在那个瞬间，陈飞白看见了他，随之而来的是秘密的欣喜，她确信，她辨认出了一个人，她对这个陌生人满怀着贴心的理解，满怀着相识已久的亲密感。气氛压抑的教室里，老师同学都消失了，只剩下她和她辨认出来的这个人，她觉得他特别不容易，她想对他好一点。

何谓爱情，她说不清楚。那天回到家里，她对妈妈说，给我买一条新毛巾吧。她想要一条天蓝色的崭新的擦脸毛巾，不但如此，还打算以后要经常换洗毛巾。接着她走进自己的房间，把衣柜里的连衣裙拿出来，穿上，照镜子，再换一条穿上，照镜子。她把裙子细细整理了一遍，动作里都是爱惜，她心里忽然涌起一股强烈的冲动，想好好地、认认真真地生活。挂好衣裙，她往院子里看了一眼，发现菜圃里妈妈种下的种子已经出苗，小油菜，芫荽，茼蒿，翠生生的，像刚淋过一场透雨。晚上，趴在桌子上做数学试卷，最后一道题照例只能写出前几步，发一会儿呆，在演算纸上写下了几行字，很多年以后她才意识到，那几行字到底是什么。

后来的事情，于贝贝就是见证人了。异国的一次留学生联谊会上，于贝贝突然发现陈飞白不见了，她去厕所时看到一个人在楼梯间附近来回地走，手里擎着一杯长岛冰茶。借着昏黄的灯光她认出来，正是不见了的女伴陈飞白。哪里的中国人都多，何知微竟然也在考文垂读书。于贝贝很兴奋，赶紧走近仔细端详了几眼，发现此男并无让人一见倾心的特别魅力，也看不出哪里有"古意"。接着，于贝贝把神情慌乱的陈飞白拉回到场子上，不料她使劲儿看了何知微一眼，又走了，盯着她的背影，于贝贝脑子里一下子蹦出来一个词，劫数。

于贝贝的一句感叹，把两人都拉回到往事中。

半天，陈飞白才说，是，他觉得我不该再打杂。

我也觉得你亏了，最低阶的劳动，业务链条上最末的那一环，工作最繁琐，年终奖最少。咱俩一起毕业一起去面试，我到现在也不知道你是怎么被咔嚓掉的。于贝贝边说边比划着。

你问问人力资源的同事不就完了。

都是大忙人，谁记得这个。

我更不知道为什么了。

于贝贝凑过来，说，眼看就要修成正果，老为这个吵架，值得吗？

她猛然抬起头来，上周末，下着雨的那一天，何知微也问过她，为了优哉游哉的早餐就不去面试，值得吗？当时她想表个态：早餐比较重要。虽是真心话，说出来却像抬扛，到底忍着没说。

她摆摆手，大于，别替我操心了。

话不投机，两人都讪讪的，强打精神温习了些旧事，期间没有一次对视，笑声干涩，笑完沉默很久。总算捱过晚饭，于贝贝起身走了。

空屋子。打开窗子，海的腥味扑面而来。那只搁浅的抹香鲸最终没能回到深海，它彷徨游弋了几日，在深夜和凌晨交界的时分，庞大的身躯侧翻，死去。

远处是海，脚下也曾是海。一寸寸填出来的土地上，很快生长起楼盘、体育场和造型充满未来感的写字楼，一点儿也看不出本来的模样了。潮湿的季节里，空气中蓄满水分时，她突然问何知微一句，过年的时候，我老家有接神的风俗，死去的人会在这一天回到家里，死了的海呢，是不是在某些时候，海也会回来？何知微一愣，沉一会儿，他说，会回来，回来过，我做梦总是梦见海。咱们的楼，还有旁边那些建筑，都是在海里漂浮着的。

她拿起手机，又放下来。她想念何知微，不是对父母或朋友的那种想念，是女人对男人的最纯正的思念。这一周太漫长了，一夜，一天，一夜，一天，一夜，一天，一夜，一天，一夜，一天，一夜，一天，一夜，一天，每一刻都无法集中精神，只能做一些机械的事情。时间多出来了。她把洗衣机里的衣服拿出来，一件一件地手洗，这样多出来的时间就能被她揉搓过去了。这跟赌气或示弱没关系，不是计较谁先忍不住跟对方联系，而是根本不知道说什么好，工作的事情把人噎住了。情绪不稳定的时候，她也不想跟他联系，她怕自己絮絮叨叨地说很多话，说出来的每句话都是蠢话，最蠢的女人才会说的那种话。她也害怕，害怕他会动用两个词语指责她，那两个词，一个是神经，一个是无聊。

并没机会互相指责，出差回来后，何知微就住公司里。在榆林的时候，于贝贝给他通风报信了，说上次招聘有几个职位没招到合适的人选，飞白还有机会。她说，你想想办法，我也想想办法，合力让她走上正途。乍一听到"正途"这个词，何知微心里有点不舒服，嘴上却答应着，说，再想想办法吧。

这几天，他以加班为名，白天晚上都驻留在办公室里。办公桌上有一盆四季海棠，一盆石竹花，一盏铸铁台灯，看见这几样东西，他整个人就会松弛下来。

记得是个午后，他去茶水间接咖啡，前面一个女同事正在接，他便在后面等。女同事穿了一条裙摆到小腿肚的连衣裙，两条宽宽的带子在腰后系成一个蝴蝶结，他很多年没见过这种样式了，记得小时候流行过一阵，后来不兴了，现在又见到就觉得很亲切，好像这蝴蝶结里系着些渺远模糊的旧情。女同事接好了回过身来，他随即听到一声惊叫，女同事捂着嘴，脸一下红了，呆站在原地一动不动。他一时也不知道该说什么好，他注意到，她的耳轮都是红的，红了整整一圈。接着女孩转回身去，放下杯子，快步离开。他接完咖啡回到房间里，时不时朝着茶水间方向张望一下，过了一会儿，见女孩低着头取走了杯子，他的视线跟随着她，看着她坐下，忽地，看见了她座位上的花，细颈白瓷瓶，一支山茶斜倚着瓶口。再看看别人桌上，一盆盆绿萝，没有花也没有铸铁台灯。他打开台灯，灯光不是冷白色的，是蜂蜜色的暖光，轻轻软软地照着办公桌。他心里一下子亮了，女孩的神情、海棠花、石竹花、台灯，他再迟钝也知道这意味着什么。下班时他特意从女孩座位前经过，她不在，他放慢脚步，眼睛往桌上瞅，除了高耸的文件夹，电话旁边放了一摞书，最上面那本，封面他看得很清楚，是《荒原》。

因为不在一个项目组，过了两天他才打听到，那女孩是个业务助理。接下来总是出差，手上有三个项目同时在跟，忙得心烦意乱时，她脸红的样子还是会猛然闪现出来，一圈耳轮都是红的。

后来，年会之夜的尾声照例有人喝哭了，他也去卫生间吐完了，几乎爬行着来到露台，倚着栏杆坐下。某个瞬间，他感觉自己快要死了，他记得自己不停地说话，嘴里嘟囔着，想吃点甜东西，白糖拌西红柿，多放点白糖，渍出来的汁最好喝。他双手伸向空中，想抓住什么似的乱抓一气。

他的手被人紧紧握住，睁开眼睛，眼前站着一个穿红裙子的人，脸看不清楚，那团红色却鲜明，像是用红浆果的汁液刚刚染就的，红得湿漉漉的，把周围的空气也洇成鲜红色了。我叫陈飞白。九年前，你来高三七班分享高考经验，我第一次见到你。四年前，在英国，联谊会上我又见到你，斗争半天想跟你说话的时候，你已经走了。两年前，我来卓盛证券工作，第三天上班的早晨，你从会议室里走出来。一个月前，我在茶水间接了杯咖啡，转过头来，看见了你。

这些话他听不明白，只感觉有一双手把他从寒冷的井底拉出来，手很暖和，也很坚定，传递了明确的信息，抓住了他就不会放开。第二天，在海怡苑的枫木餐桌旁，他像听故事一样听她讲，她讲完了，他半天说不出话来，他完全不知道她的存在，也不知道该说什么去回应，最后，他说，这，这太古典了。想了想又加上一句，你受苦了。

她说，回头看，不记得苦，只记得自己是在活着，能量充沛地活着，也不一定非要认识你，想到世界上有这个人就已经感激了。有些阶段会比较热烈，间歇性到来，于是就如痴如醉地、偷偷地、尽情地想一个人，想着想着还会笑，夜里就盼着第二天早晨醒来，醒来想到你的一瞬间也会笑，多幸福呀。

他问，那现在呢？

她笑着回答，朝闻道，夕死可矣。

他一点儿也不觉得浮夸，他相信她这一刻的真实、郑重和笃定，爱让一个人变得多单纯，多孩子气。在这样一个人面前，他所有的疑问都显得俗气和老气，都根本问不出来，比如说，你了解我吗，你心里的我是亦真亦幻的吧，比如说，爱一般能持续多久。他甚至不敢露出太丰富的表情，怕她觉得是质疑和嘲讽。她能爱，他羡慕她。他知道，眼前这个人是英勇的、充满生命热情的，若无一股愚勇，若无十足轻信，都这个年纪了，谁又肯爱上谁呢？

他一个人惯了，也没觉得有什么不好。慢慢地，才开始去她租住的小屋，两人一起吃饭，喝茶，闲聊，看美剧。她的房间是自己买墙漆粉刷的，海蓝色，一进去就感觉干净清凉。她很少叫外卖快餐，只要不加班至深夜就自己做饭。虽是家常菜，做法却精细，不怕麻烦，不图省事儿。哪怕下面条也要配几种菜码儿，冰箱里常备着卤牛肉和肉丁炸酱，哪怕做个土豆丝也要淘洗干净淀粉，配着红绿尖椒丝一起炒。她做的荤菜，肉腥气很淡，格外美味，并不是买了什么高档有机肉，他注意了一下，只要是肉类，排骨、肉片、鸡块，她都先用温水浸泡几遍，把血水倒掉，再用流水冲，沥干，姜葱和黄酒煨半个小时才下锅炒。他发现她居然有一个电熨斗，洗好的衣服穿之前先熨烫一遍。她租住的房子楼间距不大，一天中阳光照进阳台也就一两个钟头，只要是棉质衣服她都坚持去顶楼天台晒。有时预报的不下雨，不料一朵云不作美就把衣服淋湿了，下班回来她就再把衣服洗一遍，送回天台，她说阳光是不用钱的，只要你愿意走上开阔的顶楼。她的衣服还没有他的多，但都平平整整，衬衣没褶子不显旧，裤子膝盖那里没有鼓起来。也许是屋子小，他总觉得屋里的光和热是充盈的。有一天,她抱着一堆散发着阳光味儿的衣服走进来,把一件衬衣放在熨衣板上,喷水,领子放平,提着手柄,微微倾斜熨斗,用熨斗尖细致地熨过去。看她熨衣服的样子,突地一个念头升起来,越来越清晰,他想跟她一起过日子,过体体面面的日子。两人商量了一阵,差不多时,很自然的,他就把她的东西搬到海怡苑去了。

　　此刻,他打开台灯,蜂蜜色灯光让工作的空间都变温柔了,空气里多了几分安静的味道。他拨开百叶窗帘的扇叶,透过缝隙往她卡座上张望,她没在电脑前坐着,她的桌上有壶茶,用蜡烛保着温,小蜡烛的火苗紧舔着壶底,看不清壶里泡着什么,颜色浓浓的色调很暖。他在办公室里晃荡了几步,又往外看,她依然不在。

　　只好坐下来继续工作,榆林的项目照例也很棘手,公司的社保公积金缴纳有问题,历次股权转让也不规范。会议纪要里列出来六个问题,都得艰难地推进解决。一家公司上市需经很多关卡,而券商能提供一条道路,你付给我钱,我让你在这里通过。行业不好看没关系,数据不好看也不怕,都可以做得健康红润且全部踩着规则做。这会儿他的心思不在项目上,一会儿坐下,一会儿站起来。

　　她终于出现了。弓着腰,拖着一个大纸箱子,往座位上一点点移动。他几步走到门口,一只脚踏出去了,又缩回来。他多想走过去,帮她把箱子搬到座位上,他几乎都要走过去了,可看着她辛苦的样子,于贝贝所说的"正途"一下子就浮现出来了。一个项目从开始启动到最后做上市,她要把七八个大纸箱的资料分类筛选,再整理成电子目录和文稿,这不知要加多少个夜班。他强忍着,退回到办公室里。

　　关严门,他马上打电话给于贝贝。在英国时你俩是同学,现在你在盈泰都单独主持项目了,她怎么就沦落成打字员了,那时到底发生了什么事?

　　你又问?你问我我问谁,我不知道。于贝贝说,我俩都进了最后"一面",嗐,最后"一面"就是走走形式,她硬是没被录用。后来看到你们公司缺助理,其实就是缺勤杂人员,不用面试,她投了份简历就去上班了。

　　他说,辛辛苦苦上这么多年学,哪有干杂活的,还干得那么用心,总不可能是她的兴趣所在吧?她琢磨什么呢,我想不通。

　　于贝贝说,先别回家住,也别松口,再坚持几天,让她知道你的态度。

他说，本来想回家，不提这事了，今天看见她辛苦的样子又替她不值。逃避不了，终归要解决。我过两天还去榆林，你有空再跟她谈谈。

于贝贝说，有电话进来，先这样吧。

到底是直接电话还是借故推辞，他无从辨别。看样子于贝贝也是有心无力，他又暗暗抱着点希望，希望下一次从榆林回来时，于贝贝已经说通了她。

加完班已是午夜，他走出办公室，外头几排卡座都没人了，灯也熄了。他径直来到陈飞白的座位前，在黑暗中站了一会儿，又坐下去，坐在她的转椅上，就这么坐着。

不知坐了多久，依然没有困意，他拧开台灯，照亮这方格子间。她的格子间跟别人的不一样。桌上每样东西都未被怠慢，没有乱摊乱放，几十个文件夹按时间顺序排好，笔、便签、曲别针、订书机分别收纳，一目了然。大小物件都无浮灰，经常擦拭的样子。电脑左边放着护手霜、相框、彼得兔和樱木花道的玩偶，一个细颈白瓷瓶插着雪柳枝，线条很婀娜。桌子角落是一壶一杯一底座，几个玻璃罐里盛着茉莉、白菊、竹叶、金雀花，还有一摞书，靠边整齐码放着。他把书依次拿起来翻了翻，翻到最后一本时，里面夹着一叠纸，对折着，纸很轻，触摸有植物纤维的感觉，展开来，纸张是淡青色的，上面飘雪一样撒着些金片。

这是他第一次见到陈飞白的笔迹。

迟

　　九岁那年，冬天
　　后山桃林里捡到几根半枯的桃树枝
　　沿山路往下走
　　见几株野杏，一间老屋
　　木窗朽坏，门半开
　　蛛网积尘，墙角歪着陶罐
　　掬来溪水随手插上桃枝，下了山
　　一百三十七天后
　　隔年的春末
　　山中春意，最后的滂沱

我无意中推门而入
　　眼睛被晃了一下
　　老屋里真亮呀
　　桃叶嫩绿,桃花浩荡,像在
　　等人
　　清水里的桃花
　　每一片花瓣都伸长脖子喊一个名字
　　我推开门就开始怪自己
　　怪自己来迟,来得太迟
　　数一数一百三十七天,这一百多天里
　　山中流连多次,放学后,假日里,下雨的时候
　　空气清甜
　　蘑菇一眨眼就长高

　　我来迟了
　　何知微

　　念到最后,是自己的名字。名字旁边,纸的右下角,印着一枝粉白的桃花,摸上去似乎软软的,还湿润着。他又默读了一遍,"诗"这个字眼才浮现出来。他一时有些惊讶,因为小时候学棋陈飞白身上是有股静气的,没想到她还偷偷写诗。他小心地往下翻,发现纸笺右下角的图案都不同,一丛墨竹,再往下一张,印的是梅花,还有一种藕色的叫不出名字的花。墨竹和梅花的纸笺上也有字迹,他深吸一口气,准备接着往下读。
　　靠窗的一排卡座传来咳嗽声,是睡梦中咳嗽的声音,也许,咳着咳着就该醒来了。他折好纸笺,放回书里,合上书,关台灯,离开了集中办公区。

　　陈飞白提前一天买好舟山带鱼,洗干净切成小段,控干水分,放冰箱里腌制一晚才拿出来干煎。这是于贝贝最爱吃的一道菜。虽是家常食物却急不得,该花的时间要花,该有的工序一道也不能省,做出来才是

那个味儿。煎完带鱼，尝一块，酥脆入味，她满意地点点头，接着炒藜蒿腊肉和青豆虾仁，凉菜是西芹花生米，砂锅里滚着红豆茯苓粥，这个季节正好祛湿气。不管于贝贝为何而来，两人聚在一起越来越不容易，这顿饭吃什么她在心里是专门计划过的，以前时间充裕时，她还做过松鼠鱼和蒸碗小酥肉，一步一步来，也不觉得麻烦。

于贝贝看见干煎带鱼就笑，跟不好意思似的，她吸吸鼻子，说，干煎比软炸好，刺儿都酥了，真香啊，她幸福地耸耸肩。吃得差不多时，她才动情地讲述起"烧鹅的故事"。那会儿她们毕业回国在深圳找工作，周末结伴去香港，打算镛记烧鹅、Lady M、蛇王芬、Cova、新斗记一路吃过去，第一站直奔镛记烧鹅，兴冲冲打开菜单，即刻被吓傻，从头翻到尾又从尾翻到头，一道菜也不敢点，挣扎良久，还是一脸窘相地站起来，跑路了。毕竟一起拮据过窘迫过，每当两人的友谊经受考验时，烧鹅的故事都要被讲述一遍，最后还要加上一句，其实也不太贵。

陈飞白没跟着她抒情，说烧鹅的故事也没用，何知微不回家，肯定跟你有关系。

我们不能眼睁睁看着你误入歧途。就算不谈钱不谈收入，把一个公司做上市也总比你打打字有价值感吧。于贝贝说。

陈飞白站起来收碗筷，边往厨房走边说，不用再劝我了，真不想再被面试了，题目过不了。

于贝贝歪着头，什么题目，我都不记得啦，大概就是谈谈期望薪酬吧。

只剩下水流的声音，陈飞白在刷洗餐具。于贝贝走到门口，说，飞白，尽快把工作调整到位，下半年你们就可以办婚礼了。她语气里充满紧迫感。

陈飞白回过头来，是小何说的吗，要把工作调整到位？怎样才算到位？

他不是图你那点工资，是为你惋惜。你爸妈供你出国读书，不是为了让你回来做打字员的，好歹要有个职业规划。

这话我听过很多遍了，还有别的吗？她把百洁布丢在水槽里，水珠四下溅出来。空气凉了。

别人我才懒得管呢。于贝贝走进厨房，我为你着急呀，你没享受到实在的好处。多少人，稍微一不得志就急出各种丑态，你怎么就不急呢？你也知道，咱学这专业挺运气的，要不是亲戚懂行，自己哪有这个远见，真是赶上了，撞大运。

她当然知道。很多人的境遇，跟努不努力没什么关系了。回头看，学什么专业，哪一年买房，竟然都跟机遇甚至命运等词语联系在一起，染上了些宿命的味道。好像再容不得随意和踌躇了，一不小心就会跌落，再转身，时过境迁，连一点儿修正的机会都没有的。

你歇着吧，以前也是你做饭我洗碗。于贝贝用肩膀一抗，挤开了她。

最近这几个月两人的交流模式变得单调重复，会面，吃饭，劝说，抵抗，了无新意，挺亲近的两个人，越来越疏远，像隔了一层什么。工作这事本来谁也没放在心上，时间长了，事情就有点变味道，渐渐形成对峙之态，似乎是为了捍卫各自价值而刻意较劲儿了。一个蓄势待发，另一个早有防备，每次见面都不太自然。以前想到跟于贝贝吃饭聊天，她打心眼里高兴，关系恒温的朋友在一起多舒服呀，现在接电话心里都发憷，别说见面了。茶几上，棋盘一直没收，她翻开棋谱，从那天何知微停住的地方继续往下摆，直到光线隐没夜色合围，子儿都看不清了，她才从棋局中把自己拔出来。慢慢抬起头，哪还有于贝贝的人影，她又是孤身一人了。缓缓神，她记起来，于贝贝看她摆了一会儿棋，临走时说，我只是希望你活得值，又不是不能，你唾手可得呀。

她拨通何知微的电话，何知微接得太快了，她看见秒数一跳一跳的，才意识到已经接通了。

你好吗？他的声音很急切，好像这个电话是他打给她的。

他接得那样快，是一直在等她的电话吧。听见他的呼吸声，心一下就踏实了，鼻子却酸酸涨涨的，她说，我不好，你知道。她只想跟他一起坐着，不用说话，一句话也不用说，就并肩坐着。他们之间，隔着两千多公里路，隔着黑夜笼罩下的无数个州府。

她有多少想念，他就有多少。想一个人，竟然能想得热血沸腾，火苗猛地蹿起来，比人还高，浑身上下都是灼烧感。他总算知道动情的滋味了，爱意突然上涌，瞬间直达顶峰，很强烈也很贪婪，仿佛这就是这辈子最后的爱了。原来爱是有颜色的，最正的浓得往下滴的红色，爱也是有声音的，是冷水浇在刚刚烧干的锅上，激出的那种巨大响声。原来不管持续一分钟、几个月还是许多年，爱情都是一种势必的、纯粹的、极致的发生，根本由不得人。既能称得上爱情的，便是明知它会来也必会消失却依然愿意全身心经历的，便是多少带着点沉水入火、自取灭亡的决然和勇猛的。他当然有过情史，前后跟几个女孩交往，感受到的是无可无不可的犹疑，是随时可以抽身的淡漠，彼此间没有黏性，没有火星噼里啪啦，她试一试，他也试一试，双方的姿态都太轻盈飘逸了。他从没见过她们脸红，没见过她们热烈迷乱的样子，当然他也不投入，若失去对方并不觉得害怕，也不会觉得万般不舍。他不会在想起她们的一刻，柔情在胸口翻涌，喜悦感激中又掺杂着无以名状的悲伤。这几天，他每晚都不关机，也不调静音，生怕接不到她的电话，手机响看到不是她的名字，心就被失望塞满了。他回忆她认真做的每一道菜，想看一眼她干干净净的办公桌，她的桌子是甜的，像一块洒满白糖的方糕，也是散发出尊严感的，尊严，不知道为什么他猛然想到了这个很少想到的陌生的词语。

明天我回去，不管这边有什么事，不管了，明天我就回家。

他一句话也不说，就只是抱着她。他收紧胳膊，再收紧胳膊，直到一个激烈的拥抱耗尽了他的全部力气。

他说，太难熬了，每一晚都太长了。我只想搂着你，接触你的皮肤，听见你的呼吸。你该早点让我知道的，在我更年轻的时候。现在，我怕我爱不好你，爱不动你。

她说，我一点儿也不在乎这是你二十岁的身体，还是五十岁的身体。我只是觉得自己不够好，不够年轻，我现在不是二十岁了，要是二十岁该有多好。

她擎起双手，捧住他的脸，缓缓地，从额头看到眉毛，从眉毛看到眼睛，停住了，她的眼睛凝视他的眼睛，他的眼睛凝视她的眼睛，笑脸对着笑脸，他先闭上，她跟着闭上，额头抵着额头。

她盯着他闭上的眼睛又看了一会儿，接着，她认认真真地往下看，一点也不着急地看，每一眼都很深，鼻梁、嘴唇、下巴。她的手顺着他的两腮滑到脖子上，手指在他脖子后面交叉。

他睁开眼睛，说，昨晚又梦见下大雪了，梦里有个人在两扇黑色的大门前站着，那个人的脸我还记得，就是我自己，还有一个人在路对面，是你。昨晚咱们就在同一场雪中了。

咱俩说话了吗？说的什么？

没说话，也没走近，好像都舍不得踩路上的雪，就隔着一条路各自站着。

站了多久？

一直到闹钟响。登了机接着睡，还是那个梦，还是那个很安静的场景。

我知道，梦也能接着做。好在是没有情节的梦，不累人。

不累。你下午也别去上班了，我们在家里什么都不做就一起待着，待到天明。

天明了呢，又得走。他焦灼起来，这点相处时间太宝贵，想到在睡眠中度过就觉得浪费了，转头看到棋盘便说，下棋也行，几盘棋天就亮了。

陈飞白点点头，接着指指外面，说，旁边的楼封顶了，脚手架拆了，横幅和LED也挂上去了，叫"天元"。

"天元"？何知微走到窗前，看到一道巨大的横幅拦在楼体上。一团云在天上飞快地走着，匆匆掠过"天元"二字。

他说，这名字还算文气，比常见的那些楼盘名好。

她摇摇头，说，不好，什么都敢叫。她走到棋盘前，指着棋盘正中央的黑点，说，天元在这里呢。

地产的名头，不是假洋鬼子就是蹩脚古风，这壹号那壹号，还有浪琴海，至少见过十几个浪琴海了，我倒觉得"天元"不算差。

陈飞白还是摇头，说，这里建成后是城市地标，以后的小孩子不知道围棋正中央的星位是天元，不知道吴清源跟本因坊秀策下棋，前三手是三三、星、天元。他们膜拜天元，因为对他们来说天元这个词的含义就是中心地段的豪宅。想到这个，我心里就很难受。

你猜，接下来会是什么广告词？她问。

他脑海里闪过一个个巨型广告牌，一根钢柱支起三面招牌，矗立在快速路两侧，车辆一路疾驰，招牌一块块扎到眼睛里来，"独占大湖""先生的海""成为森林城堡的主人""私享家的景观资源""少数人的美宅，所有人的梦想""名校环伺，尊荣世袭"……他没有刻意关注过这些宣传牌，此时说到广告词才发现有些字句不知不觉间已刻在了脑子里，忘都忘不了。细细琢磨起来，他觉得有些不对头，境遇不好的穷苦人每天看着，心里会是什么滋味呢，也许不往心里去吧，大家早已认同，世界就是这样的了。

想到这里，他说，既然用这个名字，就要在中心上做文章，广告词？呼唤全球富豪，进驻宇宙中心，再加上几句双地铁、CBD、综合体什么的，也就这些陈词滥调。

天元，中心，她念叨了几声，围棋，围棋呀，哪能硬扯过来这么用。在她心里围棋太神圣了，最早让她意识到自己渺小和有限的，就是围棋。极简的规则下，难以穷尽的繁复变化，让人入迷的同时也让人产生无力感，入门难，入了门更难，即使有充足时间和充沛精力，毕生专门钻研也未必能窥得神机奥妙，每多了解一分，除了喜悦，更会暗自心惊更加敬畏，越发觉出十九路棋盘是幽深无底的洞穴，也是浩渺无垠的星空。多少年了，诸神的传奇一个比一个绚烂，下法上还能不断地超越拔升，永远不要说对它的认知已足够，它通往无尽，而你只能抵达属于你的高度。每次面对围棋，就像面对无垠宇宙，她想的东西就辽远了，开阔了，不再是自己眼前的这点事。

他说，不关咱俩的事，我们在这里头头是道，其实什么问题也解决不了，别操这份心了，不如谈几局吧。她还想继续说，觉察到他并不想往下讨论，就点点头坐在了棋盘前。两人都没再说话，下棋就是最好的聊天了。一直手谈到傍晚，陈飞白下了一锅面条，配茄子肉丁和青椒鸡蛋，吃完了，两人又坐回到棋盘前。

第一局，陈飞白取势，棋都走在外边，下到中盘，感觉他的实空领先太多，自己的外势能围出来多少心里没底，要不要先做点实空追一追？正在犹豫的时候，他竟然对左边一块孤棋动手了，这块棋有问题吗？没有啊，刚才看过：虎一步是先手，然后托一下就渡过了，死不了的。糟糕，虎一步不是先手，他完全可以不应，漏算了。怎么办，能做活吗？空间太小，最好的走法也只是一个后手眼。断下他旁边的棋杀气？不行，气差得太远。逃跑，看不到出路，就算勉强逃出去，被他追杀的时候，自己的大模样也会烟消云散。她稳住心神，看看全局，思路干脆变了，何必纠结这一块的死活，就算这块被吃了，只要封住他的棋把自己右边的空围起来，局面未必差。她不断借用没被吃干净的这块棋，把他的棋封在里面，他看出了她的意图，但如果不吃下这块棋，自己的棋就变得七零八落了，也没法再下，只好跟着应，看着她把空围了起来，她的实空已经领先，后面的棋，他左右腾挪，她小心应对，他始终也没占上风，这局，陈飞白赢。

接下来一局，陈飞白下得有些心不在焉，到中盘粗略判断了一下形势，感觉后面不太好下了，布局好像中规中矩没犯什么错，怎么局面就差了呢？啪，何知微落子，直接打入。她寻思着，直接吃棋，还是缠绕攻击顺手把他的空也破了？直接吃的话有把握吗？要仔细算算才行。后边的变化似乎挺复杂，她算了算，也没算清楚，不想了，直接动手吧。她封住了出路，没想到他也不急着做活，应了几手就脱先了，打入的棋子不要了？她在二路走了一手破坏眼位，这块死定了吧？但他仍没顾这块棋，走了其他地方，他脱先的这两手涨了不少目，不过被吃掉这一块目数也不少啊，她又补了一手把这块棋吃干净了。她捻着棋子，忽然觉出不妙来，自己的棋有个断。他打入的棋子本来就没想要，而是瞄着这个断。果然，他直接断掉了。她收了几步官子发现不够，就认了输。

累吗？何知微问。

不累，下棋就是休息。

他俩下棋，心境上很纯粹了，在乎的不是输赢，也不像小时候，一上来就大杀大砍的，不管胜负，下一盘好棋最重要。下完一盘棋，醒过神来，跟过了半辈子一样，那种充实和满足的感觉特别好。

她站起来活动一下身体，说，你从外地跑回来，我也该去上班，好好下了几盘棋，好久没这么痛快了，就是，嗯，有件事我早就想做了，能陪我一起吗？

何知微也来了兴致，说吧什么事，今天我陪你，做什么我都陪着你。

你等着，我去换件喜欢的衣服。

她穿着一条很正式的黑色连衣裙出来，冲他笑笑，抻着裙摆原地转了个圈，接着又走进卧室，从柜子里取出一个双肩背包，她看看墙上的表，说，时间正好，咱们走，何先生。

刚走进电梯她又把他拉出来，说，先别下去，忘东西啦。她再走出来时，他看见她戴上了墨镜，手里还拿着他的墨镜和棒球帽。

他夸张地笑起来，没说话，意思却到了，你到底想干什么？

她走在前面，他紧紧跟着，走了两三百米来到地铁四号线的入口，他问，现在坐地铁，去哪里？她说，跟我来吧。

差不多是末班车了，车厢里空空荡荡。走到车厢中部，陈飞白指着一个广告镜框说，我每天上下班都能看到它。

他看着镜框，是地铁公司自己的广告，主体画面是一个围棋盘，地铁的数条线路在棋盘上纵横交错，用黑白子表示站点，一只从西装袖口里伸出来的大手拈着黑子，正准备放在棋盘上。棋盘上方，是四个红红的大字："一步制胜。"旁边还有一溜儿字，"登上地铁媒体快车"。

她凑到他耳边说，一步制胜，这值得宣扬吗，下棋能一步制胜吗？再说，胜真的那么重要吗，大竹英雄宁可输棋也不走愚形呢。

他想起了那些绵延数月、意味悠长的著名棋局，也想起了大竹摆出过的无比俊逸的棋形。棋盘上不光是死活胜负，还有经纬、四季、阴阳。他知道她要做什么了。他左右看了看，没有人，他想用身体挡住她，他更想替她把这件事做了，出什么问题都由他兜底，全身肌肉却有些紧绷，还没迈开步子，她已麻利地摘下镜框，塞在了背包里，说，下一站，我们就下车。

只坐出来一站，两人沿着路往回走。路两边楼宇强壮高大，衬得人很矮小，两人一路走着像穿过一道山间的峡谷。

她说，一天客流过百万，不管你愿不愿意每天都要看见"一步制胜"，强迫你看见和记住，慢慢地也就认同了，还以为是自己的想法。

地铁跟水流一样，你摘下这趟车的，还有其他的车其他的线路。他想说她幼稚说她义愤太多，话到嘴边硬咽下去了。

她说，说不定除了我，还有别的人也想摘下来。

无用功，什么也改变不了，地铁公司很快就补回去了。

补回去，也可以再被人摘下来。

就像小时候做成了件逾矩冒险的事情一样，两人都很欢跃。有好几次他想趁着这欢欢喜喜的劲儿，把面试的话头挑起来，说不定这会儿她不躲藏呢，想来想去，还是更珍惜这个晚上，怕一句话就破坏了气氛，几番思量终究没说出口。

在岔路口，两人停住脚步，直走是家，转弯的那条路通向海。两人对视一眼，转身向着大海走去。

一弯瘦月似古时候的月亮，月光下的海像古时候的海。他们并肩坐在一块礁石上，看着夜，看着海，看着夜和海溶在了一起，混合出了让人百感交集的时间感。这一切，都像是前工业时代才可能有的景象。

小舟从此逝，江海寄余生。

她说，还记得吗，你在教室里写的那幅字，苏轼的《临江仙》。

记得，写得不好。咱们那时候的孩子嘛，都一窝蜂学毛笔字，就知道个颜体柳体，太粗陋了。

好不好我不知道，我一直记得你写字的样子，写"长恨此身非我有，何时忘却营营"时，你是个老人，写到最后一句，又年轻了。心里埋着什么事吗？

他愣了一下，说，没深想过。上学，上班，这些年活得也算好。

喜欢你现在的工作？足以安身立命？

安身立命，大词，太空洞了。他说。他是个话不多的人，看起来沉稳，叫人放心。酒局上当一种奢靡放纵的气氛开始弥漫，人和人突然变得亲密时，他才会很膨胀地指点那些做实业的小老板，要有金融思维，上市之前做产品，累死累活，上市之后，找好企业并购就有赚不完的钱了。

从小到大，他经常收到一个评价：你是个很理性的人。现在想起来，竟有些厌倦这个评价了。去喝酒？大醉一场？他坐在石头上，想象着醉酒后披头散发、载歌载舞的场景。

那幅字被班主任收起来了，也没装裱，八成是扔了，能再写一幅吗？她问。

他回过神来说，多少年没写字了，手早就生了，一时也找不到笔墨。

他心里想的是，如果现在手头有纸笔，就抄录《迟》那首诗，还有没读成的两首，写在墨竹纸笺和梅花纸笺上的。海风带着些凉意吹拂过来，身上穿的是她在顶楼上晒干又熨过的衬衣，看上去没什么特别的，但穿着的感觉不一样，花了时间和心思的东西，让人觉得庄重，让人打心眼里爱惜。

他爱惜跟她有关的一切。他突然有些担心，万一，他和她，把话都说完了该怎么办？会有没话说的那一天吗？不敢深想，只能珍视此刻，想着既有此刻，也不算白活了。

她的头歪在他肩膀上，他手臂弯成半圆，把她圈进来。月色清明，海风湿润，涛声一声比一声长，不知道过了多久，她打破沉默，明天你还要去榆林，回家睡一会儿吧。

他说，要是能在这儿坐一晚，等着天明就好了。说着他站起身来，把她也拉了起来。

第二天，闹钟还没响，他自己醒了。爬起来，带上卧室的门，轻手轻脚走到客厅，一看表，才五点钟，现在去机场太早了。他泡了一壶红茶，热了两片面包，吃完简单的早餐，把证件检查几遍，外头天色还是灰蒙蒙的。他两手环住茶杯，站在阳台上往小区里望，小区中央栽着一棵大菩提树，步道两侧是灌木带，错落着金叶女贞、矮紫樱、冬青、扶桑、朱瑾，西北角上是几棵黄花风铃木和桃树，还不到开花的时节，远看枝干有些秃。

看见桃树,他心念一动,有地方去了。

走进公司大堂时还不到六点半,上楼,整个大平层空无一人,灯亮的一刹那,长夜积聚起的寂静似乎愣怔了一下,缓了缓,才从敞开的门扇里消散而去。他坐到陈飞白的转椅上,轻轻翻开书,静静地看了一会儿纸笺,然后一手托着,一手展平。桃花那一页下面,是印着墨竹的一页,再下面是印着一丛梅花。他把梅花纸抽出来,一打眼看到题目,就呆住了。

夏清煦

傍晚,夏清煦从街市的一头走过来
走近时
人们看见她菜篮子里斜插着三枝粉百合
还有几种面目模糊的菜
忘了哪一天了
夏清煦自己也不知道是哪一天
她从街市的一头走过来
菜篮子里是莴苣、扁豆和南瓜
还有一大块深褐色的咸菜
再后来,没人叫她夏清煦了
窗口办事人员大声呼叫她的全名时
她脸上会迅速闪过一丝羞惭之色
弓着腰,塌着肩膀,想把自己缩小了
她边点头,边讨饶似的说
是我,我是老夏
老夏

关于母亲他对陈飞白说过什么吗?想了想,除了在一次闲聊时提到母亲的名字,其他什么都没有了。母亲在深圳的表现虽不能用俗不可耐来形容,但她周身散发的,是很典型的妇女感了。母亲在超市大肆试吃那会儿,他想悄悄告诉陈飞白,我妈年轻的时候,买菜从来不磨着人家搭一把小葱送,一点便宜她都不沾的,但帮着母亲掸去嘴边的食物碎屑时，惆怅和苦楚一下子从心底泛上来，哽住了想说的话，最终他什么也没对陈飞白说，跟解释似的，然而又想解释什么呢，也说不清。这世间有多少无缘无故呀，不是什么都能追溯得清楚明白的。

他说出来的，还有没说出来的，细细碎碎的，混混沌沌的，陈飞白都懂，甚至理解得比他还要完整和清澈。他更糊涂了，这么聪慧灵透的女孩，到底被什么挡住了呢，既是挡住她的，他又能帮什么忙解什么困呢。

一时心里空落落的，又乱糟糟的。《夏清煦》带给他的震动过于剧烈，墨竹纸笺上的诗，接连看了几遍，都是入眼没入心，像翻卷的细尘浮在眼前，抓不住，拢也拢不起来。

去机场的路上，他回想梅花纸笺上的诗，一句一句，熟习无比，竟像是自己写出来的。离机场越来越近，心却飘飘悠悠地回去了。挣扎一会儿，交通指示牌上"出发"两个字已近在眼前，这时也顾不上摇摆了，随着惯性入闸安检，等候登机。

走下飞机舷梯，何知微先抬头看了看榆林的天。模棱两可的阴天，不知道接下来是下雨还是出太阳。航程中，他闭着眼睛，也睡不着，《夏清煦》的字句和母亲的脸交叠浮现。中年以后，母亲面相里的书卷气就不见了。她脸上时常露出惊慌的表情，不惊慌的时候，又有些窘，总之不是一副舒泰滋润的模样。其实昨晚从海边回家后，他就没睡沉实，想起了父母的婚姻。大概他上大学的时候，父母停止吵架了，他们老了，累了，终于放弃了对对方的控制、改造和期许，允许对方在核心的问题上划定边界，他们都学会了说一句话，"你高兴就好"，很平淡的一句话，但他知道这句话背后、这张息事宁人的脸背后有多少无奈和不甘，有多少含而不露的讥讽，有多少按下不表的怨恨，想到一对夫妻天天在一起又离得山高水远的样子，他就从心里感到累，感到难过。

他跟陈飞白还没结婚，一谈及面试和工作，两人就从热恋的情侣变成了相处多年的老夫妻，疲惫得连架都没力气吵，只能小心翼翼地绕开危险区域，她怕他，他也怕她，气氛森然怪异。一旦有了禁区有了块垒，怎么看，两个人都是隔着的。

这样不行。他好不容易有勇气相信一个人是真喜欢他，好不容易有勇气跟这个人共同进入生活的某个实在的部分，本来他以为爱情早跟他没关系了，也不可能爱上谁，自己根本不适合结婚，就算成家也是被长辈逼着，完成一桩不得不为的俗事而已。

候机时他向盈泰的招聘邮箱投递了简历，本来欲跟于贝贝打个招呼，转念一想，以他的工作履历进面试太轻松了，提前给于贝贝通气，话反而多了，干脆什么也不透露，面试不见则已，见了再说。

到了榆林是要打硬仗的，材料报上去后证监会已经反馈了，回答证监会的一个问题，有时就要用上四五百页纸。往常这个阶段他会把自己调动得很兴奋，这几天他的老法子都失灵了，在会议现场，怎么也没法集中精神，不停地刷邮箱，机械地刷。信用卡对账单来了，海淘网站的库存匮缺提示也来了，还有几个广告邮件，他等的那份邮件，没有出现。

转眼又是两天，刚坐到会议室，手机振动了一下，瞄一眼，看见"盈泰"二字，未及打开细看，他已突地站起来，站起来时才发现自己已经站起来了，他说，杜总，我得回去一趟。

现在回去？

有点急事。

我们要回答问题了，回答问题的这个时候……

知道，我尽快赶回来。

他边说边往外走，大家抬头看着他，他顾不上别人怎么想了，点点头，转身走出大家的视线。

到了深圳，他在盈泰总部附近找了一家酒店住下，第二天他将出现在面试现场，把陈飞白经历过的事情也经历一遍。能有什么难题呢，他对自己说，什么题目也不会难住我的。

于贝贝的脸在微微抽搐，何知微知道，她控制得已经不错了，她负责问几个专业上的问题，何知微一一作答，她低头做记录时表情才自然了些。

轮到人力资源部门发问时，何知微忽然感到有些紧张。先谈谈了工作性质和薪酬，何知微松了口气，耐住性子奉陪，该说什么话就说什么话，总算把这个了无新意的程序进行完了。

最后，一位穿紫红色衬衣的男士问，你怎么看待我们公司的狼文化？

主动进攻，抢占先机，通过伟大的目标把员工凝聚成群狼，虎狼之师，枕戈待旦，常备不懈，时刻准备战斗搏杀。没有狼文化，就没有企业的快速成长，这是决定性的精神力量。何知微回答得顺滑而充满激情，他还能继续往下说,这时他瞥见了于贝贝,她眼睛睁得很大,嘴巴半张着,刹那间他意识到了什么,脸色也是一变。

紫红衬衣男士发问时,没抬头,声音也很低,透着循例一问的随意,不过是个收尾的程式,他早等得倦怠了。而一听到这个问题,何知微几乎不用思考就做出流畅精巧的回答。

一切都挺对劲儿的。

何知微走出会议室,看到走廊尽头有一排椅子,他走过去靠窗坐下。看看表十点多了,在超级摩天大楼上透过玻璃窗往外看,外头的阳光既强烈刺目又虚空渺远,一时有些恍惚,像在梦境里,从进去到出来,十几分钟,却如隔了世。

又等了一会儿于贝贝也出来了,她招招手,何知微从走廊尽头走过来,两人你看看我我看看你,不知道该说什么。

在裙楼找到一家还算安静的餐厅,一直等到甜品上来,于贝贝才说,面试我几次在场,从没注意过最后这一问,根本不叫个难题。你觉得呢,这算难题吗?十个公司得有九个这么问吧,谁都知道该说什么,每个人都能答出来,怎么会过不了?怎么就过不了?说着说着,她捂嘴笑起来。

他看了她一眼,她笑得很勉强。他好像明白了什么,同时又感到一种从未体验过的陌生的痛楚,事情似乎搞清楚了也似乎更复杂了。

怎么办?于贝贝问。

怎么办?他觉得自己需要时间再想想,需要尽快离开面试的这栋楼,这栋扭着身体向上伸展的著名地标性建筑。他说,陈飞白不知道我回来,你也别给她说,我们,我们再商量商量。

有什么好商量的。她指指脑袋,我的老同学,这里有问题,出了点问题。滑稽,虚伪,造作,不可理喻。真扫兴,太扫兴了。

他也联想到一些贬义的成语,又觉得用在陈飞白身上不太合适,成语是固定和明确的,可世上的人、世上的事哪有这么简单,总有常理和世故框不进来的样式。几千年了从来没有过相同的棋局,人和人也是如此,哪能整整齐齐都一样呢?

于贝贝继续说,不值,太不值了。咱俩一起去找她谈,一起把她矫正过来。

有什么好谈的,教她怎么回答最后的问题吗?用教吗,能教吗?他试着想象一个场景,他和于贝贝表情凝重,话语急切,而她坐在他们对面,眼神飘忽,不配合,不入戏。他和于贝贝说的话像一颗颗子弹在空中排列着,顶到她身上又弹回来,颓然坠落。她是一个最有情的人,这样的时刻却一脸木然,形如槁木。想着想着他说,我得去榆林了,回来再说。

都是同行,哪有这么紧急,紧急情况开电话会议不就完了,你这是在躲。于贝贝双手交叉抵住下巴,盯着他说。

他不作辩解,直接起身,小于,我去机场。

于贝贝摊摊手,说,你没开车吧,我送你到六号线,离这里也不远。

六号线从地下横贯大半个城市,一条恢弘流丽的机场快线。何知微靠在座位上,一直冒虚汗,天气并不太热,他是心里发慌,好像做了一件窥探和打扰的事。显然关于工作面试,陈飞白并不想跟任何人分享细节,也无意于倾诉和寻求理解,就是一个很平常的选择而已,而他即使知晓了也是徒增恍然,掏不出灵丹一粒,怎么也使不上劲儿的感觉。

他闻到浓烈的青草气味,这是在哪里呢,没有青草,连明亮的光线也没有,他依稀看到,对面座位上一个女孩在喝一瓶碧绿的野菜汁,瓶盖没有拧上,瓶口染绿了。迷糊了一会儿,他花了点时间确认自己身在何处,又花了点时间明确了一点,列车在黑暗的地下疾驰,正在离机场越来越远。

到站时没下车,坐回来了。他有些懊丧,很快便释然,就此回家不也正好。快该换乘时,他心里忽然一闪念,就疾步向车厢中央走去,没几步路,心情却忐忑,看见"一步制胜",摘不摘呢,怎么摘呢?

还没挣扎出一个结果来,已经走到车厢中央了,地铁公司自己的镜框广告都挂在这里。

什么也没有,他抓住拉环上下左右地看,确实什么也没有。他的心狂跳起来。凑近车厢内壁,发现镜框的印痕还在。是广告更新的间歇期,还是,还是另有乘客把它摘下来扔掉了?

他更愿意相信第二种可能。

换乘另一条线路时,他径直走向列车中央。这条线路的镜框广告是安好的。乘客太密,没法动手,除非坐到终点站,趁人群往外流,下一拨乘客又还没上车时。他倚着竖杆看镜框旁边的路线图,还有十几个站才到终点。

快到终点时,他挪到镜框前面,四下看了看,车厢很空,乘客零零星星地散坐着。车终于驶进最后一站,人们走到车门处候着,他抬起手来,抓住镜框下面的两个角,就等车门打开了。

到站提示音响起,车门打开。他赶紧用力往下摘,镜框不动,再使劲儿还是取不下来,已经有人进了这节车厢,他只好松开手,就近坐下来。眼睛盯着镜框,回想刚才的动作,是硬往下掰的,难怪镜框不动。他试着回忆陈飞白那晚的手法,似乎是轻轻往上一提,没费什么力气。

每站都有人上来,很快车厢里就挤满了人。坐在地铁上,他脑子里回响的都是陈飞白的话:"强迫你看见和记住,慢慢地也就认同了。"他决定再坐到反方向的终点,不管有多少趟列车,先把这辆车的取下来再说。

他提前几站就离开座位,守在镜框前,默默在意念中演习几次。

轻轻往上一提,果然摘下来了。正高兴,一个新问题砸过来,只有电脑包,没有大背包,怎么运出去。慌乱中他把镜框夹在腋下,电脑包单肩背着,遮住一部分镜框。低头一看,露出来的是正面,顾不上多想,一手抓着电脑包,一手把镜框调过来。

只露出反面的背板,又有电脑包挡着,找个人多的站点应该能顺利出去。

真往外走时,步子还是有点发飘,便在心里给自己鼓劲儿,不会有人注意的。

走到最近的出口,他定住眼神,尽量不去看别人,刷卡,出站,随着扶手电梯升上地面,悬着的心才放下来。天色初暗,已近傍晚,来来回回竟在地下折腾了一个下午。

上了一辆出租车,他在后座上紧紧抱着镜框,像抱着一束鲜花,一份精心准备的礼物,没有比这更好的礼物了吧。

车经过公司大厦时,他临时改变主意让司机停下来。卓盛大厦三百多米高,尖顶,全玻璃幕墙,按设计方的说法,主体塔楼是一棵破土而出的春笋,但他远看近看,楼体都像一枚直冲天空的巨型炮弹。

下了车,走进炮弹,坐电梯上到三十七楼,他先在外面张望一下,办公区人不多,陈飞白的座位也空着,看来今天不用加班已经回家了。

在工作的空间找一首诗,他心里涌起一股奇异的感觉。

今天桌上的瓷瓶里插着几枝黄月季。他抽出最下面的一本书，翻开来，里面什么都没有。他记得很清楚，诗稿就夹在这本书里，武宫正树的《星的威力》。也许不是这一本？也许夹着诗稿的书换位置了？他把每本书都拿起来，哗哗地翻，从头翻到尾，淡青色的宣纸确乎一张也不见了。桌板下是活动抽屉柜，钥匙就插在锁孔里，想了想还是没拉开，不管有没有人看见，他也不愿意乱动别人的抽屉。

走出炮弹，没再叫车，步行走了十几分钟，走到家门口了，他在门前站了片刻，调整一下心情，取出钥匙又放回去，按门铃，等她来开门。门一开，他就举起了镜框。

没有笑声，没有尖叫，等了一会儿还没动静，把镜框放下来，他看到她在拼命眨眼睛，眼眶是红的。

盈泰是狼，我们公司是蜜蜂，还发明了"乐蜂"文化，面试的最后一道题目是：你怎么看待卓盛证券的蜂文化。但不一定每个人都当狼都当蜜蜂，我变成狼，可以让你不当狼，这大概也是我变成狼的一点意义了。他本想找个机会再说，不料屋还没进，就一股脑儿全表白出来了。

整个人松弛下来了，不紧绷着使劲儿了，他经常有个感觉，自己睡觉的时候都在使劲儿呢，醒来的一瞬间牙是咬着的。现在松下来了，从来没觉得身体这么轻，这么软，像一大块儿蜂蜜蛋糕，摁上去，弹起来，掰开来，里面是细密均匀的针眼儿一般的小孔。身体里面透气了，里头能流水，能刮开风。自在，真自在。

他接着解释，我去盈泰面试了。

知道，为了谴责我，让我羞愧，贝贝下午给我说了，刚才又打了一个电话，可能酒多了，说我是个大麻烦令人难以忍受，要跟我面谈，不知道是不是酒话。

他摇摇头说，不管她了。他牵肠挂肚的是陈飞白的第三首诗。他看着她的眼睛，开始背《夏清煦》，诗句徐徐拉开一幅画，画面里并不仅仅是他的母亲，他看见许许多多个被磨损的枯瘪的生命，不明不白地，就萎谢和流逝了。

他扩张和拉长了这首诗的哀伤，哀伤雨点一般遍地滴落，他叹息般的念出了最后一个字。陈飞白害羞起来，你什么时候看到的？我偷偷写的。

他说，还有一首没记住，写在墨竹那一张上的，比赛什么的。

她找到一个不用的本子，默一遍，递给他。他接过本子，说，我想一个人进屋读。她侧侧身说，正好，当着面读，我才难为情呢。

关上门，只开落地灯，他捧着这首诗，低声读起来。

瞄准，瞄准

年少时父母为我报名参加朗诵比赛、歌唱比赛、硬笔书法比赛
每次指导老师都拿着一页纸
一页写满评分细则的神圣的纸
对我说，一条一条地细抠
瞄准一些，再瞄准一些
这些比赛的后缀一般是××之星
有没有成为星我已经不记得了

青年时因为是青年要参加单位的各类技能比赛

有经验的评委好心地提醒我
瞄准评分细则，一条一条地细抠
瞄准了，不偏不倚，正中靶心
他们说话时看起来很老练
他们微笑
笑得精明、内行、有把握
这些比赛的后缀一般是××人才
有没有成为人才我已经不记得了

我终于不是少年也不是青年了
不再因年龄被强行划入一场场比赛
回望这些年，我会从心底笑出来
我记得
在每一次能瞄准的时候我没有瞄准
我往左边或右边偏了一下
因为这不瞄准
我活得特别有兴致

因为这不瞄准

我觉得，我是一颗星我是一个人才

我活着最有意思的，就是这一次次的不瞄准

读到最后，他也从心底笑出来。他最喜欢的是这一首，忍不住用手指肚摩挲着本子上的每一个字，摩挲着，他想起手从她的后背滑下去的感觉，她的后背上像敷着一层软糯的糖粉，小时候水果糖外面裹着的那种白色糖粉，他记得那个时刻，空气好像变甜了，让人忍不住大口大口吸着气。

咚咚的脚步声传来，这充满力量的脚步声两人都很熟悉，对视一眼：于贝贝竟然真来了。

于贝贝往沙发上一坐就开始数落，期间不断给何知微递眼色儿，意思是让他帮帮腔。见他没动静，于贝贝说得就比较直露了，多少高中同学羡慕我们选对了专业，羡慕我们踩对点儿了，大时代的幸运儿呀，你呢，你大概是混得最差的应用经济学硕士了。

接着，她又表示今晚依序试了三种葡萄酒，"有生命"的葡萄酒，她说，你没喝过真正的葡萄酒，你喝的那是色酒，你也没见过奥地利手工水晶杯，你用的是含铅的便宜货。

陈飞白没有被激怒也没有面露惭色。于贝贝继续说，你一点儿也不独特，也看不出有什么傲人的风骨和性情。如果没有何知微的收入，你哪怕每天早出晚归地上班，也一天比一天穷，衣服、包、鞋都透着劣质，你整个人看着也很劣质。不悔改就什么也赶不上了，再过两年，咱俩就彻底不能一块儿玩了。

燕雀安知鸿鹄之志。陈飞白轻声说了一句。

她说得轻声细语，但足以听清楚了。何知微一愣，于贝贝也一愣。

你说什么，谁是燕雀？

你是燕雀。

我是燕雀？于贝贝扬扬头，反了天了。

就是反了天了。

你说的是酸话。

我说的是真话。

陈飞白看着她的同学，看到的不是一个又胖又憔悴的女人，相反她光彩照人。这两年，于贝贝越来越瘦，越来越好看，身形从壮硕蝶变为纤美，摒弃了学生时代民族风的审美，每件衣服除剪裁和面料讲究，总会有一两个别致的让人心动的细节，彼得潘的衣领，精致的皱褶掐腰，凸面刺绣，贝母纽扣。她还请了前世界健美小姐当私教，再忙也要确保每周上一次健身课。她的瘦和美，她的富贵和自信，透出的，都是另一种生活的诱惑呀。陈飞白句句跟她针锋相对，但说到最后，竟有点心虚了。此刻于贝贝看她的眼神已没有多少期待，主要是嘲笑、轻蔑和嫌厌了，好像她很不识相，很败兴，好像没有她这个拖后腿的怪物加白痴，一切就都好了，都顺心遂意了。于贝贝的目光里，还有几丝居高临下的玩味，让她觉得很陌生。

何知微突然开口，她说的是真话，不瞄准和瞄不准，完全不一样。他边说边把本子塞到于贝贝手里。于贝贝扫一眼，摆摆手说，我觉得我才是一个诗人，上市之前，给它做出一个好故事来，美妙的叙事性，上市之后，无数个投资者一起抒情，十天都开不了板，荡气回肠。你看看K线，高低起伏，是史诗是戏剧是交响乐，也是山水长卷。

预报的今夜有暴雨。云带着浓郁的雨意在低空盘桓，海上来的风吹得窗棂叮叮作响。陈飞白默默把本子拿回来，于贝贝的话确实羞辱到了她。她来到窗前，背对着于贝贝和何知微，头发乱舞，衬衫也鼓了起来。

她的背影看起来很落寞。何知微走到她身边，跟她并排站着，于贝贝也踱了过来。陈飞白转过头来，看着于贝贝，说，贝贝，真想再给你拉一次连衣裙的后拉链。

于贝贝穿一条青金石蓝色、厚西装面料的连衣裙，背后一道长拉链从腰窝到后脖颈。这是她们两个人才知道的典故，一起住的时候，每次帮对方拉裙子拉链就会说，以后咱俩分开，一个人住了，再怎么穿拉链在背上的连衣裙呢？多费劲儿，一不小心就把袖子扯破了呀。听她突然提起旧事，于贝贝站着，一时不知说什么好，脸上有几分怅然。

陈飞白从餐边柜里拿出柠檬片和茶杯，洗好柠檬片，放进杯子，先倒凉白开，加两勺蜂蜜，再续温水。她把柠檬水放在茶几上，说，晚上就不给你泡茶了，喝杯柠檬水吧。说完，她拉着何知微往外走。

你俩要干什么？于贝贝问。

他俩一起下楼，来到"天元"的工地旁。简易的出入口有保安把守，整个工地用一圈浅蓝色的围挡围着。何知微大概知道她的想法了，LED

挂网发光字不好拆除，但总还是可以做点什么吧。

两人绕到后面，何知微开始爬，围挡两米多高，他试着爬了几次，太滑上不去。他说，你等着，我去家里拿椅子，再叠上个皮墩子，高度应该就够了。他往海怡苑方向跑去，跑得像个小男孩的样子。望着他的背影，陈飞白想，过一会儿，他们找到楼梯，爬上二十几层合力把条幅扯下来时，如果没被人抓住，她要立刻告诉他一件事。

就在今天下午，于贝贝告诉她，何知微那么忙还是偷偷回来面试了。挂了电话，翻看手机里他的照片，她一下子就软弱了，想了一会儿下定决心，等他回家时她要告诉他，她准备好了，准备好回答最后一问了，她会让他放心，她要跟所有的经济学毕业生一样，不再浪费时代赐予的幸运。

结果，开门时，她看见一个高高举起的镜框。那一刻她知道，她什么也不用再说了。不用再说了。

原载《人民文学》2018年第3期

图书在版编目（CIP）数据

2018 中篇小说年选 / 孟繁华编. -- 南京：江苏凤凰文艺出版社, 2019.4
ISBN 978-7-5594-3120-2

Ⅰ. ①2… Ⅱ. ①孟… Ⅲ. ①中篇小说 - 小说集 - 中国 - 当代 Ⅳ. ① I247.5

中国版本图书馆 CIP 数据核字（2018）第 295686 号

2018 中篇小说年选

孟繁华　编

责任编辑	张　倩　王　青
装帧设计	刘　俊　石晓云
责任印制	刘　巍
出版发行	江苏凤凰文艺出版社
	南京市中央路 165 号，邮编：210009
网　　址	http://www.jswenyi.com
印　　刷	南京台城印务有限责任公司
开　　本	880×1230 毫米　1/32
印　　张	11
字　　数	350 千字
版　　次	2019 年 4 月第 1 版　2019 年 4 月第 1 次印刷
书　　号	ISBN 978-7-5594-3120-2
定　　价	49.80 元

江苏凤凰文艺版图书凡印刷、装订错误可随时向承印厂调换